ENFERMOS DEL ALMA

Wilson Rogelio Enciso

PUKIYARI EDITORES
www.pukiyari.com

Para todos aquellos que sufren o tienen infligida alguna disfunción mental, ¡diagnosticada o no!, y han tenido (o van a tener) la triste suerte de pisar un siquiátrico del cual difícilmente se sale ileso... Si es que de allí se logra salir algún día, ya que:
"La verdad del loco, aunque pele el coco,
al mundo le vale poco".

Prefacio

En esta nueva obra acerca de un país subcontinental, Wilson Rogelio Enciso afila con magistral perfección sus palabras para colorear en tonos mayúsculos su particular caracterización de una nación manipulada en su integridad por la familia del Iluminado Indio Guarerá, quienes, gracias a perfectas conexiones familiares y políticas a las cúpulas más altas del Gobierno, dizque democrático, logran infiltrarse en el manejo absoluto de la salud de los pobladores de una nación con el objetivo de enriquecerse por todos los flancos posibles.

Utilizando la crítica social como un arma de ofensiva perfectamente apuntada sobre los males sociales cometidos por unos pocos en contra de millones, Enciso redondea la obra iniciada en *La iluminada muerte de Marco Aurelio Mancipe* y ensanchada en *Con derrotero incierto*, ambas publicadas por Pukiyari Editores en el año 2016, trayendo a un mismo plano a los personajes que ya hemos aprendido a querer y a los que nos revuelven el estómago.

Siempre existirán en nuestros países latinoamericanos personajes e historias como los presentados en *Enfermos del alma*, lo que hace esta novela tan especial y memorable es la claridad con la que Enciso ilumina, de manera divertida y aguda, a aquellas sociedades en donde unos pocos realizan crímenes en nombre de la moralidad y el bienestar ciudadano mientras roban, matan y victimizan a todos aquellos que se cruzan por su camino.

Es pues un placer presentar esta nueva entrega de aquel mundo creado por Wilson Rogelio Enciso infundiéndolo con detalles e historias que para quienes hemos vivido en países con similares patrañas y patrañeros se nos hacen infinitamente conocidos.

Ani Palacios
Escritora y presidente Pukiyari Editores
Cinco veces ganadora del ILBA

Prólogo

En esta, su décima octava obra literaria, titulada "Enfermos del Alma", que es la sexta de su particular saga sobre un país subcontinental, Wilson Rogelio Enciso una vez más tiene el detalle de llevarnos a bordo de su galeón navegando por los entresijos de su fantasía e imaginación.

Con su acostumbrada maestría, nos presenta a su personaje principal, Rodrigo García Ronderos, un empleado de una cervecera, que tras jubilarse quiere alcanzar su altruista sueño de toda la vida: llevar la cultura a los lugares más pobres de su país, a través de la literatura.

Hecho que se le trunca a Rodrigo al enamorarse de una bella y mala persona, y que lo lleva a terminar en un psiquiátrico donde se inicia el *thriller* de esta magnífica obra, colocando el autor en el punto de mira a las multinacionales farmacéuticas y *lobbys* de este mismo campo.

El autor muestra aquí los oscuros recovecos de estas empresas, sembrando en el lector una duda que ya muchos poseen: ¿Será posible que en un acto de mala praxis algunos laboratorios farmacológicos, con tal de vender específicos medicamentos sobre los que tan solo ellos poseen la exclusividad de creación y venta, inoculen intencionadamente en la población ciertas enfermedades que tan solo pueden ser curadas con los nombrados medicamentos por una simple cuestión de un mayor enriquecimiento personal?

En esta obra tal hecho se hace realidad, viéndose envuelto, sin quererlo, el personaje principal en una trama de políticos corruptos, por lo que es vigilado y perseguido tanto por la agencia de seguridad nacional del país, como por los sicarios de una, protegida por el Estado, cruel organización farmacéutica. Situación que obliga a Rodrigo a asociarse con una serie de personajes, quienes le ayudarán a defenderse de la pavorosa persecución y ataque por parte de los esbirros del Gobierno y la organización.

Gracias a su muy peculiar lingüística y expresiones tan características, el lector puede diferenciar a Wilson Rogelio Enciso de otros autores. Él, con esta novela, se deja acceder con facilidad, por lo que nadie tendrá problema alguno para entender e internalizar lo que en sus páginas habita. Este es un libro que llega a todos. Lo cual apoyo y además defiendo a ultranza en mi particular día a día, pues pienso y creo firmemente que el arte, la cultura y el conocimiento deben llegar a todos por igual, siendo indiferente su riqueza o estatus social. Es por ello que "Enfermos del Alma" será, también, un libro de todos, que es como tendrían que ser la mayoría de los libros.

Julio López Calderón
Escritor español, autor de: "Caminante peregrino de la libertad", "Cazador de almas" y "Navegando entre universos de colores".

Diagonal y a tres cuadras hacia el suroriente del reputado Gimnasio Contemporáneo, alma máter de prestigiosos hombres de la vida pública nacional concordense, se encuentra la Clínica El Redentor Gregorio. Estos dos establecimientos desarrollan sus crecientes, lucrativas y perennes actividades comerciales en el capitalino sector del aún exclusivo barrio El Roble, muy cerca del Centro Inteligente de Tecno Comunicaciones Laguna Norte.

La clínica es un sanatorio de reposo. Perteneció a la próspera congregación religiosa de las Hermanitas Amorosas. Confraternidad que la administró hasta la infausta e inexorable llegada de su nuevo socio capitalista don Rómulo Vinchira Torcuato, más conocido como el Iluminado Indio Guarerá, presidente de la supra poderosa Organización Vinchira Torcuato (OVT).

Para la prestación de los servicios siquiátricos, la institución se divide en pabellones diferenciados por las cinco primeras letras del alfabeto. Esta asignación, en sentido ascendente, con excepción del Pabellón E, representa la intensidad, complicación y nivel de agresividad de los pacientes hospitalizados. El E corresponde a las habitaciones de las religiosas, incluso tras la fusión con la OVT. El edificio tiene cinco plantas, es esquinero y ocupa media manzana. Es una joya de la arquitectura nacional, con marcada tendencia francesa de mediados del siglo XX.

Pese a sus rasgos arquitectónicos de origen galo, ese inmueble fue declarado monumento patrio autóctono por el Congreso Nacional de aquel subcontinental país llamado en gracia: República Democrática de Concordia. Sus instalaciones, en los últimos veinte años, y desde cuando dejó de ser la sede social de la Federación de Productores Agrarios, fueron adecuadas por la congregación de las Hermanitas Amorosas para atender con efectividad, pero, sobre todo, con seguridad, los menesteres del alma de los afiliados, y la de sus beneficiarios, que por diversas circunstancias de la vida requieran de tan penosa asistencia; siempre y cuando estén, desde luego, cubiertos por cualquiera de las Empresas Prestadoras de Servicios de Salud (EPSS) con convenios vigentes, ¡y al día en pagos!

Hasta ese lugar fue llevado Rodrigo García Ronderos esa primera vez, y no última, sobre las cuatro de la tarde, por orden perentoria del doctor Patricio Aristo Zapata Neira, su siquiatra tratante en la EPSS Sanamos. Facultativo con quien Rodrigo, esa mañana, a las siete, tuvo una cita de control.

Rodrigo García Ronderos era empleado de la Cervecera Nacional. Se vinculó a esa alcabalera empresa, treinta años atrás, como profesional económico financiero en el Departamento de Planeación Estratégica, oficinas centrales. En los siete últimos años se desempeñó como auditor de gestión de calidad, avalado para tales fines por dos reconocidas empresas nacionales y una multinacional, todas estas firmas certificadoras pertenecientes al mismo supra poderoso y dominante grupo empresarial de la cervecera.

En el desempeño de sus labores era muy cumplido, responsable, reservado, leal y comprometido.

—Rodrigo sabe hacer lo que tiene que hacer; además, le gusta hacerlo… y muy bien —solían decir sus jefes y compañeros de trabajo. Aunque nunca, con ninguno de ellos, ni con nadie, diferente a Débora, su único y letal amor, compartió sus dos raras pasiones.

Nadie supo de estas, excepto Débora… y, tal vez, Olga, por ineludible observación directa.

No se casó. Ninguna persona le conoció novias, ni siquiera amigas, tampoco amantes, compañeras esporádicas o permanentes. Al parecer vivía solo. Excepto Olga, de Débora Yanir Chandé nadie supo nada, al menos durante los primeros doce años de aquella aciaga relación; y menos lo de sus caprichosas y esplendentes anomalías somáticas. Las que le daban esa ambigua, particular, indefinida e impactante apariencia física. Las mismas que, desde cuando se trastocaron sus vidas, no solo le cautivaron a Rodrigo sus sentimientos, pasiones y neófitos afectos, sino que lo inspiraron en todas y en cada una de sus más de noventaidós narraciones románticas que le escribió y cantó, ido de amor, a su oído, durante los tormentosos años que duró tan insano amorío.

La última de esas composiciones: "Dolor en el alma", la escribió Rodrigo tras el inesperado y artero abandono al que lo sometió Débora. Percance que contribuyó, al parecer, para que, sin saberlo, sin tener plena claridad en el diagnóstico y, menos aún, en las causas reales, el doctor Zapata Neira, el siquiatra tratante de

Rodrigo, lo hospitalizara en la Clínica El Redentor Gregorio. Y en dos oportunidades distintas, aunque para la segunda hubo que atribuirle una circunstancia adicional, razón por la que en esa última ocasión ordenó internarlo de forma indefinida, siguiendo, cumpliendo, el secreto protocolo impuesto por la OVT para los pacientes que, por desgracia para estos, coincidieran con alguno de los frondios intereses, en particular el económico, que movía a tan cerril empresa.

La primera hospitalización acaeció doce días después de que Débora le comentase a Rodrigo que en una tarde cualquiera de aquel lluvioso mayo tal vez lo iba a dejar. Que quizá se iría de su lado, pues, desde hacía ocho meses venía tratando a otra persona, «Una gran persona», le enfatizó esa vez, con la que había decidido irse a vivir. Rodrigo, al principio, no le creyó. Luego instó, inútilmente, ahogar su llanto y dolor escribiéndole, no sin antes buscar, de manera infructuosa, cambiar el curso de las cosas mediante desesperadas y diferentes estrategias. Las que Débora ignoró con sulfúrico desdén. Como lo hizo, también, con las desgarradas frases de desamor que, tras su partida, le envió a su cuenta de correo electrónico... el que nunca abrió, ni borró:

Dolor en el alma

No sé qué me causa más dolor y sentimiento: si tu ingrato e inesperado adiós, o el no tener, por social y artera inconveniencia, a quién contarle la razón de esta insoslayable tristeza, o la fúnebre causa de este huérfano sufrimiento.

Y es que no poderle gritar al mundo que te perdí, sin siquiera darme cuenta, o por lo menos haberlo advertido; el no tener a quién confiarle mi bello y mágico secreto, hoy en vorágines de sueños diluido entre la fragua ardiente del más tenaz de los olvidos; el no poder compartir con nadie, ¡qué cobardía!, mi amargo llanto, inútilmente reprimido, es, quizá, la más infinita de las penas, la más insoportable... ¡y más letal que hasta hoy he sufrido!

Inexorable ardor ulula por mis venas, crepita en mis entrañas, fustiga mi existencia y provoca fatal desvelo a mis sentidos. Dolor en el alma que con nada calma, que con nada sana, que con nada olvida. Pasión infecta de miedos reprimidos cabalga, desbocada, por tortuosos caminos nunca antes recorridos, a la siga de aquel cavilar que hasta ahora, en mi frágil vida, yacía escondido. Expósito quedó mi corazón de muerte herido. Ahora solo exhalan de él versos contagiados de agonía y recalcitrante frío. Sepulcral helaje que mana de una vida que navega en la mar del desvarío, do solo bufan las insípidas pasiones del hastío.

No creo, y siento que no quiero, poderme reponer de esta abyecta arremetida. He sido objeto fácil de la más certera de las embestidas, ¡y de quien menos lo esperaba!, en el momento que más de su amor necesitaba, y mayor, leal y sincera entrega le ofrendaba.

Ahora que la tarde agoniza en lontananza, ahora que la fuerza de mis versos, cual mi insulsa esperanza, se escapa de mi alma preñada de infinita melancolía, te reitero, prenda mía: jamás dejaré de amarte como lo hice siempre; y así lo haré en el valle del olivo... Sí, allá te esperaré algún día para fraguar tus tristezas con las mías, tal vez, quizá, bajo el abrigo de la penumbra fría.

Acibarada carga estrangula mi calma; indescriptible dolor preña mi alma; humano ardor que con nada pasa, que con nada sana.

Quizá, tal vez, por todo ello, y con la dolida certeza de no arrepentirme ni retractarme en un futuro, mi trémula voz te anuncia, con lánguidos repiques, que aunque amándote como te amo, que lacerándome como me lacera, que sangrando a borbollones por esta insana herida, este sí es mi postrero adiós... y con el que tú y yo, conscientes, apostamos a perder... y lo hemos conseguido.

Sempiterna despedida, sentida, dolida... aunque sé, también, que no faltarán perennes recaídas; tal vez unas pocas tuyas, seguramente muchas mías; a pesar de saber que esta ilusión yace derruida, perdida, ida, diluida.

Cualquiera de los dos, o los dos, a la vuelta del camino, y cuando menos lo pensemos, tal vez sin darnos cuenta, instaremos entibiar el trillo. Buscaremos, con inútil insistencia, refundar, como antes, ya la pasión herida, ya el cariño ido, ya la alegría sufrida. Pretenderemos, con resignado y avinagrado llanto, revivir de entre sus ruinas este, nuestro inmortal amor de poesía.

Sin embargo, te lo aseguro: muy tarde ya será. Como hoy ya lo es. Pues no solo te he de confesar a gritos que un infinito padecer ha capturado, por siempre, mi alma, sino, también, que una inmensurable congoja, y una agonía inefable, al unísono, han comenzado a devorar el poco hálito que aún se aferra a mis entrañas.

Por último, prenda mía, ten presente que lo nuestro, eso que vivimos con inusual intensidad, con nadie que no seas tú, con nadie que no sea yo, ni tú ni yo podremos alcanzar ni disfrutar con otros seres, por más voluntad que aquellos ofrezcan, o que nosotros instemos, con falacia, disponer.

El nuestro es un amor inmortal, entre tú y yo, durante largo tiempo, y a fieros besos construido. Pasión perenne, pese a los defectos, algunos tuyos, muchos míos; los cuales, sin embargo, hoy han logrado arrancarte de mi lado sin haberlo evitar podido, o tal vez por ninguno de los dos querido.

A la ebúrnea catedral de amor que edificamos sobre la roca del silencio ignoto, ¡ese que tanto te afectaba!, le pusimos cimientos y estructuras forjadas con materiales imposibles de horadar con nada y por nadie. Perdurará por siempre, así sea en la estridente soledad de mi tristeza vana, o bajo el azote del vendaval mortífero de los olvidos.

Por todo, con todo, y a pesar de todo, amor de mi alma, prenda mía, me voy amándote... y amándote moriré; y te prometo, y lo juro por Dios que lo cumpliré, que a tu lado nunca volveré.

La primera vez que Rodrigo García Ronderos fue llevado al servicio de urgencias de la Clínica El Redentor Gregorio le causó al facultativo que lo atendió una impresión contraria al dramático y perentorio diagnóstico que reposaba en la remisión firmada por el doctor Zapata Neira. Pese a ello, y en solidaridad con su colega, aquel médico dispuso su inmediata hospitalización en el Pabellón B de Siquiatría.

—Aunque no encuentro razones para internarlo, lo hago por precaución. Para observar cómo evoluciona la crisis que se menciona en la remisión. Además, porque algo debió haber visto el doctor Zapata Neira para tomar la decisión de enviarlo a este lugar, y con tan precisas instrucciones —le enfatizó el galeno al paciente.

Desde hacía dos años y siete meses que Rodrigo frecuentaba al doctor Zapata. Hasta entonces lo que siquiatra y paciente hablaban durante las quincenales consultas, de hasta hora y media cada vez, giraba en torno a temas de actualidad política, filosófica, sociológica, económica. Así como sobre cultura general, dilemas éticos y morales de la sociedad contemporánea. También, sobre avances, mentiras y retrocesos empresariales en cuanto a reingeniería, calidad total, gestión de calidad, formación y evaluación por competencias, entre muchos otros temas de efímera e inocua moda de actualidad académica, empresarial, cultural, social o política. Mediatizadas tendencias, las cuales, de la misma forma como aparecían en el desconcierto nacional, se diluían en espirales de frustradas expectativas. Pero, eso sí, dejando a su paso una larga estela de costosos e inservibles pergaminos.

Respecto al caso en sí, era poco, muy poco, casi siempre al final, lo que médico y paciente abordaban y avanzaban. Sobre el asunto de la depresión que parecía afectar a Rodrigo, y en particular, sobre dos de sus múltiples posibles causas: el estrés laboral y el compelido aplazamiento legal de la pensión del que Rodrigo estaba siendo objeto, facultativo y paciente casi no hablaban. Tal vez, por esa razón, y tras esos dos largos años de interacción, estos hombres ya se trataban, no como siquiatra y paciente, sino como dos buenos amigos, confidentes, contertulios. Siendo esa, al principio, la tramada estrategia del siquiatra para instarle escudriñar, paulatina y certeramente, los secretos de su alma. Lo cual, Rodrigo jamás imaginó, ni sospechó, mucho menos controló.

Rodrigo fue enviado a siquiatría por el sicólogo, remitido, a su vez, por el médico general de la EPSS Sanamos que lo atendió en cinco oportunidades seguidas bajo «*Severas crisis frente a situaciones estresantes de índole laboral*», según rezaban las respectivas páginas de interconsultas. Temeraria argucia concebida por Rodrigo para intentar ganar tiempo y salir pensionado por incapacidad mental, a más tardar a los cincuentaicinco años de edad, y no a los cincuentaisiete, primero, y a los sesenta, poco tiempo después; como consecuencia de las dos últimas reformas pensionales aprobadas en el Congreso y sancionadas por el Ejecutivo Nacional.

Legislaciones aquellas con las cuales se aumentó en Concordia la edad de jubilación y, por lo tanto, le afectaron, aletargaron, a Rodrigo García Ronderos, su plan post laboral. Específicamente, en lo relacionado con su secreta afición por la lectura y la escritura, intensificadas con la llegada de Débora a su solitaria vida. Débora, su inmarcesible, exquisito, sin igual, escondido, naciente y aciago amor.

Rodrigo comenzó a trabajar, lo atormentaba cuando cavilaba al respecto, desde los doce años de edad. A cotizar para pensión lo empezó a hacer a los dieciocho, cuando el horizonte para jubilarse por vejez era los cincuenta años. Tope legislativamente ampliado hasta cincuentaicinco, tres años después de haber comenzado a aportar. Cada una de esas tres reformas pensionales lo afectaron, y tocaron su alma, en especial las dos últimas, cuando, teniendo más de las exigidas semanas de pagos, primer requisito legal, estaba a muy poco tiempo de ser cubierto por un retén social de tres años, incluido en esta última reforma a título de compensación. Ahora, y por escaso margen de tiempo, Rodrigo tendría que esperarse hasta los sesenta años, y tal vez dos más, para comenzar a cumplir sus propósitos de perfeccionar las reglas de la prosodia, sintaxis y ortografía y, junto con esto, consagrarse, por el resto de su vida, solo a escribir… y, desde su fortuita aparición, al lado de Débora. Lo tenía inamoviblemente concebido.

Rodrigo sabía que mientras tuviera responsabilidades laborales, poco, muy poco tiempo le podía dedicar a esa represada y secreta afición literaria que sentía que se le salía por cada poro de su humanidad, y desde su adolescencia. Con mayor efervescencia e intensa pasión tras cumplir los cuarenta años cuando, además, conoció y se enamoró, perdida y letalmente de Débora.

Al aprobarse la segunda reforma pensional, que alteró, afectó y pospuso, al menos por otros ocho años los planes de Rodrigo, esta incluía un retén social que establecía: «...*aquellos trabajadores que al momento de sancionarse la ley les falten tres o menos años para cumplir los cincuenta y cinco de edad y hayan cotizado para pensión por más de setecientas cincuenta semanas, una vez alcancen esa edad, se pueden pensionar sin más requisitos*». Los demás compatriotas, los otros concordenses, como él, lo tenían que hacer hasta los cincuentaisiete, y con mil cincuenta semanas cotizadas, desde luego.

Para esa fecha Rodrigo García Ronderos tenía cuarentainueve años, ocho meses y veintitrés días de edad, y mil seiscientas quince semanas certificadas de aportes para pensión. Pese a tener el tiempo de cotización, pero no la nueva edad regulada, no alcanzó a ser protegido, cubierto, por ese retén social. Ahora tendría que esperar a cumplir cincuentaisiete para obtener su derecho a pensión y poderse dedicar, en exclusivo, a escribir para ser leído, no para vivir de ello. Pero, eso sí, su máximo incentivo ahora era hacerlo al lado de Débora.

Fue en ese momento, y por tal razón, que Rodrigo comenzó a idear fórmulas para no tener que trabajar más tiempo del que él había programado, del que él había forjado en su mente: al cumplir los cincuentaicinco años de edad. Él tenía decidido que a partir de esa edad se dedicaría a la literatura, y a Débora. Ambigua e ignota persona con quien desde hacía diez años complementaba, acompañaba y soportaba su compleja existencia.

Para llevar a efecto su romántico plan literario Rodrigo necesitaba, en primer lugar, asegurar el sustento para su cuerpo, vía su ganada pensión. Luego vendría el alimento para su espíritu: escribir para ser leído y dejarle un legado, no solo a sus compatriotas, los concordenses, sino a la humanidad. Lo creía así, y así actuaba, sin más interés que el literario.

Convencido de ello, y en relación con su primer objetivo, comenzó a estudiar la normatividad sobre pensiones, en especial la inherente a la derivada por invalidez sicofísica. Estudió, no solo la normativa, sino que indagó en la Internet sobre temas sicológicos y siquiátricos. Ello lo llevó a pensar, y a concluir, según sus deseos, que podría, con relativa facilidad, caracterizarse y obrar en ese sentido, de tal forma que luego de un breve periodo de tiempo, y de una que otra incapacidad temporal, incluso hospitalizaciones siquiátricas, y tras la respectiva e inexorable junta médica, obtener el beneficio pensional por invalidez siquiátrica. Esto le permitiría, junto a Débora, sentarse a escribir y, hasta, quizá, antes de los cincuentaicinco años, si lo hacía a la perfección; para lo cual, él lo creía, tenía las competencias, los alcances, los medios, así como el atrevimiento.

Tales concepciones solo reposaban, anidaban, en la mente de Rodrigo García Ronderos. No dejaban de ser más que una quimera. En el fondo de su espíritu había incoado la idea de trabajar hasta los cincuentai-siete. Se había conformado por la fuerza de la ley y las circunstancias nacionales. Además, recapacitó en ese momento: *Y... ¿qué son dos años más?*

Conducta esta típica de los concordenses.

Con una nueva reforma relámpago, apalancada (gestionada) por los banqueros y aseguradores del país, los mismos que financiaban las campañas electorales y, por ende, necesitaban recuperar rápidamente su inversión y aumentar de forma geométrica su capital, el Gobierno Nacional, poco menos de dos años después de la anterior, modificó otra vez la edad de pensión, pues:

—El sistema, bajo las actuales circunstancias, es inaguantable... y con esta medida, y la nueva reforma tributaria que se tramita en el Congreso, este Gobierno busca disminuir la desigualdad social que tanto nos molesta y afecta... —dijo en una destemplada, nada creíble y justificativa alocución el Presidente de la República, en la víspera de la promulgación de la ley reformatoria.

Esa vez la modificación consistió en aumentar la edad de pensión de cincuentaisiete a sesenta años, y con la posibilidad de incrementarla, en cualquier momento, y por decreto presidencial, en dos más. O en más de dos, si las circunstancias fiscales y económicas del país de entonces lo llegaban a requerir. Ahí fue cuando Rodrigo García Ronderos decidió poner en ejecución su arriesgado, elucubrado y rumiado plan siquiátrico.

Rodrigo comenzó la ejecución de su osado plan simulando síncopes frente a situaciones laborales en donde antes él era un curtido, eficiente e impertérrito empleado. Desde entonces, cualquier disgusto, cualquier contrariedad o afán laboral se convertían en oportunidades precisas para su magistral actuación de hiperventilación, pérdida del sentido, labios mustios, palidez, taquicardia, tremor muscular, deambulación, confusión, melancolía, exaltación, mutismo, agresividad espontánea y agitación, entre otros síntomas. Algunas de estas somatizadas manifestaciones eran impactantes y creíbles al vérselas. Rodrigo logró acondicionar su mente para que le ordenara a su cuerpo experimentarlas y mostrarlas frente a sus compañeros de trabajo y, desde luego, cuando le tomaban los signos vitales, o cuando era atendido por los paramédicos, o por las enfermeras, o por los mismos médicos. Sintomatología que, así como aparecía a capricho de Rodrigo, desaparecía cuando él quería… o eso creía.

Fatal capacidad descubierta y usada a discreción, al comienzo, por el paciente y víctima en ciernes.

En cinco de esas oportunidades Rodrigo fue llevado y atendido en urgencias del Hospital General de la EPSS Sanamos. Allá lo reanimaban, medicaban, canalizaban, observaban durante un periodo, nunca superior a seis horas, y lo daban de alta al ser estabilizado.

Durante la quinta oportunidad, el médico general que lo atendió lo remitió al sicólogo. Rodrigo le comunicó que oía voces que le decían que se agrediera a sí mismo. El sicólogo, después de cinco sesiones de terapia, y como las voces seguían ahí, en su mente, según el paciente, expidió la interconsulta para siquiatría. Allí fue recibido, "en suerte", por el doctor Zapata Neira.

El plan enrumba hacia su objetivo, según lo programado, pensó Rodrigo.

El fatal proyectil, vertiginoso e imparable, surcaba el viento hacia la implosiva diana, sin posibilidad alguna de retroceso.

El doctor Zapata Neira, y desde la primera consulta, supo que Rodrigo García Ronderos no era sincero, pero sí convincente. Muy convincente. Agradablemente convincente. Lo vio e intuyó en la mirada de su paciente y, sobre todo, en la ilación de su expresión hablada y mímica. Pese a ello, lo incluyó en su lista de pacientes frecuentes.

Pensó que si ese hombre bien hablado, bien vestido, bien arreglado, educado, de buenos modales, realizado profesional y económicamente, y, además, buen conversador, montaba aquel falaz y atrevido escenario, y con tal ideación, algo recóndito, diferente a la afectación que planteaba y simulaba, tenía que estarle pasando, realmente, a su mente, a su compostura. Al comienzo sospechó que la verdadera causa era el amor, o algún desamor. Pronto desechó esa idea, pues Rodrigo jamás le insinuó palabra alguna al respecto, ni siquiera cuando, en alguna oportunidad, se lo sugirió. El tema del amor, al parecer, lo tenía sin cuidado. No estaba en su corta lista de prioridades y gustos, registró en la historia clínica el doctor Zapata Neira. De todas maneras, algo tenía que haber, también pensó el siquiatra desde el comienzo, y él lo quería e iba a investigar, además de ser ese su deber y obligación profesional y laboral.

Lo incluyó en su lista de pacientes frecuentes porque de ser ese un caso sencillo, como bien podría ocurrir, él tendría cada quince días, durante cada cita que le programó, un rato de esparcimiento, de divagación, de refocilo, de buena charla y actualización con alguien diferente a la mayoría de locos que solía atender durante las ocho largas horas diarias que tenía que justificar, soportar, en la EPSS donde trabajaba; y poco, ¡muy poco!, le pagaban, según su perfil, verdadera aspiración salarial y agobiantes y crecientes necesidades. Lo creía así el siquiatra, inconfesamente, desde luego.

Además, el cuento de este tipo, y en sí, el mismo tipo, pensó el doctor Zapata Neira, *son simpáticos, entretenidos, nada serios, nada comprometedores. Al parecer...*

Desde el comienzo de la terapia el doctor Zapata Neira, según su formación, conocimiento y, al parecer, recónditos y transversales compromisos con los laboratorios de fármacos mentales, adeudos adquiridos mucho antes de que apareciera en su consultorio y entidad prestadora de salud la gente de la OVT, le formuló a Rodrigo antidepresivos y levantadores de ánimo.

Primero fue la Sensalina junto con la Tomadrona. Esta última, para que Rodrigo pudiera conciliar el sueño y no escuchara, al dormir, las voces que decía escuchar. Al año le cambió la Sensalina por la Tremendaxina, pues Rodrigo le comentó que aquella primera medicina le estaba haciendo perder la memoria y lo ponía muy lento en la reacción, en la acción, y hasta en el pensamiento. Medicamentos, estos y aquellos, que, desde luego, Rodrigo nunca tomó por su cuenta. Aunque el siquiatra lo intuía, o tal vez lo sabía, no le dijo nada. A pesar de esto, cada mes le hacía la respectiva reformulación, la cual, juicioso, el paciente presto reclamaba en la farmacia.

Además de aquellos medicamentos, Rodrigo también tenía formulado el Ansiazolam para que lo tomara cuando sintiera que se aproximaba alguna crisis, o para cuando le comenzara una de estas. Este sedante antidepresivo sí lo tomaba cada vez que en la empresa quería impresionar a sus jefes y compañeros de trabajo, antes o durante sus motivados trances que concluían en urgencias. Como en la empresa ya sabían que cuando el doctor García se comenzaba a poner mal, al verlo con tales síntomas, rápido, muy afanados unos, asustados otros, y humanamente curiosos los demás, le buscaban en su billetera donde guardaba un sobre con esas pastillas. Tras encontrárselas, le daban una, o se la ponían bajo la lengua.

Esta misma estrategia, comenzarse a poner mal hasta concluir en urgencias, la usaba Rodrigo cada vez que el doctor Trillos, su último, poco prudente y déspota jefe inmediato, le imponía cargas abusivas y adicionales a su formal rol, o le restringía derechos laborales, o le hacía injustos reclamos y altisonantes llamadas de atención.

El doctor Trillos, desde su llegada a la oficina, precisamente durante el último año que trabajó Rodrigo, al enterarse del cuadro siquiátrico de su subalterno inmediato, no quiso creer lo que se le dijo respecto a la afección de aquel. Siempre le reprochó de forma burlona y descomedida. Solía argumentar que lo de García era una maña para evadir trabajo. Así se lo dijo el día anterior a la primera hospitalización de la que fue objeto Rodrigo. Impase que le costó a Trillos una fuerte reprimenda de los directivos de la empresa cuando se enteraron, por boca e informe escrito de la trabajadora social de la clínica, que los motivos por los cuales el doctor García había tenido aquella crisis, según lo que él le dijo a Zapata Neira y a los siquiatras de la clínica, estaban relacionados con la discusión que los dos tuvieron la tarde anterior por los horarios de entrada, salida y almuerzos, así como por las restricciones que Trillos le hizo respecto al uso de los parqueaderos de la compañía. Tal y como quedó consignado tanto en la historia clínica como en la epicrisis.

Antes de la crisis que motivó la primera hospitalización de Rodrigo, el doctor Zapata Neira lo había atendido en dos oportunidades, y por las mismas supuestas circunstancias: estresantes laborales. En esas dos ocasiones la situación tan solo había concluido con dos y tres días de incapacidad laboral, para que lejos de la fuente detonadora del estrés el paciente se recuperara más fácil y rápido. En esas dos oportunidades el siquiatra, al verlo en plena crisis, estuvo por pensar que de verdad el asunto de Rodrigo era lo que él decía. Algo, en cada ocasión, le dijo que no. Que se trataba de una magistral actuación, pese a que en esas dos oportunidades Rodrigo le expresó, con lágrimas en sus ojos, muy creíble, que había escuchado en su interior unas voces que lo conminaban a lanzarse desde el cuarto piso, donde quedaba su oficina. Algo no le cuadraba al siquiatra. Una vez el enfermo estaba un breve lapso de tiempo en su consultorio, y charlaban, tan rápidamente como le había iniciado la crisis le pasaba, se reponía, sin dejar secuelas; al parecer.

Rodrigo García Ronderos, casi tres años antes de su primera hospitalización siquiátrica, padeció, sufrió, fue víctima de un gran desamor. Fue el primero, más no el último, que le propinó Débora. Para entonces, él ya había conocido ese magenta color. Había probado el acibarado y graso guiso de la traición amorosa. La primera que le procuró Débora, o, por lo menos, la única de la cual él se enteró, o quiso enterarse.

Débora ya le había inoculado a Rodrigo esa insoportable y dolorosa sustancia en sus venas. Esa viscosa, aceitosa y resinosa pena que produce la falsía del ser amado, la cual, tras mezclarse con la sangre, inexorable, comienza un trémulo recorrer, lento, quemante y, en todo caso, corrosivo y fatal, hasta convertirse en ese desestabilizador y peligroso sentimiento de angustia, desolación, inestabilidad… ¡propios del desengaño!

En esa oportunidad Débora instó justificar con candidez su aleve falta. Se escudó en que lo hizo por los enfermizos celos de Rodrigo que le hacían ver rivales en todas partes y a toda hora. Causa primaria de casi todas sus rutinarias peleas de pareja. Así como por la soledad en la que vivía. Le reclamó que el trabajo de Rodrigo, al que él le daba la mayor importancia en su vida, por sobre cualquier cosa o persona, no les permitía estar juntos casi nunca, como lo deseaba Débora y lo necesitaban los dos. Le reprochó que por él estar de cabeza en su oficina todo el día, y parte de la noche, incluso muchos sábados y domingos, la soledad se había vuelto su celestina, su mala consejera.

—He ahí, Rodrigo de mi alma, las consecuencias —Débora le enfatizó justificativa y más que descaradamente.

En esa ocasión Rodrigo le perdonó a Débora su deleznable y tenuemente argumentada deslealtad amorosa. Pero, lo que no pudo aquel hombre, por más que lo intentó, fue olvidar y evacuar el dolor que aquella traición le causó. Aflicción que se enconó en su alma y que no pudo expulsar, como tampoco desintoxicar su corazón y, menos, aún, desatascar la pena que inficionó sus venas. El magenta de tal sustancia nunca se diluyó de su ser. Colmató su estructura sentimental y se diseminó sin control por toda su humanidad, mientras sus labios permanecían sellados por su promesa de no tocar ese tema en sus conversaciones y discusiones de pareja, en compensación con la que Débora le hizo de no volverlo a engañar. Así se lo juró Débora con su divino, aunque indefinido, rostro bañado en lágrimas.

Promesa que Rodrigo cumplió y estaba seguro, confiado, de que Débora también cumpliría la suya. A pesar de que tan fermentada y tóxica sustancia lo iba contagiando de forma lenta, dolorosa, inexorable y fatal, comprometiéndole sus más frágiles composturas: su tranquilidad, su paz interior, la confianza en su pareja y, lo más delicado, en él mismo.

Era tanto el escondido daño que sufrió Rodrigo esa primera vez, tan grande la lesión que Débora le causó, tanto a su alma como a su cuerpo, que aquel enfermo hombre solía experimentar en sus vísceras, casi a diario; aunque a nadie se lo dijo, menos a su siquiatra cuando se puso en sus manos, intensas contracciones y retorcijones muy dolorosos. Comenzó a padecer y a sentir esporádicos pero intensos picotazos en su pecho. Estos, cada vez que le daban, lo dejaban sin resuello. Tras pasarle, una sensación molesta, incómoda, lo seguía afectando hasta treintaiséis horas, haciéndolo suspirar, sumido en el letargo. Maluquezas que solo eran aminoradas con la ingesta de dos remedios paliativos: escribiéndole y leyéndole sus narraciones románticas, cuando el trabajo se lo permitía. O escuchando música de despecho, su favorita, y, mejor aún, y más efectivo, cuando estas dos condiciones se daban al mismo tiempo.

Si bien es cierto que ese martes de comienzos de abril, durante el almuerzo en el casino de la empresa, Rodrigo García Ronderos discutió agriamente con su jefe inmediato; esa vez porque Trillos le dijo que había decidido que el parqueadero que Rodrigo ocupaba, desde hacía más de veinte años, se lo tenía que ceder a él, por jerarquía, razón por la cual no podría volver a llevar su vehículo; la verdadera razón que le causó incontenible llanto, tristeza, congoja y dolor, ese siguiente miércoles, a las siete de la mañana y durante la programada cita quincenal con su siquiatra, fue esa represada conjetura de que Débora, su particular amor del alma, reiteraba en sus infieles andadas.

Lo comenzó a rumiar, a sospechar y, al final, a creer, de tiempo atrás. La primera vez que así acaeció, casi tres años antes, Débora acudió a las mismas estratagemas, a las mismas evasivas, a las mismas disculpas inadmisibles que ahora estaba usando cuando algo él le decía, cuando algo él le pedía, o cuando buscaba refugiarse entre sus robustos y fuertes brazos, o instaba libar de su pasión en la infecta copa de sus ardorosos y carnosos labios... o a extasiarse, sin límite, en el manantial de su portentosa y particular intimidad.

En cada una de esas oportunidades lo que Rodrigo recibió de Débora, y desde mediados de ese noviembre pasado, fueron descariñadas, duras y gruesas palabras, así como nada sutiles ademanes de rechazo, de enfado, de reclamo, de injustificada indignación y desagrado. La intención de Débora con tal actitud, lo creía Rodrigo, era afectarlo, herirlo letalmente. Y lo estaba logrando.

Débora sabía que con lo que más se le golpeaba la compostura a ese indefenso hombre, a su fiel amante, era con ese brusco comportamiento, así como con su natural tonalidad de voz. Contrarias a las falaces, mimosas, sutiles y tiernas acciones que usó cuando lo conoció, y que solía utilizar para atraparlo, para hacerlo suyo, a su capricho, cada vez que se le antojaba o quería algo de él, o cuando necesitaba satisfacer sus instintos... o sus ambiguas necesidades sexuales.

Aquel miércoles, al verlo estallar en llanto incontenible, en conmovedores y preocupantes sollozos, el doctor Zapata Neira de inmediato asoció tales síntomas con factores de estrés laboral. Más, aún, cuando Rodrigo, para explicar, para justificar y desfigurar la verdadera razón de su pena amorosa, le contó, no lo de Débora, sino el episodio del día anterior, en el comedor, con el doctor Trillos, su jefe inmediato, en relación con la decisión de aquel de quitarle el parqueadero.

Fue tal la desesperación y el dolor, reales, evidentes, que en ese momento embargaban a Rodrigo García Ronderos, que el siquiatra decidió internarlo, de inmediato, en la clínica, para evitar un desenlace fatal, ya que las voces, según le dijo Rodrigo, lo invitaban a dejar de sufrir; de seguir padeciendo tal afrenta, tal desconocimiento, tal presión, tal angustia... tal irrespeto. Ahí el doctor Zapata Neira creyó haber confirmado su diagnóstico, hasta entonces en duda: Trastorno depresivo con síntomas psicóticos asociado a estrés laboral.

Era cierto lo que Rodrigo le comentó a su siquiatra ese miércoles en la mañana en cuanto a esa sensación de quererse morir, de quererlo dejar todo. Pero, no era por el impase con el doctor Trillos y su acérrima intención de despojarlo del parqueadero. Eso era lo que menos preocupaba y angustiaba a Rodrigo en esos momentos. La verdadera causa la constituía el vacío, la angustia que sentía en relación con la reincidente actitud evasiva, elusiva, descariñada, zafia e ingrata de Débora. Afilada mampara de la que el ser humano se vale para instar eclipsar su perfidia.

Fue esa actitud ingrata, represada en su sensible corazón, la que hizo que Rodrigo García Ronderos estallara en llanto frente a su siquiatra esa mañana de abril. Además, porque Rodrigo no tenía con quien más compartir su amargo y magenta dolor de amor, excepto con Débora, quien se lo estaba inoculando y activando, y por segunda y mortal vez.

Cuando el doctor Zapata Neira le preguntó a Rodrigo, allá en su consultorio, sobre el trabajo y, en específico, sobre el trato que sus jefes y compañeros le dieron en esos últimos quince días, Rodrigo encontró la forma de sacar de su alma aquel dolor, aquella pena, aquella angustia, aquellas tribulaciones de amor inherentes a su secreta pareja. Pero, los disfrazó y presentó como asuntos laborales, no de amor.

Rodrigo no buscaba con ello consuelo alguno por parte del galeno, pues el único ser que se lo podía ofrecer, y de quien tan solo lo recibiría, sería de Débora. Al trasfigurar su dolor frente al doctor Zapata Neira, buscaba exteriorizar aquellos álgidos sentimientos que lo erosionaban, que lo derrumbaban. Además de apalancar su plan siquiátrico en procura de agilizar la pensión y, con ello, poderse dedicar en exclusivo a escribir al lado de su amor… que en ese momento andaba disperso y díscolo como la fría brisa vespertina de la capital.

Débora era consciente de la espectacular esbeltez de su fornido y atlético cuerpo, así como de lo exquisito, impactante e inexorablemente seductor que era su rostro tropical. Esas magnéticas y evidentes cualidades físicas, junto a las caprichosas discrepancias somáticas con las que la naturaleza se empeñó en caracterizar, en singularizar su espigada existencia, las había explotado con efectividad en al menos sesentaitrés inusuales relaciones sentimentales. Todas desafortunadas y previas a conocer a Rodrigo.

Relaciones que comenzaron cuando cumplió catorce años y entendió sus discrepancias somáticas, gracias al primer hombre con el que compartió su intimidad. Este se las hizo ver y explicó en detalle, además de haberlas disfrutado al máximo y habérselo hecho gozar a Débora también a plenitud.

Caprichosas y anatómicas particularidades, singularidades, que cuando eran intuidas o detectadas por el infalible y primitivo olfato de los hombres, los hacía instar materializar y realizar aquella máxima, recóndita y latente fantasía masculina… Cumplida, hasta entonces, por esos sesentaitrés individuos, antes de Rodrigo, y a los que Débora les permitió, o les facilitó, alcanzar los dinteles de sus abrazadores, fogosos, ardientes, inolvidables y escondidos favores. Aun cuando todos ellos le pagaron con ingratitud y descomedimiento, o

Débora los abandonó al no cumplir estos con el perfil ideal buscado, acorde con sus verdaderos intereses: estabilidad o, al menos, aseguramiento económico, material… y perdurable.

Cualidades físicas y situación humana que Rodrigo no había tenido la oportunidad de comparar con las de ninguna otra persona. De manera íntima solo conoció a Débora al cumplir él los cuarenta. Particularidades aquellas que a Rodrigo se le constituyeron en la esencia vital de sus neófitos afectos, consumados hasta la extenuación durante las intrincadas faenas amatorias en las que a menudo se trenzaban, sobre todo al comienzo de su idílico amorío. Relaciones en las que Débora fue siempre líder, pareja dominante, mientras que él, solo su incauto y sometido aprendiz.

Débora sabía el impacto que causaba en la gente la esbeltez de su figura, ornada y resaltada, aún más, con la seductora vestimenta que solía usar a hurtadillas, a escondidas de Rodrigo. A él no le gustaba que saliera así a la calle. Se lo tenía prohibido… inútilmente. Cuando así se ataviaba, atraía, inexorable, la mirada concupiscente de cuanto hombre cruzaba por su senda de seducción y coquetería. Libidinosa mirada que a Débora siempre le fascinó sentir cuando así se acicalaba y al ruedo se lanzaba. Mejor, aún, cuando tal otear era acompañado con insinuaciones gestuales, con mensajes corporales y frases que enaltecían o profanaban sus singulares atributos físicos.

La satisfacción, el placer que de todo eso experimentaba Débora, era más intenso, incluso, que las prodigadas en las relaciones íntimas en las que a menudo se enfrascaba de forma pasajera. Y con aquel o tal personaje que de momento cautivara su libido, o que al parecer cumpliera con el perfil que andaba buscando para asegurar un futuro holgado: su proyecto final de vida. Indiscriminadas relaciones, inicuo oficio, que Débora siguió practicando, pero con un poco más de discreción y sigilo, y menor frecuencia, tras formalizar hogar con Rodrigo, ante su terca e intensa insistencia.

Propuesta que Débora acogió, no tanto por la tozudez de Rodrigo, sino porque al ser soltero, al tener un buen trabajo y algo de bienes muebles e inmuebles; aunque no lo suficiente en relación con lo que al respecto Débora quería, pero que hasta entonces no había alcanzado con ningún otro; Rodrigo se convertía en un candidato, no ideal, pero sí alterno, llegado el caso de no conseguir a alguien mejor para sus planes de manutención. Sobre todo en ese momento, cuando bordeaba los treintaiséis años.

Rodrigo era inexperto, vulnerable, fácil de engañar y de manejar. Era fiel, confiable, confiado y, como si fuera poco, se había enamorado y caído, incauto, a sus pies. Por todo eso, llegado el caso, lo pensó y calculó Débora desde cuando se fue a vivir con él, de no encontrar un árbol con mayor follaje, la sombra de ese arrayán resguardaría su humanidad en el frío invierno de la vejez. Lo tenía claro: Rodrigo García Ronderos era una opción aceptable de sustento… con algo de humano placer y distracción, dada esa manía de escribirle y leerle sus *tontas poesías*, así lo pensaba cada vez que él se las compartía. Para Débora, Rodrigo nunca fue, ni lo sería, ni él ni nadie, un asunto de amor. Como sí lo fue Débora, siempre, para él.

Desde luego que para que lograran permanecer juntos esos doce años, para nada fáciles; además de que en ese lapso ninguna de las veintitrés subrepticias conquistas que hizo y disfrutó Débora cumplió el perfil económico que su proyecto de vida exigía; él le fue construyendo, con paciencia, un sitio, un hogar. El que hasta entonces Débora nunca había tenido como tal. Ni siquiera en la infancia.

Al nacer, sus padres, enterados de sus anomalías somáticas, procedieron a su abandono en un orfelinato público. Allá estuvo hasta los trece años, cuando al no acceder a los desviados caprichos y abusivas pretensiones sexuales de su director, se escabulló y comenzó a rodar y sobrevivir, de cualquier forma, por las frías calles capitalinas. Veintitrés años después se encontró, cautivó y atrapó a Rodrigo García Ronderos mientras esperaban ser atendidos por el médico general en la EPSS Sanamos.

Para Rodrigo lo económico y los bienes inmuebles no constituían tema de importancia, no eran su prioridad, mucho menos su afán. Él, desde joven, lo que quería hacer era escribir para ser leído. Sabía que para cumplir sus anheladas y literarias metas necesitaba asegurar un sustento básico. Al toparse en su camino con Débora, tan solo contaba con lo elemental para vivir, para estar. Los remanentes mensuales de su aceptable sueldo en la Cervecera Nacional los ahorraba para, una vez pensionado y tras completar, terminar y perfeccionar sus obras, proceder a publicarlas, distribuirlas y comercializarlas.

Quería que en las bibliotecas de todas las escuelas y colegios públicos de Concordia hubiera al menos una obra suya, que él estaba decidido a hacer llegar, a sus costas.

Su proyecto final de vida era escribir y ser leído, se lo decía en silencio y con febril reiteración. No le importaba vivir de forma modesta, en arriendo, en una pieza, en aquel barrio popular cerca de su trabajo. En un habitáculo dotado con el menaje acorde a sus pretensiones y concepciones. Tenía un vehículo que solía cambiar por uno nuevo cada tres años, para evitarse lo de los mantenimientos mecánicos y normativos. Lo usaba muy poco, sobre todo los días festivos para visitar a su madre que vivía con la menor de sus hijas, o para ir al médico, o para hacer una que otra diligencia esporádica. Al llevarlo muy de vez en cuando a la empresa, su jefe el doctor Trillos quiso disponer para él del parqueadero que Rodrigo tenía asignado.

Su vestuario sí era elegante y de buen corte y marca. Cuidaba con esmero su imagen y presentación personal, lo que lo hacía atractivo, pese a no ser, físicamente, muy agraciado. Solía llevar una computadora portátil, moderna, liviana y actualizada, en la cual consignaba sus ideas literarias, aunque la mayoría de las veces lo hacía con plumas estilográficas y en agendas de alto costo que siempre cargaba en ejecutivos y caros maletines de cuero.

La cuidada y cara indumentaria, los finos y elegantes modales, la expresión tonal y los accesorios poco comunes de Rodrigo, y un olfateado buen patrimonio, tal vez su mayor atractivo, instigaron en Débora, de inmediato, el interés y la seducción, esa vez, mientras los dos, por coincidencia del travieso y juguetón destino, esperaban ser llamados al consultorio del galeno, en la EPSS Sanamos.

Tras saludarse en la sala de espera, entablaron una breve y trivial conversación hasta cuando Débora entró a consulta. Cuando se levantó de su silla, contigua a la que ocupaba Rodrigo, él no pudo negarse a verle su, a propósito, exhibida monumental estructura corporal, su esbelto, negro y largo cabello que le caía en capas hasta la mitad de su espalda, cual hipnotizadoras y seductoras olas, acompasadas con el maquinado bamboleo exagerado de sus sensuales caderas que hacían coro con la deliciosa fragancia de su perfume de extracto de flor de cera.

Solo fueron diez segundos de exposición. Los suficientes para despertarle, para hostigarle a Rodrigo esa, intencionalmente, refundida pasión en lo más recóndito de sus vísceras.

Él había decidido, desde muy joven, que el amor, las relaciones de pareja, los encuentros con su contraparte genérica, las mujeres, y con todo ello, el sexo y los bienes inmuebles, no estaban en su muy corta lista de prioridades. El haberse enamorado a los once años de una compañera de su hermana mayor, y el no haber sido afortunado en tal lid, situación que lo convirtió en el centro de los comentarios burlescos en su entorno, fueron suficientes para su determinación de jamás enamorarse y, desde luego, evitar todo tipo de relación afectiva sentimental.

Pensaba que no necesitaba vivienda propia, mucho menos suntuosa. Si no había amor, ¿para qué hogar? Desde entonces decidió que la soledad y la austeridad habitacional serían sus compañeras, asesoras y confidentes para sus fines literarios. Así lo hizo cuando estudió su bachillerato, la carrera universitaria y los dos posgrados. También, cuando se enroló en la empresa cervecera en donde hasta entonces era un ponderado, exitoso y bien remunerado profesional. La soledad fue para él su mejor aliada para escribir o leer, allá, en la arrendada y modesta habitación donde vivía... hasta cuando se tropezó con Débora.

Tan pronto desapareció Débora al cerrar la puerta del consultorio, y se esfumó en círculos de seducción la rosada esencia de la flor de cera que dejó al levantarse, Rodrigo se censuró por sus pensamientos libidinosos. Instó olvidarlos, borrarlos de su mente, junto con la esbeltez de aquel cuerpo sinuoso, y ese perfume, impregnado de forma inexorable en sus fosas nasales.

Un minuto después, y tras activar el procesador de palabra, comenzó a consignar algunas frases para uno de sus proyectos literarios de sátira y romanticismo social. Pero, el amor es sinuoso, persistente, atrevido e inexorable. Luego de veinticinco minutos, y cuando Rodrigo había olvidado la situación inicial ante la concentración que le demandó la redacción de otra oración, una sensual y cantarina voz, con tonalidad indeterminada, mencionó su nombre y apellidos completos, compeliéndolo a levantar su mirada que se estrelló contra el fulgor incandescente de la de Débora, quien le dijo con zalamería y coquetería que siguiera, que el doctor lo esperaba.

La ignición en aquellos ojos pardos, la fragancia de su esencia de flor de cera, y esa inesperada situación le quitaron a Rodrigo el aliento, la respiración, al menos durante diez segundos, al cabo de los cuales cerró la computadora, recogió sus cosas, se paró y le agradeció con entrecortadas, casi balbuceadas palabras. Luego, entró al consultorio, sintiendo tras de sí un fogonazo cautivador emanado de aquel «hermoso y exótico ser», como lo calificó Rodrigo en ese fatal instante seductor.

Rodrigo jamás pensó que volvería a ver a Débora tras aquellos dos fugaces e inquietantes encuentros. Tampoco se lo propuso. Él no estaba para conquistas en ese momento, ni nunca. Lo había decidido. O, eso era lo que él creía hasta entonces. Cuál sería su sorpresa, además de agradable, comprometedora, cuando al salir de su consulta, treintaicinco minutos después, se encontró con que Débora aún estaba ahí, ¡esperándolo! Y, sin que él se pudiera reponer de la explícita emoción nerviosa que su presencia le causó, de inmediato lo conminó a tomar un café en el restaurante anexo.

Rodrigo, al parecer, era el prototipo de hombre que satisfacía gran parte de los requerimientos para sus planes de manutención, y por el resto de su vida, o por lo menos mientras no llegara uno mejor. Débora lo tuvo claro desde ese momento, cuando se propuso atraparlo. Tal vez esta era la persona que estaba buscando desde su adolescencia. Eso parecía, según lo leyó en las torpes palabras, en la ingenua como limpia mirada, así como en la evidente inexperiencia en asuntos de amor y en relaciones afectivas. Características que le afloraban a Rodrigo a borbotones por cada uno de sus dilatados poros. Amén de su indumentaria, porte y oteados accesorios y, sobre todo, por no llevar consigo argolla matrimonial.

Perfiles, estos últimos, que Débora reafirmó cuando él, tras el café, se ofreció a conducir su confortable y casi nuevo automóvil hasta la casa de Débora. Trayecto durante el cual él le respondió las inquisidoras e inevitables preguntas acerca de su estado matrimonial o si mantenía alguna relación estable con alguien.

Débora compartía un vetusto pero amplio apartamento con otras cuatro personas en situación algo similar a la suya, en cuanto a la variedad laboral, suerte social y colectividad de género en la que la alcaldesa de la zona los agremió, con sugestiva nomenclatura, a la siga de propósitos electorales. Aunque la funcionaria pregonaba que era una política pública para brindarle mayor protección y apoyo a esa marginada, estigmatizada y perseguida comunidad.

Débora vivía, o mejor sería decir: ¡sobrevivía!, en un descascarado edificio, huérfano de mantenimiento, aseo y pintura desde hacía mucho tiempo. Inmueble construido en los años cuarenta sobre el costado occidental de la carrera Central con calle 51. Sector residencial este, otrora tiempos habitado por capitalinos de alto estrato social y rancio abolengo. Tras la partida paulatina de allí de sus dos primeras y acomodadas generaciones, se fue degradando y convirtiendo en una zona discotequera, comercial, formal, pero, en especial, informal y, en consecuencia, impactada por la avasalladora, creciente e incontrolable inseguridad, concomitante con el microtráfico de drogas sicotrópicas y la avasallante prostitución, sobre todo de jóvenes bonitas y muy necesitadas universitarias.

Cuando llegaron hasta la entrada de aquel edificio, y antes de bajarse del carro, Débora sorprendió a

Rodrigo, otra vez, al estamparle un apasionado, sonoro y prolongado beso en la boca. Entonces le recordó, con picardía en sus palabras, mirada y contoneados movimientos, la cita para el próximo viernes, cuando irían a divertirse juntos. Tal y como lo acordaron durante aquel breve, pero ameno, recorrido. Desplazamiento que Débora aprovechó para comenzar a escudriñar sobre su vida y haberes, además de comprometerlo con una cita. Propuesta hecha, impuesta, desde luego, por Débora.

Tras aquella besuqueada manifestación que Rodrigo no rechazó; o que no pudo, ante la emoción que le causó esa inesperada y osada acción, y que, por el contrario, antes que generarle disgusto, le causó intenso y novel disfrute, él sintió, él lo supo, que por primera vez en su vida estaba siendo subyugado por una abrasante, ineludible y descomunal fuerza: ¡El amor! Conducta totalmente impropia con su perfil, con su carácter, con sus planes, en ese momento desquebrajados, como la fachada del edificio en el que habitaba Débora, ante el imparable y voluptuoso actuar de aquel irreverente, insinuante y exótico ser. Al apearse y contonear, con descaro, su trasera humanidad al ritmo de las negras ondas de su hirsuta cabellera cortada en capas, mientras caminaba rumbo al interior de la vetusta y mal cuidada edificación, lo hechizó, lo esclavizó... y para siempre.

Rodrigo lo supo, lo sintió desde ese ensalivado, excitante y trémulo momento. Lo confirmó, y aceptó, durante la cita del viernes. Esta terminó con humana, desenfrenada y liosa pasión en su modesta habitación, a la madrugada de ese siguiente lluvioso sábado de abril.

Esa noche de taberna Débora bebió una significativa cantidad de licor. Todavía así, con su mente enlagunada de manera parcial, pudo darse cuenta de que el sitio en el cual vivía Rodrigo, y también los económicos enseres que poseía y usaba, reñían con sus elegantes modales, con su caro vehículo, con el moderno portátil y con todos los demás finos accesorios que le vio la primera vez. Aún más, con su costosa vestimenta de marca y el cargo que decía tener en la Cervecera Nacional, y hasta con el olfateado patrimonio, *sus únicos atractivos*, Débora se decía con sorna. Tenía que haber una inconsistencia, lo cual era grave para sus planes de manutención a expensas de alguien.

La habitación, por demás modesta, ubicada en tan popular barrio capitalino hasta donde llegaron a la madrugada, tampoco aquellas primeras impresiones pudieron contrarrestar en Débora la humana pasión que hinchaba sus venas cada vez que un hombre caía bajo sus indeterminados como potentes influjos sexuales. Por lo tanto, procedió a hacerlo suyo y esclavo de sus caprichos. Rodrigo, aunque neófito en tales amatorias e intrincadas faenas, le prodigó plena y terrenal satisfacción, de forma indiscriminada y prolongada. Durante esa madrugada se amaron casi hasta la extinción. Podría decirse que lo hicieron hasta cuando el desgaste de sus fuerzas los hizo sucumbir en un reponedor sueño que se prolongó hasta las 9:15 de la mañana de ese lluvioso sábado abrileño.

Débora, al despertarse, y pese a la resaca, constató la precariedad material del habitáculo en donde residía Rodrigo. Esto le generó un escalofrío en la parte baja de su vientre. Pensó que de nuevo se había equivocado al escoger mantenedor candidato. Se sintió, una vez más, objeto del engaño, tal vez como mecanismo de desplazamiento. Al reconocer que intentar culpar a Rodrigo de su error en nada remediaba las cosas, se llenó de coraje, mientras una reprimida rabia le fue embargando su humanidad. Entonces, aunque se fustigó de manera dura y mental por su torpeza, procedió, a modo de compensación, a reconocer que fue una noche de inmenso goce, de máximo placer, como algunas otras, muy pocas.

Durante aquella velada logró desfogar con Rodrigo sus singulares ímpetus sexuales. Con mayor placer aún al comprobar que el ingenuo hombre no había tenido, hasta entonces, contacto sexual con ninguna otra persona. Lo hizo suyo y, con toda seguridad, Débora lo intuía, por siempre: esclavo de sus exquisiteces biológicas. Muy difícil sería para Rodrigo escapar de sus ávidas fauces. Por lo tanto, mientras no apareciera uno mejor, lo decidió Débora con frialdad en ese momento, este sería el árbol que hospedaría, a partir de ese día, sus parásitas y zafias raíces, y en tanto corriera algo de savia por sus ramas, desde luego.

Al verlo emerger de su letargo, Débora lo saludó con calculada frialdad y contenido, pero con algo, perceptible, de embaucador sentimiento amoroso. Rodrigo, por el contrario, le expresó con sus palabras, miradas y caricias, sin ambages de ninguna índole, el franco y desprendido amor que se forjó, enconado, en su inexperto corazón. Le agradeció, tras besar varias veces sus candorosos labios, por todo lo que le prodigó esa noche. También, le confesó y prometió que él, desde ese momento, le sería fiel, íntegro y solo suyo, además de su protector y benefactor en todo sentido.

Esto, Débora lo sabía y esperaba que se lo dijera, pues había comprobado, en reiteradas oportunidades, que el amor le desarticula y desactiva al hombre, en particular al bueno y neófito, como lo era Rodrigo, no solo la inteligencia y la malicia, sino que le incentiva la plena confianza, sumisión y obediencia a ultranza hacia el ser adorado. Por pérfido que este último sea, más aún, cuando, además, tan falaz amante es un experto en aparentar y trasfigurar el verdadero inicuo interés que lo mueve, valiéndose para ello de los infalibles, zalameros, empalagosos y falsarios mimos.

Débora creía, a partir de sus experiencias y mediática información, que esa era una realidad, una ley, insoslayable, en la vieja, corrosiva y productiva industria del amor, apalancada con el amañado negocio de los sentimientos. Por tal razón los usó para enmarañar en sus infectas redes a Rodrigo.

Cuando Rodrigo terminó sus agradecimientos, ofrecimientos y expresiones de amor, Débora aprovechó para preguntarle la razón por la cual él vivía en aquellas particulares condiciones de hacinamiento, en arriendo, y, en un barrio obrero, siendo él, como se lo dijo el día que se conocieron, un reputado, un importante profesional de la Cervecera Nacional; y que, Débora percibía, le enfatizó mientras permitía que un dejo de reproche aflorara en su tonalidad, una inconsistencia en todo esto, razón por la cual se merecía una inmediata y completa explicación, o, al menos, una aclaración satisfactoria.

Rodrigo, ingenuo, cegado por el amor y la pasión, frescos y nuevos en su otoñal existencia, no intuyó, en aquel reclamo, insano olor, ni falsedad, ni mucho menos, interés alguno. Le pareció una humana curiosidad de su pareja. Reconoció para sus adentros que socialmente para otras personas era incongruente su estatus económico laboral con su modesta residencia. Entonces, además de proceder a explicarle su proyecto de vida, expectativas laborales, literarias y sentimentales, para los cuales lo material era irrelevante, le manifestó que tal situación en nada le impedía sentirse, pasarla y vivir bien.

Así mismo, le dijo que si él llegaba a encontrar una persona con quien compartir sus objetivos y proyecto de vida, tendría que comprenderlo y aceptarlo así, como él era y en las condiciones en las que vivía. A esa persona, le dijo Rodrigo, estaría dispuesto a involucrar en sus proyectos presentes y futuros, así como a idolatrar y a estar siempre a su lado. Empero, le reiteró, que lo tendría que aceptar en esas condiciones. Así las cosas, enfatizó, él le garantizaba una subsistencia digna, más no suntuosa.

También le dijo, ¡sumo error!, que para hacer efectivos sus proyectos, en especial los literarios, en el sentido de escribir para ser leído, contaba, no solo con los significativos ahorros de toda una vida de trabajo, los cuales guardaba a buen recaudo en una cuenta financiera, sino con los que le generaría su inminente pensión. Le compartió que tan pronto se jubilara, contrataría los servicios de corrección de estilo, edición, distribución y comercialización para sus dos primeras obras, y una vez logrado ese objetivo, se dedicaría de lleno a perfeccionar tres más que tenía en producción, así como a desarrollar otras cuantas que permanecían en latencia literaria.

La información relacionada con los robustos ahorros que tenía Rodrigo, su actual sueldo y la posibilidad de una generosa y pronta pensión, de inmediato avivó en Débora aquel recóndito e inicuo interés de adherir sus finas y parásitas raíces al tronco de un árbol que garantizara su manutención en la tercera etapa de su hasta entonces fragosa vida.

Y este iluso y feo hombre pinta bien, tiene potencial. Es, quizá, su más interesante y único atractivo, pensó Débora.

Pero, para ello, tenía que agudizar su astucia y no dejar traslucir sus verdaderas y perversas intenciones. Por lo que, la mejor estrategia para lograrlo era con algo de indiferencia afectiva, taimada ingenuidad, efectividad placentera y marcado desinterés por el avizorado y crepitante patrimonio inactivo e improductivo que aquel tenía; rumió con sorna.

Aunque, en lo que sí iba a insistir de manera abierta, lo decidió Débora en ese momento, era para que Rodrigo cambiara de parecer en relación con su forma de vivir. Para lograr esta última situación se valdría de la innegociable condición que le pondría cuando él le propusiera, Débora sabía que Rodrigo lo haría, y muy pronto, que se fuera a vivir con él. Y estaba en lo cierto al respecto. Aunque en lo único que se equivocó fue en el tiempo, en el cuándo. Supuso que se lo propondría en los próximos días, o semanas y, a lo sumo, meses. Inesperadamente, Rodrigo lo hizo esa misma mañana, tras el suculento desayuno que le preparó y le llevó a la cama.

En esa oportunidad, con fría estratégica y sofista zalamería, Débora le rechazó de plano la propuesta, argumentándole que era prematuro, que se acaban de conocer. Que se dieran tiempo. Que le permitiera pensarlo… y, al final, que lo haría, tal vez, quizá, siempre y cuando le asegurara una vivienda mejor… Ojalá propia, en condiciones más dignas.

No alcanzaron a pasar veinte días cuando Rodrigo comenzó a ceder en cuanto a las afiladas pretensiones de Débora. Y aunque no quiso comprar vivienda, tomó, de nuevo en arriendo, un pequeño apartamento, en un mejor barrio, de clase media. Compró muebles y enseres. Cuando estuvo listo, habitable para una pareja, según algunas exigencias y sugerencias de Débora, le propuso, le suplicó, por décima cuarta oportunidad, que se fuera a vivir con él. Además, le ofreció que, si le aceptaba la propuesta, le asignaba una mensualidad equivalente a un salario mínimo legal vigente, libre, para su exclusivo destino. Los gastos del hogar corrían, todos, por cuenta de Rodrigo.

Pese a todo ello, Débora mantuvo su taimada y lodosa estrategia de prolongar la ansiedad de Rodrigo, ya que era una realidad inexorable: de aquella infecta red aquel cautivo hombre no saldría ileso, ni pronto, y tal vez nunca. Pese a esto, Débora le dijo:

—No me parece oportuno, pues, aunque ya te amo como a nadie jamás he amado en mi vida, me da miedo perderte, Rodrigo, por tan repentino arrebato.

Débora le insistió para que se dieran un poco más de tiempo.

—Mientras consolidas nuestro refugio, nuestro sitio, nuestro hogar, mi amor del alma —le reiteró y enfatizó.

Y aunque no se lo dijo en ese momento, Débora estaba en desacuerdo con que Rodrigo tan solo cambiara de sitio de residencia, pero en la misma condición de arrendamiento. Lo que pretendía era que comprara una vivienda y la escriturara a su nombre, o al menos en calidad de copropiedad con él.

El iluso novio, preso de la impaciencia, y corroído por la inseguridad que produce el amor sin correspondencia inmediata, más aún cuando es ladino, optó por aceptar, no solo la aguijoneadora espera indeterminada que planteara Débora, sino el comenzar, desde ese mismo mes, a consignarle en su cuenta el equivalente al salario prometido.

Creía aquel cautivo, novato y enajenado hombre que con tal pago, quizá, Débora no se le iría, no lo dejaría y, aún más, de él se prendaría. Sin embargo, allá, en lo más recóndito de sus entretelas afectivas escuchaba una lánguida voz, la cual, tenuemente acompasada con la mezcla de los saberes económicos de su profesión y experticia, le decía que aquellos sentimientos no se compran, ni mucho menos tienen precio. Tal escucha inconsciente lo hizo pensar, por un momento, que él, con aquellas acciones, lo que estaba haciendo era pagar, y muy caro, por el afecto, por el amor, por la compañía y la esquiva fidelidad de aquella singular persona acabada de llegar, de manera fortuita, a su solitaria vida.

Conjetura que tomaba más fuerza con lo que intuía, además, en ese esquivo y frío rayo de luz que en los pardos ojos de Débora veía, y que esconder aquel ser divino no podía, aunque para ello esfuerzo grande hacía. Pero él, ¡qué terco!, se negaba a aceptar, a pesar de que con claridad aquel gélido fulgor le advertía que Débora, su mortal pasión, afecto le fingía. Que algo se traía. Que de un momento a otro lo dejaría… y él, de dolor en el alma, solo, triste y engañado moriría.

Como quiera que la mayor indefensión de un hombre adulto y solitario la genera la bestial fuerza abrazadora del primitivo placer humano, en celestina conjunción con la expectativa de prodigados y sinceros sentimientos, Rodrigo cayó, y rodó, con gran estrépito, en aquel abrupto precipicio de la sinrazón amorosa que Débora, paciente y maquinalmente le horadó. Lamentable condición a la cual lo condujo con falsos besos e intrincadas faenas carnales. Una vez lo tuvo ahí, doce años después, sin miramiento alguno, cuando Débora encontró y se adhirió a un supuesto y mejor follaje, al menos en promesas, solo, moribundo y enfermo del alma lo dejó.

Tal y como lo consignó Rodrigo en una de sus últimas narraciones románticas de amétricos versos, y antes del tratamiento al que el doctor Zapata Neira, al final, lo sometió, y del cual, ileso, no salió: *"Débora, hoy comprendo, y así me duela, aceptarlo tengo, que durante estos doce años solo fui para ti una simple y frágil bruma al amanecer, una por siempre fiel pero ignorada sombra al atardecer. Aquella, la congelada escarcha de la noche que pronto el nuevo sol disipa con su abrasante presencia; esta otra, aparición vaga y fantástica a la cual, ineludible, el paso inexorable del nocturno frío del olvido le absorbe su existencia"*.

Fue ahí, en urgencias, en donde Rodrigo vio por primera vez a Carmenza Mondragón Gutiérrez, después de haber sido entrevistado por el siquiatra que lo recibió y dispuso su hospitalización. La joven mujer llegó en ambulancia, como la mayoría de los que remiten a ese centro siquiátrico. Venía de Funaganugá, municipio cercano a la ciudad capital, sede del Gobierno Nacional. Le hacía compañía su anciana y angustiada madre. Carmenza, como casi todos los pacientes reincidentes, mostraba signos de estar bajo los evidentes y convulsivos efectos de la medicación siquiátrica. Razón esta última por la cual era manejable, según le dijo la enfermera al doctor cuando al respecto aquel le preguntó antes de hacerla seguir a su consultorio.

Carmenza, tal vez, fue la primera persona enferma del alma que Rodrigo vio tan cerca, estando él consciente de la enfermedad que esa joven mujer padecía. Aunque era obvio que la notara así, dado el lugar en el que se encontraban en ese momento: el pabellón de urgencias de un manicomio. Sitio hasta el cual lo llevaron a él desde la EPSS Sanamos, una vez el doctor Zapata Neira así lo dispuso.

Es posible que a lo largo de su vida Rodrigo se hubiera encontrado, muchas veces, frente a frente con personas en tales circunstancias, o cruzado por el lado de algunos de estos afectados y tristes seres. En esas posibles oportunidades su vínculo, su relación con tales personajes fue endeble, mudo, distante, indiferente. Para entonces, aquellos solo fueron para él, como para la mayoría de compatriotas, ignotos personajes, sin importancia social, menos emocional, y a los que, si acaso, había que tenerles cuidado, evitarlos y eludirlos, por lo de la posible agresividad y peligrosidad de la que suelen tener fama. Y, desde luego, también, con mayor razón, ante un posible contagio... por aquello, pensó Rodrigo, del popular estribillo que algún día le escuchó a alguien, o que quizá vio publicado en alguna parte, quizá en la Internet, y que en ese momento instó colocar en su mente, tal vez de forma incompleta, aumentada o cambiada: *"Hay locos que locos nacen, hay locos que locos son, hay locos por conveniencia, hay locos por convicción, hay locos por la lujuria, hay locos por el amor, hay locos por el dinero, hay locos del corazón, hay locos que vuelven locos a los que locos no son, hay cuerdos que se hacen los locos para pasarla mejor".*

Social y mediatizado comportamiento de aquellos tristes personajes, cada día en mayor número, haciendo presencia en el paisaje nacional. Seres a los que a nadie, siguió pensando Rodrigo, al parecer, le interesa las causas de sus dolores, de sus dolencias, de sus tristezas, de sus convulsos llantos e involuntarios tremores de sus extremidades, en particular las superiores. Este, uno de los inexorables y más visibles como evidentes efectos secundarios de la medicación siquiátrica con las que se les controla. Mucho menos, sin que nadie se interese por entenderlos, por atenderlos, por quererlos, por instar curarlos. ¡Tristes enfermos! ¡Huérfanos sociales! ¡Enfermos del alma! Nada transcendente solía ser para Rodrigo, hasta ese momento, saber lo que a tales personas les causó tal maluquencia, aquel irreversible, casi siempre, daño en sus agobiadas mentes.

—Sí, doctor, esta es como la cuarta vez que Carmenza intenta cortarse las venas a la altura de sus muñecas —Rodrigo le escuchó a la anciana madre de la joven enferma decírselo al médico—. Sin embargo, lograron salvarle la vida, otra vez, en el hospital local hasta donde la condujimos tan pronto nos percatamos de su acción. Doctor, ella lo viene haciendo desde los catorce años —continuó el relato la angustiada madre—, después de haber sido, al parecer, violada por unos agentes de la policía en el cuartel municipal cuando fue a llevarle, a algunos de los uniformados, la ropa que le lavábamos y planchábamos en la casa. Pero, como en la familia no teníamos, ni conseguimos, los recursos suficientes para pagarle a un abogado para que hiciera enjuiciar a los presuntos violadores, los victimarios muy pronto quedaron libres ante las declaraciones de los implicados y de varios fabricados testigos en el sentido de que fue ella, Carmenza, la incitadora de la acción, dizque reiteradas veces eludida por los uniformados.

La anciana calló por espacio de unos segundos. Rodrigo intuyó que el llanto la había anegado.

—Por esta razón —continuó la anciana entre sollozos—, mi hija se convirtió en el hazmerreír y objeto de ofensas y ataques por parte de la mayoría de los pobladores. En el pueblo se fraguó y difundió la idea de que es ella, Carmenza, la que busca a los uniformados para ofrecerles sus encantos. Y, más grave aún —

enfatizó la anciana mujer—, entre el cuerpo policial de la comarca se pasó, al parecer y al decir de Carmenza, la consigna de agente en agente, y de año en año, de que ella intenta hacer quedar mal y mancillar la institución. Que por eso hay que, por espíritu de cuerpo y dignidad policial, atacarla y denigrarla cada vez que sea posible. En efecto, al cabo de seis años, aquello ya no es un relato pueblerino, sino una historia municipal, con toda la fuerza oficial como soporte, y no precisamente a favor de la dignidad de mi hija, doctor...

Al parecer, el llanto volvió, dedujo Rodrigo.

—Por ese motivo —la anciana se repuso y continuó, mientras Rodrigo, en el exterior del consultorio, seguía atento el relato que se filtraba por entre las divisiones falsas que hacían de paredes—, los últimos comandantes, oficiales, suboficiales y agentes de aquel cuerpo armado, al llegar a ese cuartel lo primero que reciben es el prontuario de Carmenza. Ahí aparece como una mujer, no solo casquivana, buscona de hombres uniformados, sino de alto riesgo y una latente amenaza dizque para la seguridad nacional y las instituciones legalmente establecidas. Por ende, como tal, es decir, como presunta delincuente, mi hija es reiteradamente abordada, tratada, interceptada, espiada, retenida, interrogada, mancillada y ofendida física, sexual y mentalmente. Y, tras no podérsele comprobar nada... ¡ya que no hay nada que comprobarle!, y todos sus victimarios lo saben, la dejan en libertad, no sin antes hacerle firmar que su estadía en las instalaciones de gendarmería fue por su voluntad. Que durante su autónoma permanencia recibió muy buen trato, en todo sentido, por parte de las autoridades del orden... Eso es lo que

Carmenza suele contar cada vez que aquello le sucede —murmuró, entre sollozos de impotencia, la angustiada y desorientada madre.

Finalizó su elegía de madre inerme la anciana diciendo que, según su hija, durante la última, voluntaria y grata estadía en las instalaciones policiales, ocho días antes de aquel miércoles de abril, el agente interrogador, al no poder obtener de ella la confesión de la informada participación suya en células urbanas clandestinas, optó por la agresión sexual, por parte de él y de sus tres colaboradores. Ultraje que volvió a desencadenar en Carmenza su idea de acabar con aquel prolongado suplicio. Más aún, cuando ya nadie, y últimamente ni siquiera ella, su propia madre, comentó con dolor y recriminación la anciana, le creían lo que le dicen y hacen cada vez que la capturan y la conducen al cuartel. Pues, lo que cuenta después de los hechos, trató de justificarse la anciana, es contrario a lo consignado en el acta que, según la ofendida, siempre la obligan a firmar, sin leer, si quiere salir de allí.

Unos más, unos menos, estos en forma explícita, aquellos con callado tono. Pero, al fin y al cabo, todos gozamos del dolor ajeno. Más no tanto como del que nos hiere el cuero. Incluso, algunos, del primero, gran provecho sacamos, mientras que del segundo, hasta dispuestos a pagar estamos con tal de que nos lo propicien, eso sí, con zafio celo. He ahí la razón para que unos estudien economía. Estos, medicina. Otros, abogacía. Aquellos, siquiatría... y, un buen número se dedica a ejercer el sacerdocio, entre las más añejas y rentables de las humanas labrantías, tal pensamiento, sin saber la razón, de manera involuntaria, como le sucedería en adelante y en forma reiterada, le llegó a la mente de Rodrigo, una vez le escuchó al impertérrito siquiatra la conclusión que dio respecto a la historia narrada por la atribulada madre de Carmenza.

Aquel médico del alma tenía, quizá, lo pensó Rodrigo, anestesiada su sensibilidad humana. Tal vez por tanto mal proceder del cual él tenía que ser testigo en razón a su voluntaria y escogida profesión.

Quizá Rodrigo lo pensó de esa forma, no tanto por la truculenta, pero muy común, historia misma que acababa de escuchar de boca de la anciana, sino por la inicua y justificativa conclusión que le oyó al siquiatra, el mismo que lo recibió a él minutos antes.

Aquel profesional, aquella magna mente de la siquiatría le comentó a la anciana; tal vez ya curtida por el dolor frente a la indefensión y a la ignominia social de la cual venían siendo objeto ella y su hija:

—Voy a dar la orden para volver a internar en la clínica a la joven Carmenza. Y por un buen tiempo, no solo para darle el controlado y aumentado tratamiento siquiátrico para sus afecciones físicas y síquicas... mañas, ¡propias de la crianza! —bufó elusivamente el siquiatra—, sino para ponerla en las sacras manos de las hermanas. Las regentes de esta clínica se van a encargar de apaciguarle, no solo sus alborotadas hormonas, sino su calenturienta y libidinosa alma mediante el poder de la oración. La cual es, la oración, en última instancia, la verdadera, y tal vez la única cura para la dolencia hormonal que padece su hija, señora.

Irracional argumento que en ese momento Rodrigo creyó que podía ser singular, casual. O, quizá, un intencionado desliz científico del facultativo, a título de mecanismo de desplazamiento y autoprotección personal. Tal vez por la inerme calidad social de la paciente y, en consideración conjugada con la posible y riesgosa implicación castrense del asunto. Sobre todo en esos tiempos de convulso orden social, propio del desbordado y descarado desequilibrio económico que imperaba en aquel país. Inequidad que, aunque justificada de manera legal, era de imposible sustento legítimo, como le parecía a Rodrigo.

Calenturientas ideas estas que Rodrigo jamás socializó. Que con nadie compartió, ni siquiera con su único y secreto amor: Débora. Sin embargo, aquella conducta, la del siquiatra que internó a Carmenza con tal argumento, y en cada una de las oportunidades que Rodrigo estuvo interno en el manicomio, comprobó lo plural, reiterado e ignominioso del asunto. En especial, cuando la diagnosticada causa de la disfunción mental del paciente presentaba alguna relación contraría con los ingentes intereses de empresas dominantes en el mercado. O con el formal actuar de las instituciones del país de aquellos avasalladores tiempos. Por lo menos en cuanto a los casos que Rodrigo conoció, de forma fragmentaria, durante su primera incursión en el Pabellón B de Siquiatría, antes de su provocado desenlace, objeto, quizá, de la profunda nostalgia social que le calcinó su alma, previamente debilitada por el ardor letal que le inoculó Débora. Tal vez...

Después de haber escuchado la historia de Carmenza, esa tarde de aquel abrileño miércoles, Rodrigo García Ronderos cruzó por primera vez, más no última, la pesada puerta de vidrio del manicomio. Esta era controlada mediante un sistema electrónico por la secretaria recepcionista asignada al servicio de urgencias. La misma que le ordenó que siguiera, que ya Carolina lo iba a conducir al Pabellón B de Siquiatría.

Ahí, en ese momento, tras cruzar la puerta, Rodrigo se encontró, frente a frente, con el mundo sombrío de los enfermos del alma internados en una institución concebida para tan lamentables menesteres.

Eran las cinco y cinco de la tarde y aquel aciago día buscaba, a toda prisa, refugio en lontananza.

Tan sombrío e impactante paisaje social le propició un indeleble e inmediato golpe a la introspección del novel paciente siquiátrico. La mirada pérdida, sin consuelo, de algunos de los internos; de dolor, de aquellos otros; de curiosidad e inquietud sedada, de los demás; pero, fría, sin amor ni esperanza en casi todos ellos, le crispó el aliento, le erizó la piel.

Esta vez, y sin buscarlo, pretenderlo o simularlo, inconsciente, las pupilas de sus ojos se expandieron. Se dilataron tanto que por algunos segundos su visión no percibió coloración alguna. Se le tornó, por un momento, monocromática. Durante un lapso de al menos tres minutos Rodrigo solo vio, solo percibió, matices grises degradados en profundidad. El aire que exhaló de sus pulmones, con síntomas de hiperventilación, tenía un viscoso sabor a cáscara de zábila, un olor a flor de cactus, así como un inexplicable, innatural, color magenta. Como de sangre derramada. Y tan caliente al tacto que le alcanzó a sollamar sus fosas nasales.

Voces y murmullos, indeterminados, originados en el patio de internos y en la rotonda del primer piso, en donde desemboca la acaracolada escalera que comunica con los pisos superiores, se fraguaron en una orgía disonante que impactó y agredió su sentido de la escucha. A Rodrigo le pareció que aquel ruido como que se alargaba, como que se aletargaba, haciéndose cada vez más ininteligible, quejumbroso, fantasmagórico y lejano, transportado por una azufrada, densa fragancia, emanada, transpirada, de los cuerpos medicados de los ambulantes y enajenados pacientes.

Medicación aquella que, en consecuencia, y como efecto colateral, los torna temblorosos y fácilmente deleznables, concluiría Rodrigo tiempo después.

Intrahospitalaria esencia que al irrumpir por sus socarradas fosas nasales le distrajo, además, su sentido del equilibrio durante unos seis interminables microsegundos. Razón por la cual, por instinto, pretendió alcanzar una silla cercana para sentarse y no caer al duro y jaspeado mármol que ornamentaba el piso, que en ese instante el paciente en ciernes sintió y vio que se movía. Acción de sostenimiento a la que prestó apoyó Patricita Pombo de Guzmán.

Aquella sesentona y galanamente vestida mujer, había seguido con atención sus movimientos desde que Rodrigo traspasó la puerta de cristal, impactada por la elegante y fina indumentaria del nuevo huésped que acababa de llegar a su ideado, a su fantaseado hotel de cinco estrellas. Podría decirse que, incluso, Patricita le alcanzó a leer a Rodrigo sus atribulados y confundidos pensamientos. Estos, y durante aquellos instantes, también instaron abandonarlo. Sin embargo, los recobró tan pronto un exquisito olor a fresco pan francés agradó su olfato, en el instante cuando aquella mujer lo tomó del brazo izquierdo y lo ayudó a sentarse en una antiquísima silla isabelina dispuesta en la rotonda. Mujer que de inmediato le fue diciendo que no le fuera a pedir pan, su tesoro más preciado. Que tal amasijo solo era para ella. Que por más que le insistieran, con nadie compartía la fina producción de su importante empresa panificadora de reconocido prestigio y cobertura nacional. Y, mucho menos, con desconocidos, que a lo mejor osaban llegar hasta su fortificado hotel, buscando quedarse con toda su fortuna.

Rodrigo no entendió, en ese momento, nada de lo que Patricita le dijo. Tampoco, lo que le siguió parloteando durante al menos cinco minutos, ahí, sentada en el brazo de la silla, mientras él se reponía, o instaba reponerse, del impacto que le causó el ingreso a tan excéntrico, y nunca por él imaginado escenario. Desde luego, y pese al antojo por el pan que devoraba la pintoresca, elegante y famélica mujer, muy bien vestida, Rodrigo no intentó pedirle nada, aunque su estómago, huérfano de alimento durante ese día, se lo suplicaba con fieros gruñidos gástricos.

Poco tiempo después Carolina se hizo presente en la rotonda. Era la enfermera asistente del piso al cual fue asignado Rodrigo. Al ver al nuevo interno, su nuevo paciente, lo llamó por su nombre y le indicó, de manera afable, que la siguiera hacia el tercer nivel del Pabellón B, para hacer el respectivo registro y ubicarlo en una habitación. Desde luego, y sin proponérselo, así lo consideró Rodrigo, Carolina no dejaba de observarlo y tratarlo como a un paciente siquiátrico. Y era obvio. Para ella, él era otro más entre tantos que ingresaban a diario a su sitio de trabajo. Rodrigo, muy pronto, entendió la situación y comportamiento de la enfermera, no sin que lo impactara y afectara… ¡hondamente!

Con la ayuda experta y serena de la joven y bonita enfermera, Rodrigo eludió, durante el recorrido por las escaleras y la rotonda del segundo nivel, a cinco o seis internos que se le acercaron para tocarlo, para olerlo, para balbucearle cosas que en esos atribulados momentos él no entendió, o no quiso entender… o le dolía entender.

Una vez en el recibidor del tercer piso, Carolina le preguntó que si traía cortaúñas, elementos corto-punzantes o artefactos eléctricos con cables, como el cargador del celular. Enseres estos, le explicó la enfermera, que por seguridad de los internos no se les permite mantener. Rodrigo manifestó no llevar nada de eso en sus bolsillos. Aclaró que en la maleta que le iba a traer Olga, su empleada, venía el cargador del celular, sus estuches de afeitar y de acicalamiento personal, así como su loción y colonia Aramis. Aprovechó y le pidió a la enfermera, de antemano, que se los dejara tener. También le solicitó, con calculada afabilidad, que le permitiera estar solo en una habitación, así tuviera que pagar el precio que fuera por tal deferencia.

Y así se lo facilitó Carolina, sin costo adicional, pues desde el mismo momento que lo vio, Rodrigo le causó una extraña y oculta admiración. Una singular simpatía y, en ese momento, después de esa breve interacción, una percepción distinta en relación con el común de los pacientes que ella había atendido hasta entonces en ese y otros manicomios.

Este hombre está enfermo de amor, y no de estrés laboral como dice la orden de hospitalización. Sufre de un extraño y oculto apego. Es víctima de un terrible e incurable desencanto afectivo, que de no solucionarlo, que de no superarlo, le va a erosionar el alma, se dijo la enfermera. Entonces, le asignó la habitación contigua al consultorio del médico nocturno de piso. Esta nunca era usada. Los siquiatras de aquel turno evitaban dormir ahí, por obvias razones.

En la pequeña habitación, con baño privado, Rodrigo acomodó sus pertenencias. Las que por seguridad no se incautó la enfermera, una vez su empleada se las llevó a la clínica. Habitación modesta aquella, pero que comparada con la de los demás internos era un verdadero privilegio. En esas el hacinamiento era evidente: hasta seis pacientes por cuarto y sin baño. El pabellón tan solo contaba con dos sanitarios múltiples para los veinticinco pacientes actuales.

El tener que compartir, en especial de noche, un espacio tan reducido, y con tan disímiles quebrantos del alma que afectan a estos tristes seres, no deja de ser una penosa calamidad, amén del potencial riesgo que ello implica, pensó Rodrigo.

De las cosas que venían en la maleta que le trajo Olga a Rodrigo, las únicas que Carolina le impidió tener en su habitación fueron los cables del celular y el cargador del portátil. También el estuche de la *manicure*. Por los elementos cortopunzantes que podrían ser usados para auto agredirse, y que estaban prohibidos, le justificó de nuevo Carolina. Elementos que, sin embargo, él los podía usar, pero bajo supervisión y cuando a bien tuviera ella.

Una vez terminó de acomodar sus enseres en el pequeño armario de la habitación, otra asistente del mismo piso le informó a Rodrigo que la cena estaba servida. Que tenía que desplazarse, de inmediato, al comedor, ubicado en el segundo nivel del Pabellón B. Así lo hizo, no sin antes pertrecharse con su elegante agenda de cuero y un estilógrafo marca Lamy que siempre usaba para escribir sus asimétricos versos y sentidas narraciones románticas. No iba a perder un solo detalle de aquella insólita y cruda experiencia que, consideró desde su ingreso al manicomio, debía documentar para contársela al mundo…

Sin saberlo: semilla infecta a germinar en el valladar impío, do ulula la nostalgia social.

El comedor del Pabellón B de Siquiatría, contiguo a la cocina general, cuenta con cuatro mesas numeradas, redondas y pesadas, de fina madera estilo barroco, cada una con seis sillas del mismo material y características.

—Sillas asignadas a cada uno de ustedes y que deben ocupar, siempre las mismas, mientras estén en este pabellón. También les recuerdo que tienen que estar sentados ahí cinco minutos antes de la hora oficial establecida para servir los alimentos: 7 de la mañana para el desayuno, 12 del mediodía para el almuerzo y 6 de la tarde para la cena —les recalcó Carolina, una vez Rodrigo ingresó a dicho recinto y a quien le asignó la silla D de la mesa cuatro.

Ahí estaban servidos sus alimentos, así como unas medicadas pastas multicolores al lado de un vaso plástico con agua, similar al que había en las otras mesas y puestos. En todas las sillas de la mesa, y en las restantes, esperaban los internos con impuesta y controlada obediencia. Todos aguardaban sentados, a la expectativa, unos, de la orden de comenzar a comer, y del comensal que acababa de llegar, los demás. Cada mesa tenía una enfermera asistente encargada de controlar la ingesta de alimentos y medicamentos, así como del orden y la disciplina de los respectivos pacientes.

Carolina estaba a cargo de la mesa número cuatro. Una vez Rodrigo se acomodó en su lugar, la enfermera le suministró, al igual que a los otros internos, las dosis ordenadas por el siquiatra, supervisando que las tomara con el agua que había en el vaso de plástico. La misma situación se repitió con los demás comensales de esa y las otras mesas. Una vez todos ingirieron sus medicinas, la enfermera asistente de la mesa número uno autorizó a los pacientes para que comenzaran a cenar, no sin antes reiterarles orar y agradecerle a Dios, los que a bien tuvieran. Así mismo, insistió la enfermera en los inherentes modales enseñados con antelación, entre estos: el usar los cubiertos y no coger los alimentos con las manos, no quitarles, pedirles ni darles nada a los compañeros de mesa, masticar con la boca cerrada y hacer silencio mientras cenaban.

Rodrigo estaba absorto... ¡o confundido! O, tal vez, entretenido con aquel escenario, con el sainete escondido de aquella moderna sociedad. Espectáculo al que por vez primera asistía, y no como espectador, sino como compelido, pero ajeno, protagonista. Quizá, por tal pasajero arrobamiento, recibió sin objeciones la dosis de cuatro multicolores pastillas que le entregó Carolina. Grajeas que de inmediato, de forma mecánica, sin tal vez darse cuenta, se llevó a la boca y tragó con un solo sorbo de agua. Ni siquiera preguntó qué era lo que le daban. Eso sí, sin dejar de mirar de soslayo que similar escena se repetía, de manera maquinal, enajenada y contagiosa, en las otras veintitrés sillas del recinto.

Escenografía, en su totalidad, bajo la atenta, implacable, obligante y concupiscente mirada de las cuatro enfermeras asistentes, así como de los robustos encargados de la seguridad de la clínica. Estos lo hacían a distancia, en sus respectivos monitores, hasta donde llegaban las señales captadas por las minicámaras instaladas estratégicamente, no solo en las esquinas del comedor, sino a lo largo y ancho del edificio, incluidos baños, patios, habitaciones, pasillos, escaleras, consultorios y salones de terapia, televisión y lectura.

Compartían con Rodrigo la mesa número cuatro, bajo los visibles y trémulos efectos inexorables de los siquiátricos medicamentos, Luis Carlos Rodríguez. Él era sargento viceprimero de la Guardia Nacional y ocupaba la silla A. El veterano soldado profesional Julio Albeiro Sepúlveda, también de la Guardia Nacional, estaba sentado en la siguiente silla, la B, a la derecha. Jesús Leonardo Fonnegra era un desmovilizado de las autodefensas y ocupaba la silla C. El arquitecto José Salguero Angulo se encontraba después de Rodrigo, en la E. El ingeniero Mario Venegas Trillos completaba el cupo de esa mesa ubicado en la F.

Todos, a su vez, tenían asignada la misma habitación. Allí hubiera ido Rodrigo de no ser porque Carolina le aceptó su petición de conseguirle una para él solo.

Cada uno de los hospitalizados protagonizaba una particular y escondida historia, que además de alterarles el sueño y la vida, los mantenía en aquel reclusorio hospitalario, lejos de la sociedad a la que sirvieron en algún empleo o actividad económica. Roles que, a todos, de alguna manera, les enfermó el alma, tal vez.

A simple vista, le pareció a Rodrigo tras inspeccionar con disimulo a sus compañeros de mesa, devolviéndoles, a su vez, una mirada con la misma curiosidad con la que estos lo hacían con él, que el más afectado era el paciente que "lucía" algunas anomalías anatómicas. El que estaba sentado en la silla C, Leonardo. Aunque hasta ese momento no sabía su nombre, ni el de los demás. Su juicio se basó, no solo por las deformidades físicas que exhibía, sino por el tremor en sus manos, más notorio que en los otros. También en la mirada, en la postura nerviosa de todo su cuerpo y en el balbuceó incoherente y quedo que hacía de forma reiterada mientras engullía a gran velocidad la sopa de su plato, sin dejar de observar lo que le sirvieron al nuevo comensal de su mesa.

Reflexión que Rodrigo corroboró cuando Leonardo mencionó, de manera altísona e inesperada, el nombre de Carolina. Acto que además de sacarlo de su cavilación y mutismo, y por ende a los demás integrantes de aquel escenario, le causó un sobresalto que le hizo caer la cuchara dentro del plato de sopa.

—¡Leonardo! —replicó la enfermera—. ¡Se calma!, si no quiere que le coloquemos la camisa de fuerza y lo devolvamos al Pabellón D. ¿O es que le gusta estar amarrado a toda hora?

—No… no, no, Carolina. No vuelvo a gritar… me voy a portar bien… yo soy bueno y hago caso... ¡Aunque tengo mucha fuerza y ustedes lo saben! —respondió Leonardo, enajenado, tras lo cual fijó su vista en Rodrigo y le preguntó en voz baja a Luis Carlos—: Mi primero Rodríguez… ¿qué pasó con Heriberto?

—Leonardo, hoy, después de almuerzo, le dieron salida… se fue con su familia. Parece que está mejor —le respondió el aludido.

—Y, usted, ¿quién es? —Leonardo le preguntó a Rodrigo—. ¿Por qué le dan queso y a mí no?

—Leonardo, el señor es su nuevo compañero de comedor. Su nombre es Rodrigo. Él va a ocupar el sitio de Heriberto. Él se mejoró y se fue para su casa —le respondió Carolina—. Y no se le olvide que en su dieta el médico ordenó suspenderle el queso, por lo de su problema de intolerancia a la leche, por lo de sus vísceras, recuerde.

—¡Yo quiero queso y más sopa en lugar de seco! —insistió Leonardo.

—Si quiere, cómase el mío... —Rodrigo no alcanzó a terminar la frase cuando Leonardo ya había agarrado el pedazo de queso, llevándoselo entero a la boca, tragándoselo de inmediato.

—¡Eso está muy mal, Leonardo! No olvide los modales que le hemos enseñado —le dijo Carolina, sonriente.

—Mi primero, le cambio mi seco por su sopa — le propuso Leonardo a Luis Carlos, quien aceptó.

Una vez hecho el intercambio de platos, Leonardo se tomó, con voracidad, esta otra sopa. Luis Carlos, el sargento primero de la Guardia Nacional, por su parte, se comió, también muy rápido, la totalidad del contenido de su bandeja y gran parte de la de Leonardo. Luego empacó en una bolsa de plástico, hasta entonces mimetizada en uno de los bolsillos de su pantalón, la carne y el arroz que no había engullido. Manifestó, a título de explicación ante la mirada de incertidumbre y desconcierto de Rodrigo, que ese era el repelo para por la noche, cuando le daba mucha hambre, sobre todo al amanecer y, más aún, cuando le tocaba turno de patrulla para evitar emboscadas por parte del enemigo. Comentario que acompañó con un gesto de su boca y lengua instando señalar de soslayo a Leonardo. Este, en ese momento, se limpiaba con la manga derecha de su camisa los residuos de la sopa que le quedaron en los labios y parte de la quijada.

Leonardo Fonnegra era un campesino, tal vez de unos treintaicinco años, desmovilizado de una organización ilegal de autodefensas que lo reclutó, a la fuerza, en el rancho de su padre, a la edad de once años. Se desmovilizó de aquel grupo armado en cumplimiento de una orden de su comandante, quien les dijo a sus compelidos subalternos:

—Tienen que aprovechar el acuerdo... el arreglo que hicieron las autoridades nacionales con nuestros jefes. Además, si ustedes no lo hacen ahora, quedan sin ningún respaldo y a expensas de la ley ordinaria con la que los ajusticiarán como criminales comunes, y no como los héroes salvadores de la patria que son hoy, tal y como lo oficializa el Acuerdo Nacional que el Congreso convirtió en ley.

Leonardo, tras la entrega de su viejo e inservible fusil, así como de unos raídos uniformes, en una rimbombante ceremonia especial y radiotelevisada desde la plaza principal de su pueblo natal, entró a ser parte del programa de reinserción a la sociedad. Esto le garantizó, no solo afiliación de por vida a protección médica básica y obligatoria, con cargo al erario, sino ubicación laboral con un terrateniente de la región, sayón, quien, unos pocos años atrás fue comandante de esa misma organización, y quien, por aquella bárbara época, se apoderó, entre otros tantos latifundios a lo largo y ancho del país, de ese en el que le dio trabajo a su excombatiente Leonardo, una vez se desmovilizó y se reinsertó a la vida civil.

Predio en el que, por accidente, seis meses después de haberlo contratado, le pasó con un tractor por encima de su cuerpo. Sucedió así, ya que Leonardo se durmió entre el rastrojo que desyerbó en la manga de potrero que le encomendaron de labor para ese día.

Por su calidad de desmovilizado y reinsertado, Leonardo contaba con la afiliación a la EPSS Sanamos. Allá le atendieron la urgencia médica y lo medio reconstruyeron, pero limitándose a lo que estaba pactado (incluido), legalmente, en el plan obligatorio de salud. Esto implicó, alcanzó, tan solo para su reconstrucción básica. Es decir, para no dejarlo morir y medio organizarle y armonizarle su esqueleto, acomodarle sus desparramadas y constreñidas vísceras, así como para coserle el sinnúmero de heridas causadas, no solo por el accidente, sino por las doce intervenciones efectuadas. Las cirugías, los medicamentos y los tratamientos de alto costo que implicaban y que posiblemente le hubieran recompuesto su silueta, compostura humana y calidad normal de vida, estaban por fuera del paquete esencial establecido en la ley.

—Eso ya es estético, ornamental, de pura vanidad… para verse bonito —argumentó el gerente de la EPSS Sanamos cuando Leonardo solicitó que se las practicaran.

Desde ese establecimiento, después de la desintoxicación de la que más tarde fue objeto, solían remitirlo a la Clínica El Redentor Gregorio cada vez que Leonardo volvía a tener aquellas terribles crisis de las

que venía sufriendo desde cuando su patrón, y excomandante, después de un fallo en primera instancia de
un juzgado laboral, le dio a beber burundanga entre una
gaseosa para instar liberarse de la indemnización que le
tendría que pagar por los daños que le causó con el tractor con el que le pasó por encima de su dormida humanidad.

Accidente que dejó a Leonardo disforme, con
una gran joroba compuesta de huesos y músculos reco-
gidos sobre su hombro derecho, caminando encorvado
y arrastrando su pie y pierna derecha, con parte de sus
vísceras constreñidas unas y desplazadas otras de sus
biológicos sitios, con cicatrices impresionantes por
todo su cuerpo y sobre el costado izquierdo de la cara,
y con un 76.75% de incapacidad sicomotora.

Leonardo, después del accidente, rechazó la
propuesta de arreglo inicial que le hizo su patrón y excomandante para evitar ir a pleitos y, por el contrario,
lo demandó. El ahora reconciliado y formalizado terrateniente, así como honorable diputado a la asamblea
departamental, intentó deshacerse de él en varias oportunidades. De todas estas Leonardo salió siempre bien
librado. Excepto de la última tentativa, cuando fue citado por aquel a renegociar el pago de la indemnización
en una tienda del pueblo en donde le ofreció, «para ir
rompiendo el hielo», le dijo, una gaseosa que tenía una
gran dosis de escopolamina.

Bebedizo que al ser ingerido lo dejó sin sentido
al cabo de pocos minutos. Una vez lo creyeron muerto,
los secuaces y escoltas del excomandante paramilitar,
terrateniente y diputado, lo trasladaron al Centro Médico Municipal. Allí, el médico rural le alcanzó a

detectar, muy leves, signos vitales, por lo que ordenó su traslado inmediato a su EPSS, en la ciudad capital.

Una vez hospitalizado, y tras treintaiséis días de tratamientos en cuidados intensivos, lo desintoxicaron y le salvaron la vida, más no su conciencia, su mente. Aquel percance criminal le causó esquizofrenia y un 95.5% de incapacidad sicofísica, aunada con una fuerza descomunal cuando le daban las crisis. Lo que obligaba a que al menos seis fornidos hombres se tuvieran que ocupar, con todo su vigor, para someterlo y colocarle la camisa de fuerza.

Sobre todo cuando atacaba a niños menores de diez años con el propósito de violarlos. Desde entonces, después de la escopolamina, desarrolló (o le afloró) por los infantes un enfermizo y fatal deseo homosexual, solo controlable, medianamente, con fuertes dosis de medicamentos siquiátricos.

—La bestia se apodera de mí, me da mucha fuerza y me ordena violar niños —solía decir Leonardo una vez los fármacos aplicados hacían efecto y tornaba a su ser interno la tensa, pasajera y represada calma de la desesperación siquiátrica.

Gran parte de la triste historia de Leonardo se la contó a Rodrigo el sargento viceprimero Luis Carlos Rodríguez esa noche después de la cena. Historia que el mismo Leonardo se la ratificó al siguiente día y, además, se la amplió con pormenores que el sargento, de la especialidad de inteligencia militar, aún ignoraba.

Una vez terminaron la cena y Carolina los autorizó a levantarse de sus sillas, llevaron sus respectivos menajes hasta una mesa ubicada a la entrada del comedor. De inmediato el sargento Rodríguez abordó a

Rodrigo, mientras los otros cuatro comensales de la mesa, y los de todo el recinto, se dispersaron en cuestión de segundos.

La vasta experiencia del reputado doctor Andrés María Sarmiento; el médico de piso en donde fue ubicado Rodrigo durante esa primera hospitalización, allá, en el Pabellón B de Siquiatría de la Clínica El Redentor Gregorio; de inmediato le permitió diagnosticar que aquel educado, bien hablado, elegantemente vestido y acicalado hombre, al parecer, no padecía de ningún desorden mental. Coincidente con lo diagnosticado y consignado en la apertura de la historia por parte del siquiatra que lo recibió en la tarde del día anterior, pero que por solidaridad de gremio y prevención decidió acatar la solicitud de su colega, el doctor Zapata Neira, y someter al remitido paciente a observación intrahospitalaria.

Esa fue la impresión que Rodrigo se propuso, y que logró causarle, tal vez, al doctor Sarmiento cuando, al siguiente día, a las 9:30 de la mañana, aquel otro galeno del alma lo recibió en su consultorio.

Desde luego que lo conmovedor de haber compartido con los otros pacientes del Pabellón B de Siquiatría, tristemente pintorescos, no solo esa primera noche, sino la cena, el refrigerio nocturno, el desayuno y las otras actividades, propias del lugar; pero, en particular, el haberles oído de manera fragmentaria y parcial sus dramáticas, repetitivas y expuestas historias; incidió en la concreción de la estrategia, de plena normalidad, que Rodrigo consideró debía seguir durante su estadía en aquel contagioso lugar. Si quería que su permanencia allí fuera muy corta y su alma saliera ilesa, sin ser inficionada por la herrumbre que ululaba sin control en el ambiente intrahospitalario.

Estrategia que Rodrigo comenzó a guisar desde cuando el doctor Zapata Neira le comunicó, por sorpresa, ese miércoles en la mañana durante la consulta de rutina, sin darle ninguna otra opción, que por su bien lo iba a remitir, de inmediato, a una clínica de descanso, por un lapso no inferior a diez días, o tal vez más, dependiendo del tratamiento y respectiva evolución y recuperación que tuviera durante la hospitalización.

A la mañana siguiente, y con lo que en la tarde anterior le llevó Olga, empleada de servicio que le hizo contratar Débora entre las condiciones que le impuso para irse a vivir con él, doce años atrás, Rodrigo se acicaló y vistió cual si fuera para la oficina. Se esmeró en la rasurada de su barbilla, de sus patillas y acotado bigote, así como en el peinado de su cabello, en el lustre de sus finos zapatos italianos y en la combinación de su corbata con la camisa y el vestido. Prendas estas tres últimas de facturación londinense. De igual forma, se esmeró con la fragancia de su norteamericana colonia Aramis, la cual se aplicó con generosidad en cuello y manos.

Rodrigo imaginó que, al encontrarse con el siquiatra, este se llevaría de él una inmejorable impresión y optaría por darle, muy pronto, la salida de aquel triste, conmovedor y contagioso lugar. Al fin y al cabo, y como lo planeó, ya figuraba en su historia médica una hospitalización siquiátrica, y aquella fue por situación y desencadenantes laborales, como lo alcanzó a otear en las remisiones y anotaciones clínicas de los especialistas del alma con los que interactuó, y actuó, hasta ahora, en el sainete social en el que era autor, director y actor estelar.

Durante esa mañana era tan impactante la perfumada presentación, y tan agradable la expresión tonal y corporal que caracterizaban a Rodrigo, totalmente discorde con la de los demás pacientes, que no solo estos, sino, incluso, personal asistencial y administrativo, al verlo lo saludaban y se dirigían a él como si fuera uno de los médicos de ahí: *Tal vez un nuevo doctor*, se imaginaron algunos enajenados, ambulantes y dopados pacientes, así como uno que otro despistado empleado.

Al ingresar al consultorio del doctor Sarmiento, Rodrigo lo saludó con pausada cortesía. Cuando le mencionó su nombre, dejó que una gran sonrisa, muy sincera y atrayente, iluminara su bruñida cara, mientras la esencia de su colonia conquistaba airosamente cada uno de los rincones del austero recinto, a la vez que se impregnaba, de forma inexorable y sugestiva, en las fosas nasales del siquiatra. El facultativo sintió cierta callada y refundida admiración por la vestimenta, el perfume, la cortesía y las buenas maneras del paciente, muy diferentes a todos los que hasta entonces había atendido a lo largo de su carrera profesional y, en especial, en esa clínica.

Sin embargo, y como quiera que el doctor Sarmiento antes de hacer seguir a Rodrigo al consultorio ojeó la remisión y su ficha de ingreso a la clínica, al verlo tan diferente a lo por él imaginado, decidió agudizar su análisis durante la consulta. Se propuso desde ese mismo momento corroborar o descartar lo referido en la documentación médica, a primera vista contrastante con la impresión que tuvo de aquel paciente. Más aún, tras haber leído que, según el médico tratante y remitente, ese paciente presentaba un cuadro de varios meses de evolución de síntomas de ansiedad y depresión, con desencadenantes inherentes a estrés laboral y, específicamente, por situaciones de manejo por parte de sus superiores, consideradas por el afectado como injustas y mal tratantes, lo que le causaba a su vez sentimientos de impotencia y enojo. Motivos estos por los cuales estaba en tratamiento desde hacía unos dos años.

También refería el médico tratante que Rodrigo había presentado algunos episodios en los que se sentía muy angustiado, con sensación de ira y sentimientos de impotencia e irritabilidad. Que en algunos momentos tuvo ideas de auto agredirse: lanzarse por la ventana. Pensamientos que luego criticaba y consideraba injustificados ante los estímulos que los desencadenaban. Así mismo, escribió en la remisión el doctor Zapata Neira, que en la mañana del miércoles Rodrigo asistió a una cita de control, durante la cual expresó sentimientos de frustración y tristeza, con llanto durante la entrevista y, además, que manifestó y reiteró que en momentos de angustia, como ese, sentía como una voz que le decía que se lanzara por la ventana. Motivo este por el cual lo había remitido de urgencia a ese centro, con diagnóstico de depresión mayor con psicosis.

Consignó también el doctor Zapata Neira en la remisión, que Rodrigo había presentado algunos episodios en los que tuvo compromiso de la conciencia, descritos por él mismo como: «De desconexión, pero no propiamente desmayos». El último de los cuales ocurrió dos días antes, sin encontrarse en los momentos previos con síntomas de ansiedad. Causado, tal vez, por la contrariedad que tuvo con su jefe inmediato en la empresa en la cual trabajaba, por lo de un parqueadero y el horario de entrada.

También, leyó el doctor Sarmiento, antes del ingreso de Rodrigo a su consultorio, la valoración que su colega le hizo en la tarde del día anterior, cuando el paciente fue hospitalizado. Durante esa evaluación el siquiatra constató y registró que el remitido estaba en adecuadas condiciones físicas generales, hidratado, afebril y con presión arterial y demás parámetros del examen normales. Que se auto definió como trabajador, cumplido, correcto y familiar.

Según la percepción del siquiatra que lo valoró, se leía en el registro de ingreso, que el paciente estaba alerta, con adecuada presentación, cordial, afable y muy colaborador. Aunque expresó su preocupación por su situación actual, en especial por ser hospitalizado y las implicaciones que ello tendría a nivel laboral en su empresa. Que negó, consignó el siquiatra de urgencias, ideación suicida en el momento y que su lenguaje, tono y curso fueron normales, mientras que su afecto se mostró tranquilo, eutímico, durante toda la entrevista.

En cuanto a su memoria, pese a que hizo referencia, días antes, a ciertos episodios de compromiso de la conciencia, su sensopercepción no presentaba alteraciones y su juicio era adecuado, su prospección era positiva y su conducta no manifestaba ninguna alteración.

Tras unos treintaisiete minutos de consulta y amena charla, el doctor Sarmiento le manifestó a Rodrigo que según lo visto y evolucionado hasta ese momento, no encontraba motivos para que él estuviera y, mucho menos, permaneciera ahí. Incluso, le advirtió que si duraba más tiempo hospitalizado, ese entorno lo podría llegar a afectar. Que respetaba, eso sí, las decisiones de sus colegas que lo remitieron, recibieron y hospitalizaron. Pero, que en ese momento no existía justificación para que continuara en tal condición, razón por la cual iba a ordenar unas valoraciones, en especial de entorno familiar, por parte de la trabajadora social de la clínica. Que, una vez realizados tales procedimientos, era posible que ordenase su salida, de pronto para el siguiente día, pues ese trámite de salida era más burocrático y complejo que el mismo ingreso, le dijo, por aquello de la ineludible, perentoria y significativa cuenta de cobro para la EPSS Sanamos.

Al parecer, pensó Rodrigo al salir del consultorio del doctor Sarmiento, este otro eminente siquiatra tampoco había logrado escudriñar, develar, las verdaderas causas, transfiguradas laboralmente, de su dolor en el alma, propiciado por Débora con sus traiciones y el ingrato como inesperado abandono al que lo sometió.

Todas aquellas magnas mentes siquiátricas, como reposaba en su historia, siguieron y documentaron, sin mayor esfuerzo, la senda falaz que él les insinuó hacia la causa de su situación mental: el estrés laboral. Justo lo que Rodrigo necesitaba para aligerar su proceso de pensión y poderse dedicar a escribir. Aunque ahora le iba a tocar hacerlo sin el motivo de su inspiración durante esos últimos doce años: ¡Débora!

Ya en el pasillo, rumbo a la escalera en forma de caracol que conduce al patio general, ubicado en el primer piso del histórico edificio, Rodrigo sonrió con sorna al pensar que esta vez la había sacado barata, ¡muy barata! Pues no estaría en aquel conmovedor sitio sino hasta el día siguiente, por tarde, y no durante los diez o quince días que le pronosticó el doctor Zapata Neira, su siquiatra tratante, y amigo, al parecer...

Como en la remisión que hizo el doctor Zapata Neira mencionó la prescrita medicación que supuesta y juiciosamente Rodrigo venía tomando desde hacía dos años, es decir: una pastilla de Sensalina en la mañana y una de Tomadrona en la noche, el siquiatra que lo hospitalizó dispuso que le siguieran suministrando esos fármacos, aumentando de una a dos pastillas de Sensalina en la noche, y una más en el almuerzo, en consideración a que el paciente, después de la crisis de la mañana en el consultorio del siquiatra tratante, persistía sintomático, como lo dejó registrado en la historia médica de ingreso.

El siquiatra que lo recibió ordenó continuar la dosificación, ampliada, con manejo intrahospitalario en el servicio, para vigilar su tolerancia al tratamiento y evolución, así como para prevenir que le sobreviniera una nueva crisis por la hospitalización. Adicional, le prescribió una nueva dosis diaria de Alegramicinina, en combinación con otra de Antirascilina. Estas dos últimas: «Para mantener balanceado su estado anímico y monitorear su conducta», consignó en la historia clínica.

Aquel siquiatra le recetó estos dos nuevos equilibradores del ánimo, no tanto porque el paciente los requiriera, sino porque una distribuidora transnacional de medicamentos asociada con la OVT los estaba impulsando en el subcontinente, a título de prueba, ensayo y error, para evaluar su desempeño con humanos. Los siquiatras de aquel establecimiento de sanidad, como otra gran cantidad, no solo del país sino en el subcontinente, fueron visitados por los representantes de tal empresa, a partir de lo cual se les incubó la expectativa ante los significativos incentivos económicos si colaboraban con la experimentación, formulación, monitoreo, evaluación y reporte. Como lo hacían en otros tantos casos con otras multinacionales farmacéuticas, así como con innumerables medicamentos de variadas especies. Mercenarias empresas vinculadas, desde luego, estratégica y comercialmente, con Rómulo Vinchira Torcuato y sus poderosos y bien respaldados sucesores. Todos ellos de mala prosapia. ¡De subcontinental prosapia!

Por tal razón, desde esa primera noche, durante la cena, Rodrigo recibió de manos de Carolina, una de las enfermeras del piso donde estaba asignado, la doblada, ampliada y, ahora, controlada, dosificación. Receta que se tuvo que tomar bajo la vigilante mirada de las enfermeras mientras estuvo ahí, confinado. Dosificación que suspendió por completo tan pronto fue dado de alta.

Repentina interrupción que le causó, durante un buen lapso de tiempo, feas, molestas e incómodas complicaciones, no solo físicas, sino anímicas, hasta antes no sentidas o padecidas por él. Sintomatología que hasta entonces solo hacía parte de su falaz y magistral actuación cuando se proponía impactar a sus compañeros de trabajo en procura de crear y afianzar la idea de su afección mental propiciada por el estrés laboral, a la siga de su pensión por invalidez.

Al insomnio, de lo cual no sufría, se le sumaron taquicardias, calambres abdominales y musculares, vómito, sudoración, visión borrosa, temblores y convulsiones leves, y lo que más le preocupó: una sensación emotiva desagradable, molesta, como de oceánica tristeza o, tal vez, angustia existencial, o irritabilidad injustificada y ansiedad por las suspendidas dosis. Sintomatología que apareció al siguiente día de su salida de la clínica, y que fue evolucionando y creciendo con el paso del tiempo, como consecuencia, tal vez, de la suspensión de los medicamentos, en especial, de la Alegramicinina y la Antirascilina, de cien y veinticinco miligramos, respectivamente. Mejunjes estos producidos, ahora de forma masiva y "oficial", por los Laboratorios Vinchira Torcuato, con el respaldo de la OVT.

Equilibradores de ánimo que una vez iniciada su ingesta, no se debe suspender de forma inconsulta ni repentina. Por tal razón, al darlo de alta, el doctor Sarmiento le formuló y suministró las dosis indicadas hasta la siguiente cita de control, que también le programó.

Molestia, descompensación, patología que se le fue amañando, enquistando en su alma.

Tal vez por la ausencia de Débora. Sí, tal vez, pensó, justificó y, luego, así lo creyó Rodrigo, negándose a reconocer que era por no haber seguido tomando los equilibradores, como se lo enfatizó el siquiatra.

Y no solo fue el tener que tomarse la, tal vez innecesaria, y ahora aumentada medicación que hasta entonces había eludido, lo que le causó tal patología. Hasta antes de ser hospitalizado Rodrigo consideraba, estaba seguro, no requerirla, ya que esa sintomatología tan solo hacía parte de su elucubrado plan. Su manifestada afectación no era más que una falacia... al parecer, o así lo creía. Aunada con esta impelida ingesta, desde cuando traspasó la enorme y controlada puerta de cristal que separa el recibo de urgencias con la zona de internos de aquel manicomio, se encontró y contagió, de forma inexorable, con esa conmovedora y escondida situación, ignorada por la mayoría de la sociedad mentalmente sana, o ajena a pacientes con tales complicaciones, o tal vez buscadas justificaciones elusivas de la realidad.

Rodrigo se topó allá, frente a frente, con la realidad que padecen esos seres a quienes se les ha ido vulnerando, deteriorando, la potencia intelectual de sus almas, en cualquier momento, por alguien, o por algo. Estando, algunos de ellos, tristemente conscientes de su situación. Otros, la mayoría, tal vez no. Contagio acelerado, propiciado en Rodrigo, por la ingesta de los dos nuevos equilibradores de ánimo, en prueba por la transnacional farmacológica. Estos, siete años después, fueron retirados de manera repentina del mercado mundial por los adversos y devastadores efectos secundarios, no solo sobre el umbral anímico de los pacientes que los consumieron, sino sobre sus sistemas endocrino y digestivo. Este último, en el que se comprobó el desarrollo de metaplasia intestinal completa... ¡carcinógena!

Durante la hora y veinte minutos que Rodrigo estuvo en urgencias; antes de su ingreso al Pabellón B de Siquiatría, tiempo que duró el trámite de autorización y facturación pertinente; vio desfilar siete conmovedores casos. Todos, desde luego, evidentes, reales y mucho más graves que el suyo. Sin embargo, ninguno de estos logró impactarlo tanto como los que tras cruzar la puerta de vidrio tuvo que oír, ver, oler, sentir, probar… ¡vivir!

Desde el mismo momento de su ingreso a la zona de internos, por su aliñada apariencia, porte y ademanes, la mayoría de pacientes creyeron que él era otro médico. Motivo por el cual varios de los internos corrieron a contarle sus desgracias y quejumbres, unos. A hacerle solicitudes y reclamos, otros. Por los procedimientos médicos, estos. Por el trato que estaban recibiendo, aquellos. Por el abandono de sus seres queridos, un buen número. Por la comida, aquella otra elegante, aristocrática y sesentona mujer… Patricita Pombo de Guzmán.

El efecto de la ingesta de la dupla de equilibradores de ánimo: la Alegramicinina y Antirascilina, de 100 y 25 miligramos, respectivamente, producidos por la OVT; suministrados a Patricita Pombo de Guzmán por parte de su facultativo tratante, y desde hacía más de un año, estaba logrando el objetivo buscado por los interesados en quedarse con toda su fortuna. Incluidos los siquiatras y administrativos de la Clínica El Redentor Gregorio en donde fue hospitalizada por sus hijos tres años después del trágico accidente cardiaco, al parecer inducido médicamente, que le causó la muerte a don Reinaldo Guzmán, el esposo de Patricita y padre de aquellos parricidas.

Desde luego que el logro hasta ese momento no hubiera sido tan efectivo sin la perenne terapia psiquiátrica a la que era sometida Patricita todos los días por parte del doctor Andrés María Sarmiento, el siquiatra del tercer piso del Pabellón B. Terapia que tenía como propósito convencerla de que, no solo estaba en el más elegante y sofisticado hotel de la ciudad capital, sino que:

—Usted es la dueña y gerente de este flamante hotel que hace parte de la cadena de negocios que le dejó su esposo, don Reinaldo Guzmán —le insistía el galeno en cada sesión diaria.

Vil estratagema urdida en su seno familiar y aderezada en aquel negocio de salud mental, ahora integrante del emporio Vinchira Torcuato y sus laboratorios farmacológicos que ampliaron el uso de la molécula 3R. Extracto del inmundo menjunje Guare Guareta con el que desposeyeron del patrimonio a más de doscientas acaudaladas familias de Concordia, entre ellas, la de Marco Aurelio Mancipe Gómez en San Vicente de Sumapaz.

Tras morir don Reinaldo Guzmán, Patricita entró en una profunda tristeza. Perder su amor le enquistó un indescriptible dolor en el alma. Por ello se le veía llorar seguido su vacío, siempre a solas, todas las noches, cuando más echaba de menos en su cama la ajada y temblorosa presencia de su viejo. No le era posible concebir una vida sin la del hombre que desde los diecisiete años estuvo, siempre, a su lado. Con quien de manera decente amasaron una fortuna, producto de su labor panificadora por toda la ciudad, primero, y luego a lo largo de la geografía patria, así como en al menos cinco países subcontinentales.

Pese a su nostalgia, que no solo era sentimental sino social, y a su severo luto marital, Patricita instó seguir al frente de sus negocios, como lo hizo con su marido por treintaidós años. Esa actitud terca le generó, de inmediato, conflictos con sus descendientes, ¡sus hijos y nietos mayores!

Prole que, pese a vivir muy bien; sin que a ninguno le faltase nada, ni en sus respectivos hogares, lo cual les incubó el peligroso síndrome del parasitismo familiar; todos estaban inconformes, ¡saturados con tanta comodidad y boato! Fue cuando quisieron tener, no solo lo que siempre habían tenido: su abultada mesada y todas las bienandanzas posibles, a cambio de nada, por hacer nada; sino esa ineluctable sensación de poder, mandar, ordenar, intentar ser jefes y decidir. Así como ese latente deseo de causar daño y afectar la suerte y la vida de los administrados, de los dependientes de la empresa, e incidir, de manera nociva, en la satisfacción de la inmensa y creciente clientela del más exquisito, aliñado y saludable pan de la ciudad y el país.

Desde luego que lo querían hacer, pero, sin que les implicara esfuerzo, trabajo y, mucho menos, el sacrificio y sudor que requiere el mando, la gerencia, la representación legal en cualquier organización decente, cada día más escasas en Concordia, debido a las leyes del libre mercado y a la rampante voracidad social que empobrece a las mayorías, políticamente amorfas, y enriquece, hasta el hastío, a una minoría cada vez más perversa, totalitaria, injusta e insolidaria.

Razones estas, quizá, que habrían motivado a su hijo mayor, decía la gente del común y los empleados más cercanos a don Reinaldo Guzmán, judicialmente nunca probado, a tomar la parricida decisión aquella, tras una de muchas discusiones que tuvieron padre e hijo, por lo mismo. Reiteradas y agrestes discusiones que Reinaldo nunca compartió con su esposa Patricita.

«Para no preocuparla ni entristecerla», le dijo algún día a su conductor.

Pero, de las que sí fueron testigos varios empleados de la panificadora, sobre todo su chofer de toda la vida, así como dos de sus escoltas. Hombres de confianza de don Reinaldo quienes, tras las pompas fúnebres del patrón, fueron desterrados de la empresa y la ciudad por el sátrapa primogénito.

Patricita sabía de los vegetativos y funestos alcances de su ralea, y hasta intuyó, como madre, que en la muerte de su esposo Reinaldo hubo algo familiarmente turbio, muy turbio.

Por tal razón, cuando se lo demandaron sus hijos y nietos, liderados por el primogénito… cuando le dijeron que se hiciera a un lado de la empresa, que los dejara administrar sus negocios, y dicho no de la mejor manera, ella se negó, con el dolor picante y magenta que causa tal felonía, sobre todo proviniendo de su prole. A cambio ofreció mayor mesada. Pensaba que si lo hacía, si entregaba el mando de su emporio, este no duraría mucho tiempo, a lo sumo tres o cinco años.

Sus hijos y nietos, lo reconocía en su fuero interno, con intenso e inconfeso dolor, y en su momento lo habló en privado con su esposo, no tenían la probidad, el talante, la competencia para hacerlo bien, sin causar daño, sin dilapidar el patrimonio, sin mal asociarse, sin abusar. Quizá por culpa de la formación sobreprotectora que les habían dado, instando protegerlos y evitarles las carencias y dificultades que los dos sufrieron en su niñez y adolescencia.

¡Craso, muy común, y nacional error paterno!

El mismo yerro que cometió Valentino Mencino a comienzos del siglo XX con su hijo Bernardo, allá, en Oroguaní, bucólica provincia del centro occidente del país. El mismo en el que incurrió Marco Aurelio Mancipe en las postrimerías de la misma centuria: el siglo de la ignominia nacional, con su hijo Roberto, su primogénito. Decadente conducta social que galopó

sin brida, hasta desbocarse, sobre la indómita e inficionada sociedad. Contagio cultural de difícil cura, casi
imposible, dado que su más efectivo portador tiene
combustible mediático, cada día más accesible, manipulado, masivo y virulento.

Para su desventura, Patricita estaba en lo cierto
en cuanto a las capacidades de su ralea, por lo que no
se iba a arriesgar a pasar una vejez de menesteres, ni a
condenarlos, a ellos mismos: a sus hijos, nietos y bis-
nietos, a la pobreza.

Para entonces hacían casi diaria presencia en la Clínica El Redentor Gregorio, tanto Ignacio José Mencino Durán, gerente administrativo y financiero de la OVT y tataranieto de Bernardo Mencino, así como el químico farmaceuta, Luis Fernando Vinchira, el hijo mayor del Iluminado Indio Guarerá. Estos dos eran los cerebros de la expansión mercantilista y productiva, a nivel nacional, de la que estaban siendo objeto los deletéreos mejunjes que heredó Rómulo de su padre, y que Luis Fernando perfeccionó. Virulentos brebajes ahora oficializados y autorizados para su masivo consumo humano con la venia del Gobierno Nacional, gracias a la trascendencia institucional, política y social que le significó a la organización gestada por Rómulo el matrimonio de Luz Divina Vinchira, su hija menor, con uno de los hijos del todopoderoso expresidente Abelardo Uribia Morales.

«Mandatario dictador legal y constitucionalmente auto amparado para ejercer bajo esa amañada y pseudo democrática forma gubernamental, quien, durante sus dos amorfas administraciones consecutivas, y cuatro más mediante los presidentes por él y su sindicato empresarial colocados en el solio presidencial, posicionó y enriqueció, hasta el hostigo, no solo al sindicato empresarial de su región, que su cónyuge y respectiva familia representaban y dominaban con acciones, sino a su progenie, a sus tres hijos y, por ende, a la OVT y su letal portafolio de legalizados bebedizos», solían decir sus encarnizados y múltiples contradictores políticos, así como una buena parte de la sociedad, sin que nadie se atreviera a interceder en su contra, ante el efectivo e inminente riesgo letal que ello implicaba.

La presencia de los dos altos directivos de la OVT en la Clínica El Redentor Gregorio no era casual. Tampoco obedecía a que alguno de ellos estuviese usando sus servicios.

—Aunque, tal vez, sus torcidas mentes y genes inficionados por la maldad, la desesperanza y el ansia desmedida de impulsar la aberrante desigualdad social que galopa a lo largo y ancho del país, en verdad, sí que lo necesitan. Así como lo precisa, tal vez, la mayor parte de su clase política, dirigente y empresaria… —le comentó alguna vez el agente salas a Rodrigo en un pasillo del centro siquiátrico.

Los dos delfines de pirañas iban a ese sanatorio, dado que la próspera congregación religiosa de las Hermanitas Amorosas, hasta entonces sus regentes, no solo le abrieron (les tocó) a la OVT, y de par en par, el espacio para la formulación de todos sus bebedizos, sino que Rómulo invirtió en ese negocio de salud mental, y en casi todo el sistema de salud obligatorio del país, privatizado por Uribia Morales en favor de su conyugue y sindicato regional, un inmenso capital. Con tal argucia, Vinchira Torcuato se hizo a casi la mitad del patrimonio de la Clínica El Redentor Gregorio.

El nuevo y poderoso socio reclamó dos cargos directivos en ese establecimiento. Colocó, como director científico, al sicólogo Abelardo Ramírez. El mismo guía espiritual que manejó la operación de despojo y muerte de Marco Aurelio Mancipe en San Vicente de Sumapaz, relevado días después por el doctor Sarmiento. Como director administrativo, el aún sagaz Iluminado Indio Guarerá entronó a otro muy hábil, leal y voraz de sus secuaces para que manejara sus finanzas, recomendado, desde luego, por Ignacio José, el tataranieto de Bernardo Mencino.

Estos dos directores eran monitoreados de forma permanente por Luis Fernando e Ignacio José para garantizar los objetivos impuestos por Rómulo, que, aunque anciano, gozaba de muy buena salud y aún no había perdido ese febril deseo de riqueza ajena, como tampoco la eficacia de sus estrategias truculentas de engaño, estafa y ajusticiamiento para quienes le fallaran o se convirtieran en posibles riesgos para su emporio. Como lo hizo con su abogado, el doctor Germán Villarte Lopera, a quien, después este de servirle por décadas y haberle acuñado y entregado las estrategias jurídicas para la legalización de su mal habido patrimonio, ante el primer signo de debilidad y oposición, lo cual fue visto como un riesgo empresarial, ordenó, sin vacilación ni conmiseración alguna, su inmediata aniquilación.

La labor de estos directores en el sanatorio, además de lo propio de sus roles principales, consistía, en primera instancia, en asegurar que los medicamentos tradicionales que se les venían aplicando a los pacientes se fueran cambiando hacia los del portafolio de la OVT. O, en su defecto, hacia los de otros laboratorios a los que la organización ya había intervenido y a los cuales se les suministraba la molécula 3R, o alguna de sus secretas y custodiadas recetas.

—Hay que asegurar el mercado para que ni un peso se resbale por ahí —Ignacio José solía reiterar el lema de la criminal OVT.

La otra labor encargada, en particular a Abelardo Ramírez, y después de su relevo, al doctor Sarmiento, consistía en detectar pacientes potenciales. Personas que por cualquier razón fueran del interés económico, político o social para los degenerados y soterrados objetivos de la OVT, como en su época lo fue Marco Aurelio Mancipe.

Cuando Patricita Pombo de Guzmán asistió a una consulta, por su tristeza ante la muerte de su esposo, a uno de los consultorios externos y tentáculos de la Clínica El Redentor Gregorio, el sicólogo que la atendió le comentó el caso, de inmediato y cumpliendo la orden para cuando se presentaban pacientes con tales características, a su jefe científico en la clínica, el doctor Abelardo Ramírez, quien en seguida supo que ahí había un gran negocio, como en su tiempo lo fue Marco Aurelio Mancipe, gamonal de San Vicente de Sumapaz… o, tal vez, mucho mejor y más fácil.

Abelardo Ramírez de inmediato lo consultó con sus superiores de la OVT, recibiendo precisas y arteras instrucciones. Tenía que explorarle el entorno familiar a la acaudalada paciente, para asegurar, segunda instrucción, quedarse con todo lo suyo. Para esa primera labor Abelardo encargó a la trabajadora social de la clínica, como siempre, para que hiciera la exploración inicial, con énfasis en el cuadro familiar y empresarial de la viuda.

El reporte de la incauta dependiente fue muy alentador: «Hay una gran disputa familiar, en particular encabezada por el hijo y el nieto mayores, para que la paciente les conceda el derecho de administrar la empresa, ante el reciente fallecimiento del fundador».

A partir de ese momento la trabajadora fue relevada del estudio, encargándola de otros asuntos y el caso fue asumido, de manera directa, por Abelardo, director científico de la clínica, así como por el doctor Andrés María Sarmiento, el siquiatra del tercer piso del Pabellón B de aquel sanatorio, en el cual, más tarde, Patricita fue internada, y "tratada".

Pronto, muy pronto, ya se había cocido la tremebunda alianza entre los directivos de la clínica y la ralea de Patricita, en especial con su hijo y nieto mayores, para hospitalizarla de por vida en el mentalmente creado hotel de cinco estrellas, donde ella sería la gerente general de esta nueva línea de negocios de su emporio, lo que requería permanente atención, día y noche, por parte de su representante legal, en especial para que estuviera atenta a recibir a los huéspedes que fueran llegando, así como supervisando los alimentos, actividades recreativas y muchas otras falacias que el doctor Sarmiento estaba seguro que le hizo creer. Sobre todo, por la rápida aceptación de Patricita de su nueva condición y rol empresarial. Por ello, al principio y con alguna frecuencia, le permitían salir acompañada de un enfermero hasta la sucursal más cercana de su panificadora a traer pan, para comerlo en el sanatorio.

Sin embargo, y como le dijo el sargento viceprimero Rodríguez a Rodrigo García Ronderos durante el refrigerio nocturno de aquella primera noche que este pasó en la clínica:

—Los médicos están convencidos de que Patricita se comió el cuento de su nueva condición, montada por ellos… ¡Esa película absurda que le inventaron! Pero, no —enfatizó el sargento—, esa señora es inteligente, sagaz… al "pillarse" la emboscada que le tenían preparada sus hijos, nietos y médicos, para "atalajarla"… así como al darse cuenta de que judicialmente no podía hacer mucho, por su edad y lo venenosos que resultaron sus familiares y socios tras la muerte de su esposo, decidió participar en el juego que le impusieron. ¡Los "tramó" y les sigue la jugarreta! Además, sabe que si no acepta, las cosas serían peores; la tendrían atada e incomunicada en el Pabellón C, o en el D. Entonces, les está siguiendo el hilo, aunque sabe que su familia, y ella, a la larga, lo van perder todo… pues los nuevos jefes de este manicomio, y socios de sus hijos y nietos, son "muy abejas", y de las africanizadas manipuladas genéticamente para que piquen y piquen hasta ver agonizar a su víctima. Con esta táctica, doña Patricita logra prolongar su vida en aceptables condiciones… y la de sus hijos, aunque no por mucho tiempo; y también lo sabe y la afecta mucho.

En su época de activo, el sargento viceprimero Luis Carlos Rodríguez fue de la especialidad de inteligencia militar.

—Yo fui el encargado de colocarle un chip de altísimo espectro en las botas del Bravo Tití —le contó con orgullo el sargento a Rodrigo después del refrigerio nocturno y antes de que su nuevo y atento oyente se fuera a dormir en aquella, su primera noche de estadía en el sanatorio—. Sí, a uno de los cabecillas guerrilleros que mayor resistencia y sanguinaria ofensiva les había dado a los últimos diez gobiernos de este país.

Le manifestó que aquel artefacto de tecnología avanzada era usado por la inteligencia norteamericana que apoyó y asesoró a la Guardia Nacional para instar desarticular a los rebeldes. Afirmó, con vanagloria, que una vez instalado el chip en el tacón de la bota, y él y los otros cinco comandos infiltrados en la organización de los rebeldes lograron salir de la zona de operaciones y pronto impacto, los aviones bombarderos oficiales del Estado hicieron la entrega certera de tres mil doscientos cincuenta kilos de explosivos. Arsenal que hizo impacto sobre la cabeza del sanguinario insurgente y la de al menos dieciséis de sus lugartenientes, así como sobre dos jóvenes y bonitas muchachas que siempre lo acompañaban.

—¡Toda esa plaga fue neutralizada! —exclamó eufórico, triunfante, el suboficial.

Luis Carlos Rodríguez también le contó a Rodrigo, durante esa noche y al siguiente día, con afán, apresuradamente, otra serie de infidencias operacionales. Cual si quisiera dejar sobre los hombros del nuevo y poco común integrante del Pabellón B de Siquiatría todo el peso de su conciencia y lastre de su alma. Él sentía que eso era lo que lo mantenía prisionero en ese reclusorio mental. Pese a sus efectivos y certeros servicios prestados a la patria, y sin que le tuvieran en cuenta la gran cantidad de condecoraciones que había "cosechado" durante sus casi veinte años de labor castrense.

—Veneras que colocadas en mi guerrera ocupan un área sobre mi pecho de doce centímetros de ancho por catorce de alto —solía alardear el suboficial.

El sargento le compartió a Rodrigo las formas, estrategias y tácticas que la Guardia Nacional usaba para depurar y neutralizar terroristas. Le compartió algunos secretos, sin que Rodrigo le preguntara. Pero, tampoco, sin que su interlocutor intentara o quisiera evitarlo. Por el contrario, todo lo apuntaba en su agenda. Fue el caso del protocolo que las fuerzas oficiales utilizaban para penetrar e infiltrar a los cabecillas y líderes de la insurgencia, de las bandas delincuenciales, de organismos de derechos humanos nacionales e internacionales, de universidades, de los medios de comunicación, de los órganos del Estado, del Congreso, de la Rama Jurisdiccional, de algunos empresarios, sindicatos, partidos políticos, gremios…

—Para garantizar la estabilidad y la seguridad democrática —justificó convencido y con vehemencia política el sargento Rodríguez.

El sargento fue enfático cuando le dijo a Rodrigo, para su perdición y condena, y él, de igual manera, lo consignó en su fina agenda de cuero:

—Tuve el honor de neutralizar, junto con mis hombres de mayor confianza y eficacia, a dos excandidatos presidenciales... soterrados emisarios de la izquierda insurgente y terrorista. Trabajo tan bien hecho, tan "limpio", que nos hizo merecedores de las dos más altas distinciones que le otorga el Gobierno a un soldado de la patria en servicio activo.

Una vez Rodrigo sintió que el sargento Rodríguez había acabado de comentar lo que aquel hombre necesitaba compartirle, le preguntó la razón por la cual estaba en ese sitio. El sargento no dudó en responderle con la misma celeridad, con el mismo afán.

—En el último operativo... creo que me tendieron una trampa. Algún oficial envidioso de mis triunfos. O algún código que aspiraba a ser sargento mayor y veía en mí un rival de mucho peso por mis resultados operacionales... Nunca se sabe quién se "enamora" de uno, ni por qué.

El sargento hizo una pausa, como para precisar los recuerdos. Rodrigo lo miró de soslayo, sin intención siquiera de interrumpirlo.

—O, tal vez, porque yo sabía demasiado. Porque conozco muchos "torcidos", de altos mandos... y de gente muy pesada en la civil. Y, ahora, con tantos entes de control, nacionales e internacionales, husmeando en esos asuntos... Sí, piensan que en caso de investigaciones yo "cante"... ¡que me les tuerza! Eso, creo, es lo que temen. Sí, por esa misma razón tienen aquí a otros tantos... Es el caso de Julio Albeiro Sepúlveda, veterano soldado profesional, también de la Guardia Nacional. El que se sienta a mi lado, en el comedor, silla B. A ese muchacho, después de diecinueve años de servicio efectivo, lo "enhuecaron" en este manicomio por haber participado en el exitoso operativo, junto conmigo, que terminó por dar de baja a ese candidato disidente del oficialismo que no era bien visto por los jefes y comandantes camuflados en la civil... Ya que, si el disidente hubiera subido al poder, habría promovido para que a esos comandantes se los llevaran para Estados Unidos y allá los engrillaran... Sí, a los jefes que apoyábamos por debajo de cuerda para que combatieran y barrieran, por fuera de la ley, a tanto insurgente mamerto que andaba por ahí haciéndole daño a la sociedad...

Rodrigo seguía impávido, escribiendo en su libreta. El sargento lo observó con satisfacción. Al fin tenía quien lo escuchara, sin interrumpirlo, como lo hacían los siquiatras que lo atendían, sin dejarlo terminar nunca su historia completa.

—Bueno, lo cierto fue que mi comandante, un buen día —continuó el sargento—, me asignó la misión de neutralizar una cuadrilla de bandidos ubicada cerca de San Vicente de Sumapaz... Que había que acabar hasta con el nido de la perra, «nada de sobrevivientes, nada de heridos...», me ordenó. Los teníamos copados. De un momento a otro... fuego amigo a discreción contra nosotros, y por un flanco, y por parte de una escuadra que se suponía nos apoyaría en caso de requerirlo y solicitarlo. ¡Nos tiraron a "bajar" sin compasión! Todos mis hombres murieron… los vi, los oí, los sentí morir, a todos… esa, su sangre derramada, ese olor a muerte, aún mancha mis manos… persiste en mi olfato. ¡Usted no se imagina lo que es vivir con tal recuerdo! ¡Con el peso de tantas muertes sobre los hombros de uno!

Rodrigo hizo contacto visual con el sargento para darle apoyo y confianza, de tal manera que siguiera su narración.

—A mí me creyeron "morraco". Cuando llegaron los levanta muertos, venían con periodistas saca micas, para el despliegue del caso. Al encontrarme con vida, el comandante ordenó que me llevaran a la clínica de la Guardia. Allá me curaron las heridas del cuerpo, más no las del alma… Mire mis cicatrices, son más de diecinueve impactos… ninguno en órgano vital. ¡Excepto las del alma! Estas no me las causaron con ningún fusil.

—Sargento, en este país, esas heridas sociales las cargamos casi todos. Dolor en el alma que con nada calma. Social y ebúrnea nostalgia que carcome, inmisericorde, esta bella patria… Disculpe que lo interrumpa. Luego, ¿qué sucedió?

—Después de eso no he podido ser el mismo… o eso es lo que dijo el loquero, el sicólogo del regimiento quien me remitió a esta clínica. Él dice, y me lo reitera el doctor Sarmiento, que nada de lo que le he contado a usted, que es lo mismo que les he dicho a todos, es cierto. Que es una falacia, una invención mía… Imagínese: ¡Negarme lo del chip en la bota del Bravo Tití! O lo de tantos operativos efectivos que comandé, como lo de los cochinos "mamertos" candidatos presidenciales que neutralicé, por los que la misma Guardia Nacional me condecoró varias veces... Pero, el doctor Sarmiento me ha querido hacer creer, como a Patricita, una película fantástica y bien distinta a la realidad en cuanto a la trampa que me tendieron. Me dice, y reitera, que me imaginé, que inventé haber recibido la orden para ese operativo... Que dizque fui, de forma irresponsable, a combatir a los bandidos. Que lo hice por fuera de todo protocolo operacional, sin orden alguna. Que por eso, cuando estaba en el área, los guerrilleros me emboscaron... y, como era una operación no planeada, no autorizada, no informada, dicen, en el regimiento no tenían cómo reaccionar de manera oportuna y eficaz... cuando el operador de la radio les informó y les solicitó ayuda a grito herido... Que por eso nos masacraron... que por mi culpa.

Durante la primera pasantía de Rodrigo por la Clínica El Redentor Gregorio, aunque atisbó en varias oportunidades una que otra cámara de seguridad, nunca se imaginó que todos sus movimientos, actitudes, registros en su agenda, entrevistas y hasta gestos, para sus posteriores y letales pesares, estaban siendo monitoreados, registrados, documentados. No solo por el circuito cerrado de televisión de la seguridad del lugar, sino por enfermeras y auxiliares de la clínica que a diario generaban sus respectivos reportes. Reportes, materiales, evidencias que, tras ser procesados, depurados y analizados, eran enviados al siquiatra de piso. Que, en el caso de Rodrigo, de Patricita, del sargento Rodríguez, del soldado de oficio Julio Albeiro Sepúlveda, del reinsertado Leonardo y de otros tantos del Pabellón B, piso 3, era el doctor Sarmiento.

Galeno del alma quien, cumpliendo el secreto y muy bien pagado protocolo, remitió al agente Salas, de seguridad nacional, lo relacionado con Rodrigo, una vez le llegó, cinco días después de haberlo dado de alta. Organización oficial que seguía la evolución ideológica y de comportamiento de los militares, de los reinsertados, de uno y otro bando, y de otros tantos pacientes de interés allí "protegidos" por parte de la sociedad a la que le sirvieron y en donde, por los gajes de sus oficios, del alma habían sido enfermados.

Lo mismo hizo el siquiatra aquel, remitir el reporte relacionado con Rodrigo, a los nuevos directores y socios de la clínica, pertenecientes a la OVT. Estos, con desaforo sin precedentes, buscaban y seleccionaban pacientes de interés económico y comercial para apañarse de todo su patrimonio, una vez hospitalizados y "tratados" con sus aberrantes mejunjes, eso sí, todos oficializados, con licencia para aniquilar población.

Horas antes de que Rodrigo obtuviera la orden de salida de la clínica por parte del doctor Sarmiento, la trabajadora social le realizó la valoración de entorno familiar. Lo que le informaron a ella, tanto la madre como la hermana de Rodrigo, fue poco significativo. Poco y nada sabían sobre el trabajo y, mucho menos, sobre sus dificultades, intereses, *modus vivendi* actual y relación de pareja de su ensimismado pariente. Excepto, sobre su pasado, cómo fue en su juventud, niñez e infancia. Etapas de su vida caracterizadas por la soledad, poca comunicación, con su introversión y el estudio como prioridad.

Dijeron, de igual manera, que nunca le conocieron relación sentimental alguna, tampoco de amistad. Distinto al desliz que cometió Olga, la empleada que le hizo contratar Débora a Rodrigo como condición para aceptarle su propuesta de irse a vivir con él, doce años antes.

Esta empleada, aunque era una mujer parca, de cortas y bruscas palabras, impresionada por la hospitalización de su, en profundo secreto, amado patrón, mencionó que:

—El "matrimonio" del doctor Rodrigo es normal, de al menos doce años de antigüedad… Se trata de una pareja muy interesante, que, al parecer, ahora pasan por alguna crisis, ya que nos los he vuelto a ver juntos desde hace unos días…

Olga, tras la tardía reacción, se enojó con la trabajadora social y no quiso darle más detalles. Mucho menos el nombre de la pareja de su patrón. Recordó que en su contrato laboral, muy bien remunerado, Rodrigo le había incluido una cláusula de confidencialidad que implicaba no hablar con nadie de lo que oyera y viera en su sitio de trabajo. Mucho menos, de ninguna de las dos personas a las que ella atendía. Por esta razón, ganaba un bono adicional anual correspondiente a tres sueldos mensuales si cumplía esa cláusula de confidencialidad. De lo contrario, era una causal de terminación unilateral del contrato, la pérdida de bono del respectivo año, del buen sueldo que tenía y de cualquier recomendación después de doce años de estar en esa coloca.

Sabía que el doctor Rodrigo era exigente y cumplía lo que decía. Que no iba a dudar un solo instante en despedirla y aplicarle la mandinga cláusula aquella, más ahora que Débora se largó con aquel tipo que le pintó pajaritos en el aire, y tal vez no volvería. Motivo este último por el cual, ya lo había pensado varias veces, estaba sobrando en esa casa. Su patrón, y lo demostraba cada vez que ella salía a vacaciones, era autosuficiente en asuntos y tareas domésticas. Sabía que don Rodrigo disfrutaba de la soledad, más ahora que Débora se fue y lo abandonó.

Por supuesto que a Débora fue imposible hacerle la entrevista. Olga, antes de salir rápido y malhumorada de la oficina de la trabajadora social, se negó a dar información adicional como para poderla ubicar. Y nadie, ni la madre, menos la hermana de Rodrigo, sabían de la existencia de tal personaje. Tampoco que él tuviera una relación sentimental.

«Quizá fue una estrategia de la empleada para distraer la atención y mantenerle guardado a su patrón el secreto de su solitaria y aburrida existencia, seguramente ordenada por el mismo Rodrigo a su dependiente», escribió la trabajadora social en la valoración de entorno familiar y, a su vez, el doctor Sarmiento en la epicrisis que llegó, días después, no solo a las manos del doctor Zapata Neira, el siquiatra tratante de la EPSS Sanamos, y a las del agente Salas, de Seguridad Nacional del Estado, sino a las decrépitas, pero aún filosas y mefíticas garras del propio Rómulo Vinchira Torcuato, el Iluminado Indio Guarerá. A él también le entregaron, en su momento, la historia médica de Patricita Pombo de Guzmán, junto con las afiladas pretensiones de los hijos de esta.

Una vez en la calle, tras su salida de la clínica, Rodrigo revisó la fórmula con la nueva y aumentada medicación psiquiátrica.

Ni porque estuviera de verdad loco me voy a seguir tomando todas estas pepas, pensó y husmeó en la bolsa en la que se las habían dispensado minutos antes en la farmacia externa de la clínica. Se acercó a la primera caneca pública disponible que encontró para arrojar basura y ahí colocó la bolsa y la fórmula. Guardó, en la maleta que le llevó Olga, la excusa médica expedida por diez días calendario contados a partir de ese momento, la remisión para el doctor Zapata, la epicrisis y la documentación que firmó para efectos de facturación para el respectivo oneroso recobro que le haría la Clínica El Redentor Gregorio a la EPSS Sanamos. Luego abordó un taxi rumbo a su vivienda.

Rodrigo le había prometido al doctor Sarmiento seguir en casa el tratamiento hasta cuando el doctor Zapata lo dispusiera o la modificara de manera controlada. Promesa que por supuesto no cumplió. Como consecuencia de la inconsulta suspensión de la iniciada medicación intrahospitalaria vino el insomnio y otras tantas incómodas molestias. Desazones, descompensación, patología que se le fue amañando, enquistando, inexorable en su alma.

Oceánica tristeza que le permitió a Rodrigo escribirle a Débora una nueva narración, ya en la soledad de su casa, tras concederle a Olga dos semanas de permiso remunerado, con tal de quedarse solo. Aunque la empleada se recriminó en silencio por haber hablado más de la cuenta con la trabajadora social de la clínica, pensando que por tal motivo su patrón había tomado esa extraña decisión de preavisarle la terminación del contrato con ese permiso no solicitado, aunque muy bien remunerado.

De nuevo te fuiste

¡Y cuántas cosas quedaron inconclusas, truncas! El girasol que un día me pediste. Ese que, precisamente, aquel sábado de gris noviembre te había comprado... a propósito olvidado en cualquier parte tras leer el edicto de tu adiós.

O el oso de peluche, blanco, gigante, que para diciembre ya te había escogido. O ese beso, esa caricia, esa pasión guardada, añeja, que, en las últimas semanas, previas a tu postrer adiós, no pude compartirte, confundido, aturdido por la artera esquivez con la que a gritos mudos me decías que de nuevo te ibas, aunque decirme adiós, otra vez, o no podías, o te dolía, o quizá de vergüenza tu bella faz con tinte de rubor se distraía.

Sin embargo, belleza extraña, hoy comprendo, y sin otra alternativa acepto, que durante estos años a mi lado nunca fuiste libre, ni feliz... Mi pasión, mis besos y caricias, de añejo amor enrarecidos, te encadenaban a mis tristezas y angustias vespertinas...

¡Sí!, no eras feliz ni libre para hacer lo que necesitabas, deseabas, ansiabas... aunque, a hurtadillas, siempre buscabas, y encontrabas y satisfacías en el valladar de infieles aventuras e infectas y pasajeras pasiones errabundas... Y con artero silencio lo intuía, lo sabía... mientras libaba de aquella hiel que a mis frágiles sentimientos emponzoñaba.

¡Sí!, hoy comprendo, y acepto, no solo que tengo que virar con rumbo a lontananza, con destino opuesto al tuyo, a ese que elegiste tú; sino que no debo intentar siquiera inventar, otra vez, escusa alguna para cruzarme contigo en cualquier distraído recodo de tu esquivo e inverso camino.

En cuanto puedas, o te lo permitan, vuela libre y feliz, bello turpial, por la bravía e inhóspita espesura tropical que elegiste. Engalana y alegra el hirsuto paisaje de otros atardeceres con tu divina, sensual y delicada presencia. Inspira e incita con tu raudo paso y aroma embriagante de pasión el nocturnal ambiente del placer y la emoción...

Pero, nunca olvides que tu grácil vuelo, que tu tierna traza y esquiva huella, que tu desprotegido sino serán siempre el motivo de inicuas y carnales intenciones... y observados por los agudos sentidos del rapaz que acecha en las alturas del acantilado. Espectacular y letal falcón que una vez detecta en la distancia el tenue zigzagueo de su próxima presa, emprende, de inmediato, inexorable labor de caza... Y ya en sus certeras garras poco importa, bello turpial, el fino y grácil candor de aquel plumaje... Fatal cuchillada propina con su corvo pico, desgarrando la tierna piel con la que sacia su biológica y perenne necesidad animal.

Vuela libre y feliz, sensual turpial, en el paisaje de esta urbana vida, que ya mi pesado caminar no instará, ni podrá, seguirte más; pues mi destino, ahora, toma rumbo a lontananza... opuesto por completo al giro que a tu vida decidiste darle para escaparte de la celda de añejo amor en la que te encarcelé, años atrás.

Por último, te pido y prometo, madrigal de amor, sin siquiera tener derecho a pedirte nada, que no intentemos, ni tú ni yo, cruzarnos en el camino, que no armemos escusas para vernos, para encontrarnos...

Pues, esta vez, amor perdido, si lo hacemos, si nos tropezamos por ahí, en cualquier meandro de esta aciaga vida, con solo percibir el brillo asesino de esos divinos ojos, o el fatal aroma de tu mortal presencia, te encarcelaré, de nuevo, en el tórrido y díscolo cariño de mis arcaicos besos...

Y ello, por Dios que sí, sería, esa postrera vez, insano para ti, insano para mí; te lo aseguro, ya que nuestras almas, y menos, nuestros mortales cuerpos, saldrían ilesos de dolor y muerte.

¡Hasta siempre y nunca, amor de mi vida!

Dieciocho días después, al regresar a su oficina, tras la hospitalización, el vencimiento de la incapacidad médica y los días feriados involucrados en ese lapso, además de haber perdido, finalmente, su sitio de parqueadero que tomó su jefe inmediato, Rodrigo se encontró con varias novedades.

La cervecera contrató a una joven economista, acabada de graduar, quien a su vez adelantaba estudios de maestría en Dirección de Proyectos. Aquella ya llevaba una semana en la empresa y fue encargada de apoyar, en lo sucesivo, las labores que realizaba Rodrigo. Es decir, contrataron a un soporte para su cargo.

—Es para hacer más eficiente su trabajo —le dijo con burla el doctor Trillos a Rodrigo, una vez se la presentó y le comunicó que su oficina había sido objeto de una readecuación para darle espacio al escritorio de ella, cerca de él.

Pese a lo que todos con morbo esperaban, desde luego el mismo doctor Trillos, Rodrigo reaccionó con tranquilidad. Al parecer no se inmutó ni se mostró afectado por ninguna de las tres situaciones: parqueadero, la nueva profesional soporte y la reducción de su espacio en la oficina, ahora invadida por una persona extraña. Por el contrario, ignoró lo del parqueadero y ese día guardó su vehículo en un espacio público cercano.

A partir del siguiente día dejó de llevarlo. Doce días después lo vendió. En adelante se movilizó en taxi.

En cuanto a los otros temas, estuvo de acuerdo y celebró la decisión. Fue y saludó a su nueva colaboradora. Le dio la bienvenida. Se puso a su disposición para facilitarle su labor. Él sabía, lo intuía, o era más que evidente, la verdadera razón. Con sus antecedentes siquiátricos, incluido un ingreso a la clínica de reposo, la compañía ya no podía confiar, como antes, en su trabajo. ¡Era un riesgo! Había que preparar a otra persona para que se encargara de lo que él hacía. Nadie se lo iba a decir en su cara. Sin embargo, dejó de importarle. Lo tenía, o creía que lo tenía, presupuestado. Además, se le estaban facilitando las cosas para acelerar su pensión y, ahora sí, dedicarse a escribir, aunque, por lo visto, sin Débora a su lado.

La siguiente novedad tuvo que ver con el falso trato que la mayoría de los dependientes de la cervecera le comenzaron a dar. Situación a la cual se acomodó con mayor dificultad y durante mucho más tiempo. Con cuanta persona que se encontraba, lo saludaba, lo miraba de arriba abajo, algunos con mayor confianza. Otros, más desfachatados, hasta lo tocaban y le preguntaban:

—Y... hoy, ¿cómo se siente, doctor? —Y, con el mismo sofisma, sin esperar respuesta a la pregunta, venía la aparente conmiseración—. Usted es muy fuerte, está muy joven... aún tiene con qué superar cualquier maluquera pasajera como la que le dio... Lo hemos puesto en una cadena de oración... Nos hizo mucha falta... —Y una veintena de frases por el estilo.

Nada lo inmutaba. Ya que inmutada tenía el alma. Ni siquiera porque a las reuniones directivas solían llamar a la joven y bonita economista, y no a él. Esto, de alguna manera, él le fue alcahueteando, patrocinando a su colaboradora y proyectado remplazo. Esta situación, aunada con el entusiasmo y la misión secreta que tenía la joven de apoderarse en ese cargo, le fue facilitando espacio a Rodrigo para escribir, escribir... y escribir. Para estudiar gramática, ortografía, técnicas de redacción y temas similares. Así como para escuchar música popular y rencontrarse con la novela clásica y la poesía, incluso, en horas laborales, lo que antes nunca hizo.

Había decidido intentar hundir a Débora en el imposible olvido... y a su fatal abandono, con tales ocupaciones literarias, gramaticales, musicales. Actividades que todos los días en la soledad de su casa le ocupaban bastante tiempo, casi hasta el alba. A tal punto que, al regreso del permiso, Olga, por preocuparse por su patrón, fue indemnizada con el equivalente a un año de trabajo para que ella pudiera irse a descansar, le argumentó Rodrigo el día que la liquidó y le propuso que regresara hasta el siguiente año, y por la misma época. A no ser que la llegara a necesitar antes, caso en el cual él la llamaría.

La verdadera intención de Rodrigo era clara: estar solo en el santuario de su casa, en el sitio que construyó para vivir e idolatrar a Débora. Que nadie interfiriera en sus cerrados y fatales planes inmediatos.

El doctor Zapata Neira, desde luego, le siguió formulando a Rodrigo cada mes la medicación que su colega del sanatorio mental le prescribió. Más ahora que su paciente parecía haber normalizado su comportamiento, en relación con la última vez que lo atendió, previo a la hospitalización inicial. Pensó que esto, quizá, era por los efectos de los nuevos fármacos de los laboratorios de la OVT, de donde, también, le comenzaron a llegar a su cuenta privada significativos bonos tras la visita que le hicieron, en su consultorio, los emisarios del Iluminado Indio Guarerá.

Al parecer los efectos de la molécula 3R, como se lo explicó el visitador médico de la OVT, tenía grandes alcances para estabilizar los ánimos de los pacientes alterados. Rodrigo parecía ser la prueba. En su quincenal conversación con él lo notaba mucho más tranquilo, calmado, relajado y sereno que antes. Aunque, en el fondo de su mirada había un esquivo, indescifrable, inquietante y gélido brillo que el afamado siquiatra de la EPSS Sanamos no lograba precisar ¡qué diantres significaba! Esto, por su experiencia, le preocupaba.

Intuía que Rodrigo no se estaba tomando la medicación, por lo menos con juicio. Tal vez era mejor que así fuera, que evitara tomársela, porque a él, comprometido en tan turbio asunto de la reformulación masiva, pero muy bien recompensado, no le convenía encontrar, ni mucho menos reportar, los feos y perversos efectos secundarios de esos cuestionados medicamentos, *aunque oficializados,* pensó el siquiatra; más ahora que la EPSS Sanamos también le pertenecía a la OVT, tras haber comprado el 57% de sus acciones.

Rodrigo no refería, ni mostraba, hasta entonces, ninguno de los particulares síntomas secundarios de los que le habló el visitador de la OVT. Sintomatología que obligaba a recetar otra medicación, desde luego, incluida en el portafolio de esa organización y, esta, a su vez, una tercera, con mayor capacidad adictiva, así como de costo. Llegó a pensar el doctor Zapata Neira, durante la quinta cita, después de la hospitalización, que Rodrigo no se estaba tomando, ni siquiera de forma parcial, la Alegramicinina. Mucho menos la Antirascilina. Sin embargo, no le dijo nada, aunque le ordenó que, para el siguiente mes, tres días antes de la cita con él, se practicara unos exámenes de laboratorio para ver el nivel de ácido y de otras sustancias asimiladas en su cuerpo, como resultado de la ingesta de los nuevos medicamentos.

Como se leía en el protocolo reservado de la OVT entregado a todos los médicos "adscritos" y beneficiarios de los bonos que repartía la organización por la medicación, casi en exclusiva, de los mejunjes de su portafolio, se le tenía que hacer un seguimiento especial, no médico, mejor sería decir, de perfil socioeconómico, a todos sus pacientes. Resultados que tenía que reportar a la OVT, con énfasis en los indicadores que al respecto estaban consignados en el protocolo. Por esta razón, y en el caso de Rodrigo, el doctor Zapata Neira, desde la siguiente cita, después de su salida de la clínica, comenzó a preguntarle sobre lo que vio, oyó y escribió de los pacientes allá hospitalizados. De igual forma, comenzó a profundizar en sus haberes, pensión, proyectos... y en su relación sentimental.

Con gran habilidad, y pensando en lo extraño que era ese nuevo interés del doctor Zapata, Rodrigo habló poco de ello, sobre todo con soslayo. Se limitó a decir que al interior de la clínica había una interesante cantidad de historias que tal vez valdrían la pena documentar y publicar.

—Quizá, tal vez, algún día —le respondió al siquiatra—, es posible que, una vez pensionado, las escriba, si no me llega una mejor inspiración tras ejecutar los proyectos literarios que tengo en curso.

En cuanto a sus haberes, Rodrigo le hizo una lánguida exposición. Le manifestó que lo único que él tenía era la expectativa de una pensión. Que una vez la obtuviera, le permitiría hacer lo que añoraba desde joven: dedicarse a escribir en exclusiva, con el único propósito de ser leído por las nuevas generaciones. Que ese sí era su mayor, y quizá único, proyecto de vida inmediata... ¡su gran tesoro y secreto!

¡En qué gran error incurrió Rodrigo al compartir aquel secreto con su siquiatra de confianza! Aunque, ni él, como tampoco el especialista, en ese momento, lo podían intuir, mucho menos dimensionar.

Rodrigo nunca le precisó al doctor Patricio Aristo Zapata Neira sobre ninguna historia en particular relacionada con los pacientes de la clínica. Tampoco sobre la referida relación sentimental de la que de manera superficial habló Olga con la trabajadora social de la clínica, pese a la insistencia del facultativo. No obstante, para el veterano agente Salas, y para el Iluminado Indio Guarerá y su mala prosapia, a quienes también les llegaron los depurados y periódicos informes tanto de la Clínica El Redentor Gregorio como de la EPSS Sanamos, les bastó para desatar verdaderos operativos, a su manera.

Buscaban los Vinchira quedarse, beneficiarse y lucrarse de lo poco que tenía Rodrigo. Por su parte, el agente Salas lo hacía como el salvaguarda que era de la seguridad democrática que instauró su padrino de matrimonio, el doctor Uribia Morales, en su época de presidente de la República. Poder que todavía tenía de manera indirecta. Por ello, unos y otros monitoreaban y controlaban cada uno de sus movimientos.

En cuanto al deseo de desposeer a Rodrigo de su algo significativo, trabajado y ahorrado patrimonio, incluida su pensión, no solo era un inicuo objetivo del Iluminado Indio Guarerá, y la de su inmediata prosapia y sátrapas dependientes empresariales de la OVT. También era el propósito de Arcángel Medina, el tunante con el que se alió Débora. Hombre experto en las lides del engaño, de la estafa, de las malas artes para hacer negocios frondios a expensas de personas trabajadoras, de buena fe… y, por ende, con una gran dosis de inocencia. Por lo general, personas incautas y fáciles presas de sanguinarios depredadores experimentados. Añagazas que solo le vino a descubrir Débora a Arcángel Medina después de haberse enrolado en aquella tortuosa relación, al principio bajo el matiz del oropel.

Cuando Débora decidió liarse con Arcángel, cuando decidió trasladar sus zafias y parásitas raíces de la medianía económica que le significaba Rodrigo, a la falaz robustez de su nueva aventura, él se le presentó como un exdiplomático, además, como un acaudalado y reputado comerciante del sector asegurador del país, amo y señor de inmobiliarias dispersas en todo el territorio patrio. También le dijo que era el adalid comunitario en el barrio Caracas, en el cual, le aseguró, tenía su mansión desde donde trabajaba para el movimiento político de la Central Democrática, facción fundada desde la época de la presidencia del doctor Uribia Morales, frente al desprestigio y la crisis por la que atravesaban los dos megalómanos partidos tradicionales del país.

Fachada que presto se desboronó, no solo cuando Débora cayó en las mefíticas y criminales redes de Arcángel, sino cuando dejó, y abandonó, la estabilidad que significaba el modesto apartamento que le pagaba Rodrigo. Inmueble al que, una tarde, cuando Débora quiso regresar tras descubrir la sarta de mentiras y riesgos legales con los que la embaucó Arcángel, Olga se lo impidió, sin siquiera permitirle traspasar la entrada, con el argumento de que el patrón estaba energúmeno, ¡como loco!, y que le advirtió que si Débora volvía, que le dijera que se atuviera a las consecuencias... Que le mandó a decir que él no respondía por su integridad física cuando se encontraran, pues «Lo sabía todo...». Por tal razón, le reiteró Olga a Débora, el patrón ahora andaba armado y que ella, así fuera una simple criada, no quería ser partícipe, ni testigo, de una anunciada tragedia pasional. Que le aconsejaba que no se dejara ver de don Rodrigo, si era que en algo apreciaba su vida.

Olga, pese a estar enterada de casi todas las aventuras e infidelidades subrepticias que tuvo Débora por más de diez años, no las compartía, ni mucho menos las aceptaba. Aunque siempre guardó silencio hablado, más no corporal, en su presencia. Nunca le dijo, ni siquiera le insinuó al respecto a su patrón. Pese a que tal mudo silencio laceraba su alma, principios y encrisnejados afectos recónditos que ella sentía por Rodrigo.

Cuando Débora llegó esa tarde al apartamento con aquel tipo de mala energía, como lo presintió Olga desde cuando lo vio por primera vez, y le dijo que se iba para siempre del lado de Rodrigo, se alegró en silencio. Por eso no lo llamó y solo hasta la noche, cuando él llegó, le comunicó que Débora partió, que se llevó todos sus trastos y trebejos, sin decir por qué ni para dónde. Unos días antes Olga los escuchó discutir, al parecer, porque, o Rodrigo descubrió algo, o, tal vez, porque Débora, descaradamente, se lo dijo y anunció, como en reiteradas oportunidades.

Ese viernes, cuando llegó a su apartamento, sobre las nueve de la noche, Rodrigo se encontró con una inesperada sorpresa. Aunque él lo supo, o suponía desde su partida, que Débora volvería tarde o temprano. Por tal motivo, no cambió las guardas de la cerradura de la puerta de entrada de su apartamento, además de considerarlo innecesario, pese a las reiteradas sugerencias que al respecto le hizo Olga.

Al comienzo del abandono al que lo sometió, él esperaba cada tarde, antes de su primera hospitalización, que, al llegar a su hogar, Débora lo estuviera esperando, que hubiera regresado. Pero, pasaron días, semanas y meses, sin que ello acaeciera. Hasta ese viernes.

Tan pronto giró la llave en la chapa de la puerta principal, Rodrigo sospechó que alguien había entrado. *Tal vez Débora*, pensó dubitativamente. Pero, esta vez, sin ningún sobresalto, sin ninguna emoción, como habría acaecido si tal situación hubiera sido antes de su hospitalización y la impelida ingesta de los nocivos mejunjes del Iluminado Indio Guarerá.

La cerradura estaba sin el doble cerrojo que él le puso esa mañana al salir rumbo al trabajo. Estaba seguro de que le había puesto doble cerrojo a la chapa. Y no podía ser Olga. El día anterior ella lo llamó desde su lejano y natal municipio, para el cual se fue desde cuando Rodrigo le comunicó que necesitaba estar solo por un tiempo. Durante esa llamada Olga le manifestó que si llegaba a necesitar algo, lo que fuera, que acudiera a ella, que estaba a sus órdenes. Rodrigo le dijo que por ahora no la necesitaba, que muchas gracias; que el día que requiriera de su presencia, de inmediato él la llamaría. Que siguiera descansando por el resto del año, que, tal vez, para comienzos del otro, hablarían al respecto. Que no se preocupara, le insistió para darle mayor confianza, por sus emolumentos, ni por el siguiente contrato; que mientras él viviera, ella los tenía asegurados, le prometió. Olga sabía sobre la seriedad de su patrón en todo sentido, en particular, en materia laboral y salarial.

Olga llamó a Rodrigo, pues días antes en su celular quedaron registradas unas llamadas hechas desde el móvil de Débora, las cuales no quiso contestar. Más tarde, otras fueron efectuadas desde un aparato cuyo número no tenía registrado en su agenda. De hecho, su número solo lo conocían Rodrigo, Débora y unos pocos familiares; todos ellos con los que ahora ella vivía, la mayoría, y otros que residían en el mismo municipio. Como alguien insistía en comunicarse, a la décima timbrada se decidió y contestó. Era Débora. Al fondo, Olga alcanzó a escuchar la voz del tipo con el que se marchó. De inmediato lo reconoció.

Lo que aquellos buscaban, sin saber hasta entonces que Olga estaba de licencia, era ganarse su confianza para que le facilitara, alcahueteara y permitiera a Débora regresar al lado de Rodrigo.

—Para que aquel buen hombre deje de sufrir y padecer por mi ausencia —le manifestó Débora.

Y así lo entendió la incauta mujer ante el embaucador parloteo de Débora, antes de cometer aquel desliz, como lo reconoció tan pronto colgó, razón por la cual decidió llamar de inmediato a su patrón.

—Por ahora no estoy en el apartamento de don Rodrigo —le dijo Olga a Débora—; sigo en mi pueblo, en una especie como de licencia que él me dio. Por tal razón —le reiteró—, en nada puedo colaborarle. Usted tendrá que valerse por su cuenta, si es que quiere emprender tan osada y descarada reconquista.

Fragmentaria noticia que cambió y agilizó la ejecutoria de los planes de la pareja de embusteros.

Para entonces, Débora ya le había compartido a Arcángel Medina parte de su vida. Realizó con él, al inicio sin darse cuenta, pero, después, por pura adrenalina, varios trabajos de extorsión y otras cuantas e ilícitas figuras. Y, desde luego, hablaron de Rodrigo, de su cargo en la Cervecera Nacional, de sus escritos, de su inminente pensión y, por supuesto, de los significativos ahorros de toda una vida que destinaría, una vez se pensionara, para sus ideas y planes literarios. En especial, el de dotar todas las escuelas públicas del país con al menos una de sus obras.

Información que disparó la creatividad criminal en Arcángel Medina, con el innoble propósito de desposeer a Rodrigo de todo, incluso de su vida. Argucias que, una vez tuvo perfeccionadas, se las compartió a Débora, quien sería el artífice material del crimen.

Al ingresar a la sala de su apartamento Rodrigo percibió su aroma: la nectarina esencia de la flor de cera. La misma con la que Débora lo atrapó, casi trece años atrás, ese día que se trastocaron sus vidas. La vez cuando se conocieron en la antesala del consultorio al coincidir en una cita médica, allá, en la EPSS Sanamos.

En la alcoba se escuchaba música a bajo volumen. La puerta de la habitación estaba entreabierta. Del pomo de la chapa pendía un clavel rojo enlazado con una cinta azul que a su vez apresaba una tarjeta rosada. Rodrigo, antes de ingresar a la alcoba, cogió la tarjeta, junto con el clavel y la cinta, leyéndola en voz baja.

—Lo nuestro es un amor inmortal… y nada ni nadie podrá separarnos. Rodrigo: ¡Te amo y no me iré, jamás, de tu lado, te lo aseguro!

Rodrigo empujó con suavidad la puerta e ingresó a la estancia.

Allí, en efecto, estaba Débora Yanir Chandé. Vestía solo un camisón de seda hindú… ese que a él le encantaba que usara, previo a sus encuentros amatorios. Lo estaba esperando, muy sensual, en su lecho. Había colocado en sus carnosos labios una catleya, la orquídea preferida de Rodrigo desde cuando leyó "El frío del olvido". Entonces, sin esperar ni dejar que Débora hablara, le declamó:

Déjame llorar en soledad

¡Qué difícil ha sido! Es cierto: no te he podido olvidar; mucho menos dejarte de amar... y jamás lo haré, así haya sido tu ingrata y fatal ausencia la causante del mutismo sepulcral de mis besos, otrora tiempos fogosos, rumorosos, alegres y pletóricos de versos de amor... así me hayas enmarañado, y para siempre, la brizna de mis añejos sentimientos. Así me hayas hundido sin piedad alguna en el averno del dolor y la nostalgia.

Te fuiste huyéndole a la vorágine de mis años tan pronto asomó el primer arrebol de mis tristezas. Tan pronto aquella lánguida ilusión pintada de oropel apareció e inflamó el valladar de tus impías pasiones... Te fuiste sin calcular la magnitud de la marítima tragedia que tal acción le causaría, no solo a mi deleznable existencia costanera, sino al endeble velero de tu vida.

Y hoy quieres, o necesitas, tal vez, regresar.... volver a tierra firme... pues oteaste, no tan lejos, solapadas tormentas de engaños, zalameros y falsos besos e inicuos intereses placenteros.

¡Pero, no! ¡Se acabó!

Mira: Sería muy grande el daño que ahora, mutuamente, nos haríamos con tan solo vernos... si atracásemos en el mismo puerto. Evitemos causarnos mayor dolor y sufrimiento. Intenta vivir sin mí tu incierto y borrascoso destino al lado de ese oscuro capricho que nubló el horizonte de tu razón. Averigua por tu cuenta si enrumbaste a puerto seguro, o si, por el contrario, te equivocaste y bogaste a la deriva... Es el riesgo por apostar en la ruleta de la vida: se pierde o se gana.

Y, a mí, por favor, déjame llorar a solas en la yerta emoción de mi agonía. ¡Déjame llorar en soledad la condena de tu ingrata partida! Déjame padecer en silencio ignoto el frío de tu nocivo olvido... Déjame experimentar, en solitario, el exhalo de mis cansados días, en alguna desierta bahía hasta donde me arrastre la marea de la vida.

O... es que acaso, desleal amor, ¿libarías de esta pócima de amargura que obtuve en el alambique de tu engaño?, ¿te animas a ir conmigo en este viaje sin retorno y con rumbo a lontananza?

Si así lo decides, bebe de mi copa, ahora mismo, este postrer trago de amargo sabor y despedida... y ven presto conmigo a la mar de los olvidos.

De lo contrario, vete ya... sigue, pero sin mí, el camino de tu extravío, y déjame llorar a solas el dolor de haberte perdido, aunque nunca, en exclusiva, te he tenido.

Siempre, aunque lo instara ignorar, te he compartido... y en el alma, inmarcesible dolor siempre he sentido.

Pero, Débora tenía preparada al menos una estratagema para cada posible acción o reacción que Rodrigo pudiera llegar a tomar ante su intempestivo regreso al hogar. Incluso ocultó debajo de la almohada la pistola nueve milímetros que Arcángel le entregó, para que se defendiera en caso de que reaccionara con violencia, como lo dijo Olga, y Arcángel no alcanzara a entrar a tiempo desde la calle en donde agüeitaba, tras el alarido que Débora debía dar en tal caso.

El libreto lo había escrito, repasado y entrenado con refinada estrategia y aguda táctica y maña, junto con Arcángel Medina, su nueva, lujuriosa, perversa y mefítica pareja, una vez comprobaron, tras la llamada que le hicieron a la empleada, que Rodrigo vivía solo. Que Olga ya no estaba, por lo que ya no constituía ningún obstáculo.

Desde luego que la melancólica y dolida bienvenida con la que Rodrigo recibió a Débora en esa oportunidad era una de esas esperadas y calculadas reacciones. Razón por la cual, quizá, Débora no advirtió, o tal vez ignoró, o no escuchó, o no entendió, o… no le importó, quizá, la palabreada sentencia sepulcral que tanto en el tras antepenúltimo, como en el antepenúltimo párrafos de su declamación, Rodrigo le dejó evidente, si era que insistía en quedarse con él, pese a su mórbida y reiterada súplica para que lo dejara llorar a solas el dolor de haber perdido su amor y sufrido su traición y abandono.

De manera directa y abierta Rodrigo, en su declamado discurso, invitó a Débora, en caso de que decidiera quedarse con él, en caso de asumir tan evidente riesgo, a libar el veneno destilado en el alambique de la ingratitud. A emprender un viaje sin retorno y con destino al más allá, tras beber ese último sorbo infecto de amargura. Invitación a una fiesta fúnebre por parte de quien tiene destrozado el corazón y vagabundea instado por el sentimiento del abatimiento, de la infelicidad, capaz de impedir, no solo el disfrute de las cosas, sino el discernimiento.

Esa noche no pasó nada excepcional. Rodrigo, contrario a todo pronóstico, sin ninguna otra restricción diferente a la esculpida en sus palabras de bienvenida, dejó que Débora se quedara en su alcoba. Él lo hizo en la habitación de Olga, pese a los zalameros y falaces mimos y lances sexuales de Débora, sutil pero firmemente rechazados por Rodrigo. Tampoco hubo reproches, mucho menos reclamos. Ni esa noche ni en las siguientes, antes de tan fatales desenlaces.

La voluntad de Rodrigo, para ese momento, estaba muy comprometida. De forma inexorable e irreversible había enfermado del alma. Uno de sus síntomas era, precisamente, aquel atípico comportamiento. La inquietante luz que atisbaba Zapata Neira en sus pupilas ahora era más sinuosa y evidente.

De ahí en adelante fueron pocas las palabras que se cruzaron. Ello no impidió que Rodrigo asumiera las labores que le gustaba realizar: preparar y servir las comidas, arreglar el apartamento, la ropa, el aseo en general y aprontar el mercado para los dos. De igual manera, no solo siguió yendo a trabajar; pese al precipitado y eficaz avance que al respecto hacía su soporte, la joven economista contratada en la Cervecera Nacional para apoyarlo en su trabajo; sino que ahincó su apego por escribir.

Rodrigo siguió saliendo a trabajar a la hora acostumbrada. Regresaba con la rutina de siempre, ahora con algo de demora al ya no tener su automóvil, lo que lo obligaba a desplazarse en vehículos de servicio público. Tiempo de ausencia de Rodrigo en el apartamento que aprovechaban Arcángel y Débora para pasarla juntos, alimentarse y, sobre todo, ultimar detalles para la ejecutoria de su malevo plan.

Situación que al parecer detectó Rodrigo, en particular, porque las naranjas tangelo, que tanto le encantaban, se acababan antes del sábado. Rodrigo sabía que no era Débora. Los cítricos no eran de su agrado. Además, por la trémula esquivez de sus ojos y aquella inocultable culpabilidad mímica que se apoderaba de su esplendoroso y atlético cuerpo cuando él llegaba. Pese a ello, Rodrigo nunca le dijo ni insinuó nada al respecto. Excepto, con aquella mirada triste y perdida con la que de vez en cuando, se imaginaba Débora, Rodrigo le exteriorizaba que algo sabía, intuía o sospechaba… quizá. Situación que Débora le comentó a Arcángel. Aquel gañán le dijo que no se dejara manipular por los sentimientos. Que recordara que estos, en la industria del crimen, lo echaban todo a perder.

—El amor no sirve para comer, y es un pésimo socio en la industria del crimen —le replicó con soberbia.

No obstante, ese anormal comportamiento de Rodrigo, y esa mirada pérfida, pronto alertaron a Débora y a su rufián. El libreto no se estaba ciñendo a lo planeado. El tiempo era una variable que jugaba en contra de sus oscuros e intestinales intereses. Si bien era cierto que Rodrigo no rechazó el regreso de Débora al seno del hogar, primera y fundamental fase del funesto plan, el que no se hubiera conmovido, el que no hubiera caído rendido a sus pies y entregado a sus voluptuosos encantos, segunda fase, no encajaba en los perversos objetivos de la dupla criminal. El que Rodrigo se mantuviera indiferente, alejado de sus carnales pasiones, como lo daba por sentado Débora, aletargaba, y con gran riesgo, la tercera fase: formalizar por vía civil su unión.

Protocolo matrimonial posible gracias a las recientes como controvertidas normativas expedidas por la Supra Corte Jurisdiccional. Lo que le allanaría y aseguraría a Débora derechos patrimoniales, asistenciales, bancarios, prestacionales y pensionales, amén de las retribuciones de autor que podría generarle al llevar a moldes sus escritos, una vez Rodrigo fuera objeto de la cuarta y patibularia etapa.

La situación ameritaba reformular, precisar y acelerar las etapas del siniestro plan. Pero, desestimaron, o quizá ni siquiera se imaginaron que Rodrigo, desde el regreso de Débora, intuía malsanas intenciones en su pareja y que luego, por lo de las tangelo, al pasar varios días, descubrió que una vez él salía, rumbo a su trabajo, un hombre de mal augurio ingresaba a su apartamento en donde era recibido por Débora con más que excesivo afecto. Individuo quien por lo general permanecía allí hasta bien entrada la tarde, horas, y a veces minutos antes de su llegada. Aquel, en algunas ocasiones cuando Rodrigo, de manera intencional, llegaba más temprano de lo acostumbrado, le tocaba esconderse en el zarzo de la cocina, y pasarla allí toda la noche.

Situación que a Rodrigo ya no le generaba rabia, ni ira, tampoco tristeza ni dolor, solo morbosidad al darse cuenta de la angustia que embargaba a Débora al saber que su mafioso estaba ahí, escondido, incómodo, con hambre y frío, y que de un momento a otro, él, a criterio suyo, podría descubrirlo; por lo que, entonces, saldría a flote el ardid que se traían.

Treta que aquellos bribones modificaron ante la frialdad afectiva de Rodrigo hacia Débora, y ese mirar cada día más diabólico.

Ahora, el asunto, tenían que manejarlo de otra manera, lo decidieron. No habría ceremonia formal, legal. Ya no irían los dos: Rodrigo y Débora, ante el notario, como lo planearon al inicio. Tendrían que acudir a la suplantación, lo estaba considerando Arcángel. Él se haría pasar por Rodrigo. O conseguiría un notario que aceptara ser parte del negocio. O falsificaría toda la balumba de documentos para protocolizar la unión civil. Estaban dispuestos a realizar lo que fuera.

Este último ardid, quizá, y dada su experticia en falsificación de documentos, era el que más le llamaba la atención a Arcángel Medina. Entonces, orientó en ese sentido el plan y su accionar. Y, no solo lo inherente al matrimonio, sino que con la misma treta comenzó a trabajar en la pensión de Rodrigo.

Débora y su cómplice tampoco se imaginaron que tras el botín que perseguían existía una organización con similares, certeras y criminales intenciones. Toda una empresa campeona en añagazas, estafas, corrupción, engaños, connivencias con autoridades oficiales. Mucho más poderosa y mortífera que ellos. Se trataba de la OVT, con el mismísimo Iluminado Indio

Guarerá a la cabeza. El genio en al menos dos operaciones de esa índole, pero gigantescas: la de Marco Aurelio Mancipe, en San Vicente de Sumapaz, a finales del siglo XX, y, más reciente, en el caso de Patricita Pombo de Guzmán, a punto de coronar.

Desde luego que si Débora y su compinche ignoraban lo de la OVT, menos estaban enterados de las indagaciones, pesquisas y operativos que el veterano agente Salas venía haciendo en procura de salvaguardar la seguridad democrática nacional. Todo derivado de las entrevistas y apuntes hechos por Rodrigo García Ronderos durante su primera y corta hospitalización en la Clínica El Redentor Gregorio, muy en particular en cuanto al sargento viceprimero Rodríguez, al soldado de oficio José Albeiro Sepúlveda y a Jesús Leonardo Fonnegra, desmovilizado de las autodefensas. Excombatientes, todos ellos, recluidos y "protegidos" como "héroes", por Seguridad Nacional, en aquel sanatorio de reposo, controlado y seguro olvido patrio.

Situaciones estas que colocaron a Débora y a Arcángel en la fatal línea de fuego, de la cual no saldrían ilesos. Ignoraban, por completo, no solo que Rodrigo descubrió, de manera parcial, sus intenciones, sus artimañas, sino que el Iluminado Indio Guarerá, y el veterano agente Salas y su horda de hombres, también los habían detectado. Lo que los convirtió en una amenaza para los respectivos y particulares objetivos de aquellos dos bandos, razón por la cual eran objeto de seguimientos, comunicaciones intervenidas, sendos análisis de seguridad y operativos especiales.

Ninguno de esos dos arteros bandos permitiría que unos endebles forajidos, que aquellos aparecidos, y sin protección oficial como sí la tenían ellos, llegaran a desestabilizar la seguridad democrática nacional, según la doctrina que movía a los sempiternos y mal remunerados gendarmes del Estado, o a comprometer la voracidad de sus insaciables apetitos económicos, según la filosofía y *modus operandi* de los beneméritos empresarios de la poderosa y oficialmente protegida OVT.

Como el doctor Zapata Neira le ordenó practicarse unos exámenes de laboratorio, cuyos resultados tenía que llevar en la siguiente cita de control, Rodrigo intuyó que lo que buscaba su siquiatra era verificar si él se estaba tomando, con juicio, las medicinas formuladas. Por tal motivo decidió que dos días antes iba a tomar dosis dobles de aquellas pastillas. Lo haría incluso el mismo día del examen de sangre, al respecto del cual le dijeron que no consumiera nada, ni siquiera un vaso con agua, mucho menos los medicamentos. Con toda seguridad, pensó, en su sangre detectarían vestigios de los químicos, con lo cual podría seguirle fingiendo al médico. Y así lo hizo.

El nivel de ácido y otros componentes que mandó investigar el doctor Zapata, propios de la ingesta regular de los mejunjes de la OVT, salieron en la bioestadística. Hasta un poco elevados, debido a la doble ración de pastas que Rodrigo ingirió en esos dos últimos días y, por supuesto, horas antes del examen.

El día de la cita de control el doctor Zapata Neira suspiró con alivio tras leer los resultados del examen en la pantalla de su computadora. Se tranquilizó, ya que los síntomas físicos que rezaba el vademécum de los Laboratorios Vinchira Torcuato para los pacientes que tomaban la Alegramicinina, en combinación con la Antirascilina, en el caso de Rodrigo García

Ronderos eran imperceptibles. Situación que lo hizo sospechar y ordenar las pruebas de laboratorio. Sin embargo, la información bioestadística obtenida del laboratorio lo evidenciaba: Rodrigo García Ronderos, su "resbaloso" paciente, se estaba tomando la prescrita receta. Era el momento de formular el Aturditonatrol de 0,75 miligramos. El más costoso y potente de los derivados de la manipulada molécula 3R. Generador de altísima y nociva dependencia, amén de los irreversibles daños gástricos y hepáticos que causaba su consumo regular. Mucho más significativos y efectivos que los que producían la ingesta combinada de la Alegramicinina y la Antirascilina.

Ahora era el momento de seguir lo que al respecto establecía el secreto protocolo que "regía" a los médicos "afiliados" a la OVT, concluyó Zapata Neira. Volvió a sentir en el estómago esas ansias feas que le solía producir, muy seguido, tras haber aceptado convertirse en un inmundo y corrompido mercader de la salud, como muchos otros de sus colegas conocidos a los que en su momento él cuestionó y endilgó responsabilidades hipocráticas.

Ahora él era uno de ellos. Todo, por sus crecientes necesidades económicas, de impulsado consumismo, suyas, de su familia y de su entorno social. Quemante y silente situación que muy seguido lo constreñía y hacía reflexionar, a título de inútil y paliativa justificación. Solía decirse que si él no lo hubiera aceptado como se lo impusieron, y como lo admitieron a su vez la mayoría de sus colegas, hoy él sería un desempleado más. Entonces su plaza en esa EPSS estaría copada por otro que no habría dudado en hacerlo. Que hubiera aceptado, sin manifestar reparo alguno, las condiciones del mercantilizado negocio farmacéutico en el que se convirtió ese servicio social tras la vituperable reforma a la salud en contra de los conciudadanos, cada día más allanados. Pensamiento que bullía, apresado con gruesos grilletes de ignominia, en el reducto más recóndito de la conciencia del afamado siquiatra.

Una semana antes de la cita de control de Rodrigo García Ronderos con el doctor Zapata Neira, Luis Fernando Vinchira fue a controlarle su gestión médica en el propio consultorio. En esa oportunidad le preguntó, en exclusivo, sobre la evolución de Rodrigo. El siquiatra le comentó sobre la patología que aquejaba al paciente de su "interés" y le reportó los resultados del seguimiento que le venía haciendo desde cuando recibió la orden en ese sentido.

Avances que no eran muy significativos, hasta ahora, resaltó el doctor Zapata Neira. En consecuencia, Luis Fernando le enfatizó que tenía que profundizar en la mente del paciente. Que tenía que hacerlo hablar de su ahorrada fortuna, de su trabajo, de la solicitud de información para una aparente anticipación de su pensión, así como de sus escritos inéditos. Y, en particular, de su pareja, de nombre Débora, con quien, al parecer, pensaba formalizar por vía civil un absurdo vínculo marital. Trámite que había que impedir, como fuera. Así tuviera que hospitalizarlo de nuevo, le ordenó Vinchira a Zapata. Sin esperar el tiempo de seis meses que inicialmente él, Zapata Neira, consideró y propuso a la OVT. Plazo, según Zapata Neira, mientras hacía efecto la segunda formulación, el Aturditonatrol de 0,75 miligramos, y se le trabajaba de manera neurolingüística y sicológica el escenario acordado.

Luis Fernando Vinchira le manifestó (mandó) al tocado siquiatra mejorar en sus logros. Que se diera cuenta de que en la OVT, y por otros medios, avanzaron mucho más de lo que él en su consultorio. Resultados que en nada coincidían con lo averiguado por ellos, en relación, entre otros datos, con lo de la pareja de Rodrigo. Personaje este con quien tramitaba un absurdo y posible matrimonio, así como en lo de un extraño individuo que no encajaba en nada, llamado Arcángel Medina. Este individuo, al parecer, era un gran riesgo para los intereses de la organización. Lo conminó para que en la próxima cita aclarara cada uno de esos detalles, cuyos resultados debía, de inmediato, informárselos.

Con el apremio de cumplir lo ordenado por Luis Fernando Vinchira y, desde luego, obtener el bono adicional ofrecido por la OVT, el doctor Zapata Neira, el día de la cita de control, y tras leer los resultados del laboratorio, se propuso escudriñar e instar malearle el pensamiento a Rodrigo. A diferencia de todas las anteriores citas que habían tenido, en esa oportunidad la afable actitud del siquiatra cambió frente a su paciente. Quiso, sin mayor fortuna, asumir una neutral postura siquiátrica, intentando que Rodrigo ocupara, en exclusivo, su rol de paciente. Situación muy diferente a la consuetudinaria: contertuliana, cercana y afectuosa que sostuvieron por más de dos años.

Desafortunadamente, tanto para el siquiatra como para el paciente y víctima en ciernes, las cosas no salieron como lo planificó Zapata Neira, en cumplimiento a los requerimientos de su nuevo amo, el mercader Vinchira, el ahora "Señor" del mercantilizado y rentable negocio de la salud en aquel subcontinental país.

Con gran astucia, quien aprovechó el nuevo escenario siquiátrico planteado durante la cita de control fue Rodrigo. En lugar de eludir de plano, o de ignorar la situación, o de enfadarse, o de perder el control, optó por escuchar, analizar y procesar, con mucha atención, no solo las preguntas, sino las informaciones que con la intención de escudriñarle su vida íntima el galeno le fue suministrando.

Rodrigo, con maestría, eludió responder, tampoco precisó nada en concreto sobre Débora, su pareja, ni sobre sus aficiones literarias y disimulado patrimonio. Mucho menos sobre sus nacientes, arteros y vindicativos planes. Ni sobre lo que hasta ese momento él ignoraba, o medianamente intuía, como la gestión informativa anticipada de su pensión en la Cervecera Nacional. O sobre los avances en el trámite de su supuesto matrimonio civil. O sobre el individuo que se refugiaba en su apartamento cuando él salía a trabajar, de quien en ese momento supo que se llamaba Arcángel Medina. ¡El mismo que en su ausencia se le comía sus exquisitas naranjas tangelo!

Al terminar la consulta, el doctor Patricio Aristo Zapata Neira lo único que había logrado era cambiar la formulación de la Alegramicinina y la Antirascilina por el Aturditonatrol de 0,75 miligramos. Y nada de lo que tenía que aclarar e incrustar en la mente de la próxima víctima del Iluminado Indio Guarerá y su mala prosapia nacional. Sin saberlo, el loquero horadó, comprometió e incentivó, aún más, la dolida y atormentada intención vindicativa de Rodrigo García Ronderos contra su por siempre idolatrado amor.

Cuando por amor se alcanzan los dinteles del dolor, incluso el más noble de corazón trastoca sublimes sentimientos en fatídica maldad e inexorable rencor.

Después de la última consulta con su siquiatra, Rodrigo no solo conocía el nombre del individuo que Débora recibía y atendía en su apartamento una vez él salía a trabajar, el que se comía y disfrutaba de sus dulces naranjas, sino que comenzó a entender lo que tramaban. El telón del escenario se abrió y quedó expuesta la tragicomedia en la que se había convertido su vida. Tras esa visita a su alienista, Rodrigo dedujo que lo que aquellos se traían era más que un engaño, peor que una infidelidad de pareja, como lo supuso desde el comienzo. El asunto era artero… ¡criminal!

Al parecer, Débora y su nuevo amante iban tras su pensión y ahorros, para lo cual estaban gestionado un falso matrimonio por vía civil. Lo cual, además, implicaba y ponía en muy alto riesgo su vida. Si él moría, la sustitución pensional, y todo su patrimonio, le corresponderían, en ley, a Débora Yanir Chandé, quien no solo, seguramente, habría formalizado y protocolizado, con alguna maña o triquiñuela, su vínculo marital con él, sino que estaría pensando en compartir el botín con su gañán.

Esta es la razón por la cual regresó de tan inesperada y repentina forma. Le dolió entenderlo así.

Si él muriera, ¿en qué iba a quedar su plan de dotar las escuelas del país con al menos una de sus obras? Se enojó al imaginar truncado de esa forma su proyecto final de vida.

La lúdica mental se abrió paso por entre su intrincado pensamiento. Sin saberlo, era muy probable que en ese momento él ya fuera un hombre casado...

O, por lo menos, comprometido, pensó, mientras de forma involuntaria evidenció un comportamiento extraño.

Tras la honda preocupación y la asfixiante nostalgia que caracterizó su actitud desde cuando salió de la cita siquiátrica, siguió un episodio, casi de la misma duración que el anterior, de euforia y risa incontrolable. Sobre todo, con unas irrefrenables ganas de cantar y saltar como un niño. Emotividad que le causó pensar en su posible nuevo estado civil, y en lo que todo ello implicaba... incluso: ¡su neutralización! Recordó la palabra que para ese tipo de situaciones utilizó el sargento viceprimero Rodríguez cuando le contó lo de sus operativos oficiales y sus respectivas proezas nacionales, aquella noche durante el refrigerio nocturno en el Pabellón B de Siquiatría del manicomio en donde había estado hacía muy poco.

Después de un corto tiempo Rodrigo volvió a un profundo estado de tristeza y frustración al recordar la traición y la maldad de la que estaba siendo objeto por parte de la persona que él jamás dejaría de amar, independiente de lo que hiciera. Comportamiento aquel que, a su vez, también de forma involuntaria, fue acompañado de manera acentuada con un tic nervioso en su ojo izquierdo, cada vez más evidente, pronunciado y molesto. Convulsión que estuvo con él hasta su fatal desenlace.

Fue en ese momento, y antes de regresar a su apartamento, cuando Rodrigo decidió poner en ejecución su rumiado plan. Este implicaba, en primer lugar, aniquilar a su rival: Arcángel Medina. Lo "neutralizaría" mediante el néctar de las exquisitas tangelo que este devoraba en su ausencia, y en el sitio que le había construido a su pérfido amor. Evocó de nuevo la palabra que utilizaba el sargento viceprimero Rodríguez para referirse a aniquilar o darle muerte a alguien. Rodrigo rememoró tal palabra mientras dejaba que un sentimiento vengativo recorriera, erizara e inficionara, aún más, su ya comprometida alma.

Lo haría inyectando la acibricina, el acíbar decantado extraído de los bordes ponzoñosos de la rubirnalia, en las naranjas que él compraba cada sábado. Las cuales, para el jueves de la siguiente semana, y a veces el miércoles, habían sido consumidas. A Arcángel también le agradaban y Débora se las daba sin ningún reparo. Y con tal descaro y encubrimiento, que le llegó a decir a Rodrigo que en adelante tenía que comprar más, pues había descubierto el gusto por tales cítricos, tan saludables, por lo que cuando le daba sed, se comía una y hasta dos, o hacía jugo para mitigar las ansias durante esas largas vigilias que le tocaba soportar durante el día, mientras él, Rodrigo, llegaba...

Cuando Rodrigo cursó los tres últimos niveles de educación básica, se entusiasmó con la química, no solo porque tuvo la oportunidad de conocer y utilizar el laboratorio del colegio, hacer prácticas y experimentar con varias sustancias hasta entonces desconocidas por él, sino porque el anciano profesor Quiroga, quien orientaba tal asignatura, al descubrir el gusto y la habilidad de su estudiante por aquella rama de la ciencia, lo incentivó y apoyó, se volvió su amigo y le compartió algunos vernáculos secretos. Entre otros, la forma de decantar el acíbar, la acibricina, del borde en forma de sierra ponzoñosa de la rubirnalia. Además, por lo mismo, el profesor Quiroga le facilitó, le dio y enseñó a su discípulo, fórmulas, sustancias, experimentos y secretos que con nadie más había compartido, ni compartió. El docente murió, en su laboratorio, una semana antes del grado de Rodrigo.

El accidentado fallecimiento de su tutor y amigo hizo que Rodrigo jamás volviera a un laboratorio de química. Mucho menos a practicar o interesarse en el asunto. El profesor Quiroga sucumbió víctima de un experimento que, en secreto, junto con Rodrigo, venían trabajando. El profesor quería que su discípulo conociera la fórmula, la perfeccionara y sacara al mundo el resultado de la investigación a la que dedicó gran parte de su vida y conocimiento, en cumplimiento de la última voluntad de su padre.

Químico interés que dormitaba en sus catatumbas desde el accidente letal de su profesor, esa tarde cuando él no pudo asistirlo en aquel arriesgado experimento. Ahí pernoctaba, en ebúrneo silencio, hasta el día cuando el doctor Patricio Aristo Zapata Neira le permitió develar los fines que se traían Débora y su gañán. Ello hizo que la fórmula de la doble decantación de la letal acibricina despertara de súbito en su mente. Aunque, no precisamente con los nobles fines que pretendía y quería el profesor Quiroga y con los que soñó el padre del docente, el curandero y empírico botánico, don Arnoldo Quiroga.

El profesor Quiroga, entre muchas recetas, le enseñó y entregó a Rodrigo la fórmula para decantar una potente y deletérea sustancia: la acibricina, el extracto de la rubirnalia. Hierba uliginosa más conocida como la Mata Culebra. Esta se reproduce en unas condiciones específicas, y en un solo lugar del planeta: a la orilla del salto de la quebrada La Nutria, en la Serranía los Macadanes, al sur occidente del departamento del Saque, en aquel subcontinental país.

Arnoldo, el padre del profesor Gustavo Quiroga, fue botánico empírico, oriundo de la Serranía los Macadanes. Allá investigó y conoció los poderes de la flora y fauna nativas, específicamente los de esa selvática zona y, en particular, los de la rubirnalia y dos hierbas más emparentadas entre sí. Con estas, el padre del Iluminado Indio Guarerá, otro curandero, pero de mala prosapia, autodenominado Indio Orinoco, hacía

mejunjes para estafar a la población adinerada, aniqui-
larla y quedarse con sus haciendas.

Arnoldo Quiroga, a diferencia de aquel otro curandero, intentó dar a conocer las bondades y propiedades, entre otras, de la rubirnalia. Utilizó un refinado to-
nificador extraído del venenoso cristal de sus pencas,
con el cual las víctimas del otro y maloso curandero se
mejoraban. Intención altruista y sana que le costó la
vida a Arnoldo, ya que con ello amenazó de forma directa el mercado cautivo, incauto y confiado del Indio
Orinoco, quien utilizaba la misma sustancia, pero sin
extraerle el letal sumo, la acibricina, para sus eficaces,
extorsivos y fatales negocios. Proceder y mefíticas fórmulas que el malandro yerbatero le traspasó, le heredó
a su primogénito, Rómulo Vinchira Torcuato, años más
tarde conocido en todo el país como el Iluminado Indio
Guarerá, primer amo y señor de la salud nacional al
apropiarse, con para nada sanas prácticas, no solo del
negocio farmacológico, sino de la prestación de servicios médicos mediante la atorrante figura de las EPSS.

Antes de morir, Arnoldo Quiroga alcanzó a ga-
rabatear parte de las fórmulas de algunos de sus productos. Su compañera, cuando con sus tres hijos pequeños se tuvo que ir para la ciudad capital, desplazada por
el Indio Orinoco de la Serranía Los Macadanes, se llevó
las hojas que en su lecho de muerte le entregó su compañero. Este le hizo jurar que se los tenía que dar a su
hijo mayor, a Gustavo, para que estudiara Botánica o
Química. De esa forma le compartiría a la humanidad
las propiedades intrínsecas de la maravillosa, vernácula
y desconocida planta subcontinental.

El legado, una vez el joven Gustavo cursó la secundaria, generó en él la motivación y el interés por estudiar química. Se propuso cumplir la última voluntad de su padre, transmitida con religiosidad por su madre desde su llegada a la ciudad capital. Allí, con tal propósito, su madre lo matriculó en escuelas y colegios públicos hasta graduarse de químico para seguir con la manda de su padre.

Empeño en el que Gustavo trabajó toda su vida, con pocos avances, dado que el desarrollo de la molécula maravillosa implicaba grandes esfuerzos investigativos y, por ende, alta inversión económica. Esta, con la paga como docente de secundaria, le era imposible mayor desarrollo. Menos, aún, cuando en el gobierno de Uribia Morales, a nombre del país, vendió a irrisorios precios la explotación farmacológica exclusiva de todas las especies botánicas exóticas ubicadas en el suelo patrio.

La extractiva enajenación colocó al profesor Quiroga casi que en la clandestinidad investigativa. La rubirnalia, y sus dos emparentadas hierbas, las de mayor interés y potencial, quedaron bajo la exclusividad de unos laboratorios extranjeros, emparentados con los Uribia y los Vinchira. Transnacionales que no demoraron en patentar de por vida su cultivo, preservación, estudio y explotación comercial. Por esa razón, las investigaciones y experimentos del profesor Quiroga eran realizados en secreto en el laboratorio del colegio, hasta cuando conoció al joven Rodrigo García Ronderos. El profesor encontró en ese joven estudiante, al parecer, el discípulo que podría, en un futuro, cumplir los deseos de su padre Arnoldo. Entonces, le compartió, sin ambages ni reservas de ninguna naturaleza, sus secretos y fórmulas. Lo involucró en sus estudios y lo hizo partícipe de sus experimentos.

Dolido, y con el refrescado recuerdo de la fórmula de la deletérea sustancia que en su época de bachiller le compartió el profesor Quiroga, la misma que por infortunado accidente le quitó la vida al empírico investigador docente aquel, Rodrigo se dirigió al sur de la capital, a la plaza del barrio Estepero. En aquel mercado, lo aprendió también de su maestro, por esa época se comercializaban, de forma subrepticia, las entroncadas pencas de la hermosa, atractiva y venenosa rubirnalia; de la fea, medicinal y nutritiva rubirnaca; y de la discreta, opaca y por sí sola inocua rubirnásea. También los insumos precursores de diversos brebajes para proscritos, en esas calendas, fines múltiples de consumo popular y masivo y, sobre todo, para la decantación y preparación del letal extracto aquel. El mismo que ahora se proponía obtener para inocularlo en las tangelo. En los exquisitos cítricos que, con toda seguridad, ingeriría su rival Arcángel Medina, de manos de Débora, su fementido amor.

Cuando Rodrigo fue por primera vez a la galería Estepero, en compañía de su mentor, la explotación, y por ende la comercialización de los herbáceos precursores farmacéuticos, exclusivos de aquel subcontinental país, habían iniciado un proceso de prohibición en cumplimiento de los acuerdos de exclusividad hechos por el Gobierno Nacional con algunos laboratorios transnacionales. Proceso que con el vertiginoso poder que alcanzó la OVT en la vida pública, política, económica y social del país tuvo su mayor esplendor y beneficio para las transnacionales farmacéuticas. En especial, durante las dos administraciones consecutivas del doctor Abelardo Uribia Morales, a comienzos del siglo.

Pingüe beneficio, muy por el contrario de la inmensurable, ignominiosa e irrecuperable pérdida, y no solo de soberanía, sino de oportunidad científica, médica, comercial y económica que en gravosa contraprestación le correspondió al país. El leonino acuerdo de exclusividad no le permitía a nadie, distinto de la OVT, o de los muy pocos nacionales autorizados por las transnacionales, sembrar, cosechar, explotar, investigar, estudiar, comercializar, tocar, y ni siquiera mirar, flora alguna ubicada en el suelo patrio, cuando tales hierbas pudieran, en el presente o en el futuro, tener algún potencial farmacéutico o médico industrial.

El Gobierno Nacional, y en particular el del doctor Uribia Morales, mandatario quien enriqueció con hostigo y descaro a su prole y sindicato empresarial con gobernanzas de esa índole, vendió, o mejor sería decir: regaló aquel tesoro patrio. Como lo hizo, también, con el carbón, el petróleo, el níquel, el agua, el coltán... y con otros tantos recursos naturales y vernáculos, supuestamente por aquello de la globalización. O, ese era el esgrimido y publicitado argumento para instar justificar aquel empacho, aquella excoriación en la tropical dermis de la nación, a comienzos de siglo.

La centuria del foráneo hartazgo total de los recursos naturales del país, tras el de la ignominia

nacional, (siglos XXI y XX), solía pensar, muy seguido,
Rodrigo.

La galería del barrio Estepero, después de casi cuarenta años, excepto por su vetustez patrocinada por la notoria falta de mantenimiento, permanecía sin mayor cambio en su estructura, según recordó Rodrigo al ingresar. Tampoco existía significativa diferencia en cuanto a los comerciantes y clientela de antaño. Ni con la regateada forma de mercadear la infinidad nacional de productos. Ni con la sinfonía inconclusa de sonidos indescifrables y estridentes emitidos en todas partes y en ninguna. Menos, con el perfume y colorido de la tropical y nostálgica abundancia alimenticia desperdiciada por doquiera y la ubicación de los productos por góndolas.

Esto parece un video antiguo, un sainete nacional, pensó Rodrigo y se sintió igual de inquieto e inseguro como la primera vez que fue, siendo aún adolescente y estudiante de último año de secundaria, esa vez guiado por el profesor Quiroga.

Rodrigo ingresó por el lateral norte de la plaza. Recordaba que los puestos de hierbas y mejunjes estaban en ese costado, en el segundo piso. Esperaba demorarse poco. Aunque sabía que, de pasar los filtros para la compra, tendría que estar al menos una hora y cuarto en la galería. Era cuestión de ingresar por ese costado, subir hasta la segunda planta por la escalera ubicada frente a la puerta en donde encontraría de inmediato los locales de los yerbateros. Una vez allá, tendría que usar el protocolo que le enseñó el profesor Quiroga: deambular sin prisa por entre todos los locales, interesándose en los de hierbas aromáticas utilizadas para baños y riegos, sin decidirse por ninguna en particular, hasta cuando, siempre con calma y voz queda, le tendría que preguntar a cualquier vendedor, ojalá joven, por pencas de Mata Culebra.

Le había enfatizado el profesor Quiroga que si le respondían, en voz alta y de inmediato, que esas hierbas estaban prohibidas, por lo que: «¡No están para la venta!», estaba de suerte. Esa era la primera parte del santo y seña para continuar con la negociación y posibilidad de adquirir la proscrita mercancía.

Si esa era la respuesta que le daban a su pregunta, además, dicho en voz alta y de inmediato, podía continuar. Si la respuesta era otra, así fuera parecida, o el tono no era elevado, o demoraban en responderle, se tenían que dar las tres condiciones, tendría que salir de la plaza y volver a las dos horas e iniciar con el protocolo, preguntando en otro expendio.

Si la respuesta era negativa en esos dos primeros intentos tenía que desistir e insistir, si lo deseaba, dejando pasar al menos quince días. O intentarlo hacer por conducto de otra persona, o en la plaza de mercado del barrio Once de Noviembre, al norte de la ciudad, en donde se usaba un protocolo algo parecido al de la galería Estepero.

De ser esa la respuesta que obtuviera a su pregunta, con la inmediatez y el tono elevado, tenía que dar las gracias, con afabilidad y mirando directamente y sin vacilación alguna a los ojos de su interlocutor, disculparse y manifestar que iría a tomarse un coctel de cangrejos en alguna de las fruterías ubicadas en el costado sur, en la misma segunda planta de esa galería.

Tenía que decir la segunda parte del santo y seña: «¡Coctel de cangrejos!». Y, de inmediato, con paso tranquilo, pero firme, dirigirse a la zona de fruterías, sin volver su mirada, por ningún motivo, sino quería que se abortara el operativo. Tenía que escoger el puesto de frutería que tuviera, ese día, exhibidos unos cangrejos vivos entre un gran frasco de vidrio transparente, al menos con capacidad para 4.500 gramos de mayonesa o de salsa de tomate, y una vez ahí, ubicar una silla libre entre las colocadas a lo largo de la barra mostrador. Ahí se tenía que sentar y esperar a ser atendido. Espera que, en el caso de compradores de la mercadería proscrita, estaba estipulado, tardaría más de lo usual que para clientes corrientes.

Si la mesera se acercaba de inmediato, o antes de diez minutos, era una señal clara de que algo irregular se había presentado. O que había un riesgo en progreso. O que había generado desconfianza entre los vendedores… o cualquier otra situación. Caso en el cual, podía consumir cualquier producto o, simplemente, pararse e irse sin hacer más preguntas al respecto.

Si transcurrido un buen tiempo; entre doce y veinte minutos, contados desde el momento en el cual él se sentara; una mesera, por lo general joven, se le acercaba con un limpión blanco en la mano izquierda y le preguntaba: «¿Desea probar la especialidad de la casa?». Significaba que la negociación continuaba y había pasado los primeros filtros. Esa era la

continuación del santo y seña por parte de los vendedores, ante lo cual el promitente comprador debía reiterar
el santo y seña inicial, agregándole tres palabras al anterior.

—Coctel de cangrejos… ¡vivos, por supuesto!

Lo diría, siempre y cuando el limpión que exhi-
biera la mesera fuera blanco, muy limpio, y llevado por
esta en su mano izquierda.

A esa altura de la negociación si algo se alte-
raba, o se presentaba diferente, por ejemplo, el limpión
de otro color, o llevado en la mano derecha, y el comprador llegara a dar el santo y seña, se suspendía todo
el protocolo. Incluso, le advirtió el profesor Quiroga a
su joven estudiante aquella primera vez, el intruso co-
rrería con mala suerte antes de salir de la galería… o en
sus inmediaciones, ya que se sospecharía que podría ser
algún agente encubierto, o una persona indeseada, riesgosa para la vernácula causa.

La primera vez que Rodrigo supo del protocolo
le preguntó a su maestro, quién se lo había explicado
con detalle, que cada cuánto cambiaban el santo y seña
para garantizar que no se popularizara, generalizara ni
perdiera su razón de ser. El profesor Quiroga se rio y le
comunicó que jamás. Que, precisamente, ahí estaba la
seguridad del mismo, ya que junto con aquella jeringonza, con aquellas frases aparentemente fáciles de
memorizar, se daba una natural comunicación gestual
entre las vernáculas partes intervinientes en el intercambio, imposible de imitar. Gestual comunicación inherente a la causa autóctona que pondría en evidencia
a cualquier impostor, a cualquier supuesto comprador
que instara acceder a la mercancía con un fin distinto a

la que, para birlar la ladina y forastera prohibición oficial, algunos yerbateros nacionales de mediados del siglo anterior, entre esos su padre Arnoldo Quiroga, le testaron al país.

Querían aquellos empíricos, comprometidos, desinteresados, honestos y aborígenes curanderos darle a la botánica nacional un ancestral uso medicinal efectivo, autóctono, fácil, económico, popular y social. Intención libre de mezquindad, ajena a la lesiva industrialización y subsidiaria mercantilización. Como se comenzó a perfilar, también por esa época, acorde a las malsanas y ambiciosas intenciones de avispados connacionales, entre otros, el avaro e inescrupuloso Indio Orinoco, el padre del Iluminado Indio Guarerá, don Rómulo Vinchira Torcuato.

En esa oportunidad el joven estudiante Rodrigo García Ronderos no quedó satisfecho, ni convencido, con la macondiana, como le pareció en ese entonces, respuesta del profesor Quiroga. Quizá no entendió, o no le interesó entender. Pero, nunca objetó al respecto, ni volvió a preguntar, mucho menos a cuestionar sobre el tema. Sin embargo, en cada una de las innumerables oportunidades que fue, por encargo de su maestro, a conseguir en ese lugar la mercadería aquella, el ancestral protocolo, la mezcolanza de palabras y ademanes fueron efectivos, sin falla, gracias, además, a su «magistral actuación», lo pensó siempre con muda lúdica antes y después de cada negociación.

Actuación, la cual, después de la cuarta puesta en escena, se le facilitó, no solo por la experiencia adquirida con las primeras oportunidades, sino porque todos los recelosos vendedores ya lo conocían e identificaban, de lejos, como el discípulo elegido por el profesor Quiroga para perpetuar la manda nacional botánica, en procura de beneficiar a los compatriotas menos favorecidos, económica y socialmente, que para entonces eran más de las dos terceras partes de la población.

Rodrigo siempre logró, sin ninguna complicación, el objetivo, la compra. Quizá, también lo solía pensar seguido, por la seguridad y firme actitud con la que lo solía hacer. O por el convencimiento y sincero entusiasmo que él tenía respecto al proyecto que le propuso el maestro Quiroga a la siga de cumplirle la última voluntad a su asesinado padre: generalizar y facilitar para los más necesitados del país, y del subcontinente, el ancestral y potente uso medicinal y benigno del maravilloso extracto de la rubirnalia y de sus otras dos entroncadas hierbas. O, tal vez, también lo pensó varias veces el joven Rodrigo, que él siempre tenía éxito con la adquisición, porque ese protocolo era distinto para cada cliente... y ese era el del, en ese expendio, más que conocido profesor Quiroga, por ende, el suyo, su discípulo, quizá.

Este último recuerdo hizo estremecer a Rodrigo al iniciar la subida de las escaleras, rumbo al segundo piso de la galería, costado norte. Pensó que si ese protocolo era el de su maestro, compartido en ese entonces con él, su discípulo, casi cuarenta años atrás, los vendedores de ahora serían otros, y estos tendrían claves y protocolos distintos. Si es que aún vendían tales hierbas y brebajes en aquel lugar... y si aún se usaban aquellas cursilerías para su comercialización.

Pese al momentáneo temor y al asociado titubeo propiciados por aquel recuerdo, Rodrigo no se amilanó ni desistió de su industria vengadora: obtener una variante letal, sin olor, color ni sabor, con la cristalización del extracto de aquellas pencas. Letal, rápida, efectiva e indetectable sustancia que inocularía en las naranjas tangelo que su rival Arcángel Medina consumiría de las propias manos de Débora, su infiel amante.

Motivado por el febril influjo de los celos, reflujo gástrico del desamor, escudriñó en su mente para extraer los pormenores de aquel sainete, de nuevo pensó lúdicamente, una vez fuera atendido por la vendedora del limpión blanco en su mano izquierda, según él, y como se lo reiteró el profesor cuando lo entrenó para aquella actuación mercantil, era el momento y la escena más importantes y decisivos de todo el protocolo comercial.

—Es un instante crucial, y nada fácil —le enfatizó el profesor Quiroga—, para lo cual solo requiere tranquilidad y resolución.

Rodrigo recordó lo que debía hacer y decir una vez confirmara su pedido de cangrejos vivos. La mesera le preguntaría que si le agregaba vitaminas al coctel, a lo cual él tenía que responder: «Por supuesto, una dosis doble», a la vez que, mirándola, tendría que guiñarle dos veces el ojo derecho. Acto seguido, y una vez la mesera se retirara de la barra, rumbo al interior de la frutería, él tendría que voltearse para quedar mirando hacia los pasillos de la galería y esperar, al menos por otros diez minutos, la llegada del apuntador. La persona que le tomaría el pedido de la mercadería.

Por nada del mundo debe mirar hacia el interior de la frutería por donde desaparece la mesera, así la curiosidad lo devorase, muchacho… entreténgase con el festival de colores y olores tropicales de la galería mientras llega el apuntador, retumbaron en su mente las palabras de su viejo profesor.

En ese momento Rodrigo tuvo que dejar de recordar. Había alcanzado el segundo piso de la galería del barrio Estepero. Estaba parado en el amplio pasillo que conduce hacia los puestos de venta de hierbas. Una vez ahí, y volviendo al presente, se dio cuenta: el tiempo estaba detenido en ese lugar. Todo se encontraba casi igual como la última vez que fue, tres días antes del accidente fatal del profesor Quiroga en el laboratorio del colegio, cuando instó destilar solo, sin su ayuda, los acibarados aceites de la penca de la rubirnalia que él, Rodrigo, le compró ahí, en ese mismo lugar al que hoy retornaba, casi cuarenta años después.

En aquella oportunidad, al no estar Rodrigo para apoyarlo con la dispendiosa cristalización, la muñeca de la mano izquierda del profesor rozó, por accidente, el venenoso borde en forma de sierra de la penca, iniciándose en el acto la paralización de todo su cuerpo, por lo que no logró alcanzar la pipeta que contenía una revulsiva sustancia preparada y dispuesta para esos casos, escondida en el entrepaño más alto de uno de los metálicos escaparates usados para colocar los instrumentos de experimentación química.

Diez minutos después, el profesor falleció y los médicos legistas no solo hallaron limpio el laboratorio, sino que, tras la autopsia, no encontraron en su cuerpo el rastro de la sustancia, ni siquiera le dieron importancia ni reseña al ligero rasguño que la penca de la rubirnalia le dejó en su muñeca izquierda. Los legistas dictaminaron que el profesor había sufrido un fulminante paro cardiaco.

—Propio de la edad, la mala alimentación y el sedentarismo —comentó elusivamente el director del colegio.

De haber estado él ahí, durante aquel experimento, el profesor no se hubiera cortado con la penca. Y, en tal caso, él le habría suministrado de inmediato el antídoto, salvándose; y hubieran llevado a efecto los truncados planes de vernácula masificación botánica farmaceuta para la población económica menos favorecida del país y el subcontinente.

Rodrigo García Ronderos se cuestionaba, fustigaba y condenaba de forma permanente, además del accidente, por haber tronchado el proyecto. Se sentía culpable de esa muerte, pues su ausencia ese día, tres días antes de graduarse de bachiller, obedeció a un ensayo para la ceremonia de clausura en el polideportivo del colegio, a la cual el profesor le insistió, o mejor sería decir: lo obligó a ir, pese a que esa tarde estaba programada la sangrada de la penca y el profesor le prometió que lo esperaría, que lo harían los dos para minimizar riesgos, como siempre.

Una vez terminó el ensayo, Rodrigo se dirigió al laboratorio, pero el profesor Quiroga hacía quince minutos había muerto. El despavorido muchacho quiso salir corriendo. En ese febril momento recordó que su maestro le advirtió que, en caso de presentarse una situación como aquella, tenía que limpiar el laboratorio y no dejar ninguna huella de las hierbas, ni de los insumos relacionados con la causa. Que tenía que proteger el proyecto. Así lo hizo. Lo que no le cumplió al profesor fue matricularse en la facultad de Biología y convertirse en un farmaceuta alternativo. Decidió, en cambio, estudiar Economía. En consecuencia, abandonó el proyecto botánico.

Rodrigo caminó despacio por el pasillo, rumbo a los expendios de hierbas. Los puesteros, que en esos momentos miraban con letargo hacia lontananza, le parecieron conocidos, aunque más viejos, eso sí; en especial, la ventera del puesto setentaicinco, uno antes de la esquina noroccidental. Esa señora tendría al menos setenta años, calculó, y quizá estaba ahí desde su infancia, pensó, por lo que pudo haberlo atendido en ese entonces... Incluso, la sonrisa de la anciana le pareció familiar.

Tal vez hasta me reconoció, fantaseó bajo el influjo del aroma que se le introdujo por sus fosas nasales, producto de la ligeramente irritante mezcla de hierbas e inciensos ofertados por doquier. Olor casi visible, que también reconoció.

Lo había decidido: deambularía por los puestos, como lo exigía el protocolo. Preguntaría en el de la curtida ventera que le sonrió, pese a que el mismo formulismo recomendaba hacerlo con una persona joven. Pero, aquella anciana mujer, y su familiar sonrisa, le generaron confianza.

Así lo hizo; y, como en su adolescencia, casi cuarenta años atrás, su magistral puesta en escena funcionó. Al menos hasta el tercer santo y seña, el del coctel con cangrejos vivos, adición de vitaminas, guiños de ojos, dar la espalda a la frutería y paciente espera del apuntador... ya que, precisamente, cuando este apareció, el protocolo se desquebrajó.

Tan pronto se hizo presente el apuntador, Rodrigo lo reconoció sin mayor esfuerzo. Aquel, a su vez, lo había identificado desde cuando él arribó al segundo piso, costado norte de la galería, y comenzó a deambular por entre los puestos de hierbas e inciensos, minutos antes de reseñarse con el altisonante santo y seña usado antaño para adquirir la mercadería inherente a la Mata Culebra.

A pesar de haber envejecido, el apuntador era el mismo que solía atender a Rodrigo, casi cuarenta años atrás, cuando iba hasta allí a llevarle, casi quincenalmente, los encargos al profesor Quiroga. Era el mismo hombre que lo recibió la primera vez cuando él, junto con el profesor, fue hasta ese lugar. Desde luego, el apuntador evidenciaba su marcado envejecimiento, igual que Rodrigo.

Ninguno de los dos dudó, ni un instante, en saludarse con afecto y estrépito juvenil, casi infantil. Rompieron, sin reparo alguno, el añejo protocolo y la rigurosidad de la contraseña establecidos para tales ocasiones, los cuales no incluían esos abrazos, ni esas palmadas en la espalda, mucho menos esos ojos aguados, como tampoco las explícitas frases de emoción que se prodigaron tras aquella larga vigilia sin verse, luego de la intempestiva desaparición del joven estudiante: el discípulo preferido y protegido del profesor Quiroga.

Luego de la inusual y espontánea recepción, por fuera de todo formalismo, y sin siquiera preocuparse, inmutarse ni atender la burlesca algarabía generada por los puesteros, así como la de algunos escasos y furtivos clientes frente a la pública manifestación de agrado que se profesaron los dos hombres, el apuntador invitó a Rodrigo al reducido espacio interior de la frutería inmediata, ubicada a la izquierda de donde se encontraron. Una vez en el habitáculo, y tras romper de esa manera, por completo, el añejo protocolo, el apuntador le solicitó a la vendedora que les preparara algo. Él pidió jugo de naranja con zanahoria, siendo secundado por Rodrigo.

Desvanecidas las últimas y aguijoneadoras miradas de los curiosos y agentes más atrevidos y confianzudos que los siguieron observando al menos por dos o tres minutos después de su ingreso al habitáculo de la frutería, el apuntador le comentó a Rodrigo, en voz baja, casi como en un murmullo, que había tenido que distraer la atención del público "televidente", sobre todo la de los posibles esbirros de Rómulo Vinchira, con aquella propiciada escena extrema de fraternidad. Le explicó que desde al menos diez años atrás, y tras la vitalicia enajenación oficial de la totalidad de los precursores farmacéuticos vegetales del país, tuvieron que cambiar el *modus operandi* para la comercialización y distribución popular y alternativa de esos productos.

Lo modificaron para no ser descubiertos y, en consecuencia, objeto de las perversas represalias de la OVT, y de su artero representante legal: El Iluminado

Indio Guarerá, mandante de las trasnacionales farmacéuticas a las que el Gobierno Nacional del expresidente Uribia Morales les otorgó, en exclusiva, todos los derechos industriales y comerciales. Muy en especial, los que tenían que ver con las tres hierbas con mayor potencial farmacológico, es decir: la rubirnalia, la rubirnaca y la rubirnásea, de las que se extrae la poderosa y sin igual molécula 3R.

Una vez comenzaron a libar sus respectivos cocteles de naranja y zanahoria, y tras verificar que, al parecer, ya no eran vistos, escuchados ni seguidos por nadie desde el exterior, además, que los empleados de la frutería se distraían con sus oficios, Segismundo, el apuntador, le explicó a Rodrigo que las pencas de la Mata Culebra, es decir, de la rubirnalia, así como las de sus dos precursoras, la rubirnaca y la rubirnásea, ya no se expendían allí, ni en ningún otro sitio. Al menos de la misma forma y como se hacía casi cuarenta años atrás cuando Rodrigo iba por los encargos del profesor Quiroga. Todo había cambiado desde la enajenación nacional de los vernáculos recursos, le comentó Segismundo con nostalgia en sus palabras y gestos. Lo tuvieron que hacer por los arteros controles que impuso Rómulo Vinchira desde cuando su hija Luz Divina se emparentó con el hijo del presidente Uribia Morales y, tiempo después, su organización, la OVT, fue autorizada, en exclusiva, por los laboratorios farmacológicos transnacionales para su custodia y explotación.

Desde entonces, Rómulo Vinchira la emprendió contra toda persona o institución que tuviera relación comercial, medicinal o de cualquiera otra índole con insumos y productos de esa naturaleza. En particular, contra aquellos que se negaron a aliarse con su organización, ante las inaceptables, leoninas y desiguales condiciones que estableció de forma inamovible.

—Para lograr el desnatado del mercado —le enfatizó Segismundo a Rodrigo—, Vinchira usó todo tipo de medios y medidas criminales, hasta reducir, casi desaparecer, la competencia nacional: la industrial, la alternativa y, por ende, la artesanal.

El apuntador también le explicó que lo poco que quedaba de ese mercado que Rodrigo conoció, y que aún sobrevivía por fuera de la órbita y tentáculos de la OVT, era casi todo artesanal, practicado de manera clandestina, desde el cultivo y la producción de las matas, su cosecha, sangrado y cristalización, hasta su distribución y comercialización. Por tal motivo, le hizo énfasis, ya no era posible que en la ciudad capital, ni casi en ninguna ciudad intermedia o pueblo, se pudieran vender ni comprar las pencas de las tres vernáculas plantas, entre muchas otras en similares condiciones de vitalicia enajenación nacional.

Rodrigo escuchó con reprimida angustia varias de las ignominiosas historias que le contó Segismundo. Historias de personas de la galería a las que recordó porque lo atendieron en varias oportunidades, o las veía cuando iba por los pedidos del profesor Quiroga. Algunas de ellas habían muerto, o fueron torturadas, o desaparecieron, o las amenazaron con el desarraigo o la muerte por gente de la OVT.

—Organización que, al menos en esta galería, colocó un puesto de hierbas con el propósito de vigilar y controlar de cerca el mercado —le enfatizó el apuntador.

Por tal motivo, le confirmó aquel hombre, que una vez Rodrigo llegó al segundo piso de la galería y puso en marcha el protocolo de antaño, se activó el antídoto de salvación y custodia. Proceso establecido para tales casos, consistente en que si la persona aquella era un antiguo intermediario o comprador comprometido con la causa, como lo era Rodrigo, y alguno de los de la vieja cofradía lo reconocía, había que protegerlo y, en el momento oportuno, extraerlo del escenario y conducirlo a base segura en donde se le entrevistaría y explicaría la situación.

Una vez Segismundo enteró a Rodrigo de la actual situación, le inquirió sobre los motivos por los cuales había regresado a la galería, después de tanto tiempo, y en busca de los proscritos precursores inherentes a la molécula 3R. Rodrigo, convincente, rápido y con habilidad, le manifestó que ahora que se acercaba su jubilación, lo que le garantizaba mucho tiempo libre, iba a retomar y activar el antiguo proyecto del profesor Quiroga sobre la doble decantación de la letal acibricina, tras lo cual, y con las inéditas, garrapateadas y exclusivas fórmulas y métodos que aún conservaba de su maestro (mintió), transferidos a este, a su vez, por su padre Arnoldo, daría inicio al complejo, costoso y largo proceso de la desacibricinación: la separación del componente tóxico acibrín de la poderosa y medicinal cibrina.

—Experimentos que habíamos iniciado con el profesor días antes de su fatal accidente, y con el único propósito de masificar el potente efecto benigno de la cibrina sobre la salud humana, comenzando con la de los connacionales menos favorecidos, que hoy lo son casi todos —concluyó Rodrigo.

Segismundo, luego de la magistral y elocuente exposición de Rodrigo, quedó convencido con sus explicaciones e intenciones. Entonces, se mostró interesado en apalancar sus planes y propósitos, por lo que le hizo otra confesión, aún más secreta.

—Como se lo dije antes, las pencas de la rubirnalia, la rubirnaca y la rubirnásea, así como los demás insumos precursores de la acibricina, ya no son comercializados como antes... por los altos riesgos que ello implicaba con la gente de la OVT y de las fuerzas del orden, también a su merced y tocado servicio. Sin embargo...

Segismundo hizo una pausa y lo miró, como escrutándolo. Rodrigo sostuvo impávido su mirada, sin ningún gaje de duda ni falsía, por lo cual Segismundo prosiguió.

—Mire, buen hombre, discípulo del profesor Quiroga, durante todos estos años, personas aún comprometidas con la vieja causa de la masificación de los efectos benignos y medicinales de los vernáculos recursos patrios han avanzado en la decantación de la acibricina. Incluso, en los últimos tres años lograron, no sin dificultad y problemas legales, modestos avances con la separación de la cibrina. Por tal razón... —resaltó Segismundo— usted no necesita asumir riesgos. Tampoco gastar tiempo ni esfuerzos en el proceso de la decantación de la acibricina. Están dadas las condiciones para que la obtenga decantada y, de ese modo, se pueda dedicar, de lleno, a la fase crucial de la causa: la separación de la milagrosa y potente cibrina. Más aún, ya que usted tiene los manuscritos originales del respetado e idolatrado curandero don Arnoldo, el padre del profesor Quiroga, documentos en los cuales sabemos que están consignadas las instrucciones y las fórmulas, así como el proceso para hacerlo.

Segismundo se comprometió con Rodrigo a suministrarle, sin costo alguno, la acibricina que llegara a necesitar para la supuesta y ofrecida continuidad del proyecto del profesor Quiroga. El apuntador procedió a comentarle la forma para efectuar las entregas.

—Para el transporte de la sustancia, ya que esta es incolora, inodora y sin sabor, como el agua, nuestros empíricos botánicos, vinculados con la causa en pro de la farmacología autóctona, refinaron un artesanal método de empaque y embalaje. Esta sustancia es compatible con los componentes de algunos cítricos y frutas, en especial con las que tengan una composición elevada del vital líquido. Para las entregas de la sustancia a los selectos y encomendados destinatarios, son inyectados hasta ciento cincuenta miligramos de acibricina en sandías, melones, piñas, pomelos, mandarinas, naranjas, limas… o entre otras frutas, según la preferencia del destinatario. Estos frutos portadores se embalan en huacales, cajas y mallas de uso común en galerías y tiendas de barrio.

Le manifestó el apuntador que con tal estrategia buscaban generar la menor sospecha posible al mimetizarlos con los demás productos. Le especificó que el paquete, guacal, malla o caja que llevara la sustancia se señalaba con marcas que solo el interesado sabía.

—Una vez en el destino, y con las diversas técnicas que usted ya sabe… ¿verdad?, se procesa la pulpa de la fruta, extrayendo el sumo, en el cual, por lo general, se adhiere, al menos, un 80% de la acibricina. Este se tamiza hasta que el líquido se libere de los derivados sólidos, momento a partir del cual se procede a calentarlo hasta hacerlo hervir y evaporar. De esa forma, como usted lo debe saber, queda en el recipiente el 75%, aproximadamente, de la acibricina inicialmente inyectada, con un nivel de pureza de hasta el 90%. Para su limpieza hasta de un 99%, máximo posible, se requiere de técnicas industriales. De ahí en adelante viene su trabajo y aporte a la humanidad... o eso es lo que nosotros, los connacionales, y el mundo entero, esperamos de usted, ahora que reapareció.

Rodrigo, al escuchar con atención lo que el apuntador le manifestó, no solo con tan infinita confianza, sino con la efusiva y expresada esperanza que mostró, sintió, experimentó, una gran incomodidad. Algo parecido a la vergüenza que lo hizo reflexionar en silencio.

No es justo engañar así a este hombre honesto, bueno y crédulo, quien está convencido de una ilusa causa social incoada desde la época de Arnoldo, el padre del profesor Quiroga. Causa que, de no ser utópica, quizá beneficiaría a más de tres cuartas partes de connacionales a quienes, hoy por hoy, la salud y los medicamentos se les convirtieron en artículos de lujo, inalcanzables para su cada vez más disminuido, manipulado e irrisorio patrimonio. Sí, es injusto causarle este engaño y, menos, por tan particular móvil: vengarme de la traición con la que me pagó Débora Yanir Chandé.

El maremágnum en el que en ese instante galopaban los pensamientos de Rodrigo hizo que las convulsiones en su ojo izquierdo volvieran a presentarse, un poco más fuertes, seguidas y parecidas a las experimentadas durante la última entrevista con su siquiatra. Al advertirlas, quiso disimularlas al mismo tiempo que evadía la aguijoneadora mirada de su interlocutor e instaba controlar sus atribuladas y lóbregas pasiones que iban apresando y doblegando de manera paulatina y creciente su cordura.

En ese momento se desconoció. ¡Ese no era él! Quien obraba en su interior tenía que ser otra persona. Esas no eran las características del hasta entonces siempre equilibrado, serio, honesto, equitativo, trabajador y cumplido Rodrigo García Ronderos. ¿De cuándo acá se volvió malo, injusto, perverso, insolidario, ruin… al menos en pensamiento? O, acaso, ¿era tanto el daño que Débora le infringió a su alma, que ahora prefería continuar con tan inicua y personal industria vengativa, antes que sacar avante la vieja causa de hacer algo bueno y noble por la salud de la menesterosa mayoría de compatriotas, como se lo encargó su viejo profesor de química, cuarenta años atrás, y él se lo había jurado? ¿Podía aquel desamor enmarañar, y de qué manera, el recto actuar que lo caracterizó toda la vida? Acaso, ¿tal desaliño afectivo tenía la capacidad de trastocar su vida, sus proyectos, sus principios, sus valores… sus ilusiones?

Pese a la consternación que experimentó al reflexionar de esa forma, curiosamente la decisión que Rodrigo tomó frente a su inmediato y fatal actuar no le generó la más mínima duda, mucho menos inquietud o conmiseración con nadie, ni siquiera consigo mismo. Sí, lo decidió ahí mismo: continuar, pasara lo que pasara, con su venganza. ¡Débora y su gañán no se iban a salir con la suya!

Para ese momento, Rodrigo, sin darse cuenta, era un enfermo del alma en estado terminal. Ni la refrescada promesa hecha al profesor Quiroga, ni el antídoto del amor que, si él se lo proponía, podría profesarle Débora, o cualquier otra persona, lo recuperaría. Su sangre, inficionada por la traición amorosa, había corrompido, no solo sus órganos vitales, en franco deterioro, sino el hálito de su vida, sus anteriormente buenas energías, sentimientos y conducta y, con todo ello, el gobierno de sus venideros actos.

El amor es el impulso más poderoso que rige y subyuga al hombre. Cuando en la relación amorosa imperan reciprocidad, sinceridad y total entrega, hay alegría, dicha, felicidad, y, con ella: placer, beneficio, armonía, construcción, esperanza. Entonces, la sumatoria de virtudes ulula por doquier. Cuando se asoma el engaño, la falsía, hay dolor, y es letal, incompasivo, imprevisible, destructivo, caótico… Es ahí cuando lo más triste y horrendo, la malevolencia, toma el control del comportamiento humano.

Tal y como se lo indicó Segismundo, Rodrigo esperó. Dio largos rodeos por las calles del barrio Estepero. Hora y cuarto después fue y recogió, en el puesto de venta de frutas número catorce, ubicado en la planta baja, extremo sur de la galería, la malla con las doce naranjas tangelo. Seis de las cuales, las de color amarillo mandarina, ya que Rodrigo había advertido que eran las que Arcángel se comía primero, llevaban inoculados, cada una, hasta cincuenta miligramos de la deletérea acibricina. Recibido el encargo, salió de la plaza, sin percatarse de que era observado por alguien. Abordó un taxi que lo condujo hasta su residencia, ya entrada la despedida vespertina, pero, desafortunadamente para Débora y su compinche, aún temprano en cuanto a la hora que él solía llegar.

Una vez en la entrada de su apartamento, sin darse cuenta de que era seguido por el mismo individuo que lo vigiló todo el tiempo en la galería, Rodrigo detectó que su rival aún estaba ahí, en algún lugar de su hogar, en el refugio de amor que él le erigió a Débora, y con tanta devoción y esperanza. Aquel individuo, pensó Rodrigo, con toda seguridad, al escucharlo abrir la puerta, se alcanzó a esconder en el zarzo de la cocina, a toda prisa, como en otras oportunidades. Escondite en donde le habría tocado pernoctar en incómodas condiciones.

Rodrigo supo que aquel individuo aún estaba por ahí. El azare que evidenciaba el lenguaje corporal y la actitud de Débora; quien todo se imagina menos que ese día él regresara dos horas antes de lo acostumbrado, razón por la cual no había despachado a su artero amante; así lo indicaba, al igual que el insolente almizcle rival que ululaba, casi visible, por doquier.

Atufe territorial de macho cabruno que no solo ofendió e irritó su sentido del olfato, sino que le hizo aumentar a Rodrigo las contracciones en su ojo izquierdo, a la vez que avivó e incendió, por un instante, esa brasa asesina que se apodera del corazón del ser que es objeto del engaño y la falsía amorosa.

Al reencausar su venganza en los planes de hacerlo, pero no con sus propias manos, como le ordenaba en ese momento el rencor que hostigaba su alma, sino mediante la acibricina inoculada en las tangelo que traía en la chuspa, respiró con falaz tranquilad y maquinada profundidad, quitándole, de esa apantallada forma, combustible al insoslayable ardor que lo devoraba.

Circunstancias que horadaron en el pálido rostro de Rodrigo una mueca de simulado odio sonriente que a Débora le causó entre miedo y desconcierto, pues, no sabía, no lograba descifrar la intencionalidad del actual saludo, así como esa mirada, esa sonrisa, esa luz en su pupila, esa mueca... extrañas en el hombre con quien había compartido sus últimos doce años. Comportamientos estos contrarios a los que asumió desde su regreso, evitando a toda costa saludar, sonreír, mucho menos permitir que sus miradas se tropezasen.

Débora, entrando a escena en aquel sainete desamoroso, respondió con un nervioso y fingido:

—Me alegra que hayas regresado temprano, y… sobre todo, contento.

Rodrigo ignoró su comentario. Fue y depositó con cuidado las naranjas en la frutera ubicada encima de la nevera, dejando visibles, y muy apetecibles y accesibles, las de intenso color amarillo mandarina. Las otras, las verdes y pintonas, las ubicó debajo de aquellas.

Él sabía que Arcángel no resistiría la tentación de llevarse y consumir una de aquellas cuando las viera al bajar del zarzo y saliera de la cocina con rumbo a la calle, como lo había maquinado que así sucediera ese mismo anochecer. Por tal razón, le dijo en voz alta a Débora, con el propósito de ser escuchado por aquel, que se iba a dar un largo y refrescante baño con agua caliente.

—Al menos de cuarentaicinco minutos.

Acto seguido fue a su habitación, cerró la puerta, se desnudó, ingresó al baño, abrió la ducha y comenzó a tararear, intencionadamente, la canción: "Sin sentimiento", del grupo Niche.

Una vez Rodrigo abrió el registro de la ducha y comenzó su salsera canturía de despecho, Débora, previa verificación, no dudó un instante en dirigirse a la cocina y hacer bajar del zarzo a su amante para que se marchara de inmediato, aprovechando las inusuales circunstancias que les estaba facilitando el anfitrión.

Desde luego que el plan del dolido y vindicativo propietario funcionó en su patibularia etapa inicial.

Fue Débora quien al ver las exquisitas e insinuantes naranjas, acabadas de traer, exhibidas sobre la nevera, tomó una bolsa de plástico y empacó tres de ellas, las maduras, las de intenso y atractivo color amarillo mandarina. Emponzoñado piscolabis que le entregó a Arcángel antes de su presurosa salida del apartamento, tras el furtivo beso que le estampó en los labios y la postrera frase que de él escuchó:

—Cariño, nos vemos en tres días, después de arreglar en la Cervecera Nacional lo de tu reconocimiento como pareja formal del doctor García; para, poder así, continuar con el plan —le dijo, recibiendo la chuspa con las naranjas, en la cual colocó una carpeta con documentos.

Una vez Arcángel Medina alcanzó la calle, con la bolsa que llevaba las tres tóxicas tangelo, se dirigió a la estación de los buses articulados, a cuatro cuadras de ahí. A lo largo de ese recorrido fue seguido por agentes encubiertos de dos diferentes bandos.

Antes de llegar a su inmediato destino, uno de los dos grupos, agentes de la OVT, lo interceptaron, cumpliendo las perentorias órdenes recibidas desde el comando central de la organización, ubicada en la calle 54 con avenida Carabobo. Uno de aquellos había transmitido, vía comunicación celular, la visita que Rodrigo hizo a la galería Estepero, las entrevistas que tuvo, así como la compra y el traslado de las naranjas.

Consultado Rómulo Vinchira Torcuato, la decisión la tomaron Luis Fernando Vinchira e Ignacio José Mencino, tras cotejar la información reportada por el agente que siguió ese día a Rodrigo, con la de los otros hombres que vigilaban la residencia de la pareja. Estos últimos trasmitieron, en caliente, la salida intempestiva de Arcángel de la casa, minutos después de la llegada inesperada de Rodrigo, sin dejar pasar el detalle de la bolsa que llevaba.

Al volver a la cocina, Débora observó que las otras nueve naranjas quedaron desorganizadas, muy diferente a la forma simétrica como las colocó Rodrigo con gran esmero. Procedió a ubicarlas piramidalmente, como estaban antes, sacó de la alacena las dos que quedaban de la compra anterior y las acomodó con las otras. Estas estaban igual de maduras, y con la misma pigmentación: intenso amarillo mandarina, que las virulentas que se había llevado Arcángel, ingenuamente ofrendadas por su pérfido amor.

Sin saberlo, y desde hacía casi un mes, Arcángel Medina era objeto de seguimientos por varios agentes de la Guardia Civil Concordiana (GCC), expertos en protección y salvaguarda empresarial de la OVT. La GCC era una agencia estatal formalizada por el presidente Uribia Morales, con licencia oficial de acción en todo el territorio nacional, con el normado (legal, más no por eso legítimo) pretexto de proteger, no solo los intereses de la organización del Iluminado Indio Guarerá, sino, y en particular, los de las trasnacionales y multinacionales aliadas en materia de explotación, procesamiento y comercialización de precursores farmacéuticos, en especial, los de origen vegetal como la rubirnalia y sus dos emparentadas hierbas: la rubirnaca y la rubirnásea.

Luis Fernando era el hijo mayor de Rómulo Vinchira Torcuato. Tenía como asociado en aquella calamitosa empresa a Ignacio José, tataranieto de Bernardo Mencino. Este le heredó al bisabuelo sus mefíticas manchas clientelistas y marrullerías para negociar con el Estado y beneficiarse, lucrarse, a ultranza y sin cuartel ni miramiento alguno, de las arcas públicas. Los dos delfines decidieron vigilar de cerca las intenciones, al principio de Débora y, una vez fue detectado, las del individuo que llegaba todas las mañanas hasta su casa tan pronto Rodrigo salía para el trabajo. Personaje quien solía quedarse a solas con Débora todo el día, excepto cuando salía a efectuar extrañas diligencias en sitios y con individuos de muy mala calaña, casi todos relacionados, especializados, en elaboración de documentación oficial ilegal y, en general, consumados practicantes de indiscriminadas conductas delictivas.

Los seguimientos y pesquisas de los agentes de la OVT comenzaron a efectuársele a Rodrigo García Ronderos una vez el doctor Andrés María Sarmiento, el alienista de piso del Pabellón B de la Clínica El Redentor Gregorio, en donde estuvo hospitalizado, envió copia de su epicrisis, no solo al siquiatra tratante de aquel paciente, es decir, al doctor Zapata Neira de la EPSS Sanamos, sino al agente Salas, de Seguridad Nacional del Estado; por lo de la calidad política de los "internos" que como el sargento Rodríguez y el desmovilizado Leonardo Fonnegra, entre otros tantos, solían "proteger" en aquel sitio. Desde luego, el alienista también le compulsó copias a su nuevo amo farmacológico: Rómulo Vinchira Torcuato, el mismo Iluminado Indio Guarerá. A este último le interesó el paciente en ciernes, Rodrigo, dada la posibilidad de quedarse, con relativa facilidad e, inicialmente, con el ahorrado patrimonio de toda su vida de trabajo.

Los primeros resultados del seguimiento efectuado a Rodrigo García Ronderos evidenciaron que él convivía con alguien. Persona esta que a su vez mantenía algún tipo de ilícita relación con un nefasto individuo conocido de autos. Esto no solo complicaba entender y manejar aquel sainete social de subcontinental cotidianidad, sino que constituían un riesgo inminente para los infames, pero muy bien protegidos, oficialmente, intereses económicos de la OVT.

En respuesta, los Vinchira y sus secuaces decidieron ampliar la acción de escuchas y visual vigilancia sobre Rodrigo. Más, aún, al incentivárseles su insaciable ambición cuando se enteraron de que el botín podría ser mayor. Detectaron la cercana y algo significativa pensión que pronto obtendría Rodrigo en la Cervecera Nacional. De igual manera, olfatearon posibles dividendos y regalías por concepto de unas cuantas obras literarias de aquel, en estado inédito y sin registro de derechos de autor.

Obras que con relativa facilidad podrían ser publicadas y comercializadas, nacional e internacionalmente, a nombre de uno de los integrantes de la OVT. Para ese otro frondio negocio también tenían sensibles y efectivos tentáculos editoriales. El Iluminado, por aquella época, estaba "afinando" sus medios de dominación social, entroncándose con empresas mediáticas españolas interesadas en ese tipo de negocios en su antigua y explotada colonia. Para el efecto, Rómulo compró el periódico de mayor circulación nacional: *Época & Espacio*. Matutino que pronto "emparentó" con uno de los más influyentes medios de comunicación de la península.

El botín que obtendría la OVT con el caso de Rodrigo García Ronderos era de poca monta en comparación con los multimillonarios golpes que solía dar la organización. Ni siquiera representaba el uno por ciento de lo embolsado en el jugoso hartazgo del que fue víctima Marco Aurelio Mancipe Gómez en San Vicente de Sumapaz. No obstante, lo daban por descontado. Lo tenían que hacer. En ese, y en todos los demás "negocios" de tal calaña, la orden del Iluminado Indio Guarerá era perentoria, clara y voraz:

—En tanto haya metálico beneficio, por poco que sea, no escatimen esfuerzo alguno para recoger y traer lo que ya es mío. La opción de perder cualquier oportunidad de riqueza no existe. Recuerden, como la gallina: de grano en grano. Quien no esté conmigo, que se vaya del gallinero, antes de que lo convierta en la proteína de mi siguiente almuerzo.

Germán Villarte Lopera fue el artífice, el abogado que coadyuvó para el fortalecimiento jurídico en los albores del artero emporio en el que se había convertido la OVT. Él lo advirtió antes de ser "liquidado", o como lo decía el sargento Rodríguez: "neutralizado", por órdenes del mismo Iluminado. El mediano y ladino jurisconsulto tuvo a bien comentar, y dejar por escrito, que:

"La voracidad del Iluminado Indio Guarerá se desbordó y constituye un peligro, no solo para los intereses de sus empresas, sino para la sociedad nacional... incluso, para la humanidad en general".

Así lo vaticinó y documentó Villarte Lopera. Según el fúnebre manuscrito del abogado, garrapateado antes de su intoxicación en la cafetería en donde solía desayunar todos los días: *A medida que aumentan sus activos, utilidades, portafolios de productos, negocios, mercados e influencias sociales, políticas y económicas de su círculo de mala prosapia, mayores son sus ansias de poder, de dominio, de incoar pobreza. Con cada certero "arañazo" que propina a sus innumerables y diversas víctimas, a Vinchira Torcuato se le acentúan, de forma logarítmica, sus gustos y faenas por la discriminación, la inequidad, el desenfreno, la lujuria. Al lado de estas perversas intenciones y conco-mitantes acciones, Rómulo disfruta, siente intenso y mayor goce, ¡placer!, y lo manifiesta de manera abierta, cuando el daño causado, cuando el detrimento o la minusvalía recae sobre las personas o los bienes de sus coterráneos más pobres. Sobre la histórica y creciente masa de desposeídos connacionales. Amén de esa perenne maquinación para, no solo ahondar en la desigualdad y la pobreza de las mayorías, sino para hacerlas irreversibles en todo el suelo patrio. Al inicio, ya que al aliarse con "especímenes" de su misma ralea y concepciones económicas, sociales y políticas, dentro y fuera del país, el alcance de su frondio proyecto de vida y negocios se amplía y prospera, con vértigo so-cial, en varias latitudes del subcontinente. Sobre todo en aquellos países en donde impera el sofista sistema económico, eufemísticamente llamado: Países en vías de desarrollo".*

Tambien escribió Villarte Lopera, siendo aún su asesor jurídico: *"Rómulo Vinchira Torcuato es el pa-dre de la tristísima teoría económica de la Rentabili-dad Marginal Bracera".* Tal suposición, según el es-crito, consistía en que: *"Entre mayor sea el número de pobres que conviven y producen bajo un mismo y fé-rreo régimen económico, político y social, capaz de manejarlos y garantizarles a cambio una mínima sub-sistencia, mayor es el beneficio extraído per cápita en función de los escasos emprendedores y garantes de la estabilidad del sistema. O, dicho en otras palabras: La pobreza generalizada, manejada y sostenible, es la*

*mayor fuente garantizada de riqueza para unos po-
cos... pan y circo".*

Cuando Luis Fernando Vinchira López e Ignacio José Mencino, la tenaz y deshumanizada dupla que
ahora controlaba la seguridad, finanzas, mercados y
proyección de la OVT, supieron y comprobaron que
Arcángel Medina no solo logró documentar un falso
matrimonio entre Débora Yanir Chandé y Rodrigo García Ronderos, sin que el consorte lo supiera, sino que
contactaron a dos empleados ejecutivos del departamento de personal de la Cervecera Nacional donde trabajaba Rodrigo, entendieron y verificaron lo que aquellos se proponían. Además, confirmaron la existencia
de un significativo e inminente riesgo para el éxito de
la operación en la cual estaba incursa la OVT, en cuanto
a la expropiación del patrimonio de Rodrigo, que, aunque poco significativo en cuanto a los resultados económicos estimados, tenían que "coronarlo", apoderarse
de este, por el prestigio y posicionamiento organizacio-
nales y, desde luego, porque esa era la voluntad del poderoso y temido, incluso para sus hijos, Rómulo Vinchira Torcuato, más conocido como el Iluminado Indio
Guarerá. Por tal razón, debían conjurar a toda costa los
riesgos que representaban Arcángel Medina y Débora,
su pareja.

Decantadas las últimas averiguaciones reporta-
das al comando central por los diferentes detectives que
mantenían vigilados a Rodrigo, a Débora y a Arcángel,
Luis Fernando e Ignacio José se las compartieron al supremo presidente de la OVT. El Iluminado Indio Guarerá, con la sagacidad propia del malevo, dispuso que
Arcángel Medina, de inmediato, fuera capturado.

Buscaba con ello ponerle fin al plan que ya llevaba muy avanzado. Este entorpecía y amenazaba el de la OVT. De igual manera ordenó que le extrajeran la información y las estrategias que usaba, y que aún ellos no lograban conocer ni entender por completo. También sentenció que una vez logrado lo anterior, y cuando Arcángel ya no fuera útil ni necesario, tenía que ser "refundido".

El asunto con Rodrigo García Ronderos tenía que ser más táctico y técnico. Más ahora que había surgido aquella circunstancia nueva, inquietante, inexplicable y potencialmente peligrosa para el negocio de los precursores farmacológicos relacionados con la rubirnalia y sus dos emparentadas hierbas.

El que Rodrigo García Ronderos hubiera ido a la galería Estepero implicaba actuar con astucia y cuidado. Más, aún, porque, al parecer, aquel economista de la Cervecera Nacional había mostrado interés por el derivado principal de estas: la decantada y proscrita acibricina. Además, porque con quienes se entrevistó en la vernácula plaza, y como para complicar las cosas, eran unos viejos zorros y escurridizos mercaderes y traficantes de la rubirnalia y de otras tantas "hierbas protegidas". Temas estos poco y casi nada conocidos por la mayoría de los cerca de cuarentaiocho millones de alelados connacionales, imbuidos en su marasmo.

El Iluminado Indio Guarerá también estableció un segundo curso de acción:

—Hay que "asegurar" a Rodrigo García Ronderos; pero, con prudencia e inteligencia, para tenerlo disponible y dispuesto a colaborar cuando sea menester —

sentenció con controlada rabia el vetusto y temido presidente de la blanqueada y protegida organización.

La primera orden de Torcuato Vinchira se cumplió minutos después de haber sido impartida. Arcángel Medina, tras salir raudo del refugio que le ofrendaban los vigorosos brazos y carnosos labios de Débora, fue interceptado unos metros antes de llegar a la estación del articulado urbano de la ciudad capital. Cinco hombres fuertemente armados que se desplazaban en tres vehículos lo obligaron a subir a una camioneta tipo panel, color blanco, sin más vidrios que los panorámicos.

Ya en el interior del vehículo, lo despojaron de todas sus pertenencias, incluida la bolsa que contenía las naranjas tangelo inficionadas, la carpeta en donde guardaba los documentos que le iba a entregar al jefe de personal de la Cervecera Nacional para oficializar, laboralmente, el matrimonio de Rodrigo y Débora, así como un sobre de manila en cuyo interior iba una nota de oficio con la autorización de Rodrigo para Débora, firmada y autenticada en la misma notaría en la cual le hicieron a Arcángel el "arreglo" del matrimonio civil. Libelo en el cual Rodrigo "concedía" pleno, amplio y expreso poder para que Débora dispusiera de todo su patrimonio. También figuraban en tal poder, la disposición de las ahí relacionadas cuentas bancarias a su nombre, así como cualquiera otro bien o activo suyo que llegase a surgir, incluyendo los emolumentos prestacionales y pensionales, presentes y futuros.

De ese sigiloso, rápido y efectivo operativo tuvo conocimiento el veterano agente Salas. Sin embargo, al ser informado, le manifestó al agente que le hizo el reporte que se replegara y dejara el caso, ya que:

—La retención del sospechoso fue ejecutada por fuerzas, no solo amigas, sino legalmente establecidas y autorizadas para ello —le precisó a su subalterno.

Cuando Rómulo Vinchira Torcuato dispuso de la suerte definitiva de Arcángel y de Rodrigo, el veterano agente Salas también tomó decisiones. Lo hizo tan pronto le llegaron los reportes de sus agentes oficiales, en relación con las actuaciones en la galería Estepero efectuadas por "el Doctor". Mote operativo que le habían dado aquellos funcionarios a Rodrigo García Ronderos desde cuando recibieron el reporte del siquiatra Sarmiento en donde se comentó sobre su interés de documentar en una fina agenda de cuero las historias de los otros pacientes de la Clínica El Redentor Gregorio. En particular, la de Rodríguez, el veterano y condecorado sargento de la especialidad de inteligencia militar, así como la del desmovilizado Jesús Leonardo Fonnegra. "Protegidos" excombatientes nacionales por el Gobierno de aquel subcontinental país, aunque militantes de diferentes y encontrados bandos, aparentemente.

El veterano agente Salas también era un compelido informante del sistema de seguridad nacional, además de tocado y pagado colaborador de la OVT. Por la información suministrada por el doctor Sarmiento había dispuesto vigilar estrechamente a Rodrigo. En consecuencia, tan pronto se percató de que no vivía solo, y que su particular pareja a su vez tenía otra persona de historial delincuencial, trifurcó su vigilancia. Lo hizo en aras de preservar la seguridad democrática ante cualquier posible desestabilización o amenaza, externa o interna, se justificó ante sus superiores para que lo autorizaran, y ante sus subalternos para que lo obedecieran.

Las dos agencias de seguridad que, por separado, vigilaban y seguían a los integrantes del singular triangulo, se habían percatado de tal situación. En cada organización sabían que los tres personajes eran rondados, a su vez, por otra agencia oficial. Al descubrirse mutuamente, pero, sobre todo, al verificar quien era la contraparte y los móviles perseguidos por cada organismo, decidieron, al principio, hacer un silente pacto de no inmiscuirse y seguir sus propias averiguaciones sin afectarse, sin interferirse ni entrometerse. Cada cual tenía sus propios y diferentes objetivos, misiones, métodos y normatividades de respaldo. En lo único que coincidían era en los individuos a los que espiaban e, inexorablemente, tendrían que, en algún momento, victimizar. Para esto último sería en lo único que tendrían que ponerse de acuerdo, acordar... tal vez. Si era que alguna de tales agencias estatales no tomaba la iniciativa de hacerlo primero que la otra, ante lo cual, la rezagada tendría que hacerse a un lado e ignorar la situación. Este era un secreto y compartido protocolo por toda agencia de seguridad en aquel particular estado de subcontinental desarrollo.

Por tal motivo, quizá, cuando le informaron de la captura de Arcángel, el curtido agente Salas optó por esperar, ser prudente, no interferir en los planes del poderoso y temido presidente de la OVT. Tuvo muy en cuenta que esa organización y sus representantes habían recibido "carta blanca", y no solo con el pleno respaldo normado, sino con el poder autoritario del presidente Uribia Morales durante sus dos arteros mandatos. Mefítica potestad que aún mantenía en la nueva, continuista y actual administración. Corrompida manda, legal más no legítima, para actuar a su libre albedrío con su "Guardia Civil" en cualquier campo policial, con el pretexto de proteger y salvaguardar a las personas, sus inversiones y los recursos naturales comprometidos en el leonino tratado internacional firmado por el Gobierno Nacional, en cabeza, en ese entonces, del mismo presidente Uribia Morales, y un avasallador, colonizador y extractivo sindicato de transnacionales farmacéuticas.

En sus momentos de descanso el agente Salas solía frecuentar los más populares mentideros políticos ubicados cerca de la zona en donde operaban las sedes gubernamentales en la ciudad capital. En algunos de esos sitios escuchó que en ese sindicato de empresas extranjeras Rómulo Vinchira Torcuato y su prole de mala prosapia, así como varios testaferros del mismo presidente Uribia, su familia, gran parte de su gabinete y una veintena de aventajados y capitalistas negociantes del viejo continente, invirtieron un dineral para constituir la colosal empresa, pionera en la supuesta recolonización europea del subcontinente.

La gente de la OVT le ganó de mano al agente Salas la "captura" de Arcángel Medina. Según los resultados de los seguimientos efectuados por sus agentes, ni aquel ni Débora constituían potencial riesgo para la seguridad del Estado. Las fechorías de Medina estaban relacionadas con estafas de bajo monto y concierto de delitos menores, "pequeñas causas". Su conocimiento institucional les correspondía a otras agencias del Ministerio Público. La agencia que Salas presidía no tenía la competencia para actuar al respecto.

El posible riesgo, inherente a su competencia, lo encarnaba, tal vez, Rodrigo García Ronderos. Él, aún, estaba en circulación al no habérsele formalizado motivos fehacientes, mucho menos pruebas contundentes o comprometedoras para judicializarlo. El único indicio contra García Ronderos que podría estar relacionado con la seguridad nacional, hasta ese momento, era lo consignado en su agenda. Esta le fue fotocopiada en su totalidad, sin que lo allí escrito tuviera cuerpo de amenaza contra la nación. Lo que hasta ahora había y que relacionaba a Rodrigo con la agencia regentada por Salas, tan solo era el reporte del siquiatra del Pabellón B de la clínica, las video grabaciones en dicho sitio y las notas que aquel tomó durante su primera hospitalización. Todo daba cuenta de un incierto e indefinido interés, tal vez literario, concluyó sin oficializarlo aún el agente Salas, de documentar algunas historias. Entre estas, las que, sin ilación terrorista ni criminal, al parecer, estaban las de algunos "héroes" y servidores de la patria, poseedores de secretos pertinentes a la seguridad del Estado.

Secretos, servidores y "héroes" de la patria a los que había que proteger y mantener en "custodia oficial" en el Pabellón B de Siquiatría. "Secretos", servidores y "héroes", esto sí, campo institucional de su actuación, de sus resortes y responsabilidades oficiales, reflexionaba en silencio el veterano agente Salas.

Con tal acervo probatorio, seguía pensando el agente, no prosperaría, aún, ningún caso contra Rodrigo García Ronderos. A no ser que se recibiera alguna orden superior en contrario, la cual, él, como buen soldado de la patria que era, tal vez no discutiría, y quizá cumpliría al pie de la letra, como en tantas y anteriores ocasiones, tal vez.

En ese momento le vino a la mente al agente Salas, nunca supo el motivo, el caso del operativo en el que le tocó dar la orden de fuego que acabó con la vida de Nosly. De ese extraño hombre que, al parecer, su único pecado, siendo casado, fue enamorarse de la mujer equivocada. Drama que, por desgracia, convergió con la misión oficial que le encomendaron. Sin embargo, el final de ese caso, aunque cerrado y por el cual recibió la Orden de San Juan por parte del Congreso, pesaba en su conciencia. Aún lo hacía infeliz. Él sentía que se había equivocado. Que fue un fracaso: ¡una muerte innecesaria y por demás injusta!, ante su incapacidad operativa, le dolía reconocerlo, de su impotencia para controlar por otros medios.

El haber recordado aquel caso hizo que el agente Salas decidiera, en ese momento de introspección, que en este embrollo que involucraba a Rodrigo García Ronderos, a su pareja Débora y al respectivo amante, Arcángel Medina, tenía que actuar con suma cautela, muy bien documentado y con la información más que comprobada.

Esta vez no quería cometer ningún tipo de error.

Mucho menos dar órdenes precipitadas sin agotar hasta el último de los recursos posibles y a su disposición. No quería cargar con otra culpa de tan ingrata recordación, así lo premiaran con medallas y rimbombantes condecoraciones por parte del Estado. O con jugosas recompensas económicas, como le había dejado entrever, hacía poco, el emisario de Rómulo Vinchira Torcuato para que dejara "sano" a su "cliente", a

Rodrigo García Ronderos. O, en última instancia, para que su agencia pasara a la retaguardia, se hiciera a un lado. Que hiciera omiso caso de lo que detectara o supiera en relación con lo que con Rodrigo hiciera la Guardia Civil, dado que la OVT ya le tenía definida su suerte.

Esa vez también le mandó a decir Rómulo Vinchira Torcuato que:

—No se preocupe, que los móviles e intereses de aquel economista, empleado de la Cervecera Nacional, ya los hemos comprobado nosotros. En nada comprometen la seguridad nacional; sin embargo, para la OVT, constituye un objetivo primordial.

Tal vez por ello el agente Salas no le dio importancia a lo que le informaron sus detectives en relación con la visita que esa tarde efectuó Rodrigo a la galería Estepero.

Decía el encriptado correo electrónico: *"El Doctor conversó con unos vendedores de hierbas, presuntos traficantes de proscritos precursores botánicos para la industria farmacéutica. Luego, tomó extracto de naranja y zanahoria con uno de ellos y compró, tras largos rodeos por el barrio, una chuspa de naranjas ombligonas que se llevó para su casa".*

Tampoco ordenó acción al respecto. Ese tema de comercio ilegal de plantas medicinales no tenía relación alguna, al parecer, con la documentación de las historias de sus "protegidos" en el manicomio, por ende, ni con la seguridad nacional de la cual él era el principal garante en todo nivel y orden.

El agente Salas solo vincularía aquellos hechos con el caso de su incumbencia, es decir, con la seguridad nacional, al triangular, por equivocación, los inesperados eventos de las extrañas y casi simultáneas muertes de Rómulo Vinchira Torcuato y Arcángel Medina. Así como con la posterior hospitalización forzada de Rodrigo García Ronderos, de nuevo, en la Clínica El Redentor Gregorio. Precisamente, en el Pabellón B de Siquiatría. Sitio en el que eran "custodiados" algunos "héroes" y servidores de la patria bajo su jurisdicción.

Hospitalización efectuada unos días después de la defunción, también inexplicable, de Débora Yanir Chandé.

Muerte de la cual fue culpada y condenada, injustamente, sin pruebas, y el agente Salas lo sabía, Olga Ramírez, la empleada que le contrató Rodrigo a Débora, casi doce años atrás, para que le aceptara la propuesta de irse a vivir con él.

Cuando la muerte llega no hay búnker, rango, abolengo, patrimonio, blindaje, fuero, costumbre, importancia, necesidad ni urgencia que pueda ostentar, esgrimir o tener el señalado para evadirla, aplazarla o desplazarla. Ni siquiera la evita el más acérrimo de los esquemas nacionales de cancerbera seguridad, como la tenía el temido Iluminado Indio Guarerá.

Era la primera vez que Rómulo Vinchira Torcuato, el todopoderoso presidente de la OVT, se interesaba por un caso, y de tan poca monta económica. Nadie lo entendió, pero ninguno de sus subalternos intentó averiguarlo, mucho menos oponerse. Se trataba de la expropiación del modesto patrimonio de Rodrigo García Ronderos, un profesional empleado en la Cervecera Nacional, quien había ahorrado parte de su paga para invertirlo, una vez se pensionara, en sus proyectos literarios de escribir para ser leído y dotar con sus obras, a sus costas, todas las bibliotecas de las escuelas y colegios públicos del país.

Ni siquiera lo quiso hacer Vinchira Torcuato, participar de cuerpo presente, cuando el pingüe hartazgo del que fue víctima Marco Aurelio Mancipe, gamonal de San Vicente de Sumapaz, por parte de los esbirros que envió al Templo de Asistencia Espiritual Gratuita y Fábrica de Milagros que para tal operación se montó en esa municipalidad. En esa oportunidad sus secuaces le solicitaron ir al sitio, ante la férrea voluntad del gamonal Mancipe de no dar su brazo a torcer en la última etapa del timador plan hasta que no se hiciera presente el Iluminado Indio Guarerá. Sin embargo, Rómulo no fue. A cambio les colocó un ultimátum para que concluyeran el asunto, logrando, final y cumplidamente, el sucio pero jugoso objetivo.

En esta situación, y tan pronto fue informado de la captura de Arcángel Medina, el Iluminado Indio Guarerá sintió, le nació, que debía ponerse al frente del caso. Por tal razón, ordenó otro inexplicable cambio: que en lugar de llevar al capturado a la sede oficial de la Guardia Civil en el Cantón de Puente Arana; lugar en el cual, históricamente, solían hacerse esos, por demás secretos e inconstitucionales operativos de indagación y entrevista (torturas) de sospechosos; lo condujeran a la sede principal de la OVT, en la avenida Carabobo con calle 54, a la Catedral para la Orientación y la Asistencia Espiritual y primera Fábrica de Milagros que tuvo su artera empresa.

La orden se cumplió, muy a pesar de las recomendaciones de sus consejeros más cercanos y, desde luego, de la desaprobación de su hijo Luis Fernando y la de su socio, Ignacio José, cerebros de la expansión de la organización. Estos dos, después de Rómulo, eran los verdaderos máximos comandantes, no formales, de aquel cuerpo armado denominado Guardia Civil Concordiana (GCC), al mando, nominal, de un general en uso de buen retiro de la Gendarmería Nacional.

Cuando la camioneta blanca, tipo panel, sin más vidrios que los del panorámico, y con barras de hierro para separar la cabina de su interior, llegó a su desviado e inusual destino con el humano cargamento, el Iluminado ya estaba en su despacho y consultorio privado. De inmediato solicitó que condujeran al hombre al sitio en el que él esperaba con febril impaciencia. Conducta de igual manera atípica en él.

Cuando por fin lo tuvo delante suyo, les pidió a los guardias que lo dejaran solo con el aturdido plagiado, explicando a sus esbirros, nunca daba esclarecimiento de sus actos, ni a estos ni a nadie, que el caso ameritaba que él "entrevistara" al sospechoso en forma privada. Como los guardias dudaron un instante en cumplir la inusual orden; por el riesgo que podría correr el anciano jefe si aquel individuo, mucho más joven y fortacho, se lograba soltar de las esposas plásticas que le mantenían las manos inmovilizadas en la parte inferior de su espalda; Rómulo asumió su conocida, temida y artera postura. Entonces, les ordenó con voz altisonante que salieran de inmediato de ahí, no sin antes dejarle lo que se incautaron de aquel.

Arcángel Medina temía lo peor, más ahora que había reconocido a quien lo iba a interrogar y, con toda seguridad, a maltratar. Había escuchado en el bajo mundo sobre los perversos métodos que usaba u ordenaba el Iluminado hasta conseguir lo que se proponía.

Pese a los temores del plagiado, la entrevista fue breve, alrededor de veinte minutos, y sin maltratos.

El Iluminado, tal vez, solo se demoró un corto tiempo en razón a la actitud colaborativa que Arcángel manejó durante la charla que tuvieron, en procura de no irritar al malévolo anciano y evitar ser torturado. Incluso, pensó: *Para evitar ser feamente lastimado y hasta morir por tan poco.*

La charla duró el tiempo suficiente para que Rómulo verificara, de viva voz del atolondrado, colaborativo y disminuido delincuente, lo que los agentes de la Guardia Civil y los analistas del caso ya tenían comprobado. Ahora evidenciado mediante los confiscados documentos que demostraban la existencia de un falaz vínculo marital que permitiría "legalizar", ante cualquier instancia y en el momento oportuno, a nombre de Débora Yanir Chandé, todos los haberes de la víctima. Que lo sería, no solo por aquella descarada suplantación de la que estaba siendo objeto Rodrigo, sino, una vez "formalizado" aquel espurio estado civil, por su inexorable aniquilación para asegurar el objeto de la criminal industria aquella, en favor y, en exclusiva, de Arcángel. Este le confesó a Rómulo, sin que le preguntara, que tenía planeada la refinada e inmediata desaparición de Débora tan pronto él asegurara su botín.

A Rómulo Vinchira Torcuato la espontánea confesión de Arcángel, en relación con la premeditada intención de desaparecer a Débora, su cómplice, ni lo inmutó.

Es obvio entre tunantes de tal calaña, pensó; y sin darle mayor relevancia, pasó a averiguar lo de las tangelo que llevaba en la bolsa al momento de su interceptación.

El Iluminado había concebido una hipótesis con los recientes y nuevos acontecimientos: la visita que hizo esa tarde Rodrigo García Ronderos a la galería Estepero, la entrevista de este con los reconocidos pero escurridizos contrabandistas de la rubirnalia, su aparente y descontextualizada compra de naranjas, precisamente de la misma especie que, ahora él verificaba, eran de las que Arcángel llevaba en la bolsa.

El Iluminado se imaginó una posible y nueva, y aún no detectada por sus espías, modalidad o red de contrabando de precursores farmacéuticos entre los puesteros de la galería Estepero, Rodrigo y Arcángel. Sin embargo, la sincera explicación que le escuchó al plagiado hizo que Rómulo descartara tal posibilidad.

Arcángel le manifestó, desprevenida y convincentemente, su gusto por tales cítricos, coincidente con el de Rodrigo. Así mismo, le comunicó sobre la desvergonzada complicidad, al respecto, de Débora, quien, como sabía que él iba a pasar varios días sin ir a su refugio mientras "cuadraba" en la Cervecera Nacional lo del reconocimiento de su matrimonio, decidió empacarle la fruta para que la degustara durante la ausencia.

—Por esta razón, ilustre Iluminado, al ser requerido por sus hombres, llevaba en la bolsa estas tres exquisitas naranjas.

Por causalidad, y para su postrer y fatal destino, Rómulo Vinchira Torcuato también tenía un apasionado agrado por los cítricos, en especial por la mandarina y, por supuesto, por las naranjas bien maduras, con predilección, casi infantil, por las tangelo.

El gusto, en lo personal, y el beneficio en lo económico comercial sacado de estas frutas se lo aprendió, desde niño, a su padre: al Indio Orinoco. Desde entonces no solo las usaba en sus fórmulas curanderas, unas, y deletéreas, la mayoría, sino que las consumía con regularidad en cualquier presentación, en especial, en porciones frescas, en cáscara, sobre todo, las mandarinas y las tangelo que devoraba con deleite, cual manjar celestial.

Al terminar la aparentemente cordial entrevista, Rómulo Vinchira Torcuato hizo que sus esbirros de la Guardia Civil se llevaran a Arcángel Medina rumbo al previsible, inexorable y decretado patíbulo.

La muda sentencia de muerte impartida era obvia. No solo porque Arcángel Medina era un directo y gran riesgo para los intereses económico y misionales de la OVT en el caso de Rodrigo García Ronderos, así como en futuros negocillos de tal índole, de no ser neutralizado en ese preciso momento, sino por haber estado en contacto directo con la suprema autoridad de aquella criminal organización, más que estructurada, protegida y aliada del Gobierno Nacional. Peor aún: por haber sido llevado y entrevistado en la limpiada sede, en el mismo santuario social y comercial del Iluminado. Lo cual, ante alguna futura eventualidad judicial podría convertirlo en un excepcional testigo en su contra, y, por concomitancia, develar la amangualada participación de la sarta de aliados suyos, y de la OVT, ubicados a lo largo y ancho de un sinnúmero de entidades, agencias, empresas, negocios, nacionales y transnacionales.

Al salir del despacho, Arcángel Medina pudo observar de soslayo que Rómulo Vinchira Torcuato apartó y colocó dentro de la segunda gaveta de su escritorio, costado derecho, los documentos que le confiscaron. De esa manera, fue él la última persona que lo vio con vida, ya que una vez solo, y después de que uno de sus escoltas cerró la puerta, el Iluminado tomó entre sus vetustas manos, cual niño que coge algo prohibido o ajeno, la fatídica bolsa que contenía las tangelo.

Al contemplar el irresistible color amarillo naranja atardecer de aquellas frutas; pero, sobre todo, percibir su ineludible y atrapante perfume nectarino, escogió la más madura. Luego, se dirigió con ella hacia el pequeño recinto de la cafetería, anexo a su oficina, no sin antes dejar las otras dos naranjas dentro de la bolsa, la cual también colocó en el cajón en donde había guardado los documentos, cerrándolo instintivamente, pero sin llave.

Ya en la cafetería, abrió el grifo del lavaplatos, enjuagó la naranja, la secó con una toalla de papel, la partió con sus manos en cuatro porciones y, entonces, al oler con deleite, casi infantil, el perfume nectarino que se dispersaba por el pequeño recinto, no soportó más la tentación y engulló, uno tras otro, los cuatro pedazos de la inficionada fruta que Débora le había empacado horas antes a su perjuro amante.

Después, muy despacio, con muestras de agotamiento, fue y arrojó las cáscaras por el conducto de la basura que lleva los desperdicios orgánicos directamente al triturador general, ubicado en el sótano del edificio. Tras la profunda satisfacción causada, se lavó las manos y parte de la cara, especialmente alrededor de la boca, para deshacerse del azucarado jugo diseminado durante la privada colación. Con otra toalla desechable se secó y volvió a su despacho, no a su escritorio, sino a un cómodo sillón reclinatorio ubicado al lado de la ventana, con vista a la avenida Carabobo, pues comenzó a sentir somnolencia, un ligero hormigueo y adormecimiento en sus extremidades. Era el silencioso, inexorable e indetectable efecto asesino de la acibricina que actuaba, precisamente, sobre la víctima equivocada, en cuanto al resentido plan concebido por Rodrigo García Ronderos para deshacerse de Arcángel Medina, el hombre que no solo le robó su única pasión amorosa: Débora, sino la compostura de su obrar.

La del Iluminado Indio Guarerá, Rómulo Vinchira Torcuato, su nombre de pila, fue una muerte bonita, silenciosa e indolora. Injusta, si se le mira socialmente y el daño que este causó. Así la quería, según se lo dijo varias veces a los pocos allegados con los que tocó aquel vedado tema. Pese a tanto mal obrar a lo largo de su vida, el temible Iluminado Indio Guarerá murió en paz, por error y gracias al desamor con el que le pagó Débora a Rodrigo.

Al terminar de bañarse, Rodrigo García Ronderos salió hacia la cocina para verificar si su plan enrumbaba por el derrotero que había fijado. De inmediato notó el cambio, no solo por la ubicación piramidal, casi perfecta, en que colocó las naranjas, y que ahora presentaba una ligera asimetría, sino por la falta de una de estas. Además, porque las de mayor madurez fueron canjeadas por dos pintonas, de color amarillo… más no las del intenso atardecer naranja que él acababa de traer y poner de señuelo por delante de las otras.

La rata entró en la sin salida… y atrapó tres quesos, pensó y sonrió al tiempo que detectaba que era observado por Débora, quien manifestaba inocultable preocupación al verlo revisar la frutera.

Él se volteó, fijó sus ojos en los suyos y le compartió una sonriente mueca de odio y venganza. Perverso gesto que le quitó a Débora, por un momento, el habla y la respiración. Y durante el corto periodo de vida que aún le quedaba, su tranquilidad.

Débora sintió, pudo intuir tras aquel macabro mohín, que Rodrigo sabía, que había descubierto sus planes. Se imaginó con pavor que algo terrible se traía aquel hombre a quien en ese momento desconoció. Él no era el ingenuo y tierno Rodrigo García Ronderos a quien conoció y sedujo, más de doce años atrás, en la antesala del consultorio de la EPSS Sanamos. Hoy poseía en su mirar un halo fúnebre, de frío, sulfúreo y fiero desquite. Sintió una sepulcral indefensión. Hubiera querido que Arcángel aún estuviera escondido en el zarzo de la cocina, que no se hubiera ido, para gritar y hacerlo bajar. Para que se hiciera presente y tener su apoyo y defensa en caso de algún ataque o agresión física que pudiera intentar propiciarle este enfurecido hombre.

Aunque era consciente, además evidente, que en cuanto a contextura física y fortaleza, las suyas eran muy superiores, más vigorosas a las de Rodrigo. No obstante, intuía que la rabia de los celos, el huracán del desamor y, mayor aún, el sismo de la traición, convierten al débil amante en un incontrolable alud de odio y pasión desbordados. Que era lo que veía venir de no hacer algo, y de inmediato.

Débora, en busca de refugio e intentando evitar el fogonazo de aquellos ojos inyectados de infinito e insuperable dolor, se retiró hacia la alcoba a la cual Rodrigo no había entrado desde su regreso. Y a la cual, seguramente, no entraría ahora, pensó para consolarse. Una vez en su interior, cerró la puerta, colocó el pasador, tomó su celular y le envió a Arcángel un mensaje, comentándole la crítica situación que se estaba presentando y pidiéndole que le dijera qué hacer. Tras cinco o seis minutos el mensaje no fue respondido. Raro en Arcángel, quien, tan pronto Débora usaba ese canal de comunicación, solía contestar o llamar.

—Debe ser que hay congestión en las redes — de nuevo se reconfortó en voz baja y decidió esperar otros diez minutos, al cabo de los cuales tampoco obtuvo información de él, ni por ese medio, ni por el

WhatsApp, al cual también acudió para contactarlo y ponerlo al corriente de la crítica situación. Se decidió y le marcó, al menos quince veces, sin éxito. Esto hizo crispar sus nervios y embargar su humanidad de angustia. Desazón que no solo se le prolongó a Débora por ese largo y frío oscurecer, sino que le duró toda esa noche, y el día siguiente, y durante veinticuatro horas más. Periplo durante el cual, además de la agobiante incomunicación con Arcángel, Rodrigo se mostró gestualmente irónico, burlonamente expectante, como si le quisiera decir que su espurio cómplice ya no regresaría, pues él, Rodrigo García Ronderos, lo había "neutralizado" con las tangelo que se llevó. Como si le gritara con su iracunda mirada que su diabólico plan estaba funcionando como lo concibió. Y que, precisamente, ahora, Débora seguía en la sañuda lista de sus prioridades. Para empeorar las malas vibras, encima tarareaba con intencionada disonancia y reiteración morbosa, entre otras las canciones de Darío Gómez: "Tirana", "Entre comillas" y "Sobreviviré".

Cuatro días después de la desaparición de Arcángel, Débora no soportó más tal perplejidad, aliñada por la desafiante, amenazante y revanchista actitud que asumió su frenético compañero de infortunio, estado terminal al que había llegado, ya irrecuperable, aquel enfermo del alma.

En la mañana del quinto día decidió, una vez Rodrigo salió para su trabajo en la Cervecera Nacional, ir hasta la habitación que Arcángel tenía en arriendo en el barrio Caracas, al sur de la ciudad capital. Decisión que lo único que hizo fue acrecentar su dolor, incertidumbre y angustia. Además de enterarse por boca del enojado casero que su inquilino le debía tres meses de arriendo, no halló huella reciente de él. Nadie lo veía desde hacía un mes, o tal vez más tiempo. Fue cuando lo intuyó con claridad: Arcángel Medina desapareció de su vida.

En esto no existía equivocación, pero sí en la causa. Se lo atribuyó a una posible y nueva conquista. O a su intención de, en lo sucesivo, ir solo en sus fechorías. Hacer los "negocillos" por su cuenta, sin su acompañamiento, para no tener que repartir el botín. O al miedo de continuar con el riesgoso plan de aniquilar a Rodrigo tras "legalizar" aquel entuerto de matrimonio que les permitiría obtener, una vez "lo fallecieran", la sustitución pensional, amén de quedarse con su algo significativo y ahorrado patrimonio, así como con las obras inéditas que podrían publicar a sus nombres y beneficiarse de las regalías. Hasta lo justificó: *Tal vez Arcángel se cansó de mi particular y compleja compañía afectiva, razón por la que decidió irse sin avisarme*, pensó.

Débora nunca se imaginó, durante el corto periodo de tiempo que le quedaba de vida, que Arcángel fue interceptado, capturado y condenado a muerte, horas después de haberlo despedido en la puerta del apartamento que compartía con Rodrigo, momento en el cual también le entregó la bolsa con las envenenadas naranjas.

Comprobada la desaparición de Arcángel e intuido su incierto regreso y, por ende, su inminente derrotero a la deriva de su tormentosa vida, como hasta antes de conocer a Rodrigo, Débora volvió a su apartamento con el convencimiento de tener que establecer nuevas y eficaces estrategias y tácticas para manejar y sortear por su cuenta la situación. Incluso, para instar atraerlo de nuevo a sus fogosos brazos y besos, de los que nunca debió haberlo apartado, reflexionó, aceptando, además, que aquel hombre, el Rodrigo de antes de su equivocada partida y mezquino regreso, era la alternativa (tal vez única) buena, fiable, fácil y segura que tenía para sus propósitos de manutención en la tercera fase de su escabrosa vida: la vejez, ahí, al voltear la esquina.

Débora sabía que esta no sería una faena fácil, ni rápida, mucho menos libre de grandes riesgos para su integridad física. Había observado en los ojos de Rodrigo fiereza, odio, ánimo vengativo, así como la evidencia de su nuevo y enfermado carácter. Humanos e inexorables comportamientos que se desatan en los seres buenos cuando son objetos de la trampa, la traición, la deslealtad y la infidelidad amorosas.

Pese a tan incierto y complejo panorama, no pensaba desfallecer. Lo iba a intentar, costara lo que le costara. Creía tener, aún, dos variables, dos «herramientas de trabajo» para su nueva acometida. Una era tiempo… Aunque desconocía las letales decisiones que habían tomado, en contra suya y de Rodrigo, los dos nuevos reyes de la OVT, Ignacio José y Luis Fernando, tras el fallecimiento de Rómulo Vinchira Torcuato. La otra variable, el otro instrumento que creía tener para reconquistarlo, era el recóndito, el latente amor que, tras la desaparición de Arcángel, parecía aflorarle a Rodrigo, de vez en cuando, en su comunicación gestual. Ese que Débora, hasta antes de su abandono, le conocía e interpretaba de manera pormenorizada y útil. Por lo cual comenzaría su estrategia desde esa misma noche. Lo decidió.

Con lo que no contaba Débora, o no quería saber nada de ello, era que el sol hipaba en occidente. Ese vínculo fundamental que garantiza la estabilidad y el éxito de cualquier relación entre seres humanos: la confianza, Rodrigo la había perdido. Y, no solo en cuanto a Débora, su desleal e infiel pareja, sino, más grave todavía: en él mismo. Él no lograba explicarse, o armar una respuesta convincente y asimilable sobre el motivo que tuvo Débora para cambiarlo, para reemplazarlo, e instar aniquilarlo y, sobre todo, en manguala con aquel nefasto personaje.

El ignorar esa razón lo desequilibraba incluso más que el mismo contubernio del que fue tan cruelmente objeto, causándole una peligrosa inseguridad humana que puso en riesgo, no solo su integridad física y mental, sino la de sus entornos hogareño, laboral y, más tarde, la de los internos, personal administrativo y médicos de la Clínica El Redentor Gregorio. Sitio en el cual el doctor Patricio Aristo Zapata Neira lo hospitalizó, contra su voluntad, por orden del heredero mayor de los Vinchira, Luis Fernando, ahora amo y señor de la OVT, más avaro, terrorífico, sátrapa y "educado" que su padre, el Iluminado, y su abuelo, el Indio Orinoco.

Pese a que en algunos momentos los certeros lances que le hizo Débora a lo largo de la siguiente semana algo alcanzaron a permear la endurecida corteza, hecha costra, de sus afectos, la enfermedad del alma que afectaba de forma creciente e inexorable a Rodrigo no le permitió rencausar su vida y sentimientos.

Aunque él jamás dejó de amar intensamente a Débora, ni siquiera tras sus muertes, pues los internos de la Clínica El Redentor Gregorio, donde él murió, días después de su partida, comenzaron a decir que lo veían, como un holograma, y lo oían en la rotonda del segundo piso, leer, con pasión, todas y cada una de las ciento ocho narraciones románticas que le escribió, ciento seis de las cuales se incautó Luz Divina Vinchira de Uribia, junto con cinco de sus novelas. Obras que esta editó y publicó como suyas, logrando varios premios nacionales y dos internacionales (en México y España) por conducto y con el concurso de la casa editorial que acababa de comprar su padre Rómulo para tener e infundir mayor control social, de masas, en el país y el subcontinente.

Sin que ese infinito amor que le tenía lo evitara o contrarrestara, era tan grande el dolor que su traición le causó, más aún y asfixiante al desconocer la razón por la cual lo hizo, que ninguna estrategia, que ninguna táctica que Débora esgrimió desde esa misma noche funcionó para reconquistarlo y asegurarse un cómodo futuro a su lado. Por supuesto, con la bondad del ahorrado patrimonio de Rodrigo; el cual, finalmente, junto con su pensión y activos bancarios, pasaron a engrosar las cuentas exentas de impuestos de la OVT, amén de sus escritos que ahora tenían nueva y exitosa autora.

Pese al dolor de la traición, hubo reiterados momentos en los cuales Rodrigo casi fue objeto de la subyugación afectiva incitada por Débora. En especial, en las noches cuando él llegaba y Débora lo atacaba directamente por los flancos por los que era más vulnerable, débil, sensible, lúdico. Además, porque solía esperarlo exhibiéndole su monumental escultura entre vaporosas, transparentes, seductoras, sugestivas y diminutas indumentarias de dormir. Y se daba sus mañas para musitarle palabras de amor, acompañadas con empalagosos mimos, ronroneos y excitantes lances sensuales impregnados con el perfume de la flor de cera, la que solo florece al anochecer y se marchita al llegar la aurora.

No solo aromatizaba el apartamento con el embriagante perfume de la flor de cera, que tanto le fascinaba a Rodrigo, sino que lo adornaba con una profusión de catleyas, las flores de mayo que él apreciaba, que admiraba con devoción desde la lectura que hizo de la novela: "El frío del olvido". Tácticas, todas estas, que durante los anteriores doce años él no pudo resistir, por lo que siempre rodaba a sus pies, brazos, besos y portentosa intimidad.

Fueron casi dos semanas y media de aquel intricando ajetreo entre Débora y Rodrigo. De haber sido más tiempo, es decir, si los de la OVT no hubieran actuado tan de prisa en contra de ellos por esos días, quizá él hubiera, tal vez, accedido a sus caprichos, ya que el motivo que esgrimió para evadirse, para escabullirse de la comprometedora situación que le planteaba Débora, y que muy en su interior lo seducía y quería con ansia reprimida, sobre todo en las noches, llegó a su fin.

Rodrigo optó por encerrarse en la cocina para:

—Desarrollar un experimento químico muy importante en favor de la humanidad, el cual, ya casi estoy por terminar —le comentó a Débora desde la segunda noche cuando comenzaron sus casi insoslayables lances—. Y, una vez obtenga el resultado… hablamos…

te presto atención… intentamos aclarar las cosas, Débora.

Palabras que Débora asumió como una promesa, y que le revivió la esperanza, por lo cual su acoso bajó en intensidad, aunque no lo suficiente, pues siempre que tenía la oportunidad se le insinuaba, por lo que de inmediato él se refugiaba en la cocina. Improvisado laboratorio al cual le prohibió ingresar cuando estuviera trabajando. Ahí se entregaba al engorroso, peligroso y lentísimo proceso de decantando del jugo de las tres tangelo que aún contenían la acibricina. Sustancia equivalente a diecisiete mililitros que al final del día catorce Rodrigo logró separar del azucarado cítrico de las tangelo.

Letal producto que empacó en un práctico contenedor plástico de gotas de lubricación ocular (gotero) que desocupó y esterilizó como se lo enseñó, cuarenta años atrás, el profesor Quiroga. Contenedor que siempre llevó en sus bolsillos hasta el día de su postrer adiós.

Seguro de que Arcángel Medina tuvo su merecido; y morbosamente satisfecho por ello, más no tranquilo, ni feliz, mucho menos reconfortado ni sanada su alma enferma; ahora era el turno, no solo para el doctor Trillos, su jefe inmediato, sino para Débora, su inmarcesible amor. Ellos seguían en su fatídica lista mental.

Con el primero, el doctor Trillos, Rodrigo lo tenía estudiado, calculado y entrenado. Bastaría con dispensarle menos de una gota de acibricina en el tinto mañanero que le solía llevar la señora de servicios generales del área. Rodrigo lo tenía estudiado, planeado y decidido. Las bebidas las servía Blanquita en los pocillos personalizados de cada empleado. Luego los colocaba en una charola de plata y se disponía a repartirlos, siempre pasando primero por su puesto. A Rodrigo esa humilde mujer le tenía admiración, respeto y agradecimiento por lo atento que siempre fue con ella, amén de un préstamo que le hizo años atrás cuando necesitó un dinero extra para el estudio de uno de sus hijos, y Rodrigo no dudó en colaborarle. Además, porque no le quiso recibir nada cuando se lo intentó devolver. Tal vez por eso, siempre le servía de primero.

Cuando Rodrigo se auto compensó, como lo concebía y justificaba para sí mismo, es decir, cuando se desquitó con la "neutralización" del doctor Trillos, Blanquita pasó por su puesto, como solía hacerlo a diario, con la charola pletórica de pocillos con café, incluido el vistoso *coffee mug* que la asistente contratada para apoyar a Rodrigo le regaló de cumpleaños al jefe, al doctor Trillos.

Una vez Blanquita le entregó su café, Rodrigo le solicitó que por favor le trajera una bolsita de aromáticas.

—Me dicen que la mezcla de esas hierbas con café sabe muy bien, además de ser muy saludable… y por la charola no se preocupe, déjela sobre mi escritorio —le dijo, levantándose de su silla para recibírsela y colocarla encima del mueble, mientras ella, gustosa, se devolvió a la cafetería por el inusual encargo.

Momento que aprovechó Rodrigo para dejar caer dentro del pocillo del jefe algo menos de una gota de la acibricina que llevaba en el gotero del lubricante ocular en el que había empacado la letal sustancia. Lo hizo con magistral disimulo e inobservancia total, incluso de la cámara de seguridad instalada estratégicamente en un rincón de la oficina, y que él tapó con su humanidad.

Tres minutos y cuarenta segundos después de haber terminado de beber su café, el doctor Trillos sintió hormigueo y adormecimiento de sus extremidades. Se levantó de su silla y se dirigió al baño. Rodrigo, con disimulada atención, lo observó y siguió a prudente distancia, percatándose de no parecer obvio.

Cuando Rodrigo ingresó al baño, ya dos empleados atendían solícitos al jefe. Este tenía paralizadas sus extremidades, mientras su cara comenzaba a sentir el efecto de la acibricina y su lengua se engrosaba, impidiéndole emitir palabra alguna.

Rodrigo les ordenó a los dos empleados que salieran en busca de ayuda de emergencia.

—Mientras yo "auxilio" a este pobre hombre —les manifestó con autoridad.

Los empleados salieron de prisa, tras acomodar al enfermo, cuidadosamente, sobre el embaldosado piso del baño.

Una vez estuvieron solos, sus miradas se encontraron. Entonces, segundos antes de expirar, Trillos supo que Rodrigo lo había envenenado, de alguna forma. Así se lo reveló la horrible y rencorosa mueca sonriente que le atisbó su maltratado subalterno en los estertores de su adiós. Macabro y vengativo mohín que fue lo último que vio Trillos antes de morir.

Segundos después, llegó la brigada de emergencias y Rodrigo, con gran sigilo y tras dejar que el enfermero jefe se encargara del afectado, desapareció de la escena con la sensación del deber cumplido, pero, sin que esta otra muerte lo hiciera feliz, y, menos, aún, sin sentir que tal hecho, perpetrado con su propia mano, reconfortara, en lo más mínimo, su cada vez más tocada alma.

El jefe de los paramédicos de la Cervecera Nacional, tras tomarle los signos vitales a Trillos, se levantó y le comunicó a la treintena de espectadores que ya se agolpaban con morbosa y nacional curiosidad en aquel anfiteatro social:

—El doctor Trillos se nos fue… al parecer, un fulminante ataque cardiaco nos lo arrebató: una inexorable muerte súbita.

Y fue el mismo dictamen que emitieron los legistas tras la autopsia que se le practicó en la morgue capitalina.

Doce días después, y tras la casi inmediata hospitalización a la que fue sometido de nuevo Rodrigo García Ronderos por parte de su siquiatra tratante en cumplimiento de órdenes emitidas desde la alta esfera de la OVT, se oficializó el remplazo del doctor Trillos. Como era obvio, la asistente que hizo traer Trillos para apoyar a Rodrigo en sus quehaceres durante su primera crisis ocupó su plaza en la Cervecera Nacional. Y, también, en forma temporal, la de Rodrigo, mientras se conseguía quien lo iba a remplazar.

Tal vez la repentina muerte de Rómulo Vinchira Torcuato hubiera sido más impactante y dolorosa para sus deudos y socios de primera línea, si ese día los hábiles empleados y directivos de la OVT no hubieran "coronado" la operación que le arrebató la totalidad del inmenso patrimonio, no solo a Patricita Pombo de Guzmán, sino a sus hijos y nietos. Los mismos que se aliaron con los rapaces y ladinos directores de la Clínica El Redentor Gregorio para trabajarle la mente y declararla inhábil, con el fin de apartarla y apoderarse por completo del emporio panificador que, junto con su esposo, Reynaldo Guzmán, construyó con ingente esfuerzo, llanto, sudor y lágrimas.

Porque ese día se finiquitaba aquel jugoso negocio, Luis Fernando, Ignacio José, Luz Divina, y los demás directivos de primer nivel y círculo familiar de la OVT, accedieron, sin mayor reparo, a los caprichos del viejo Rómulo en relación con la entrevista que le quería hacer, en persona, al nuevo prisionero. Por eso lo dejaron que atendiera a Arcángel Medina, incluso, ahí, en la Catedral, en la Fábrica de Milagros, en su santuario, en su sede principal. Además, porque el capturado no representaba mayor importancia frente al dineral que llegaría ese día a las arcas de la empresa, desde luego, tras la "legalización" del patrimonio Guzmán a favor de la OVT.

Por ese mismo motivo, quizá, solo tres horas después de muerto, Rómulo fue encontrado en su mullido y preferido sillón. Ningún empleado se atrevió a entrar a ese sagrado recinto sin el previo llamado del Iluminado, o la autorización expresa de alguno de sus más allegados familiares y colaboradores. Esa tarde los directivos (cabecillas) de la OVT estaban ocupados y atentos, concentrados en el millonario robo que les harían a Teresita de Guzmán y a sus nefastos hijos.

Para sus desgracias inmediatas, el agente Salas se enteró esa misma noche de la muerte de Rómulo Vinchira Torcuato. Se lo informó una de sus colaboradoras, infiltrada semanas antes en la OVT, en la sede principal de la avenida Carabobo con calle 54. Operación de espionaje directo que dispuso Salas, dadas las sospechas que tenía respecto a las últimas coincidencias, tanto en operativos como en objetivos humanos, entre la GCC, al servicio de la OVT y por su dilecto conducto del expresidente Uribia Morales, su gestor, patrocinador y defensor acérrimo, y la Agencia de Seguridad Nacional (ASN) en la que el agente Salas trabajaba con gran celo y dedicación.

Coincidencias que fueron más apremiantes y *Dignas de ser consideradas con mayor análisis estatal*, pensó y así actuó el veterano agente desde la aparición de Arcángel Medina en la híbrida escena.

Medina era un conocido mercenario al servicio del crimen, con un prontuario como traficante internacional de armas, apátrida espía, estafador y suplantador inescrupuloso, entre otras "cualidades" conocidas y negocillos a los que se dedicaba, aunque en todos con poco éxito, según autos judiciales.

Arcángel Medina volvió a mostrarse en la mira de Salas cuando se evidenció su inusual y sospechosa relación con Débora, la pareja de Rodrigo García Ronderos, "el Doctor", el hombre que no solo se interesó, sino que documentó en su elegante agenda de cuero, los casos de algunos de los héroes y servidores de la patria bajo la oficial custodia de la ASN, allá, en la Clínica El Redentor Gregorio.

Una vez verificada la muerte del Iluminado, la agente infiltrada en la OVT le dijo al agente Salas, vía SCA (Sistema de Comunicación Avanzada), que Arcángel Medina, tras haber salido de la oficina de Rómulo, escoltado por cuatro guardias civiles y con destino incierto; muy probablemente hacia el patíbulo, mote dado al Cantón de Puente Arana al cual trasladaban a los que días después eran reportados como desaparecidos; el Iluminado se quedó solo por más de cinco horas en su consultorio y despacho privado, sin que a nadie se le autorizara su ingreso. Su asistente personal explicó que su hija, Luz Divina, ordenó vía celular que lo dejaran dormir para que estuviera descansado durante el banquete de celebración programado para esa noche. Pero que a eso de las veinte horas, cuando la asistente, preocupada por tan largo descanso, poco usual en su jefe, ingresó a hurtadillas para observarlo, encontró que todas las luces estaban apagadas y que el Iluminado ya presentaba *rigor mortis*.

También le comentó que al ser informados los allegados de primer nivel de la OVT y entorno familiar del difunto, estos ordenaron dos inusuales cosas: Desplazar el cuerpo, de inmediato y en ambulancia, a la sección de urgencias médicas de la EPSS Sanamos, sitio al cual los hermanos Vinchira López llegarían más tarde y se encargarían de todo. En segundo lugar, que ubicaran y aislaran a los guardias civiles que llevaron a Arcángel, esa tarde, ante la presencia de su padre, para interrogarlos.

Tan pronto la oficial infiltrada en la OVT le reportó a su jefe, el agente Salas, sobre el hallazgo del cadáver de Rómulo Vinchira, recibió de él instrucciones oportunas y precisas:

—Tiene que entrar a la escena del crimen.

Para el olfato del veterano agente, agudizado con las escuchas efectuadas en los últimos días y los eventos inherentes a Rodrigo y Arcángel, aquella no era una simple muerte natural, como al parecer la querían hacer pasar sus deudos y círculo inmediato, sino un homicidio que bien podría afectar la seguridad nacional, de la cual él sí era el principal garante, o eso era lo que él pensaba con el deseo y el celo. Por lo que la orden fue precisa, categórica, oportuna:

—Entre al despacho de Vinchira, con suma cautela, sin ser vista ni dejar huella de su acción. Una vez adentro, observe con detenimiento la escena, tome fotografías y levante cuanta evidencia nos permita saber lo que le pasó al viejo consuegro y socio del excelentísimo expresidente Uribia Morales.

De esa forma llegó a las manos del agente Salas la bolsa con las dos corrompidas tangelo y los documentos del falso matrimonio entre Débora y Rodrigo, entre otros escritos y legajos que aquella espía incautó durante su expedita incursión al despacho privado del Iluminado, tan pronto los paramédicos cargaron sus despojos en la ambulancia dispuesta por los hermanos

Vinchira, con planeado destino a la clínica de primer nivel del grupo EPSS Sanamos, regentada por Pompilio Vinchira, el segundo hijo de Rómulo, de profesión médica.

Una vez tuvo en sus manos las tangelo, los documentos del ficticio matrimonio entre Rodrigo y Débora, así como los otros pergaminos y las fotos que tomó su subalterna de la escena del crimen, el agente Salas dispuso los análisis de rigor. Entre ellos, uno de laboratorio para el contenido de las tangelo. Examen que, como era obvio, detectó la deletérea sustancia de la rubirnalia cuando se le decanta con sus precursoras: la rubirnaca y la rubirnásea. Pruebas de laboratorio que, extrañamente, esa vez, el veterano investigador no hizo públicas, ni las entregó a sus colegas criminalistas de su agencia para lo de su campo, ni incluyó en sus reportes oficiales. Como tampoco lo hizo con los resultados de la valoración documental que ordenó hacer, unos, y que realizó por su cuenta, otros.

Solo los mencionó y esgrimió una vez, en equivocado sitio y ante las personas indebidas: ¡Craso error!

Tiempo después, y por fuera de todo protocolo y lógica, el agente Salas enfrentó a la nueva, temible, cicatera, artera y predispuesta cúpula de la OVT.

Esa vez les dejó entrever que él sabía, que él tenía pruebas de la alianza existente (errada triangulación) entre ellos, los nuevos directivos de la OVT, con unos productores y traficantes de sustancias botánicas protegidas, con el fin de sacarlas de contrabando del país y evadir cuantiosos impuestos. Que por tal motivo habían aniquilado al Iluminado, quien no habría estado de acuerdo con ese tipo de negocios paralelos y estrategias ilícitas en su formal y reputada organización, la cual ya trascendía fronteras nacionales.

Ese arriesgado e inexplicable acto del experimentado agente Salas fue, a lo largo de su apergaminada carrera oficial, tal vez la segunda y más grave equivocación, después de la orden que dio de disparar sobre la indefensa humanidad de Nosly.

Equivocado acto este de enfrentar la nueva cúpula de la OVT. Esto, no solo originó su inmediata e inexorable salida del servicio secreto nacional en el que estuvo vinculado desde los dieciséis años de edad, sino su confinación en el Pabellón B de Siquiatría de la Clínica El Redentor Gregorio, en calidad de héroe y servidor de la patria.

Como le sucedió al sargento Rodríguez, entre uno de muchos a los que Salas "protegió", por años, en ese y otros sitios de similar índole, y para los mismos fines oficiales de los que desde ese momento él comenzó a ser compelido objeto.

Enfrentar a la nueva cúpula de la OVT como lo hizo, sin haberlo informado ni considerado con sus superiores, ni planeado con sus subalternos, sin asegurar el sitio antes de entrar a operar; ir solo a decirles lo que les dijo, sin refuerzos, sin plan, sin orden de operación ni de repliegue rápido, sin dejar premeditada trazabilidad si llegaba a pasarle algo; y llevar las que él creía eran las únicas evidencias de su imaginado descubrimiento criminal: la ilícita alianza de los Vinchira con productores y traficantes de sustancias botánicas protegidas para contrabandearlas y obtener mayor ingreso al evadir impuestos; tema este que lindaba con el objetivo misional de la Seguridad Nacional; desde todo punto de vista, excepto el mental, fue un inexplicable error técnico, táctico y político del aguerrido agente Salas.

Él, más que nadie, sabía y conocía sobre la criminal filigrana y abyectos entronques que tenía la OVT con los poderes económico, legislativo, político, judicial, administrativo, mediático, eclesiástico y militar, a lo largo y ancho del país.

Salas ocupaba esa alta dignidad pública, no solo gracias a su formación en Seguridad Nacional, tiempo de subalterno y sumiso servicio, experticia, siempre eficientes resultados obtenidos a favor de los detentores del control nacional en cada momento de la historia patria, sino porque en las tres últimas administraciones contó con el acérrimo y público apoyo del padrino de bodas de una de sus hijas: el supra poderoso e intocable doctor Abelardo Uribia Morales.

Uribia Morales, al imponer su sazonada y doctrinaria voluntad de la Seguridad Nacional, no solo ratificó y atornilló a Salas en ese cargo al asumir su primer periodo presidencial, sino que le garantizó de palabra la permanencia en tal coloca estratégica, en tanto pudiera seguir gobernando e imponiendo su artera voluntad, dada su vitalicia calidad de expresidente, así como la mefítica protección que le brindaban las connacionales tinieblas políticas con las que arropaba su impunidad. Y ello, solo a cambio de que el agente Salas se mantuviera fiel a sus preceptos y órdenes, sin menoscabar sus intereses, ni los de sus obscuros asociados y copartidarios inmediatos. Es decir, tenía que trabajar para él, a su servicio y en beneficio de sus mezquinas, insaciables y enfermas pasiones.

Tropical y extractiva forma gubernamental del doctor Uribia Morales con la cual no solo se enriqueció él, más allá del hostigo, sino toda su parentela, así como sus seleccionados socios, afiliados, unos, aliados, otros, y, "ajuntados", los demás. Gobernanza que catapultó en el país, sin advertencia cercana de resarcimiento, la peor tragedia nacional: la desigualdad en todas sus dimensiones.

Con su atípica gobernabilidad, el doctor Uribia Morales fortaleció la agencia en la que trabajaba Salas. Legisló, por conducto dilecto de sus esbirros parlamentarios, para aumentarle a esa agencia su poder y radio de acción.

Con esas y otras tantas acciones similares, Uribia Morales colocó al país en la mar de la ignominia política y la atipicidad jurídica, no solo para el decir de los atolondrados, amordazados, vigilados y permanentemente escuchados opositores, sino para los ojos de la justicia internacional y los países con menos barbarie social. Mientras tanto, sus habitantes, sobre todo los menos favorecidos, la inmensa mayoría, gobernados bajo la égida de la ilegitimidad legalizada y el miedo, lo aclamaban y le profesaban ciega idolatría costumbrista.

La razón de la extraña decisión tomada por el agente Salas, otrora tiempos máximo hombre de confianza del Gobierno Nacional de turno, se la contó el mismo protagonista a Rodrigo García Ronderos, días antes de su atormentado desenlace. Lo hizo allá, sentado en la silla isabelina de la rotonda del primer piso de la Clínica El Redentor Gregorio. Manicomio en el cual, por orden de la nueva cúpula de la OVT, los dos fueron, uno tras otro, hospitalizados para poderlos "proteger" contra posibles riesgos inherentes a la seguridad nacional.

Luis Fernando Vinchira López sintió la necesidad de investigar pronto lo que pasó esa tarde con su padre en la sede de la organización. Para él, y para toda la familia y círculo cercano en la OVT, podría tratarse de un envenenamiento, producto de alguna soterrada confabulación contra ellos. Conjetura que tomó mayor fuerza después de que Pompilio, el hermano médico de los Vinchira López, examinó el cadáver de su padre y le manifestó en privado a la familia que podría tratarse de una potente, deletérea e indetectable sustancia con la que el viejo, o entró en contacto de forma involuntaria, o le fue aplicada de alguna soterrada manera.

Algo parecido a lo que solía contarles el mismo viejo en relación con lo que sufrían en la Serranía Los Macadanes algunos animales que, por descuido, rozaban la vernácula Mata Culebra. Situación que, de ser cierta, era inoportuna manifestarla, o que así quedara en el acta de defunción. Era mejor, muy recomendable y manejable, que se hablara de una muerte natural, ¡propia de su edad!

Una vez el tocado legista notificó la muerte del Iluminado Indio Guarerá como *"una traicionera y fatal falla cardiaco-respiratoria"*, Luis Fernando, según lo acordado con sus otros hermanos y familiares, se marchó rumbo al cuartel general de la Guardia Civil.

Luz Divina y su esposo Gerardo, hijo este del expresidente Uribia Morales; el doctor Pompilio, el segundo de los hermanos Vinchira López y gerente general del Grupo Sanamos; Ignacio José Mencino, socio y gerente administrativo y financiero de la OVT, y padre biológico de Álvaro María Uribia Vinchira, este último era el hijo de Luz Divina y achacado a su esposo Gerardo; así como los demás integrantes del primer círculo familiar de los Vinchira López se encargaron de atender, no solo los trámites administrativos en la EPSS Sanamos y los de carácter legal con el Grupo Experto de Legistas Oficiales de la Nación (GELON), sino la parafernalia protocolaria que demandó aquel evento desde esa misma noche, hasta tres días después, cuando se efectuaron las pompas fúnebres de: *"Uno de los más prestigiosos, ecuánimes, patriotas, servidores, aportantes, desprendidos y benefactores hombres que haya parido esta prolija y pacífica nación en las dos últimas centurias"*, como lo publicaron y vocearon los encanijados y comprometidos medios desplegados para tan magno evento que alcanzó ribetes, titulares y conmemoraciones nacionales.

Hasta fiesta patria se declaró en honor y memoria al Iluminado.

Luis Fernando Vinchira López llegó al Cantón de Puente Arana ya entrada la madrugada, cuando el alba coqueteaba en placentero idilio con las postreras, nocturnales y frías penumbras capitalinas. De inmediato se dirigió a la oficina del comandante nominal de la Guardia Civil. Nominal, pues, antes el verdadero jefe era Rómulo. Pero, ahora, y tras su muerte, el que asumía ese rol era el primogénito de los Vinchira López: él, Luis Fernando.

El general le informó a Luis Fernando que en la sala de "entrevistas", conectada con ese despacho por un pasaje secreto, estaban los cuatro guardias a los que se les encomendó, el día anterior, la operación relacionada con Arcángel Medina, según lo ordenado por la cúpula de la OVT.

También le informó que se había procedido con los interrogatorios, tal y como ordenó vía celular una vez se supo de la muerte del Iluminado. Pero que pese a lo "intenso" de esos "particulares" procedimientos, todavía no avanzaban para obtener de los guardias información tendiente a esclarecer los hechos. Y que igual acaecía con Arcángel.

—A este le alcanzamos a suspender en el último minuto su neutralización —enfatizó con descaro el general en servicio de reserva activa y comandante testaferro de la Guardia Civil Nacional.

Que lo único concordante que observaban, tras las confesiones individuales obtenidas por separado de cada uno de los guardias, y también de Arcángel, y sin que hubieran tenido oportunidad para ponerse de acuerdo, era que Rómulo había quedado vivo y en buen estado cuando ellos salieron de su oficina. De igual forma, que con respecto a los documentos y la bolsa que llevaba Arcángel, todos coincidían en que el Iluminado los pidió y guardó en su escritorio.

Disgustado por el lento avance en las averiguaciones que ordenó, Luis Fernando se encaminó hacia el pasadizo secreto que comunicaba, con mayor rapidez, esa oficina con la sala en la cual estaban los atolondrados, golpeados y amarrados guardias civiles, encargados del transporte de Arcángel el día anterior. En una celda contigua, en peores circunstancias, yacía Arcángel Medina.

Cuando el mayor de los Vinchira López, y ahora supra poderoso presidente de la OVT y nuevo comandante, no formal, de la GCC, hizo su imponente ingreso al intimidante y lóbrego recinto en el que estaban los guardias, clavó su fría e hiriente mirada, impregnada de odio y desprecio, en la de cada uno de los arrestados, anteriores colaboradores de la causa.

De inmediato aquellos desesperados hombres lo dedujeron: ¡Estaban condenados a muerte! Idea que les hizo experimentar ahogo de terror al imaginarse los tortuosos instantes que vendrían, antes de su ineludible ejecución. Situación de impotencia que laceró sus vísceras, cual picadura de áspid, haciéndoles sentir mayor dolor que la sumatoria de cachiporrazos recibidos de manos de los violentos y fornidos hombres que esa noche los capturaron en su cuartel mientras dormían, tras haber cumplido a cabalidad la formal y autorizada misión encomendada por sus superiores para ese día.

Sus antes compañeros de servicio, conocidos, casi todos, incluso algunos amigos, ahora eran sus captores y más feroces torturadores. Estos intentaban hacerles confesar, no solo la forma que utilizaron para aniquilar al Iluminado, sino el nombre de la organización o de las personas que los contrataron para esa renegada causa. Los cuestionaban sobre el destino o ubicación de los documentos, el celular y las demás pertenencias que llevaba Arcángel al momento de su captura. Estos, al parecer, habían desaparecido sin dejar rastro.

Luis Fernando, a diferencia de lo que esperaban los desvalidos guardias, es decir, mayores insultos, maltratos, amenazas y torturas, se limitó a escucharles las respuestas que ya habían dado a sus anteriores verdugos, antes sus compañeros de faenas. El nuevo zar y máximo "juez" de la GCC lo hizo: «escucharlos en versión libre durante aquel juicio sumario», para verificar, en persona, la previa información dada por el director nominal de la agencia, en el sentido de que aquellos no sabían los motivos de la muerte de su padre. Como tampoco, al parecer, estaban involucrados en algún tipo de confabulación. Y que los documentos, el celular y la bolsa que llevaba Arcángel, los pidió, recibió y guardó su viejo en uno de los cajones de su escritorio.

Una vez estuvo frente a los intimidados y disminuidos guardias, Luis Fernando se limitó a escucharlos de nuevo, uno a uno, sin aislarlos ni ejercer sobre ellos presión, violencia física ni verbal... excepto, aquella terrorífica y condenatoria mirada que los hacía temblar y sentir sobre su humanidad "El frío del olvido". Esa ineluctable sensación de impotencia que experimentan los que saben que no tienen más alternativas que resignarse y someterse ante la "ignominia oficial" de los poderosos, sobre todo cuando se revisten, o peor aún, cuando son investidos de autoridad, cualquiera sea su fuente, en especial la legal, a la cual siempre acuden los déspotas y los avaros en ausencia de legitimidad.

Al finalizar sus explicaciones el último de los guardias, Luis Fernando quedó convencido:

Estos cuatro diablos... tan dicen la verdad, como conocen su inmediato destino, pensó con enfermiza frialdad, sin dejar que sus pensamientos se asomaran por ninguna de sus corporales ventanas y fueran vistos por aquellos, mucho menos por el ladino comandante nominal de la Guardia Civil. Manoseado funcionario que estuvo presente y callado todo el tiempo que duró la sesión, durante aquel condenatorio y abreviado juicio efectuado a los cuatro desafortunados guardias, y cuya inexorable e inmediata sentencia todos conocían.

Tras entrevistarlos, Luis Fernando concluyó que los cuatro hombres, en efecto, eran ajenos a cualquier responsabilidad en relación con la repentina muerte de Rómulo, su padre. De igual forma, también confirmó la inexistencia de información relevante que pudiera orientar su averiguación en procura de aclarar lo sucedido esa tarde en el despacho del viejo. Excepto que cuando salieron de allí este se encontraba vivo y en buenas condiciones. Además, que tomó y guardó en un cajón de su escritorio la bolsa, la carpeta con los documentos y demás pertenencias que llevaba Arcángel al momento de su irregular captura.

Fiel a los "estatutos de protección organizacional", una vez salió de la recámara de torturas en compañía del director nominal de la agencia, Luis Fernando le confirmó la sentencia contra los guardias: «¡Proceda con ellos!».

De inmediato aquel tocado funcionario retransmitió la orden a un subalterno, en jeringonza oficial y por medio de comunicación encriptada.

Tras el despacho de ese primer asunto, Luis Fernando le dijo al director que lo llevara con Arcángel. Aquel hombre, tal vez, le podría dar mayor información. Por ejemplo, el contenido de la bolsa y los documentos que él llevaba en un sobre al momento de ser interceptado por los agentes de la GCC.

Una vez estuvieron frente a Arcángel Medina, quien minutos antes fue conducido desde la celda de ejecuciones a una más pequeña y anexa a la sala de entrevistas, se percataron del mortuorio terror que lo embargaba, exteriorizado en la lividez que maquillaba de muerte su afilada faz. Humana manifestación evidente, pues la orden de aplazar su ejecución, la que ya le habían comunicado con exagerada morbosidad sus desalmados verdugos, llegó instantes antes de iniciarse el sanguinario y mecánico protocolo de mutilación, allá, en uno de los secretos sótanos del cantón. Encubiertos recintos destinados, históricamente desde su camuflada edificación, para la realización de operaciones de tal índole.

Buscando ganarse la confianza de Arcángel, quien de inmediato lo reconoció como el sórdido hijo mayor del Iluminado, se presentó como su ángel guardián. Le dijo que él lo podía ayudar a salir ileso de esa encrucijada, siempre y cuando le colaborara con el suministro certero de información que solo él, Arcángel, tenía.

Luis Fernando sabía que los anteriores interrogadores le preguntaron sobre la muerte de su padre y el paradero de los documentos, así como acerca de la bolsa que llevaba en el momento de su captura. Sabía las respuestas que había dado, las cuales eran coincidentes, de manera parcial, con lo confesado por los guardias. Por esta razón, optó por ser y mostrarse con aquel despojo de hombre, situación literal del estado en el que se encontraba Arcángel, además de conciliador y amistoso, prudente y calmado, negociador y salvador. Sabía que si él decía algo adicional a lo ya confesado, orientaría sus inmediatas pesquisas.

Arcángel Medina conocía, por referencia de algunos de sus compinches de fechorías, sobre la astucia y ardides que el hijo mayor del Iluminado solía utilizar para salirse con la suya y quedarse con lo de otros. A través de varios de esos colegas escuchó de añagazas, historias terroríficas, casi fantásticas, de aquel personaje, relacionadas con hechos acaecidos, no solo en el ámbito de la delincuencia común, sino en contextos muy sofisticados, de alto nivel, de élite.

Estos últimos, sobre todo, inherentes a la rampante corrupción que devoraba las finanzas del Estado, amén del sinnúmero de negocios de apariencia lícita mediante los cuales "apalancó" financieramente la, tampoco nada santa, organización de su padre, ahora una de las más grandes empresas del país, del subcontinente, y de las primeras transnacionales gestadas en el territorio patrio. Ardides, casi todas, de brutales características que solía utilizar aquel delfín, engendro del mal nacional que cada día tomaba mayor vigor, para lograr lo que se proponía.

Aunque Arcángel sabía que cualquiera fuera el desarrollo de ese encuentro, pese a la ladina actuación de su victimario, la víctima y el epitafio iban a ser los mismos. Sin embargo, intuía un inusual interés en Luis

Fernando al tratarse, esta vez, de información tendiente a establecer la muerte de su padre.

Cuando fue interrogado por los anteriores guardias, Arcángel dedujo que él fue el último en verlo con vida. Tal vez esto le podría servir para alguna negociación, aunque no tenía ni la menor idea del motivo que pudo ocasionarle la muerte al Indio Guarerá. Cuando él fue sacado de su despacho, el viejo quedó radiante, vigoroso, entero. Lo que le pasó, si era cierto que le sucedió algo, acaeció más tarde. Pero intentaría negociar con aquella peligrosa hiena hambrienta. Era lo único que podía hacer, o, ¿tal vez no?

En ese momento cayó en cuenta de que si la bolsa, sus documentos, su celular y la carpeta no aparecían, él era el único conocedor de la información de su contenido. No lograba establecer para qué les podría ser útil saber que aquel talego llevaba tres naranjas. O que en la carpeta tan solo iban unos documentos para acreditar un falso matrimonio entre dos ilustres desconocidos, sin la más mínima importancia para una supra pestilente organización como la que aquellos regentaban. Pero, era lo único que él, en ese crucial y difícil instante, tenía para negociar.

No sabía, todavía, cómo hacerlo, ni mucho menos se imaginaba la forma que le daría aquella fiera herida a la entrevista que vendría a continuación.

Arcángel también desconocía, por completo, que tanto la OVT, por conducto de la GCC, como los hombres del agente Salas lo estaban monitoreando, muy de cerca, desde su inoportuna aparición en el apartamento de Rodrigo García Ronderos. Su mente criminal intuía que había hecho contacto, que había tocado

las fibras más sensibles de algo "grande". Quizá del re-
sorte e interés de personajes muy poderosos y nefastos
al interior del Estado… o de la "alta" sociedad; o incrustadas en esas dos esferas del frondio poder nacional.

Pensaba tan rápido como las adversas circunstancias y la sospechosa pasividad e inquisidora mirada
de su nuevo "entrevistador" se lo permitían. No era gra-
tuito que lo hubieran interceptado y capturado con tan
complejo, organizado y limpio operativo; ni llevado
frente al mismísimo supra poderoso, protegido y escurridizo jefe de la OVT, quien se limitó a formularle preguntas, al parecer sin sentido ni importancia. Luego,
conducido al temible Cantón de Puente Arana, destinado para interrogar y desaparecer a los enemigos del
sistema, como lo consideraban él y un grueso número
de connacionales. Búnker en donde fue torturado por la
supuesta muerte del Iluminado, a quien acababa de ver
y dejar "vivito y coleando". Además, interrogado con
agresivos e invasivos métodos para que dijera a qué organización pertenecía o, en su defecto, quién lo había
contratado.

Fuera de ese intrincado concurso de cosas, estaban centrados en indagar nimiedades, como el paradero
de la "pinche" bolsa y la carpeta con documentos que
llevaba al momento de ser capturado. Lo sorprendió
que hubieran suspendido su carnicera ejecución para
ser llevado nada más y nada menos que ante el hermano
mayor de los Vinchira López. Todo el país sabía que
era una feroz hiena social con casi infinito alcance. Protegido delincuente de cuello blanco que cuando

pretendía algo batía su cola de labrador y trastocaba sus aullidos en sutilezas musicales. Como lo hacía ahora.

¿Qué se traerá esta fiera?, se preguntó en silencio.

Aquel panorama le generaba a Arcángel muchas inquietudes. De un momento a otro en su mente se hospedó un nuevo inquilino.

Y, ¿por qué no lo miro y trabajo como una oportunidad?

Tal vez esa era la carta de salvación que necesitaba para zafarse del problema en el que, sin saber el motivo, había ingresado, o fue involucrado...

Pero ¿y si me confundieron? Entonces soy el hombre equivocado ¡Qué incertidumbre y situación más complejas y concomitantes con la inminente muerte estoy padeciendo!

Era un entorno nuevo para Arcángel. Algo así nunca había enfrentado a lo largo de su fragosa vida plagada de actuaciones delincuenciales de toda índole, incluso mucho más serias, tanto en el ámbito nacional como en el internacional.

Ahora bien, si esta era su carta salvadora, tenía que aprovecharla, sin vacilación alguna. Tenía que idear un plan de rápida ejecución, efectivo y fácil de asimilar, de tal forma que al final del interrogatorio le generase tales y tantas expectativas e inquietudes irresolutas a Luis Fernando, suficientes para que decidiera prorrogar su ejecutoria por más tiempo. Al menos por otras horas, o días. Tiempo era lo que en ese momento necesitaba Arcángel Medina para buscar eludir y liberarse de esa letal encerrona en la que se estaba cocinando sin saber la mandinga razón.

Al percatarse de que su interrogador estaba a punto de dar por finalizada la prolongada pausa de análisis y generación de expectativas para ablandarlo, razón por la cual reiniciaría de un momento a otro su interrogatorio, sin él aún tener estructurado, por completo, un plan de acción inmediato, producto de la angustia recordó algunos secretos que él sabía de Luis Fernando, de sus hermanos y de personajes importantes de la OVT. A su mente también llegaron las estrategias y tácticas aprendidas cuando fue reclutado por agentes de la Cancillería en cumplimiento de órdenes del Presidente de la República de ese entonces, el doctor Uribia Morales, para infiltrar espías rasos, delincuentes de poca monta, en países vecinos y hostiles a su política internacional.

Objeto de la premura, y sin tener otra alternativa, Arcángel decidió que iba a aplicar tales argucias en ese momento. Sobre todo, aquella de responder con evasivas convincentes y aderezadas con informaciones interesantes e impactantes para el interrogador, de tal forma que se le sacara de contexto y lo condujera a terreno llano, del manejo del interrogado.

Esa táctica le permitió quedar libre cuando aquel gobierno centro continental lo detuvo por espiar a favor del suyo, desde donde el presidente Uribia y su canciller negaron, desde luego, todo vínculo con él, además de abandonarlo a su suerte. Que de no ser porque se comprometió con sus captores a darles información de alto valor geoestratégico, político, militar, y hasta escandalosos temas de carácter personal de encumbrados funcionarios nacionales, entre ellos de la misma OVT, además, a seguirlo haciendo, y muy bien pago por la embajada de aquel país, una vez regresara a su patria, como lo hizo por varios años, habría sido condenado y aún estaría purgando una larga condena en tierra extranjera. Si era que antes no le hubieran aplicado la pena capital establecida para los espías y enemigos de la revolución popular que se pregonaba en esa república neo-socialista.

Pequeño país aquel que, con la información comprometedora que Arcángel Medina les vendió de algunas personalidades de Concordia, logró mantener a raya (extorsionados) tanto a los negociadores como a los políticos y diplomáticos concordenses durante el juicio internacional con el que finalmente la Haya falló a su favor otorgándole una porción importante de aguas marinas en litigio.

Cuando Luis Fernando consideró que era suficiente tiempo de manejo y preparación para reiniciar la entrevista, dejó asomar a su aindiada faz una sonrisa de apariencia amistosa, a la vez que se acercó hasta el secuestrado y le tocó suavemente el hombro izquierdo. Entonces, con también fingida familiaridad le dijo:

—Lamento, con sinceridad, los inconvenientes y las vicisitudes que ha pasado en estas últimas horas. Por favor, acepte, en nombre de la patria, del país entero, mil afables disculpas… —hizo una premeditada pausa, suspiró hondo, cual si estuviera en una representación teatral. Miró al cielorraso, en mal estado por la humedad y orfandad presupuestal, balbuceó lo que parecían ser unas oraciones, y continuó—: Buen hombre, conozco las respuestas e información que nos ha brindado hasta ahora en relación con la visita que le hizo a mi padre. También, lo inherente a la ubicación de la bolsa y documentos que traía usted la tarde de ayer cuando mis guardias lo requirieron —volvió a pausar su intervención y con exagerados ademanes escenográficos tornó su mirada al techo y balbuceó otras ininteligibles palabras, tal vez la continuación de la anterior oración—, así como del buen estado en el cual se encontraba mi padre, don Rómulo Vinchira, según usted, cuando se despidieron ayer en la tarde, allá, en su despacho privado. Créame, no voy a dudarlo. Sé que así fue. Sin embargo, le ruego —exclamó intentando con gestos hacer algo creíble la falsedad de su súplica—, que me aclare, que me cuente sobre el contenido de la bolsa y los documentos que usted llevaba y que le mostró a mi padre. Y, por favor, que me diga de qué hablaron.

En ese momento Arcángel Medina, con sagacidad propia de la mente criminal, pudo concretar su estrategia al conocer, por boca de su interrogador, que las preguntas que Luis Fernando le replanteaba, y de manera por demás fingida y ladina, era por donde él debía actuar si quería intentar librarse de tan álgida situación. Era obvio: el Iluminado Rómulo Vinchira Torcuato, en efecto, estaba muerto. Luis Fernando cargaba, llevaba sobre sus hombros, además de exteriorizarlo en su mirada, el difícil duelo de perder a un ser querido.

Pero, era su luto, no el de Arcángel. Oportunidad esta que, ineludible, tornaba vulnerable a uno e implacable al otro. Ese sí era el cancel por sortear, desde luego, sin desconocer el riesgo que iba a correr. El peligro, hiciera o no hiciera algo, dijera o no dijera, iba a permanecer sobre su humanidad. La sentencia en contra de su integridad aún estaba vigente, ahí estaba y no iba a desaparecer así no más.

Arcángel, con frialdad calculada y pasividad exasperante, sin dejar exteriorizar la emoción que embargaba su ser al ver aparecer el primer lucero en aquella ensortijada, tenebrosa y oscura noche, también saltó al tablado, entró en la escena de aquel sainete que le planteó su juez y verdugo. Decidió, no solo reiterar sus respuestas, sino añadir unas nuevas. Además, crearle a su interrogador expectativas magistrales para hacerlo vulnerable frente a la incertidumbre que también le iba a trabajar, de tal manera que Arcángel ganara tiempo. Y, por qué no, la franquicia que tanto anhelaba tras estar *ad portas* del averno.

—Respetado doctor Vinchira… tales molestias, de las que usted habla, mientras que le sirvan a la causa de mi amado país, grande, democrático, justo y soberano… las recibo con gallardía y fervor patrio… y si he de morir mil veces por mi patria, que mi sacrificio sirva para sentar las bases de una nueva sociedad… aún mejor… más democrática… más justa… más igualitaria y participativa… más autónoma: ¡Concordia para los concordenses… carajo!

El evasivo, exasperante, pausado y descontextualizado exordio desconcertó a su limitado auditorio. Los dos hombres optaron por dejarlo seguir, en tanto más adelante ampliara su indagatoria con respuestas fehacientes frente a los nuevos requerimientos. Era lo que esperaban. Luis Fernando, lejos de imaginarse que lo que hacía Arcángel era ganar tiempo para concatenar su estrategia, en la cual él caería sin remedio, pensó que

lo que el prisionero buscaba era agradarle, vanaglo-
riarlo.

Tema este, ser adulado, que después de su ava-
ricia de poder y riqueza era su segunda gran debilidad
humana, seguida por el insaciable gusto por causarle
daño a los menos favorecidos, a la inmensa, creciente
y estratégicamente desinformada y manipulada mayoría nacional que constituían los pobres en aquel país
subcontinental.

—Ahora bien, mi siempre y bien ponderado
doctor Vinchira —prosiguió Arcángel, acentuando las
pausas entre palabras—, lo que me pasó en estas últimas horas... se pagó... y con creces... pues tuve esta
esquiva como exclusiva oportunidad de conocer... a
dos de los más excelsos, magnánimos, elogiables... benefactores de la raza concordense. ¡Porque somos una
muy especial raza, diferente a todas! Y, ustedes, los
Vinchira, entre los inimitables... íconos nacionales...
Sí, conocerlos a los dos: a su magnánimo e inigualable
padre... y a usted, singular prohombre de la vida pública y privada de esta gran nación, es más que suficiente para un simple e incógnito mortal como yo...
Este solo hecho, haberlos conocido, amerita una y mil
vicisitudes más. Por ello, "señor", si muero en este momento... lo haré feliz... satisfecho... me llevaré al más
allá... al universo mismo, la maravilla de haber inter-
actuado con ustedes... excepcional familia... Bajaré al
sepulcro henchido de orgullo tras haber tenido el arisco
honor de merecer su digna atención... y, más aún: si la
información que... como usted bien lo sabe: tan solo
yo tengo... y que en este momento compartiré... feliz
y agradecido... con tan benemérito conciudadano...

como lo es usted... sí, si lo que le voy a decir sirve... como estoy seguro de que le va a ser útil, se constituirá en la culminación exitosa y gratificante de mi proyecto de vida...

Arcángel hizo una pausa, aún más larga y exasperante que todas las anteriores, durante la cual mantuvo cerrados los ojos. Daba la impresión de estar rezando, tal y como lo hizo, minutos antes, el mismo Luis Fernando. Su auditorio hizo silencio. Le respetaron, quizá conmovidos, aquel momento de introspección, tras el cual reanudó su perorata, enfilándose, no solo hacia las respuestas que su entrevistador esperaba con delirio, sino que aprovechó para exponer su fantástica y alienante creación. Esa que tras esos minutos de discernimiento y teatrales pausas logró concatenar, valiéndose de las debilidades y flaquezas que de su interrogador y grupo familiar él conocía, aunque de manera fragmentaria.

—Respetadísimo doctor Vinchira, ese material... la bolsa y la carpeta con documentos, lo compartí con su ilustre padre... el venerable Iluminado. Él, como lo he dicho, guardó todo con gran celo en la segunda gaveta del lado derecho de su hermoso y fino escritorio. El contenido... a decir verdad, es intrascendente, más no así lo que dialogamos con él y, menos aún, la información... exclusiva, que le proporcioné a tan magna y empírica mente de la medicina alternativa moderna... Datos que... tal vez... lo impactaron, y de tal manera... No era mi intención causarle detrimento alguno... ¡Se lo suplico que me crea y me perdone!

Arcángel aprovechó toda la información recibida durante sus anteriores interrogatorios en relación con la suerte que pudo haber tenido el viejo, concluyendo que este había muerto tras él haber sido llevado, entrevistado y sacado de allá. Situación que tenía que saber usar a su favor, junto con la que de esa camada de ilustres bandidos él tenía bien guardada y que jamás pensó usar, por los riesgos que en otras circunstancias ello implicaba.

—Pues, ¿qué tan importantes pueden llegar a ser tres naranjas tangelo?, que era lo que llevaba en la dichosa chuspa... Merienda para este mortal amigo acérrimo de los cítricos, más aún cuando son exquisitos... Y, menos importantes deben ser para un emporio como lo es la OVT, o para la agencia estatal, cuya misión es salvaguardar los vernáculos recursos naturales del país, los insignificantes negocios de este humilde gestor de documentación... digámoslo así: irregular o complementaria a la formal, a la espera de algunas migajas de sustento para mi inminente futuro...

Hasta ese momento, y en relación con la nueva información aportada por el entrevistado, había consistencia. El motivo para neutralizar a Arcángel tenía que ver con el riesgo que él y Débora, tras su aparición en el teatro de las operaciones de la OVT, le imprimieron a la «Operación Doctor», consistente en la expropiación del modesto patrimonio de toda una vida de trabajo y ahorro que realizó Rodrigo García Ronderos. Por tal razón, al aparecer ellos dos, y con el mismo propósito, la cúpula Vinchira ordenó su neutralización.

Con mayor afán, tras la intempestiva e inesperada visita que Rodrigo hizo durante la tarde del día anterior a la galería Estepero. Sitio en el cual, no solo se entrevistó con un reconocido aunque siempre escurridizo mercader de vernáculos insumos y precursores farmacológicos, de exclusiva y legalizada explotación por parte de la OVT, sino que adquirió y transportó hasta su morada una simple, aparentemente, chuspa con naranjas. Tres de las cuales, minutos más tarde, los guardias recuperaron tras incautárselas a Arcángel. Delincuente este muy versátil y quien esperaba a Rodrigo en el interior de su apartamento para recibirle la posta con destino y destinatario inciertos.

Este último detalle fue la causa por la cual los Vinchira ordenaron su interceptación, despojo de la bolsa, interrogatorio para que dijera el destino final y su posterior neutralización.

Sí, en algo encaja, hasta ahora, el tema de las tangelo, pensó Luis Fernando. Sin embargo, sentía que aún no lograba girar hacia el norte, andaba en círculos. Quizá con lo que Arcángel dijera a continuación, tras su rimbombante actuación, lograría establecer el móvil y los autores intelectuales, y hasta los materiales, que le causaron la muerte a su padre. O, por lo menos, establecer qué lo afectó de tal manera que lo llevó a la muerte.

—Como puede intuir, doctor Vinchira —Arcángel reanudó su armada confesión, manteniendo esa exasperante pasividad aliñada con entrecortadas frases—, los contenidos de la bolsa... así como los de la carpeta... no dejan de ser más que anodinas cosas para su digno y altruista interés... como lo concluyó su señor padre, el Iluminado Indio Guarerá...

Arcángel volvió a pausar su exposición, exasperando, aún más, a sus dos escuchas, en particular al general, quien tuvo la intención de recriminarlo. Pero, tras la fulminante mirada de Luis Fernando, el pelele director nominal de la GCC se contuvo y optó por seguir escuchando.

—Sí, doctor Vinchira, lo que ahora le comentaré... que fue lo último que hablamos con su sagrado padre... quizá solo usted lo deba saber...

Arcángel miró de soslayo al general. Este, aún más molesto, carraspeó y dio dos pasos hacia atrás, como intentando alcanzar la distancia que satisfaría los caprichos del interrogado. Lo hizo, con tal de que terminara de una vez por todas con la historia. Pero, Arcángel mantuvo su mutismo. Entonces, Luis Fernando le hizo una señal al general para que saliera del recinto, sin cerrar la puerta. Entendió que sin el cumplimiento de aquel requerimiento Arcángel no le diría lo que él quería y necesitaba. El general aceptó y cumplió la orden gestual de su "jefe", no sin antes otorgarle al interrogado una mirada de inconformidad y desagrado.

—Sí, doctor, discúlpeme una vez más, pero, le conviene... es mejor para usted... por su seguridad, y la de la OVT... así como para el mismo país...

Luis Fernando, frente a tal exordio, pues consideraba que iba a enrumbar, por fin, la averiguación relacionada con la muerte de su padre, comenzó a excitarse y a ser objeto de palpitaciones. Con gran esfuerzo logró controlarse. Necesitaba estar lúcido para cuando confesara el hombre con el que su padre habló por última vez. Sí, para cuando le dijera sobre el tema que habría afectado y diezmado la comprobada fortaleza, no solo física, sino mental, del hasta entonces todopoderoso presidente vitalicio de la OVT. De aquel hombre de rancio carácter a quien nada ni nadie, a lo largo de sus 87 años, había amilanado o detenido.

—Por favor, buen hombre —le inquirió Luis Fernando con algo más que controlada ansiedad—, entonces, ¿de qué hablaron usted y mi padre, además del contenido de la bolsa y la carpeta?

—Doctor Vinchira, no sé si usted se acuerda del problema internacional que tuvo el presidente Uribia Morales durante su primer mandato con aquella hermana república centro continental por lo del espía concordense que fue sorprendido allá... si mal no estoy, usted hacía parte de ese gabinete...

—¡Sí, claro! —respondió sorprendido—. ¿Y qué tiene que ver eso con el asunto que nos atañe?

—Primero —prosiguió Arcángel—, ¡que ese espía soy yo!

—Sigo sin entender —replicó más confundido, con evidente y manifiesto enojo incipiente—. ¡Explíqueme!

—Por tal situación... allá, en ese país, estuve preso más de dos años tras la negativa de apoyo del Gobierno de mi país... Recuerde que el doctor Uribia afirmó por televisión, y en carta diplomática, que "mis credenciales" eran falsas y que su Gobierno nada tenía que ver conmigo, ni mucho menos con las actividades ilícitas que yo realizaba en esas tierras... Funciones que cumplía, doctor Vinchira, por órdenes directas de la Cancillería, y usted lo sabe...

—Si mal no estoy —lo interrumpió Luis Fernando, visiblemente molesto—, usted logró escaparse... o, como dicen fuentes de inteligencia del Estado, judicialmente no comprobado, negoció con las autoridades de ese estado y se convirtió en un doble espía. Además de suministrarles, por largo tiempo y buena paga, información muy comprometedora, no solo inherente a nuestra soberanía y seguridad nacional, y que aquellos aprovecharon en ese juicio limítrofe que concluyó con un fallo adverso no solo en contra de nuestra patria, sino de muchas empresas y de respetables personalidades de la vida pública y privada del país…

—Precisamente —lo interrumpió Arcángel con voz pausada y gestos conciliatorios—, en ese ir y venir… en ese busque y rebusque… en ese traiga y lleve información codificada, develé asuntos inherentes a su magna empresa, la OVT…

La información que estaba por compartirle, una gran parte era cierta. La otra, producto de su creatividad defensiva en procura de salvar su vida. Nada de ello le había manifestado a Rómulo Vinchira Torcuato. Tenía que hacerle creer a Luis Fernando lo contrario. Que pensara que esa era la causa de la afectación letal que tuvo el octogenario. Desde luego, solo le diría fragmentos, los enunciados, tanto de las cosas que medio sabía y que eran ciertas, como lo inherente a su estratégica invención. Los desarrollos y complementos reveladores los reservaría para cuando estuviera a salvo, libre y con una retribución significativa y asegurada. Ese era su plan.

—Hable, por favor —exclamó Luis Fernando, presintiendo una estrategia extorsiva por parte del hábil maleante.

—No solo conozco… sino que tengo documentos relacionados con operaciones y asuntos propios de la OVT, y de gran parte de sus ilustres directivos... Temas que, usted comprenderá, no voy a tratar en este momento... para que no me vaya a malinterpretar y lo asuma como si este humilde servidor y admirador suyo intentara un burdo y oportunista soborno... Como quizá lo esté pensando ahora mismo, según lo intuyo por la tensión nerviosa que se hizo presente en sus palidecidas mejillas y frente, además del tremor que se apoderó de sus manos... No, doctor, le insisto, mi único interés es la colaboración que ustedes, los Vinchira, requieren de mí en estos atribulados instantes... Familia a la que siempre he admirado, y lo seguiré haciendo entrañablemente, pase lo que pase... decida usted lo que decida. Me voy a referir, en exclusivo, al tema de la breve conversación que sostuve con su digno padre en la tarde de ayer... Asunto que sí es de su más caro interés en este momento, además, que necesita, le urge saber.

Luis Fernando no podía soportar más la intencionada dilación que venía haciendo Arcángel respecto al tema que le interesaba. Su inquietante necesidad iba en aumento. Tenía que saber ya lo que le había pasado a su padre, por causa, quizá, de lo que le habría comentado este escurridizo individuo. No obstante, tenía que contenerse para no agredir física ni verbalmente a su entrevistado. Percibió que aquel facineroso se fijaba en las convulsiones que comenzaron a presentársele más seguido en su faz, por lo que intentó controlarlas, inútilmente.

Tengo que evitar que este truhan se aproveche de mi humana y exteriorizada debilidad, pensó.

—Para que usted no siga pensando que me estoy valiendo de esta situación —le dijo adivinándole el pensamiento—, de inmediato paso a referirle lo fundamental... lo que usted necesita, quiere y debe saber, doctor Vinchira.

—Por amor a Dios —le suplicó Luis Fernando, tomándole instintivamente las manos, sin poder contener la emoción—, si es que lo tiene y cree en Él, ¿qué fue lo que le dijo a mi padre?

—¡Tres cosas! —respondió con aire de impavidez, con lo cual no logró ocultar el triunfalismo que internamente lo hinchaba y que se desbordaba y mostraba con insolencia a través de las corpóreas ventanas de su perversa alma.

—La primera, que nuestro actual mandatario, quien públicamente se precia y ufana de ser acérrimo continuista y adepto de la sacra doctrina democrática del doctor Uribia Morales, además, supuesto amigo incondicional de la OVT, ha sido, en secreto, aliado, y, desde antes de ser presidente, de ese país centro continental en donde estuve preso... Izquierdoso y demagogo gobernante aquel, enemigo y, por ende, una amenaza real para nuestra patria...

Luis Fernando quedó atónito. Le soltó las manos y se puso a prudente distancia. No sabía si darle crédito a tan atrevida como inaudita confesión, o admirar la capacidad inventiva, casi macondiana, de Arcángel. Empero, no dijo nada. Decidió esperar a ver con qué más se despachaba su entrevistado.

—Nuestro primer mandatario es un aliado, no solo de ese dictatorial gobierno, sino de los otros cuatro del subcontinente que profesan su misma ideología demagógico-izquierdosa. Maraña política auspiciada por las grandes potencias asiáticas, desde donde se exporta tal ideología... Además, nuestro flamante presidente lo hace por motivos innobles para nuestra amada patria. Entre otros infames y particulares intereses, porque quiere replantear el acuerdo de exclusividad, del cual es garante y beneficiaria la OVT, para la explotación, producción y comercialización de hierbas precursoras farmacológicas... bendita flora exclusiva de este, nuestro prolijo suelo patrio... Y, le anticipo, las secretas conversaciones, en ese sentido, de nuestro Gobierno con el del centro continental país aquel, avanzan rápido, patrocinadas por varias poderosas firmas farmacéuticas de esas potencias... países integrantes de los NOAL, los rivales de occidente y competidores, por lo tanto, de la OVT y sus socios europeos y norteamericanos, quienes tienen, hasta ahora, el pacto de explotación y extracción exclusiva de esos productos. Esas empresas multinacionales asiáticas patrocinan, en el mundo subdesarrollado, pletórico de recursos naturales, la inestabilidad política y social, con el fin de asentar, vía la democracia ficticia que conlleva esa falaz ideología, gobiernos proclives a ellos. Como ocurre con nuestros hermanos y vecinos, los matriculados en la neo-revolución, y que contagia velozmente al subcontinente... y, todo esto, tengo como demostrarlo... desde luego, en su momento... usted me entiende, ¿verdad?

—Por supuesto... pero, por favor, prosiga.

—La NAPE, agencia que este Gobierno creó para remplazar la anterior que tuvo que cerrar por la filtración de las supuestas escuchas indebidas de un sinnúmero de conversaciones privadas de ilustres compatriotas; nueva agencia de inteligencia estatal que la OVT no controla; investiga y recopila pruebas para demostrar que ustedes, los altos directivos de la organización, así como otros grandes empresarios, realizan operaciones fraudulentas contra el país... Además de evadir sistemáticamente impuestos, blanquear activos, legalizar fortunas irregularmente obtenidas y, lo más interesante y riesgoso en este momento para ustedes, que se dedican a producir e inocular masivamente enfermedades nuevas para luego salir al mercado con una cura milagrosa, de exclusiva producción por parte de la OVT... ¡y también tengo como probarlo! Pero, eso será en su justo y diáfano momento —le advirtió Arcángel, mirándolo fijamente a los ojos, colocando, de esa forma, sus cartas sobre la mesa.

Información que solo le daría hasta cuando Arcángel quedara libre, seguro y hubiera recibido una jugosa recompensa por parte de Luis Fernando, o de quien él dispusiera.

Mudo pacto que el interrogador, también bandido como Arcángel, aunque él de cuello blanco, con prestigio y poder social, entendió de inmediato y de manera tácita aceptó, al parecer. Ello, porque, en efecto, la nueva NAPE era una de las pocas agencias de seguridad del Estado, acabada de crear por el actual presidente, y en donde la OVT no tenía injerencia. Según el actual Gobierno Nacional, para evitar suspicacias internacionales estaba alejada de las demás y tenía autonomía.

—Dijo tres cosas —replicó Luis Fernando, de nuevo exaltado al comprobar la sospecha que tenía en relación con el chantaje, propio entre bandidos, del cual sería objeto durante esta entrevista—. ¿Cuál es la tercera?

—Es, quizá, la más delicada para la integridad física, moral, política y, por ende, económica de su inmediato círculo familiar. Al interior de la cúpula administrativa de la OVT, información que he venido recopilando desde mi época de espía multifuncional, se fragua, actualmente en ebullición, una fisura que concluirá, no solo con el derrumbe de su imperio, sino con la vida de sus más importantes jerarcas... y también tengo pruebas de esto y se las suministraré directamente a usted, el más interesado, como amenazado, en conocerlas... Desde luego, en su debido momento.

Si bien era cierto que en cada una de esas tres historias residía algo de verdad, parcialmente conocida, de alguna manera, por Luis Fernando y el cerrado círculo de poder de la OVT, el complemento fantástico añadido a cada una por parte de la creatividad de Arcángel, junto con la serenidad, solemnidad y vehemencia como fueron expuestas, terminó por derrumbar al interrogador. En su cabeza fueron incrustadas un centenar de atribuladas preguntas que Arcángel se negó a responder, excepto lo inherente a Rodrigo García Ronderos, su rival afectivo y, hasta la tarde de ayer, el objeto material de sus más inmediatos y criminales planes económicos de sustentación para su inminente senectud.

Personaje que olvidó inmiscuir en sus envolventes y procuradoras creaciones para su inminente salvación. Pero, ahora que su interrogador balbuceó su nombre e inquirió por el papel que Rodrigo tendría en todo esto, especialmente por su visita a la galería Este-pero, la compra en ese lugar de las tangelo, la llevada de las mismas hasta su apartamento y posterior paso a Arcángel para que las entregara en destino incierto, el condenado a muerte no solo encontró una forma para desquitarse por su fracaso y mala ventura, sino de haber sido una posible víctima.

Humano mecanismo de desplazamiento este y, por demás, tan de aquel paisaje nacional, como de in-discriminado uso en todas las capas de su desigual so-ciedad. Y qué mejor manera de hacerlo que implicando en una sin salida al hombre que amaba perdidamente a Débora. Exquisito y placentero ser por quien, indirecta-mente, él se involucró en ese espinudo y aprensivo lío. Aunque no había tenido tiempo para pensarlo, en ese momento su espíritu vengativo decidió tenderle a su rival afectivo una trampa de la que no saldría ileso. Natural desquite del cual su víctima jamás supo causa ni origen, pero que padeció hasta la muerte.

Para Rodrigo, la vida de Arcángel había con-cluido esa misma tarde cuando Débora, su infiel amor, le dispensó tres de las inficionadas tangelo, una de las cuales, estaba seguro, habría ingerido el maloso amante, razón por la cual no regresó al refugio que le prodigaba Débora.

—No quise mencionarlo. Pensaba referirme a él en otra mejor condición. Pero… sí, Rodrigo García Ronderos es una ficha clave en todo esto. En especial, en lo relacionado con las averiguaciones que adelanta la NAPE contra varias empresas en lo inherente a eva-sión de impuestos, blanqueado de activos, legalización de patrimonios… Por su formación económica fue reclutado en secreto hace dos años como analista patrimonial y, desde su inicio, tiene los ojos puestos en la OVT. Le sigue los pasos de sus proveedores y clientes principales, formales e informales. Oficio que lo involucró con traficantes ilegales de precursores botánicos farmacéuticos, como los de la galería Estepero, auspiciados, no solo por las multinacionales farmacéuticas asiáticas, sino por el mismo Gobierno de aquel país centro continental donde estuve preso por espía… Y, por favor, doctor Luis Fernando, entiéndame, no voy a decir ni una palabra más, hasta que no cambie mi actual estatus aquí… hasta tanto no varíen las circunstancias de mi grata estancia en manos de sus eficientes hombres.

El astuto criminal cayó en mudez absoluta. Actitud que pese a las súplicas de Luis Fernando para que le aclarara esto y aquello, o para que le ampliara otras tantas informaciones, hasta entonces incoherentes o incompletas, Arcángel Medina no modificó. Simplemente calló.

Ante la inamovible posición de Arcángel, Luis Fernando no tuvo otra alternativa que proceder a salir de la celda y juntarse con el manoseado director nominal de la GCC, general en servicio de reserva activa, con quien se encaminó hacia la sala de crisis del cantón de seguridad nacional. Una vez allí, dispuso mantener a Arcángel en el cantón, pero, no en calidad de retenido con sentencia capital, sino de invitado especial, con ubicación en el casino central, con gastos a cargo de la dirección general de la guardia, muy a pesar y a disgusto del director. Eso sí, con la orden perentoria de no permitirle, por ahora, salir de sus instalaciones, ni poderse comunicar con el exterior, según le dijeron al invitado, que era: «Por su protección y seguridad ante posibles atentados que podrían hacerle los enemigos de la OVT al enterarse de que ahora está de nuestro lado y colabora con la diáfana y eficiente justicia nacional».

De igual forma, Luis Fernando dispuso que lo hicieran sentir cómodo y le generaran confianza para que cuando fuera el momento dijera lo que le faltaba decir… y que él necesitaba saber.

Impartidas las instrucciones en el Cantón de Puente Arana, Luis Fernando salió raudo para la sede principal de la OVT en la avenida Carabobo con calle 54. Necesitaba inspeccionar, en persona, la escena del crimen.

Tras la confesión de Arcángel, en su mente cogió mayor fuerza el tema de la confabulación y, por ende, que la causa de la muerte de su padre habría sido, como lo dijo su hermano médico, por un premeditado envenenamiento.

Quizá después de haber hablado con Arcángel, el viejo llamó a alguien... o alguien pudo enterarse de lo que trataron y, entonces, tomó la decisión, o recibió la orden, de iniciar la aniquilación de la cúpula... Caviló rumbo a su destino, convencido, también, de tener todos sus medios de comunicación y oficinas interceptadas por el actual Gobierno, aliado de sus enemigos, como lo dijo Arcángel.

—Ahora nosotros, los Vinchira, somos espiados y escuchados, como lo fueron en la época de Uribia Morales todos nuestros enemigos, competidores y contradictores —murmuró con sorna—. ¡Cuán voluble e ingrata es la política en mi amado país!

Al ingresar al despacho de Rómulo Vinchira Torcuato su sorpresa fue grande. Pese a la orden que dio por celular en la tarde del día pasado, una vez supo lo acaecido con su padre, en el sentido de que ninguna persona ingresara al sitio, Luis Fernando encontró que la segunda gaveta del lado derecho del escritorio estaba, no solo abierta, sino desocupada.

—¡Nos registraron y se llevaron las pruebas! —gritó indignado. De igual forma, pudo constatar que otros tantos documentos y enseres ubicados en otras partes fueron objeto de una rápida inspección, y que también se llevaron algunos.

Sin perder más tiempo se desplazó hacia la sala de pantallas, manejada directamente por el jefe de seguridad del búnker en el que se convirtió la sede principal de la OVT, antigua y primera Fábrica de Milagros del Iluminado Indio Guarerá. Un supervisor de máxima confianza del jefe de seguridad dispuso los equipos para la retrospección, a partir de un minuto antes del ingreso de Arcángel, con el séquito de guardias a la oficina del gran jefe.

Al revisar las mudas grabaciones desde el momento del ingreso de Arcángel, Luis Fernando pudo constatar las confesiones, no solo de los cuatro guardias. Desafortunados personajes estos que ya no estaban entre su gente de seguridad. *Ni entre los vivos*, pensó y sonrió con macabra sorna.

También comprobó lo confesado por Arcángel. Había dicho la verdad en relación con la ubicación que le dio Rómulo a la bolsa con las naranjas y a la carpeta con documentos, así como en cuanto a la cordial y amistosa conversación que tuvo con el viejo. A su padre se le observaba en el video estar animado y tranquilo desde el inicio hasta el final de la entrevista.

El mismo Arcángel parecía no estar siendo interrogado. Daba la impresión de sostener un diálogo informal con el veterano presidente de la OVT.

Tal vez le estaba contando aquellas tres terribles cosas... ¡la confabulación contra los Vinchira!, y el viejo zorro de mi padre, para no amilanarse frente a ese individuo de baja estirpe, pero filudos colmillos, mantuvo la calma. No le dio importancia... o credibilidad. O, ya sabía eso y quién sabe cuántas cosas más, pensó con rabia Luis Fernando, tras lo cual ordenó pausar la reproducción.

Tanto el jefe de seguridad como el coordinador seguían a su lado. Este les preguntó, antes de seguir viendo el video:

—¿Alguien revisó en su totalidad este material?

—Sí, señor, como usted lo ordenó... pero, hay una novedad —le comunicó el jefe de seguridad de la OVT con irresolución y manifiesto miedo en su expresión—, y le tengo un completo informe al respecto...

—¿Qué novedad? —indagó furioso, presintiendo malas noticias.

—Desafortunadamente... como a las 22:30 horas, se presentó una falla eléctrica en todo el sector, como de diez minutos de duración. Las luces de emergencia de todo el edificio se activaron, excepto las del despacho de su señor padre. El fusible de control de ese circuito desapareció... razón por la cual nos faltan esos diez minutos de grabación.

En coordinación con el agente Salas, quien hizo los arreglos con oficiales suyos infiltrados en la Empresa de Energía Eléctrica de la ciudad capital (EEEC), la luz del sector fue suspendida durante diez minutos, una vez la agente encubierta en el búnker les manifestó por radio comunicación encriptada la desactivación del circuito de emergencia aledaño al despacho del Iluminado. Tiempo suficiente que esta tuvo para evadir los controles físicos, ingresar al recinto, obtener las pruebas, previamente ubicadas mediante la interceptación y el desvío de la señal del circuito cerrado de televisión, recopilar los documentos que le ordenó su jefe, el agente Salas, tomar fotos y salir, no solo de la escena del crimen, sino de aquellas instalaciones a las que ya no era prudente volver.

—Pero, el momento preciso del fallecimiento de su señor padre quedó grabado —se anticipó el coordinador a decir—, así como lo que hizo antes y pasó después. El problema es que nos pareció que se había dormido. Por eso no actuamos. Además, se cumplió la orden de la doctora Luz Divina, quien nos manifestó por celular que lo dejáramos descansar para que estuviera listo para una celebración en la noche.

—Veamos mejor el video —propuso el jefe de seguridad, ante lo cual el coordinador reactivó la videograbadora.

—¿Hay más novedades? —preguntó Luis Fernando, tan pronto reinició la filmación.

—Pues… aún no se reporta a su puesto de trabajo Josefina Alarcón —respondió aún más temeroso el jefe de seguridad—, la nueva guarda enviada por la empresa de seguridad para apoyar labores de vigilancia femenina. Al parecer, su hoja de vida también desapareció de los archivos centrales y nadie sabe su sitio de residencia. La última vez que la vieron fue como a las

21:50 horas en su área de control dentro del edificio. Después desapareció, abandonó el puesto.

Luis Fernando estaba perplejo por el supuesto operativo montado por los ejecutores de aquel contubernio oficial en contra de la OVT y sus altos directivos.

Conspiración orquestada desde el mismo sitial presidencial, quizá... mefítico sistema y taimada clase política para quienes, al menos en los últimos veinte años, los Vinchira hemos hecho toda suerte de triquiñuelas y aportes para fortalecerlos y mantenerlos tal y como hoy están, pensó con ironía y rencor, pues, cada minuto que pasaba, y con cada nueva sorpresa, parecían confirmarse las confesadas historias de Arcángel Medina.

Una vez el supervisor de seguridad reanudó la película, el mayor de los Vinchira López vio en la monocromática pantalla que su padre, apenas se quedó de nuevo solo en su despacho, ingirió con placidez y deleite casi infantil una de las naranjas de la bolsa. Luego, fue y se lavó las manos y la cara, tras lo cual, muy despacio, se dirigió hacia el sillón, recostándose con exagerado cuidado, de donde ya no se levantó.

—Sí, es cierto: la bolsa y la carpeta con los documentos tal vez expliquen el móvil de su muerte. Estas, como dijo Arcángel, las dejó mi padre en la segunda gaveta del costado derecho de su escritorio... sitio del cual desaparecieron sospechosamente —murmuró Luis Fernando—. ¡Confabulación en marcha contra la OVT! —gritó Luis Fernando por celular una vez volvió al despacho de su padre y le marcó a su hermano inmediato, a quien le resumió sus hallazgos y confirmaciones—. ¡Hay que activar, de inmediato, un contrataque!

Y esa fue la razón para que los familiares y más cercanos integrantes de la cúpula de la OVT, de los que, pese a todo, se arriesgaron y se quedaron en el país, desde ese momento redoblaran su círculo de seguridad.

La cúpula en pleno ordenó estrecharle la vigilancia a Rodrigo García Ronderos. Ello, porque, al parecer, el medio utilizado para alcanzar al Iluminado fue la bolsa con naranjas que llevó Arcángel a su despacho. De las mismas que compró Rodrigo en la galería Este- pero una vez habló con viejos traficantes de vernáculos y precursores recursos farmacológicos, de explotación económica exclusiva de la OVT y de sus transnacionales asociadas.

También dispusieron los Vinchira López que cuando Rodrigo se presentara a la programada cita de control con su siquiatra tratante, el doctor Patricio Aristo Zapata, este le tendría que sacar información inherente. Además, el tocado médico le tenía que decretar su hospitalización, hasta nueva orden, en el Pabellón B de Siquiatría de la Clínica El Redentor Gregorio, en donde se le exprimiría la información que guardaba en su mente.

En cuanto a Débora, su pareja, se dispuso que al unísono con la hospitalización de Rodrigo se le neutralizara:

—Para no dejar cabos sueltos y proseguir sin más tropiezos el plan de expropiación patrimonial de ese individuo, más ahora que existen motivos… no solo de carácter económico, sino de honor y sangre —sentenció, rabiosa, Luz Divina Vinchira López como colofón de la junta extraordinaria de la OVT convocada de urgencia a raíz de aquellos inusuales acontecimientos.

Sin prevenciones de ninguna índole, sin darles importancia, y desde al menos ocho días atrás, Rodrigo había notado la presencia de hombres que lo acechaban mañana, tarde y noche durante sus recorridos.

Son como agentes encubiertos... pero de diferentes mandos y organizaciones, pensó la segunda vez que los vio.

Al detallar sus movimientos verificó que se eludían los unos a los otros, como si quisieran pasar desapercibidos entre sí. Se imaginó que alguno de esos dos bandos podría ser del GELON intentando averiguar los móviles de la muerte de Arcángel.

Tal vez establecieron que el último lugar que visitó fue mi apartamento.

Idea que pronto desechó, aunque no la de que su rival estaba muerto.

La mañana de aquel jueves la situación se hizo más evidente. De manera abierta una de las dos escuadras, conformada por tres de aquellos hombres, lo escoltó a su quincenal visita de control con el siquiatra, manteniendo prudente distancia. Ya nos les importaba ser vistos. Los otros espías, que lo eran de la Agencia de Seguridad Nacional, es decir, subalternos del varias veces condecorado agente Salas, observaban de lejos, instando camuflarse y no ser vistos por Rodrigo, como tampoco por los de la escuadra que se hizo visible, pertenecientes a la GCC, al servicio de la OVT.

Rodrigo aún seguía en su apartamento, eludiendo los cada vez más aguijoneadores lances de Débora, quien no perdía las esperanzas de reconquistarlo tras la desaparición de Arcángel.

Esa mañana Rodrigo salió de su apartamento y se encaminó hacia su programado destino médico. Quería tratar con el doctor Zapata, de frente, una posible incapacidad sicofísica superior al 75%, de tal manera que le permitiera gestionar su pensión de invalidez con base en ese criterio. De esa pensada forma, con una fuente fija de sostenido financiamiento para el resto de su vida, tal vez se podría dedicar, en exclusiva, a escribir para ser leído por las futuras generaciones. Su más caro, y tal vez ahora su único proyecto pendiente que se proponía perfeccionar y ultimar. Pero, tal vez, él solo, ya no al lado de Débora, como lo concebía de manera inamovible hasta el día que develó su traición. Para ese momento, quizá, en el fondo de su alma enferma, lo de la pensión, lo de escribir para ser leído y lo de llevar sus obras a las bibliotecas habían dejado de ser sus prioridades.

A Débora sí, a ese indefinido ser, pese a todo, él seguía, y seguiría amando hasta la eternidad. Inexplicable pero diáfano sentimiento que Rodrigo le profesó desde el momento cuando se le atravesó en su solitaria existencia. Infecto amor que, tras descubrirle su ardid, mutó del sincero y rojo carmesí, característicos evidentes durante los primeros doce años de relación, al ebúrneo y nacarado reconcomio de sus postrimeros hálitos. Y, aunque tal pasión magenta seguía adherida a su

Wilson Rogelio Enciso

herido pecho, la encanijó el frío y fúnebre halo de la nostalgia del adiós que produce el feo y sulfúrico engaño del ser idolatrado. Fúnebre razón por la cual; y tras imaginarse que Arcángel ya estaría muerto, es decir, que su rival habría pagado con su vida por inmiscuirse hasta lograr destruir aquella bella relación, ahora el turno era para Débora. Él necesitaba, quería, resarcir su alma. Cobrarle a su pareja por el falaz amor que le ofrendó, razón por la cual pensaba en una "despedida" especial: un coctel y unos besos aderezados con la deletérea acibricina que le brindaría, tal vez, la próxima semana, el 19 de octubre, cuando Débora cumpliría sus 48 años, y él partiría a su lado...

Al llegar a la recepción de la EPSS Sanamos, casi veinticinco minutos antes de la cita, curiosamente, le pareció a Rodrigo, la funcionaria lo hizo seguir de inmediato al consultorio del siquiatra Zapata Neira, quien, de manera insólita, también lo estaba esperando. Era la primera vez que iba a ser atendido antes de la hora programada, a pesar de que él siempre llegaba mucho antes.

Cuando Rodrigo estuvo frente a su loquero, presintió que algo, o todo, andaba mal.

Una esencia grisácea, como de flor de cactus en descomposición, ululaba, casi visible y pegada a las paredes, techo y porcelana del piso del consultorio. Y aunque aquel era, todavía, su siquiatra oficial, el paciente sintió que había dejado de ser su confidente y amigo, no solo por la forma como se trataron y actuaron en la última consulta, sino por la actitud que aquella magna mente examinadora del alma asumió ese día.

Tal vez el tocado siquiatra reaccionó así esa vez como consecuencia de la orden que le impartió Ignacio José Mencino la semana anterior cuando lo visitó esgrimiendo su nuevo rol de gerente general de la OVT, tras la asunción de Luis Fernando a la presidencia de la organización, ante la repentina ausencia definitiva del insigne gestor: el Iluminado Indio Guarerá Rómulo Vinchira Torcuato.

Ya en el interior del consultorio, no solo las subconscientes alertas tempranas de Rodrigo, sino las mismas circunstancias que se dieron, le permitieron atisbar que era cierto que una situación oscura e inexorable se urdía a sus espaldas. Tras cerrar la puerta, el siquiatra ni siquiera lo saludó y, sin mirarlo a la cara le indicó, con autoritario ademán, que se sentara en el sillón.

Siquiátrico sitial aquel nunca antes usado por Rodrigo, como tampoco exigido o sugerido por el médico en ninguna de las anteriores citas. Además, las preguntas iniciales de siquiatra a paciente fueron frías, rutinarias, de trámite. Por ende, así las respuestas, aunque Rodrigo instó usar la misma hábil estrategia de la última consulta para escudriñar el entorno de la situación. Esta vez su tratante se mostró acético e impenetrable, hasta cuando desvió sus preguntas en cumplimiento de la orden de Ignacio José para que estableciera las causas por las cuales Rodrigo, después de la anterior consulta, se desplazó a la plaza Estepero, se entrevistó con unos puesteros, compró naranjas... unas de las cuales, no solo le entregó a Arcángel, su "transportador", término que usó el siquiatra para referirse a aquel, sino que le causó la muerte al insigne Rómulo Vinchira Torcuato, gestor y presidente de la OVT, gracias a un potente y rápido veneno, aún no identificado, inoculado, previamente y, tal vez, en su apartamento.

El doctor Patricio Aristo Zapata Neira, como entrevistador extra-siquiátrico carecía, no solo de perspicacia y prudencia, sino de estrategias y tácticas para obtener la información que le ordenó Ignacio José Mencino. O, tal vez, en su fuero interno algo le decía que no le convenía saber las respuestas a esas preguntas. Además, tampoco estaba cómodo con la presión y rol extrainstitucionales, aunque muy bien remunerados, además de inexorables y riesgosos. Quizá, por tal motivo, el siquiatra buscó que Rodrigo; a quien le conocía su habilidad para eludir indagaciones embarazosas y, más aún, cuando eran relacionadas con su vida privada y familiar; antes que dar respuestas a sus mal hiladas preguntas, se enterara de las razones por las cuales iba a ser internado, de nuevo, en el Pabellón B de Siquiatría. Eso sí, no dejaba de generarle humana curiosidad el nuevo embrollo en el que estaba metido su paciente preferido. O, tal vez, en el que había sido implicado por la ambiciosa, oscura y temible OVT, con, igualmente, arteros propósitos.

La argucia del siquiatra cosechó amargas bayas. Con gran habilidad Rodrigo respondió con elusivas e hilvanó pronto la fragmentada información que vía incoherentes preguntas le suministró Zapata Neira. De esa forma, el paciente comprendió que una de sus inficionadas tangelo le causó la muerte a un individuo al parecer muy poderoso, influyente, peligroso y presidente de una de las primeras transnacionales gestadas en el país. Personaje y organización de quienes ya había oído algo de sus marrullerías, y no solo en la galería Estepero por parte del apuntador. Además, por las infidentes y relevantes preguntas que le hizo Zapata Neira, Rodrigo intuyó que la suerte de Arcángel era incierta.

Tal vez ni siquiera esté muerto el desgraciado ese, pensó con ironía y desilusión.

También dedujo que sus pasos estaban siendo seguidos desde mucho antes de haberlo percibido, tal vez semanas y hasta meses. Aunque no logró comprender los móviles de tales seguimientos hasta cuando el sargento Rodríguez, allá, en el Pabellón B de Siquiatría, le "armó el video", como se lo dijo y explicó con su jeringonza castrense la tarde cuando Rodrigo fue llevado e internado de nuevo en ese sitio, contra su voluntad, pero sin resistencia final, en especial, al notar que en la puerta del consultorio del doctor Zapata Neira se ubicaron tres robustos enfermeros. Uno de estos llevaba en sus manos una camisa de fuerza.

Por esta última e intimidante circunstancia, una vez el siquiatra le notificó su dictamen de internarlo en la Clínica El Redentor Gregorio, Rodrigo bajó estratégicamente la guardia y aceptó la sentencia.

—Es para poderle manejar, mejor, la crisis nerviosa que comienza a presentársele, y que de no hacerle una observación y control farmacéutico intrahospitalarios se pude salir de control —justificó el siquiatra con elusión visual.

Rodrigo bajó la guardia. Necesitaba tiempo para pensar y actuar con eficacia. Si se oponía, de todas formas lo iban a encamisar y a llevar por la fuerza, generándole un gran estrés, alboroto y la pérdida de sus pertenencias, en especial su celular; aparato que usó con rapidez para enviarle un urgente mensaje de voz a Olga, su empleada, aprovechando la salida del siquiatra del consultorio para ultimar los detalles de la remisión.

—Olga, por favor, regrese de inmediato y tráigame al sitio de la otra vez la maleta con ropa como para... por lo menos un mes. Y dígale a Débora que pronto retornaré. Aquí hablamos, solo cuento con usted. No olvide empacar muy bien y traerme todo el dinero y documentos que tengo en la caja de madera del vino Perdriel que me obsequió la Cervecera hace tres años... y el cargador del celular.

Desde cuando el agente Salas tuvo en sus manos el reporte, los videos y las evidencias que su infiltrada en la OVT le llevó tras la muerte de Rómulo Vinchira Torcuato, dispuso estrechar y tecnificar la vigilancia y las escuchas que le venían haciendo a Rodrigo y a Débora, así como a los integrantes de la cúpula de la poderosa organización. Estos últimos, ahora más sospechosos para el veterano agente. En la tarde de la ocurrencia de los luctuosos como inesperados hechos, aquellos habían ordenado la captura de Arcángel Medina. Además, lo condujeron a la sede principal en donde, horas después, ocurrió el crimen del Iluminado. Defunción que hicieron parecer y dictaminar como una muerte natural.

No solo esto, sino que aquellos "hambrientos y carroñeros lobos", como llamaba en silencio el agente Salas a los Vinchira López, aún mantenían en su férreo poder, aunque a sus anchas y dentro del temible Cantón de Puente Arana al supuesto autor material del sofisticado envenenamiento del que fue objeto don Rómulo, el consuegro del expresidente Uribia Morales. Socios estos en el multimillonario negocio de la farmacología clásica y alternativa subcontinental, basadas, en especial, en las controladas y vernáculas hierbas cuya exclusividad de producción, explotación, industrialización y mercadeo les había sido otorgadas, a perpetuidad y sin significativa (ninguna) contraprestación nacional, a varias transnacionales entroncadas patrimonial y secretamente con la OVT y el sindicato empresarial de la familia del expresidente Uribia Morales.

Ignominiosa concesión efectuada mediante ilegítimas aunque legalizadas gobernanzas firmadas por el entonces primer mandatario, el doctor Uribia Morales. Multinacionales en las cuales la familia presidencial, por testaferro conducto del sindicato empresarial que dominaban en el país y a lo largo y ancho del subcontinente, invirtieron gran parte de su extraída riqueza patria durante al menos el último medio siglo republicano.

Recolonizadoras empresas estas que, además, usaban el subcontinente, y por ende a su población de menor estirpe económica, los ultra-pobres y con menor capacidad de oposición, para el lanzamiento de fabricados virus y enfermedades. Así como medicamentos y vacunas para resolver patologías inexistentes, muchos de los cuales se les salieron de contexto y control. Una vez incubado el virus, una vez entronada la enfermedad en la población más vulnerable y marginal objeto del ensayo, o aparecidos los desastrosos efectos secundarios de aquel o este medicamento, y tras un centenar, y no pocas veces miles de mortales víctimas o degeneraciones irreversibles, los mandados especialistas de la OVT salían orondos y expeditos a ofrecer el remedio, el antídoto, la onerosa medicina paliativa o curadora que al ser de última generación, al estar en la punta del conocimiento y del desarrollo farmacológico, se hacía imposible su comercialización masiva. Entonces, el gobierno de turno lo involucraba en sus sociales planes de salud, subsidiándolas con el cada vez más golpeado como tocado erario, para poder poner la sanación al alcance de los más necesitados y afectados, justificaban.

Triangulación presupuestal en la cual los únicos beneficiados eran los empresarios y socios de las multinacionales, con algunas migajas que se repartían como gratificación entre los funcionarios de turno de los subcontinentales y tropicales países, entre ellos, por supuesto, *"Concordia la grande, democrática, soberana, equitativa y justa"*, como lo exhiben semánticamente sus símbolos patrios.

El agente Salas sabía de aquellos y muchos más afilados manejos oficiales entre su padrino político, el doctor Uribia Morales, y el prestigioso Rómulo Vinchira Torcuato. Y entre otro centenar de ilustres concordenses de igual y peor prosapia. Pese a ello, no los consideraba violaciones al no ser asuntos de sus resortes institucionales. Al no estar ligados con la seguridad nacional. Doctrina tal y como la plasmó, difundió, ejecutó e hizo cumplir el doctor Uribia Morales durante sus dos mandatos directos y, por extensión, en los sucesivos.

Salas sabía que todos y cada uno de aquellos entuertos tenían soporte legislativo, incluso constitucional, y, cuando no, abundaban reglamentaciones extraordinarias emanadas del Ejecutivo Nacional, que muy presto la Rama Jurisdiccional siempre consolidaba en su momento mediante oportunas, rápidas y sendas jurisprudencias, constitutivas de inamovibles legislaciones judiciales con las que muy pocos, siempre los mismos, apretaban mayores fortunas a expensas de la creciente masa amorfa nacional, cada vez más menesterosa, dividida, desinformada, caótica, insolidaria, deseducada (de dócil manejo), apolítica y objeto de experimentación farmacológica. Y, cual si fuera poco, a muy altos precios.

Para el veterano agente Salas aquellos dos personajes de la vida pública concordense: Uribia Morales y Vinchira Torcuato, eran ejemplos que seguir, íconos de la rancia democracia nacional, una de las más antiguas del subcontinente. Por lo anterior, cualquier pecadillo que cometiera alguno de ellos era entendible, inimputable y de rápido perdón y definitivo olvido.

La situación central, la verdadera, para aquella ceguera oficial del agente Salas también era perceptible... y por razones básicas. La primera, que aquel funcionario o ciudadano particular que no aceptara o no aplicara tan leonina filosofía nacional, se exponía a las mefíticas, inexorables y largas garras de los detentores de todos los poderes. En consecuencia, terminaba, cuando no en un rápido funeral en el cual él o un familiar suyo era protagonista, enredado en algún tortuoso y tocado pleito legal, acompasado de manera dañina y mediática, y siempre resuelto, fallado y comunicado en su contra.

La segunda básica razón era, porque él, el veterano y condecorado agente Salas, no tenía independencia mental, ni espiritual, ni institucional, mucho menos moral. Les había empeñado su libre albedrío desde cuando se puso a sus servicios, con tal de mantener su empleo y medios de subsistencia, suyos y de su familia.

Toda su vida estuvo al servicio del sistema. Siempre trabajó para respaldar y apoyar jefes, gobernantes, políticos y poderosos de esa y peor calaña. Además, las migajas de su mediano patrimonio, quizá por el mismo monto del que logró ahorrar con mucho esfuerzo, sacrificio y privaciones Rodrigo García Ronderos como empleado en la Cervecera Nacional, y durante casi el mismo tiempo que él, se las debía a ellos, y al sistema. Por lo que no podía ser desagradecido, amén de no querer exponerse él, o hacérselo a su familia.

Gracias a esos seguimientos y escuchas, el agente Salas estaba enterado de todos los movimientos, conversaciones y planes relacionados, no solo de los integrantes de la cúpula de la OVT, sino de Rodrigo, de Débora y, desde luego, en último momento y por aquel postrer electrónico mensaje de voz, de Olga, la novata e intrascendente actriz social que acababa de saltar al tablado de aquel trágico sainete nacional subcontinental.

Por lo tanto, cuando supo la decisión de hospitalizar a Rodrigo y neutralizar a su pareja Débora, el agente no estuvo de acuerdo. Pero, no se interpuso ni hizo algo para evitarlo. Tal vez porque sus sospechas crecían cada vez más en cuanto a los verdaderos autores y móviles relacionados con el relativamente fácil homicidio del cual fue objeto el viejo Rómulo.

Salas sabía que el Iluminado era uno de los connacionales más protegidos en suelo patrio. Que el Estado le mantenía casi doscientos escoltas oficiales, con cargo al erario. Que tenía una guardia personal con al menos otros cincuenta hombres fuertes y técnicamente dotados con armas y sistemas de monitoreo y vigilancia de novísima y efectiva generación. Esto último, pagado por la OVT, pero, contablemente registrado como un gasto deducible de impuestos, gracias a los arreglos tributarios de la época del doctor Uribia Morales para incentivar la inversión nacional, exclusivo para su cerrado círculo empresarial y de negocios.

Para el veterano agente Salas, pese a la teoría de "Cordones de seguridad infranqueables" con los que contaba Vinchira Torcuato, estos habían sido supuesta como infantilmente birlados por un solo, desarmado e intrascendente delincuente. Criminal quien, además, fue llevado hasta el súper encriptado objetivo por su propia Guardia Civil, toda bajo el férreo control de la misma víctima y de su inmediato círculo de poder.

Para el veterano oficial, los autores intelectuales de la muerte del Iluminado Indio Guarerá eran ellos, los Vinchira López y su inmediato y enfermo círculo de poder. Incluido el bisnieto del "Depredador" Bernardo Mencino: Ignacio José y, desde luego, hasta el hijo del expresidente Uribia Morales: Gerardo, esposo nominal de Luz Divina. Nominal, ya que el verdadero varón y amor de ella lo fue siempre Ignacio José Mencino, el padre sanguíneo de su hijo Álvaro María Uribia Vinchira. Todos ellos, según las calenturientas cábalas del agente Salas, eran, no solo interesados, sino beneficiarios con la desaparición del Iluminado.

Según su elástica imaginación, producto del cansancio, el desgate laboral y el consuetudinario mal obrar público, Salas pensaba que tal vez sacando a Rómulo de la escena organizacional y política les permitiría a sus hijos y allegados ensanchar sin límite alguno el ilícito negocio del contrabando internacional de productos alternativos farmacológicos y, con ello, la rampante e infame evasión de impuestos. Obrar este con el cual Rómulo no comulgaba ni permitía, lo que le habría costado la vida... Era la hipótesis de Salas.

Si su hipótesis era cierta, como lo deseaba y creía el veterano agente, igual suerte le podía suceder a su padrino, al expresidente Uribia Morales. Temas, estos dos últimos, eso sí, inherentes a su competencia como conspicuo servidor público en cuando a la guarda de la seguridad nacional tributaria y la integridad de un ícono, de un emblema político, como lo era el irrepetible doctor Uribia Morales. Entonces, era menester actuar pronto y, tal vez, de manera nada ortodoxa. Tendría que ser por fuera del protocolo oficial, dado el fuero y los alcances de los presuntos implicados a los que tendría que enfrentar, antes aliados del sistema, pero, pensó, *Ahora, en este momento histórico, colocados al margen de la legalidad y la estabilidad del Estado Nación.* Así lo concibió con ciego celo institucional el agente. Y, todo ello: *Producto de la incontrolable ambición de poder económico de los Vinchira... poder con el cual se logra el pasaporte hacia el político, en particular cuando la sociedad, en materia de gobernabilidad, goza de ignara imaginación y entendimiento.* Lo creía con firmeza, pero en silencio, el veterano, y ya cansado agente Salas.

Solo fue hasta cuando inculparon a Olga de la muerte de Débora, entre otros delitos conexos, que el veterano agente Salas se le enfrentó a la cúpula de la OVT.

Aquel oficial de la República dejó que aquella desprotegida mujer fuera absurda e injustamente condenada, teniendo él y su agencia las pruebas técnicas para demostrar su estridente y destellante inocencia. Absurdo e injusto juicio oral y sumario del cual fue víctima Olga Ramírez. Manejo jurisdiccional muy común en los estrados judiciales del país, en especial cuando la víctima es un ignoto y desamparado parroquiano. Como lo era la fiel empleada de Rodrigo García Ronderos. O cuando así era menester con cualquier ciudadano sin mayor importancia... y, todo: "Para mantener la estabilidad del sistema", según el pregón de las autoridades de aquel bello país subcontinental, rico en recursos naturales, a lo largo de sus más de doscientos años de "independencia".

Al llegar al apartamento, Olga desconocía que minutos antes un comando especializado de la GCC había interrumpido la tranquilidad de la morada de su patrón. Tampoco sabía que los encapuchados, una vez adentro, capturaron e inmovilizaron a Débora. Que le colocaron esparadrapo en su boca y un capuchón para impedirle ver.

Los captores, al disponerse a dejar el lugar, con botín y víctima asegurados, fueron alertados por los agentes de la retaguardia del operativo. Estos estaban ubicados a media cuadra de allí y en el interior de una camioneta panel de color blanco, la misma que condujo a Arcángel. Les avisaron sobre la inesperada e incontrolada presencia de una mujer desconocida en el epicentro de la operación. El comando se replegó y mimetizó con habilidad y agilidad en el interior del inmueble, junto con su captura, mientras esperaban órdenes del centro de control de la guardia. Organismo ahora bajo la artera dirección de Luz Divina Vinchira López. Ella sucedió en ese cargo a Ignacio José Mencino, el amor de su vida, era la nueva gerente general de la OVT tras la muerte de su padre, Rómulo Vinchira Torcuato.

Olga, apremiada e intranquila por la vehemente e inusual solicitud de su patrón, ingresó al apartamento sin percatarse del desorden que había en la sala, cocina y comedor, ocasionado por la férrea reacción y oposición que puso Débora cuando aquellos hombres aparecieron por sorpresa, como de la nada, y por cada rincón del modesto y pequeño apartamento. Defensiva e inesperada actitud que los obligó a exigirse a fondo para poder dominar su agresivo y fortacho ímpetu.

Olga siguió de largo, rumbo a la habitación principal, sin notar, tampoco, que el estudio, el "Taller de las Letras", como Rodrigo solía llamar a su santuario literario, también estaba revolcado y saqueado.

Por previa orden de Luz Divina, asesorada por el biznieto de Bernardo Mencino, el comando debía incautar todos los computadores, memorias, material, dinero, títulos valores y cualquier documento de interés para la OVT. Todo ello, casi en su totalidad, Rodrigo lo guardaba sin mayor protección en su estudio. Allí también estaban los archivos digitales de sus seis terminadas pero inéditas novelas, de tres proyectos más, así como del casi millar de asimétricos versos y más de cien narraciones románticas erigidas para su único amor: Débora.

Hurtada producción escrita que, en la clandestina intimidad que solían buscar muy seguido, Ignacio José, fiel a sus genes Mencino y al darse cuenta de la fuerza emotiva, de la belleza literaria y del potencial económico que encarnaba aquel material, le propuso a Luz Divina, a su por siempre en secreto amante, que lo enviara como de su autoría al editor literario del periódico *Época & Espacio*. Influyente diario de circulación nacional comprado hacía muy poco por Rómulo para consolidar su estratégico entronque con una mediática y recolonizadora multinacional española. Negocio con el cual Rómulo les facilitaría a los españoles el acceso para la reconquista y dominación del prometedor y jugoso mercado subcontinental. Aquella fusión, para la OVT, facilitaría la masificación y consolidación, no solo de los productos Vinchira, sino de la filosofía que era menester inculcar, posicionar, afianzar, en las mentes volubles de la particular como tropical población nacional, sumida en el imbuido marasmo social.

En poco tiempo, Luz Divina Vinchira López de Uribia se convirtió (fabricó) en una de las más famosas literatas del subcontinente. Aunque nadie entiende (o se atreve a decir), en particular sus críticos, incluidos los vinculados a su nómina, por qué después de las primeras publicaciones, las escritas y finalizadas por Rodrigo, Luz Divina dejó de publicar. Al menos con la fuerza y belleza literarias, el reconocimiento universal y, por ende, el éxito de las iniciales.

Una vez en la habitación principal, Olga cogió una de las maletas de Rodrigo y empacó tres mudas de ropa, corbatas, zapatos, sudaderas, tenis, artículos de aseo y acicalamiento y, desde luego, su colonia y loción marca Aramis. Por último, colocó los dos sobres y los documentos que extrajo de una caja de madera escondida en el último cajón del armario, tal y como le había indicado su patrón. Por el afán, tampoco se percató de que uno de los agentes, camuflado tras las cortinas, la grababa con un celular.

Aquel agente no era el único que usaba cámaras para documentar el operativo. Olga también fue filmada desde el momento de su arribo a la calle e ingreso al apartamento, tanto por los comandos de la retaguardia de la GCC pertrechada en aquella camioneta de color blanco, como por los sabuesos ubicados en una NPR de color gris plata, tipo buseta y con vidrios polarizados, adscritos a la central de inteligencia de la Agencia de Seguridad Nacional, dispuestos por el agente Salas para comprobar su fantaseada hipótesis relacionada con la presunta culpabilidad de los Vinchira López en la muerte de Rómulo. Vehículo oficial este dotado con la más sofisticada inteligencia técnica posible para la época, apostado a una cuadra del apartamento de Rodrigo, desde donde eran monitoreadas todas las comunicaciones y los pasos de la gente de la GCC al servicio directo de la OVT, de los directivos de la misma OVT, de Rodrigo, de Débora y, desde el envío que le hizo su patrón de aquel mensaje, de Olga.

Gracias a tal despliegue de tecnología el agente Salas obtuvo copia de las grabaciones de las que fue objeto Olga, no solo por sus hombres, sino por los de la GCC al interior del apartamento durante su primera entrada, cuando organizó la maleta para llevársela a Rodrigo; así como cuando regresó, tres horas después, y se encontró con el cadáver de Débora tirado sobre la cama de la alcoba principal. Momento aquel cuando los funcionarios del GELON ingresaron y la capturaron *in fraganti*, tal y como reza el informe del detective a cargo. Pruebas estas: fotográficas, videos, documentos y testimonios que permitieron y facilitaron su rápido procesamiento y condena "ejemplar", gritaron los encanijados y controlados medios de comunicación durante tres días consecutivos.

Videos y grabaciones que inexplicablemente el agente Salas no usó para detener aquel atropello judicial. Mucho menos para denunciar tales desafueros, cada vez más comunes y dramáticos para las víctimas más desamparadas, inermes, en el contexto nacional.

Además de los videos, Salas también escuchó y grabó la orden que dio Luz Divina Vinchira tan pronto le comunicaron sobre la presencia de Olga en el apartamento, mientras otro agente, por frecuencia distinta, le confirmó que se trataba de la empleada de la pareja:

—Doctora Luz, ella es Olga Ramírez… la mujer que habló con la asistente social de la Clínica El Redentor Gregorio durante la primera hospitalización del "Doctor", y de quien hasta este momento no teníamos información de su paradero.

Aprovechando tal inesperada y favorable circunstancia, como lo grabó el equipo de alta tecnología del agente Salas, Luz Divina no dudó en ordenar el cambio de planes en cuanto a la ejecución de Débora, a quien ya no llevarían al Cantón de Puente Arana para su desaparición, desmembración y diseminación bajo las catatumbas de aquel cuartel de ignominia nacional. Ejecutoria esta, sobre todo en esos momentos de incertidumbre para los Vinchira López después de la confesión de Arcángel, la cual no dejaba de implicar riesgos hacia el inmediato futuro en caso de que la OVT y sus aliados, en algún momento y por cualquier circunstancia, perdieran el acérrimo control que tenían sobre el aparato estatal, en especial el judicial y los órganos de control.

Por lo tanto, la orden de Luz Divina fue clara y concisa:

—Muchachos… ¡tenemos un chivo expiatorio! Ahora la vuelta se hará por asfixia mecánica y minutos antes de que regrese esa tal Olga; si es que lo hace dentro de las próximas cuatro horas… de lo contrario, prosigan con el plan inicial. Eso sí, coordinen con nuestros hombres del GELON para que la atrapen *in fraganti*, como responsable del crimen. Y, en cuanto al móvil, ya saben: hurto.

Tras la muerte de Rómulo Vinchira Torcuato todos los celulares de los agentes y personas relacionadas con la OVT fueron intervenidos y convertidos en micrófonos directos. Incluidos los de Rodrigo, Débora y, después del mensaje que le remitió Rodrigo, el de Olga. De esa manera, tales aparatos, siempre y cuando tuvieran puesta la batería, así estuvieran prendidos o apagados, les permitían a los sabuesos de la Agencia de Seguridad Nacional encargados de esa misión, escuchar lo que se hablaba hasta diez metros a su alrededor. Toda esta información era filtrada y suministrada, oportunamente, al agente Salas.

Salas, pese a tener ese material probatorio en su poder, así como los videos de aquel día, junto con la fuerza disponible (sus agentes) y el amparo constitucional y legal, no quiso impedir el crimen del que fue objeto Débora por parte de los comandos de la GCC minutos antes del ingreso de Olga al apartamento tras su regreso de la Clínica El Redentor Gregorio en donde le dejó a su patrón la maleta con la ropa, el dinero, los sobres y los documentos que le pidió llevarle mediante el infausto mensaje con el que, sin pretenderlo, la involucró en aquella trágica trampa.

No solo fue esa omisión como funcionario y ciudadano en la que incurrió el veterano agente. Salas tampoco hizo nada para evitar la infame inculpación de la que fue inerme víctima social Olga Ramírez por parte de los detectives del GELON. Estos, con la eficacia propia del funcionario corrupto, se hicieron presentes en la escena del crimen una vez la ingenua empleada ingresó a la sala, desde donde se alcanzaba a observar el cadáver de Débora sobre la cama de la alcoba principal, segundos antes de la salida del apartamento de los felones agentes de la GCC.

Aquellos funcionarios del GELON, ahí mismo, sin darle tiempo para reaccionar, ni mucho menos para que entendiera la confusa situación generada, capturaron *in fraganti* a Olga, le leyeron sus derechos y la condujeron ante el juez de garantías para legalizar su captura e iniciar el injusto, atrabiliario y rápido juicio que concluyó con una expedita y larga condena de cuarenta años al no haber aceptado los cargos. Al no declararse culpable del concierto de delitos que el GELON presentó y defendió, ferozmente, en baranda.

El agente Salas tan solo instó esgrimir, hacer uso de aquel acopio probatorio cuando, por fuera de todo protocolo de seguridad y contexto, se presentó ante la artera y nueva cúpula de la OVT con los originales, y se los entregó a Luis Fernando Vinchira, sin dejar copia de respaldo ni trazabilidad, en perfecta indefensión, como ido, cual novato investigador. Esa vez el agente les endilgó su presunta responsabilidad, no solo en la muerte de Rómulo Vinchira, sino en otros delitos que atentaban contra la seguridad nacional de la cual él era, les enrostró, salvaguarda. Además, les alegó:

—Óiganme bien: Mientras yo viva, no les voy a permitir que le hagan daño a ningún otro prohombre nacional. Mucho menos, al irrepetible doctor Uribia

Morales. —Quien, según sus calenturientas conjeturas investigativas, era el siguiente en la lista de los Vinchira López y su círculo de poder inmediato.

Luis Fernando tomó inmediatas y precisas decisiones tras observar los documentos que Arcángel Medina le entregó a su padre antes de fallecer. Folios que inexplicablemente habían desaparecido de la oficina del viejo.

Junto con aquellos papeles, el agente Salas también le entregó a Luis Fernando los resultados del laboratorio con la confirmación de la presencia de un potente veneno en las tangelo examinadas. Este veneno era del mismo tipo del que mató al viejo, judicialmente nunca incorporado ni tenido en cuenta.

Hacían parte del conjunto de pruebas, ahora en manos de Luis Fernando, comprometedores resúmenes de grabaciones y filmaciones que la agencia de seguridad, al mando de Salas, hasta entonces un agente de alta confianza nacional y, en particular, para la OVT, les venía efectuando a todos y a cada uno de ellos desde hacía buen tiempo.

Operativos y acciones, como lo dedujo Luis Fernando al concatenar aquellas pruebas documentales con las incoherentes acusaciones, teorías y respuestas del veterano agente Salas, planeados y ejecutados, exclusivamente, por cuenta e iniciativa de aquel funcionario, tan solo movido por su gastado, envejecido y confundido celo institucional. Y, lo más importante y tranquilizador: que todo indicaba que nadie lo estaba patrocinando, presionando o impulsando.

Luis Fernando concluyó, entonces, que no se trataba de una soterrada actuación o jugarreta del actual y viscoso Gobierno, ni de los crecientes competidores de la OVT y sus aliados, tampoco de sus cada vez mayores enemigos políticos, comerciales e industriales. Menos, aún, de otros gobiernos del subcontinente, social y políticamente antagonistas con el concordense. Que tras la muerte de su padre no había, como lo sospechó en algún momento, organizaciones internacionales defensoras de derechos humanos, encarnizados enemigos de su medicina alternativa por ser esta, según ellos, la respuesta a sus previa y masivamente inoculados depredadores virus. Tampoco de los quisquillosos ambientalistas inconformes con la extractiva explotación industrial de la Serranía Los Macadanes. Hábitat de las vernáculas rubirnalia, rubirnaca y rubirnásea, precursoras de la poderosa molécula 3R que la OVT utilizaba, primero para infectar, después para curar, paliativamente.

La 3R, sustancia aquella, entre otras, que puede utilizarse, como lo descubrió y pregonó el empírico botánico y padre del profesor Quiroga, para sanar, y a muy bajo costo, un alto porcentaje de enfermedades tradicionales que afectan a la humanidad.

Luis Fernando comprobó, también, que al parecer el agente Salas actuaba solo, y no en cumplimiento de órdenes impartidas por alguien. Nadie estaba tras aquellas actuaciones. Solo él. De esa forma quedaba descartado cualquier vestigio de confabulación institucional o privada contra ellos, los Vinchira López.

Por lo tanto, la primera decisión tomada por Luis Fernando Vinchira López tuvo que ver con la inexorable situación de marginación a la que debía ser sometido el hasta ese momento fiel aliado de la casa, y director de la Agencia Nacional de Seguridad: el veterano agente Salas.

En la convocada reunión de urgencia que este les solicitó a los integrantes de la cúpula de la OVT se encontraba su cuñado Gerardo Uribia, el hijo del expresidente. Aquel delfín presidencial sabía del aprecio y agradecimiento que su padre sentía y tenía respecto al siempre fiel agente, ese día, al parecer, salido de sus cabales, según la conclusión a la que llegaron al verlo actuar con tan singular y riesgosa manera. *Tal vez por su avanzada edad*, pensaron todos. Por ello, decidieron llamar al doctor Sarmiento, en ese momento acabado de nombrar director científico de la Clínica El Redentor Gregorio. El mismo que trató a Rodrigo en el Pabellón B de Siquiatría durante su primera hospitalización.

Pese a tal deferencia esgrimida por Gerardo Uribia, al doctor Sarmiento le ordenaron, no solo que resolviera la crisis de la cual era víctima aquel funcionario, sino que lo remitiera de inmediato a la clínica y lo incluyera en el programa especial de protección de héroes y servidores de la patria. Había que tener en cuenta su caro, eficiente y prolongado servicio prestado a la sociedad. Y no solo para la protección de su integridad física y mental, sino para preservar el secreto que merecía la información clasificada de la cual él era depositario exclusivo.

Luis Fernando hizo énfasis para que el siquiatra le comenzara, ahí mismo, el tratamiento con el Aturditonatrol de 0.75 miligramos, ¡y con dosis triple!, de tal manera que cuando se le permitiera a su familia, o a sus allegados, verlo, o, incluso, cuando algunas autoridades interesadas en hablar con él lo solicitaran, la manipulada y potente molécula 3R hubiera cumplido con sus primeros, impactantes e irreversibles efectos secundarios: tremor general, desarticulación paulatina entre el pensamiento y la ilación de la expresión hablada y, posterior, dificultad de comunicación escrita. Con lo cual quedaban más que justificados la hospitalización, el diagnóstico siquiátrico y la formulación dada. Solo a hacerse público, de ser necesario, en su debido y controlado momento.

Esa misma noche el veterano agente Salas, no solo fue internado en el manicomio, sino medicado de conformidad con los inminentes fines buscados por la cúpula de los Vinchira López. Al presidente de la República, por conducto del doctor Uribia Morales, se le explicó el motivo médico de la situación que había afectado al insigne agente Salas, por lo que se le solicitó el nombramiento, en su remplazo, de un aliado y confiable amigo de la casa OVT. De esa forma, le justificaron al primer mandatario nacional, se garantizaba el cumplimiento de los tratados con las grandes firmas farmacológicas transnacionales y sus respectivos países matrices y garantes.

La segunda decisión que tomó Luis Fernando fue motivada, en parte, por los documentos que Arcángel le dio a Rómulo Vinchira, desaparecidos tras su muerte, y que el agente Salas le entregó de forma ingenua como inesperada. Estos sirvieron, a la postre, para que la OVT agilizara y obtuviera mediante refinados entuertos jurídicos, tres meses después y a favor de una esposa ficticia, no solo el desembolso de la cuantiosa liquidación prestacional de la Cervecera Nacional y los saldos del significativo patrimonio colocado en cuentas bancarias y títulos valores, sino la sustitución pensional de Rodrigo García Ronderos. Gestión esta que Arcángel, además de ser su ideólogo, llevaba muy avanzada el día de su irregular captura.

La OVT gestionó y logró para que a Rodrigo García Ronderos, su respectivo fondo, le asignara pensión completa más un cuarto (125%) por enajenación mental, tras las actas de la junta médica siquiátrica y el respectivo tribunal, apoyados en el diagnóstico emitido por el doctor Sarmiento y su equipo de siquiatras de la Clínica El Redentor Gregorio. Determinación en donde, entre otros acápites, exhibía: «Sicosis depresiva mayor. El paciente evidencia dificultades en su manejo diario y reitera irreversibles alteraciones agresivas de conducta que representan alto riesgo para la sociedad, en caso de no mantenérsele de por vida bajo control medicado intrahospitalario».

La tercera decisión que tomó Luis Fernando Vinchira López, ahora presidente vitalicio de la poderosa e influyente OVT a lo largo y ancho del país y el subcontinente, involucró la suerte (vida) de Arcángel Medina, hasta ese día "huésped invitado" en el casino del Cantón de Puente Arana. Así lo decidió Luis Fernando tras escuchar la perorata del director de la ASN, leer los reportes de las grabaciones y filmaciones y comprobar que el veneno de las tangelo examinadas por orden de Salas era muy similar a la sustancia detectada, sutilmente, en la sangre de su padre. Además, le sirvió para comprobar que la amenaza y la confabulación del actual gobierno con fuerzas oscuras contra la cúpula de la OVT, señaladas y aún sostenidas por Arcángel Medina, eran falsas, sin sentido, y tan solo esgrimidas por aquel delincuentillo para ganar tiempo, evitar ser mutilado y seguir respirando.

Le sirvió, también, para pensar con mayor claridad y sentir que ellos, aún sin su padre al frente de la organización, podían seguir utilizando el poder a discreción, para lo que se les antojara. Más ahora que iban a lanzar sobre la población una calamitosa patología tropical creada en sus laboratorios. Para la cual, como en al menos siete anteriores ocasiones, la OVT y sus aliadas internacionales ya tenían preparada la paliativa medicación que saldrían a ofertar y el Gobierno Nacional haría incluir en sus planes de medicamentos oficializados. Ardid con el cual, como siempre, les permitiría seguirse lucrando a sus anchas, hasta el hostigo, sin control, de la atolondrada sociedad nacional y, posteriormente, de la subcontinental.

Tras estas reflexiones, Luis Fernando impartió la inmediata orden de neutralizar a Arcángel Medina y diseminar sus partes por entre las catatumbas del Cantón de Puente Arana. Con tal decisión, lo pensó, se esfumaba una oportunidad, no solo para intentar saber por qué su padre ingirió, de forma voluntaria, como parecía verse en el video, el acíbar inoculado en la tangelo, sino entender la cadena de sucesos que hicieron posible que la inficionada naranja llegara a sus manos. Sin embargo, también lo consideró, lo averiguara o no, lo entendiera o no, en nada remediaba la suerte que tuvo su amado padre. Como tampoco ello iba a ser un freno para sus complejos, ambiciosos e incontenibles planes de extracción y acumulación extrema de riqueza, sobre todo ahora que la duda de una posible confabulación palaciega contra su organización se había esfumado, gracias a la inesperada visita del agente Salas, con tan valiosa información y pruebas.

Luis Fernando creía que la muerte de su padre se debió a un desdichado azar de la vida. No encontraba ningún hilo conductor lógico, válido, entre el envenenamiento de las tangelo que recibió Rodrigo en el sur de la ciudad capital, y la caprichosa orden que ese día dio su padre de capturar a Arcángel y llevarlo, precisamente, a su oficina. Ya que lo que se buscaba, en principio, con su neutralización, era disminuir el riesgo que Débora y Arcángel representaban para los planes de la OVT de quedarse con el modesto patrimonio de Rodrigo.

Ahora bien, si se mantenía la hipótesis de que lo de su padre fue algo premeditado, quizá por parte de los traficantes de medicamentos alternativos con sede en la galería Estepero, él tenía, aún, que intentar comprobarlo. Tenía que averiguar por qué su padre recibió y comió, a voluntad, como quedó registrado en el video de seguridad, la deletérea sustancia inoculada en la tangelo que le entregó en su oficina Arcángel Medina. Para eso aún contaba con Rodrigo, el hombre que llevó los intoxicados cítricos desde la galería Estepero hasta su casa, en donde las recibió Arcángel, el supuesto criminal material.

De aquel cautivo y fundamental testigo no solo obtendrían, como lo hicieron, su modesto patrimonio de toda una vida de trabajo y ahorro, modesto en comparación con los dividendos que la OVT arrojaba con su multifacético, cuestionado y criminal portafolio, sino los secretos de la industria criminal que acabó con la vida de su viejo, que si era cierto, estarían agazapados en las catatumbas de su mente... y, hasta allá, tendría que penetrar el doctor Sarmiento con el Aturditonatrol de 0,75 miligramos para extraérselos, tarde o temprano. Pues, para eso, y mucho más, no solo lo tenían en aquella clínica, sino que le pagaban, y muy bien, al comprometido siquiatra aquel.

Al cruzar por segunda vez la pesada puerta de vidrio que separa la antesala de recibo de pacientes con la rotonda del primer piso del área de internos en la Clínica El Redentor Gregorio, Rodrigo no sintió la angustia que embargó su humanidad la primera vez que lo hizo. En esta ocasión, además, su ingreso fue rápido, sin mayores protocolos ni engorrosas autorizaciones. El alienista que lo recibió tan pronto leyó el original de la remisión firmada por Zapata Neira, entregada por uno de los fornidos enfermeros que escoltaron al paciente durante todo el recorrido efectuado en ambulancia, ordenó de inmediato su hospitalización en el Pabellón B de Siquiatría.

Así lo refería el siquiatra tratante y remitente, y de esa forma estaba dispuesto desde esa mañana cuando la remisión llegó por correo electrónico al despacho del doctor Sarmiento, el director de la clínica, con las indicaciones del caso.

Tan pronto Rodrigo ingresó a la sobria rotonda, la enfermera de recepción accionó el dispositivo eléctrico que, tras un chirrido metálico, cerró las dos hojas del grueso vidrio de la puerta. El reincidente paciente, además de reconocer el escenario, siempre impregnado con el rancio olor de los medicamentos siquiátricos, recordó que la primera vez Patricita Pombo de Guzmán lo auxilió y colaboró para que se acomodara en la vieja silla isabelina. Silla que permanecía ahí, frente a él. A tan solo tres metros y medio, muda, expectante... casi insinuante. Acción de amparo que aquella vez le evitó a Rodrigo caer al jaspeado piso de mármol, como consecuencia del momentáneo desvanecimiento que tuvo.

Durante ese segundo acto en la pasional desdicha de Rodrigo, la famélica mujer que entonces devoraba aquel oloroso y exquisito pan francés no estaba en escena. *Tal vez ni en el elenco*, pensó lúdicamente.

Solo deambulaban, maquinalmente, tres o cuatro pacientes, ensimismados en los libretos de los sainetes de la tragicomedia social que interpretaban, cada uno y a su impuesto estilo, en la profunda soledad de su orfandad. Actores que al percatarse de la presencia del elegante comediante que acababa de ingresar; tal vez caracterizando a un doctor o un visitador médico, como también lo pensó en silencio pero con sorna uno de ellos; instaron acercársele para interactuar con él. Teatral intención interrumpida por Carolina, la enfermera del tercer piso del Pabellón B de Siquiatría, quien al bajar a recibir a su nuevo paciente, les manifestó desde el tercer escalón de la acaracolada escalera de mármol:

—Bueno... ¡bueno! Dejen tranquilo a Rodrigo, su nuevo compañero de pabellón. Él viene a estar con nosotros... ¡y por un buen rato! Ya tendrán tiempo suficiente para socializar con él.

Tal sentencia hizo enmudecer y palidecer al aludido, además de hacer reaccionar a los interpelados quienes, ante la firme expresión de la bonita y joven enfermera, optaron por continuar con su inducida rutina.

Aunque Rodrigo era consciente de que aquella inesperada y atrabiliaria hospitalización, hasta ahora manejada por él de manera inteligente y pasiva para instar hilar una pronta y efectiva salida, como lo hizo y logró en la anterior oportunidad, tenía una intención, horizonte e interesados tan oscuros como inciertos, no imaginaba que en esta oportunidad la pasantía en el manicomio sería por un periodo prolongado.

A lo sumo una... o, máximo, dos semanas... o un mes, calculó. Más, nunca, por un "buen rato", tal y como lo anunció Carolina, la enfermera del Pabellón B de Siquiatría.

—Entonces... don Rodrigo —le dijo la enfermera una vez que llegó hasta donde este permanecía estático, en pretérito, ebúrneo—, de nuevo por estos lares... y, esta vez, parece, que la recaída amerita mucho más cuidado que la anterior oportunidad —le insistió, no solo invitándolo a que la siguiera rumbo a la escalera, sino tomando entre sus blancas y tersas manos el portafolio de cuero que él llevaba y dentro del cual cargaba su fina agenda, la computadora portátil, una grabadora de mano marca Sony, un juego de esferos Lamy, otras pertenencias de uso diario y literario, así como su documentación personal, dinero en efectivo y... ¡el gotero plástico en el que aún conservaba la deletérea acibricina!—. ¿Qué me le pasó? O, mejor sería preguntar: ¿Qué me le hicieron?, ¿y quién?

—Sólo vine a verte, ¡bella, trigueña bella!, ¡me haces mucha falta! —reaccionó Rodrigo ante las preguntas de su interlocutora, preocupado, más aún, al recordar que el gotero lo guardaba, precisamente, en el maletín, ahora en las manos de Carolina. Instó mantenerse tranquilo, mostrarse impertérrito, contrario al rescoldo que bullía en su interior y tocaba, incluso más, su compostura.

Al fin y al cabo, esa era la estrategia (la calma) que había cocido durante su escoltado viaje desde el consultorio del doctor Zapata Neira hasta la recepción de urgencias de la clínica de reposo. Además, era lo único que, en su "sana lógica", podía hacer frente a tan inesperadas e inexplicables circunstancias.

En cuanto a la acibricina, ya vería cómo evitar que aquella dulce joven entrara en contacto con la mortal doble decantación de la rubirnalia y sus entroncadas y vernáculas hierbas. Por ahora no era prudente mostrar interés alguno por el maletín y su contenido, aunque sabía que una vez llegaran al recibidor del tercer piso, Carolina, por protocolo, lo tenía que revisar. Pero mejor sería esperar el desarrollo de los acontecimientos y, tal y como se fueran dando las cosas, actuaría. Antes no.

—La verdad sea pública, mi dulce y fresca Carolina: extrañé tus atenciones y cuidados. Me hacen mucha falta, por eso regresé... y tú lo sabes... o, al menos: lo intuyes. Y te lo digo, no solo por el fulgor de tus pupilas de serafín cuando me miras, sino por esa seductora esencia a infusión de brevas en almíbar caliente que emana de ti cada vez que estamos cerca... y ulula, por doquiera, esa estimulante fragancia a instigado romero, la rosa de los mares.

—No sabía que tuviera alma de poeta... ¡Qué frases tan bonitas! Gracias, pero creo que son inmerecidas... —Sintió ruborizar sus mejillas—. En cuanto a sus cuidados, mientras permanezca en este lugar, y bajo mi responsabilidad: ¡Ni más faltaba! Aquí lo vamos a cuidar y a atender como se lo merece y necesita... ¡De eso me encargo yo!

Carolina correspondió con manifiesta coquetería el embate afectivo de Rodrigo. Ella, y desde la primera vez que él estuvo bajo su cuidado, supo, al embeberlo en su mirada de nostalgia, que su afectación era producto de un secreto e inconfeso desamor. Además, sin él proponérselo, le generó en su femenino pecho encontrados sentimientos de afecto, así como esa primitiva e incontrolable pasión humana. Sentimientos esculpidos en ella, tal vez por sus finos modales, o por su expresión oral. O por su cuidada presentación personal... O, quizá, por esa sensación placentera, atractiva, insoslayable, como de amparo paternal, producto de la diferencia de edad existente entre los dos y que a ella, desde muy niña, siempre que interactuaba con hombres cincuentones, la subyugaba; más aún, si eran educados, bien hablados y gentiles. Afectiva sacudida percibida y mantenida en escondido silencio, bajo la mordaza moral, social y laboral que era menester esgrimir.

—Por eso los jefes me volvieron a encomendar su asistencia... y, por favor, sígame al tercer piso para su registro formal.

—Créame —respondió Rodrigo al tiempo que iniciaban el ascenso de la acaracolada escalera con rumbo al Pabellón B, ubicado en el tercer piso del siquiátrico—, para mí es un placer volver a estar bajo tus dilectas y esmeradas atenciones... pero, dime, ¿cómo garantizamos que esta vez sea, de verdad, por un "buen rato", como lo manifestaste hace unos minutos? —Rodrigo buscaba, con sutil argucia romántica, establecer la veracidad y fuente de la sentencia inicial comunicada por la enfermera.

—¡Así va a ser! —respondió de inmediato, sin vacilar, tal vez con ingenuidad ante la fina argucia afectiva del paciente que ahincó tanto el secreto sentimiento como la amordazada pasión que por él ella sentía—. En la remisión que esta mañana nos hizo llegar por correo el doctor Zapata Neira, se indica un tratamiento intrahospitalario "esencial"... que demanda un buen tiempo... Pero, es por su salud, en este momento lo más importante para todos y, en particular, para mí, siendo usted tan especial, Rodrigo.

—Y... ¿cuál es el diagnóstico? ¿En qué consiste el tratamiento indicado? —preguntó Rodrigo con actuado disimulo y expósito desinterés—, si se puede saber y no es mucha molestia.

Inconvenientes e incómodas preguntas eludidas con habilidad, inteligencia y profesionalismo por la enfermera, quien aprovechó que acababan de llegar al recibo del Pabellón B, en el tercer piso, para, antes que responderle, ubicarse tras el cubículo e iniciar el protocolo de registro que Rodrigo ya conocía y que aceptó sin queja ni pregunta alguna. Como lo hizo durante la primera oportunidad que estuvo ahí. Hizo omiso caso a la evidente elusión de sus postreras preguntas por parte de la abochornada joven.

Carolina, de mil amores, en su fuero interno e inflamado pecho, quería, necesitaba responderle, contarle sobre el diagnóstico de Zapata Neira. Pero, no lo iba a hacer, en aras de la salvaguarda de su medio de sustento, cada vez más esquivo y comprometedor en el país. Ella estaba segura de que aquel dictamen estaba equivocado, amañado y tremebundo, según su formación, larga experticia asistencial en asuntos de desvaríos humanos. Como lo estaban los de otros tantos casos, recientes, de varios pacientes, a los cuales les ordenaban el mismo malintencionado, alienante y enfermizo tratamiento. El mismo que desde la llegada de la OVT a la clínica se les aplicaba, de forma indiscriminada, a los pacientes con alguna capacidad económica o importancia política o social, como el caso de Patricita Pombo de Guzmán.

Tratamiento, en especial, basado en los fármacos alternativos de la OVT, o de sus afiliadas, que aunque avalados por el más que politizado, clientelizado, Instituto de Salvaguarda Farmacéutica y Alimentaria (INSAFA), eran muy cuestionados, en privado, por médicos y consumidores que no se atrevían a levantar su voz al respecto, dadas las injerencias y certeros alcances de los Vinchira en casi todos los escenarios de la vida nacional, incluidas, desde luego, las ramas Judicial, Ejecutiva y Legislativa, así como los sectores industrial, comercial, agrario y laboral, los entes de control público y, desde luego, los medios masivos de comunicación. Todos a su merced y alcance económico y, cuando esto no era suficiente, el fatídico accionar de la Guardia Civil se encargaba de enderezarlos, o, llegado el caso, ajustarles las cargas.

Proceso de registro intrahospitalario que en ese momento tampoco se cumplió por completo, a cabalidad. La euforia y algarabía que armó el sargento Rodríguez lo impidió. Expreso refocilo del militar al reconocer que el nuevo huésped de "la cárcel de indeseados sociales", como solía argüir de vez en cuando aquel suboficial, era el Doctor, como lo apodaron la primera vez que Rodrigo estuvo ahí. Mote que también fue usado por las agencias gubernamentales que coadyuvaron a marchitar, finalmente, su vida.

Algarabía que hizo que Carolina revisara con superficialidad el portafolio y tan solo se incautara, "para seguridad de todos los internos", reiteró, el cable de potencia de la computadora portátil, sin darle mayor importancia al gotero plástico que contenía la letal acibricina. Sustancia esta con la que Rodrigo y sus aliados ocasionarían fatales desenlaces. Frasco sobre el cual Rodrigo, con teatral intrascendencia, manifestó que se trataba de unas gotas naturales para la resequedad de los ojos. Explicación suficiente para que la enfermera decidiera dejarlo, sin tocarlo siquiera, en el sitio que estaba y de donde de inmediato lo sacó Rodrigo para introducirlo en el bolsillo superior externo de su saco, en el cual lucía un elegante y fino pañuelo rojo doblado al estilo casual, que hacía juego con su costosa y vistosa corbata. Acción que coincidió con la orden que recibieron los dos internos por parte de otra de las enfermeras para que se dirigieran al comedor.

Era mediodía, hora de almorzar. En ese momento, y antes de que los pacientes se dirigieran hacia allí, Carolina le indicó a Rodrigo que su habitación era la número tres, a donde podía ir y dejar su maletín. Además, que en el comedor le correspondía la silla E de la mesa tres. En ese momento Rodrigo aprovechó para solicitarle que por favor le guardara el portafolio hasta después del almuerzo, cuando subiría a acomodarse, junto con las cosas que esa tarde le iba a llevar Olga, su empleada. Carolina recibió y guardó el maletín en un armario con seguro. Enseguida todos se desplazaron por la escalera hasta el segundo piso, rumbo al comedor.

La tres quedaba al lado derecho de la mesa donde Rodrigo compartió alimentos con otros cinco pacientes la primera vez que estuvo ahí. Tan pronto ingresó y se sentó en el sitio que le asignó la enfermera, al tiempo que el sargento Rodríguez hizo lo propio en la suya, evocó el nombre de sus anteriores acompañantes. Entonces, los buscó con su mirada. Luis Carlos Rodríguez, el sargento viceprimero de la Guardia Nacional, aún conservaba su puesto, la silla A de la mesa cuatro. Julio Albeiro Sepúlveda, veterano soldado profesional, también de la Guardia Nacional, continuaba en la B. Más no así el jorobado: Jesús Leonardo Fonnegra, desmovilizado de las perdonadas y reinsertadas autodefensas.

—A él, finalmente, el Carnicero, su excomandante, le dio caza aquí mismo, en la clínica, sin que pudiéramos evitarlo… ni siquiera nos percatamos de ese operativo. Parece que su verdugo contó con el apoyo del doctor Sarmiento, el nuevo director, quien en un fin de semana lo aisló de nosotros y le quintuplicó la dosis del Aturditonatrol. A partir de ese momento decidí declararles la guerra a estos apátridas —le comentó, todavía conmovido, el sargento Rodríguez a Rodrigo esa noche durante el refrigerio nocturno.

Ahora, en la silla C, estaba sentada una joven desarreglada, muy buena moza, aunque con evidente traza de fuertes dosis de calmantes psiquiátricos (equilibradores del ánimo). A su lado, un hombre de gruesas facciones y de avanzada edad ocupaba la D, la silla que le fue asignada aquella primera vez a Rodrigo. José Salguero Angulo, el arquitecto, y Mario Venegas Trillos, el ingeniero civil, mantenían las mismas: E y F, respectivamente. Carolina, por su parte, seguía siendo la enfermera encargada del orden en esa mesa.

Una vez concluyó la inspección ocular de sus antiguos compañeros de mesa, notó que los otros cinco integrantes de la suya, así como la mayoría de comensales de las otras, tenían su vista clavada en él. *Tal vez por mí indumentaria... inusual para este ágape*, pensó con sorna.

También observó que, como en todos los puestos, en el suyo había un pequeño vaso con agua y, a su lado, en uno más pequeño, también de plástico, varias pastillas de diversos colores y tamaños. Medicamentos que a la orden de: «Favor ingerir las dosis», impartida por la sanitaria que comandaba aquel batallón de enfermos del alma, todos, con mecánica obediencia (controlada imposición) alzaron, echaron a la boca y tragaron con agua. Incluso él, Rodrigo, quien tuvo que pedir otra ración de líquido para poder tragar sus tres amargas grageas. De soslayo oteó la sonrisa maliciosa, como de complicidad, que le lanzó el sargento Rodríguez.

Luego, al pasar su mirada por las otras mesas, pudo ubicar a Carmenza Mondragón Gutiérrez en la seis, y, en la dos, a Patricita Pombo de Guzmán, quien le sonrió. Estas dos mujeres envejecieron con extrema rapidez, le pareció, en relación con las imágenes que de ellas tenía en su recuerdo. Su viaje a lontananza había sido hostigado por las particulares circunstancias de aquel lugar de escondido y propiciado olvido. La mayoría de los otros comensales, incluidos los de su mesa, también eran conocidos, estuvieron durante su primera visita a ese lugar y, tal vez unos cuatro, o cinco, eran nuevos, como los dos que ocupaban los puestos que tenían asignados en aquella mesa, en esa oportunidad, Leonardo Fonnegra y él.

El sargento Rodríguez abordó a Rodrigo durante el receso, tras el almuerzo. Lo hizo antes de la llegada de Olga con el sobre sellado lleno de billetes, los documentos y enseres que le había solicitado que le llevara mediante aquel infausto mensaje. Al militar le urgía hablar con él. Revelarle varios secretos.

—¡Cosas muy importantes para todos! —enfatizó el sargento Rodríguez.

—Lo escucho, sargento.

—Es preciso y de mutua estratégica y conveniencia que lo sepamos… para que actuemos en consecuencia. Pero, unidos, para evitar ser víctimas de fuego amigo… para repeler a tiempo las balas del atrincherado y poderoso enemigo que nos acecha en la manigua social...

—¿Qué es lo que sucede?

—Doctor: ¡nos quieren dar de baja! Como lo hicieron con Leonardo… Necesitamos cantar victorias tempranas antes que ellos… Hay que estar alerta con el loquero Sarmiento, ahora jefe de este teatro de operaciones sicológicas, junto con sus dos fatales aliados de la OVT: el sin tantita de Luis Fernando Vinchira y su temible y oscuro escudero de incontroladas ambiciones, Ignacio José Mencino… Ese par de joyas, no contentos con esquilmar sin compasión alguna a la mayoría de entumecidos connacionales, ahora, aquí, adentro, se las traen contra mi regimiento de combatientes...

Entre los secretos que el sargento le contó a Rodrigo estaba el caso de Patricita Pombo de Guzmán.

—A esa pobre mujer, ¿la recuerda?, tras apañarle —se refería a los nuevos socios de la Clínica El Redentor Gregorio, directivos y dueños principales de la OVT— su cuantioso patrimonio de toda una vida de trabajo al lado de su esposo, le suspendieron por completo las pequeñas libertades de las que gozaba mientras la trabajaron. Como poder ir, al menos dos veces al día, hasta la sucursal más cercana para abastecerse de su pan preferido: el francés. Ahora la tienen olvidada, marginada, drogada... Que de no ser por mi estrategia, ya estaría del otro lado. Sin embargo, a Patricita, el demonio de la por ellos auspiciada depresión la consume, no tanto por la fortuna que le fue robada, sino porque a sus hijos y nietos, infames gestores, causantes y cómplices útiles de la debacle familiar, también los dejaron en la inopia. Incluso, a su hijo mayor como que lo neutralizaron. Él sí, al parecer, colgó las botas... Y, contra ese flagelo, la "depre" que la consume, mi estrategia para mantenerla alerta y con ganas de vivir está dejando de funcionar. Por eso lo necesito a usted, Doctor. Porque usted es muy inteligente y estratega... aunque lo advertí dubitativo, a punto de tirar la lanza frente a la tragada de las pepas con las que le dieron la bienvenida en el almuerzo.

El sargento Rodríguez atisbó en Rodrigo García Ronderos ciertas competencias, las cuales constituían una estratégica oportunidad para fortalecer la guerra iniciada contra sus carceleros. Un profesional como Rodrigo era el indicado para afianzar sus, más que planes, deseos vengadores, de humano desquite e innatos instintos de sobrevivencia. Entonces, decidió, además de alistarlo en su artillera escuadra de combate, compartirle su eficaz técnica para contrarrestar los nefastos y dependientes efectos de los medicamentos que les suministraban para mantenerlos subordinados, dóciles, aislados, justificadamente, del mundo en el que, según el exmilitar, eran un problema para el sistema, después de haber sido miopes útiles.

—Si nos dejaran libres afectaríamos la imagen del Gobierno y los despreciables intereses de más de un poderoso padre de la patria... así como los de estos sin tantita... ¡los Vinchira y sus sátrapas socios y ladinos dependientes! —solía sostener con rabia el sargento, y lo hizo esa vez frente a Rodrigo.

—Ahora creo entender por qué me siguieron y vigilaron algunos agentes desde cuando salí de aquí la primera vez —murmuró en voz baja—. Tuvo que ser por las notas que tomé de algunos de ustedes... Sargento, dígame, ¿en qué puedo ser útil aquí? Además, ¿en qué consiste la estrategia de la que me habla?

—En mucho, Doctor, ya lo verá... y en cuanto a lo otro, es una argucia —le respondió el sargento—. Se trata de la falsa ingesta de la mayoría, por lo general dos de cada cinco grageas, de medicamentos mediante la retención sublingual de las píldoras —enfatizó—, con la posterior y disimulada recuperación, camuflaje y eliminación de las mismas.

Técnica que esa misma tarde el exmilitar le explicó y que a la hora de la cena Rodrigo practicó. Al principio lo hizo con impericia y solo eludió una grajea de las cinco que le suministraron. Una semana después, tal vez, ya la dominaba. De cada cuatro o cinco que le daban solo ingería una, o máximo dos... y a veces ninguna. Y, camuflado, sin ser visto o detectado por las enfermeras o las cámaras, desde luego. Aun cuando, quizá por aquel reservado afecto que le profesaba, Carolina siempre hizo omiso caso de ello desde ese primer día. Así lo percibió Rodrigo, lo que la hizo su cómplice en esa primera, y no única, situación violatoria del reglamento interno y uno de los protocolos de la Clínica El Redentor Gregorio.

Gracias a esa argucia los efectos del Aturditonatrol de 0,75 miligramos no avanzaron con la prontitud y eficacia que esperaban, y necesitaban, Luis Fernando Vinchira y sus amangualados, primero con Rodrigo, luego con el agente Salas.

El exdirector de la ASN, además de ser aleccionado para la retención sublingual, fue reclutado por el sargento Rodríguez para su guerra, tan pronto lo recluyeron en el Pabellón B de aquel sanatorio mental. Con estos nuevos combatientes de la causa la estrategia bélica del sargento Rodríguez se amplió en alcance y se refinó y fortaleció en lo operativo.

La conformada escuadra de combate era comandada, en primera línea, por el sargento Rodríguez. Sus otros integrantes: el agente Salas, Rodrigo, el ingeniero Mario Venegas Trillos, el arquitecto José Salguero Angulo y Patricita Pombo de Guzmán, presto le suministraron al sargento, con generosidad y ahínco, toda su experticia, conocimientos, información, argucias, amordazadas competencias, gotas de acibricina, medios logísticos, literarios y económicos. Entre estos últimos, la fortuna que contenía el sobre sellado que Olga le llevó a Rodrigo con sus enseres y que Carolina le supo esconder y dispensar en el momento justo, con leal celo y afecto.

Luego vino la fijación de objetivos. El primero de estos era retardar el aturdimiento y la controlada, como simulada, inducida e inexorable defunción de los medicados y sentenciados, antes héroes de la patria, ahora pacientes siquiátricos "protegidos" por el republicano estado concordense. El segundo objetivo era divulgar y darle a conocer a la humanidad, algún día, sus oficialmente tapadas historias y verdades, tan incómodas para algunos connotados nacionales, de ser difundidas.

Tan pronto conoció la que consideró como una humanitaria y originaria intención y estrategia de sobrevivencia del sargento Rodríguez, Rodrigo se propuso develar, publicar las vivencias y concomitantes secretos de Estado que sus compañeros de contienda, y desde luego él, guardaban en sus mentes. Historias de vida, casi todas impregnadas de corrupción, la peor de las plagas sociales, que por supuesto el artero sistema pretendía, le convenía, ocultar para siempre.

Literario propósito este, adicional y muy diferente a la ebúrnea, sepulcral y tan nacional obstinación que se les fue incrustando a estos cofrades, de forma inexorable y paulatina, en sus agitadas y tocadas almas: hacerles efectivas sus respectivas "cuentas de cobro" a algunos de los mercaderes de la muerte, y parciales responsables de su aciaga y actual situación, y de la nación entera. Luis Fernando Vinchira López, Ignacio José Mencino y el doctor Sarmiento fueron los primeros en aparecer en la patibularia lista. Ahí también figuraban, después de ellos, otros tantos connacionales de igual o peor prosapia.

Dolor de patria producto de la desigualdad social que cada día se infectaba sin control alguno, sin la más mínima posibilidad de resarcir, menos de detener. Invisible y deletéreo atufo que impulsaba a esa escuadra de héroes refundidos en el Pabellón B de la Clínica El Redentor Gregorio a intentar cantar victorias tempranas durante el desarrollo de la absurda lucha desigual en la que se enfrascaron.

Con los propósitos de prolongar lo más posible sus existencias, de darle a conocer al mundo sus tragedias sociales e instar castigar a sus verdugos y victimarios, en principio a los más cercanos, a los que estaban a su alcance, el sargento Rodríguez también reclutó al agente Salas. Lo hizo luego de lograrle pausar los mortíferos efectos de las primeras sobredosis del Aturditonatrol, gracias a su técnica de retención sublingual.

El agente Salas se integró a esa temeraria asociación, no solo ideada y organizada por el sargento Rodríguez, sino aliñada con el vindicativo concurso de Rodrigo y los otros tres combatientes, en primera línea, y nueve más en la retaguardia; entre estos últimos, el soldado profesional Julio Albeiro Sepúlveda. Desde ese momento el veterano detective les proporcionó a sus cofrades, no solo información valiosa de personajes importantes dentro de la sociedad y la OVT, a quienes también incluyeron en su patibularia y larga lista con sus respectivos pecados sociales, sino tácticas y estrategias para mejorar y asegurar la subsistencia y sobrevivencia de los integrantes del ecléctico grupo, todos condenados, por sus servicios y aportes al país, a los letales, paulatinos e inexorables efectos de la molécula 3R, en su versión más perversa.

A pesar de los degradantes efectos cerebrales, gástricos (metaplasia intestinal) y afectivos que se le insinuaron desde la impelida ingesta de las primeras tri-plicadas dosis ordenadas por Luis Fernando Vinchira, Salas sugirió, con mucha propiedad y conocimiento de causa, que para el éxito de la operación de divulgación universal de sus respectivas historias, uno de ellos ten-dría que lograr salir, ser dado de alta para poder actuar en el exterior. Insistió que tendrían que seleccionar para tal misión, entre ellos, al que social y políticamente es-tuviera menos comprometido. Al elegido tendrían que prepararlo y propiciarle el terreno para que, una vez do-cumentado con las memorias de cada uno, lo dieran de alta, saliera y se contactara con un editor extranjero para lo de las publicaciones y demás parafernalia edi-torial y comercial. Empresario que Salas conocía y a quien, con toda seguridad, no solo le iba a interesar el candente material, sino parte del dinero del que le al-canzó a llevar Olga a Rodrigo. Recursos monetarios que se le entregarían por anticipado para la edición, pu-blicación, comercialización y distribución.

Salas estaba en lo cierto. Tenía información pri-vilegiada gracias a su trabajo de toda una vida en la ASN. Conocía el prontuario que a la mayoría de ellos el sistema; en su respectivo e histórico momento, y da-das las circunstancias, en particular las de índole polí-tico; les había configurado, supuestamente para "prote-gerlos", para "garantizarles" su seguridad mediante aquellas condenas, a cumplir, a pagar, y de por vida, en el siquiátrico y religioso reclusorio. Esto, dado que, les comentó Salas:

—La verdad del loco, aunque pele el coco, le vale al mundo poco.

Típica, sencilla y efectiva estrategia oficial usada a lo largo de la historia patria para aquietar a indómitos contradictores, sin necesidad de acudir al silenciamiento definitivo, o a largos, costosos y riesgosos amaños jurídicos, que igualmente solían hacerse en aquella subcontinental nación.

También les comentó el veterano agente a sus coequiperos de infortunio e ilusa industria, que de todos ellos el de menor opción para salir y cumplir la misión era él, seguido por el sargento Rodríguez y el soldado Sepúlveda. Los tres, aunque efectivos, leales, patriotas y condecorados agentes de la fuerza pública, eran los más comprometidos con la sostenibilidad democrática del país. Por lo que el sistema jamás los dejaría libres, autónomos, "sin control ni protección del Estado". Por seguridad nacional, rezaban los secretos protocolos de todas las agencias de inteligencia, seguridad, justicia y salud, tanto militar como civil, y que él, Salas, desde luego, conocía y había aplicado a pie juntillas.

En cuanto a Patricita, su caso de execrable y fabulosa expropiación era reciente, al igual que el de Rodrigo. Además, por su avanzada edad y los irreversibles quebrantos de salud física y mental, en particular la depresión, la inhabilitaban por completo para la quijotesca y reivindicativa empresa por fuera de la clínica.

Así las cosas, solo quedaban, de aquella primera escuadra de aguerridos y medicados combatientes, dos exfuncionarios con posibilidad, algo remota, pero no imposible, para ser dados de alta y culminar el literario objetivo: el ingeniero civil Mario Venegas Trillos y el arquitecto José Salguero Angulo. Los mismos que se sentaban en las sillas E y F, de la mesa cuatro, en el comedor del segundo piso de la Clínica El Redentor Gregorio. Sin embargo, uno de ellos, al parecer, teniendo en cuenta sus respectivos antecedentes, poseía más opción que el otro, quizá.

El ingeniero civil Mario Venegas Trillos, especializado en construcción de vías, trabajó más de veintitrés años en la Dirección de Ingeniería Vial (DINVIA). Establecimiento público adscrito al Ministerio de Infraestructura Nacional (MININA). En tal entidad, y durante los seis últimos años, antes de su reclusión en la Clínica El Redentor Gregorio, fue su representante legal. Tan pronto asumió la presidencia de la República el doctor Uribia Morales, nombró como director de MININA a su paisano, amigo y socio empresarial: Luis Felipe Granados. Aquel funcionario acompañó a Uribia Morales en ese alto cargo público durante sus dos consecutivos mandatos presidenciales, gracias a sus leales y certeros servicios en tal cartera, para lo cual fue designado.

Desde aquel sitial público Granados lideró el otorgamiento de contratos, abierta, atorrante y desvergonzadamente, a favor de cinco empresas de un grupo de ingenieros y arquitectos, todas de propiedad indirecta de testaferros y alfiles de la familia presidencial, así como de algunos de sus allegados, copartidarios inmediatos y grupo sindical empresarial. Granados hizo que sus directores les entregaran a estos la totalidad de contratos de obras públicas significativas. En particular, los grandes proyectos de vías, aeropuertos, puertos, terminales de transporte y edificaciones oficiales que se otorgaron en esos ocho atorrantes años de despótico y atrabiliario gobierno.

Obras, en un noventa por ciento, aproximadamente, que, pese a los multimillonarios desembolsos presupuestales, hasta por mil y dos mil veces más de su valor real, según precios de mercado, nunca fueron terminadas ni entregadas formalmente. Lo que desató el mayor escándalo de corrupción administrativa en toda la historia de aquel país. Pese a ello, sus cabecillas nunca fueron enjuiciados, mucho menos los verdaderos multimillonariamente lucrados y beneficiados, es decir, los Uribia Morales, sus intocables asociados y esbirros más cercanos. Como tampoco, por supuesto, el señor ministro Granados.

Sin embargo, ante el propiciado escándalo había que mostrar culpables y sangre derramada. Por aquello del espectáculo mediático que esos temas despertaban en la conciencia nacional, con réditos contiguos y efectivos en lo electoral, amén del morboso e inoculado deseo del vulgo. Por ello, los ávidos, imparciales y efectivos agentes de control, investigación, administradores de justicia y pagados periodistas de los políticamente encrisnejados medios de comunicación, presto los encontraron, juzgaron y condenaron. Eso sí, todos los inculpados tan solo fueron mandos segundones de las respectivas entidades involucradas, o dependientes de tercera categoría de algunas empresas contratistas. Como fue el caso de Mario Venegas Trillos, nombrado por el ministro Granados en la DINVIA, con tales y expresos propósitos, siete meses después de haberse posesionado, por primera vez, el doctor Uribia Morales.

Venegas Trillos lo sabía. Cuando Granados lo llamó a su despacho, eso fue lo que le encargó. Él, obnubilado ante la posibilidad de debutar en las grandes ligas de la administración pública nacional, más aún, bajo la tutela y padrinazgo del popularísimo, oscuro y poderoso presidente, no le importó la infección que ululaba sin control en la cancha de juego. Entonces, asumió el riesgo, y sin siquiera poner precio, aceptó ir en la pútrida partida.

A lo largo de sus casi dieciséis años de servicio en esa dirección técnica; y desde cuando ingresó como profesional y fue escalando, primero como jefe de grupo, luego como director en varias seccionales y, por último, de una regional, Venegas Trillos vio, conoció y capoteó situaciones y entronques administrativos y técnicos similares. Para entonces, aún no era el representante legal, como tampoco participaba, esa no era su debilidad, de los estrambóticos réditos generados en los sucios negocios pagados con recursos ciudadanos.

Él siempre se sintió, y eso fue siempre en aquellos cargos: un buen subalterno, ajustado a los vaivenes de la administración pública, en donde la mansedumbre, el apocamiento moral y oportuno ante la voluntad de los jerarcas, el alquiler del libre albedrío, el permanente sí a todo, conjugado en presente con el nunca no a nada, eran las únicas garantías de estabilidad, permanencia y movilidad laboral y, por ende, aseguramiento del ingreso familiar. Perfil que los voraces y poderosos amos del erario le fueron descubriendo, ensalzaron y usaron cuando fue menester.

En su calidad de ingeniero civil, antes de ser director nacional, es decir, como simple funcionario subordinado, ajustó pliegos, encaminó contratos, diseñó, autorizó, construyó e intervino obras públicas, en particular, vías. Eso sí, todo a orden y en beneficio del jefe de turno, se cumpliera o no lo reglado al respecto. Como lo fue, entre muchas de aquellas tan comunes irregularidades: carreteras en zonas deleznables; o protegidas social o ambientalmente; o afectando cauces y rondas de ríos; o para un beneficio particular, no general, como lo dictamina la carta magna nacional. Y, desde luego, todas, hasta mil y dos mil veces por encima del valor real.

Una vez al frente de la DINVIA, a órdenes del ministro, el insigne doctor Granados, incluso, en reiteradas oportunidades directamente del señor presidente Uribia, a Mario Venegas Trillos le correspondió sugerirles a sus subalternos para que hicieran lo propio y todos los contratos se ajustaran, de tal manera que siempre quedaran en manos de alguna, o de algunas, de las empresas del grupo perteneciente a la familia presidencial, sus asociados o testaferros.

Venegas Trillos se quedó solo cuando, electoralmente motivada, controlada y oportuna, estalló la gran crisis de la corrupción administrativa en obras públicas. Sobre todo, las promocionadas grandes vías, viaductos y túneles. Inocuo escándalo, como otros tantos, destapados en las postrimerías del mandato de Uribia Morales. Desapareció el respaldo presidencial y ministerial que Venegas Trillos tuvo durante los siete y medio años anteriores. Incluso, aquellos, al parecer, confabularon, nunca judicialmente probado, para comprometerlo como directo, principal y único responsable de tales añagazas administrativas. Todo aparecía como obra suya: el atorrante otorgamiento de contratos orientados, así como los multimillonarios desembolsos sin cumplimiento de requisitos, en particular, en cuanto a pagos de anticipos y recibo a satisfacción de obras inconclusas, muchas sin siquiera iniciar. Todas, eso sí, sin falta, con mediática ceremonia de colocación de la primera piedra y la respectiva placa conmemorativa.

La gente del exministro, por encargo del expresidente, logró que funcionarios subalternos en la DIN-VIA, y contratistas de vías y suministros de obras, declararan en contra de Venegas Trillos, inculpándolo. Luego establecieron una estrategia, una cortina de humo, para aclimatar el tema e instar callar sus estridentes gritos inculpadores. Alaridos que alcanzaron a impactar e interesar a una facción de la prensa nacional, así como a unos cuantos díscolos funcionarios de control y administración de justicia, interesados en garantizar credibilidad y transparencia... El fin último de estos era que los tuvieran en cuenta en la nueva administración nacional, precisamente en cabeza, ahora, de un aparentemente disidente político, más no económico ni social, del anterior mandatario: manejo político autóctono patrio.

Ahí fue cuando apareció Ignacio José Mencino. Él, por conducto de Gerardo Obdulio Uribia Jaramillo, también directivo de la OVT, esposo de Luz Divina Vinchira López e hijo del expresidente Uribia Morales, le propuso (le recordó) al nuevo Gobierno la solución, no solo para acallar a Mario Venegas Trillos, sino a otros cuantos en similar posición y situación en contra de la seguridad nacional y el *statu quo*. Vieja táctica institucional usada desde los tiempos del tatarabuelo de

Ignacio José, retomada con refinamiento político durante los últimos cinco años del anterior mandatario.

Proposición sintetizada en el estribillo que Bernardo Mencino acuñó por los años treinta de la anterior centuria:

—La verdad del loco, aunque pele el coco, le vale al mundo poco. —Y que desde los inicios del siglo XXI se volvió política de estado. Por lo que fue materializada, aplicada y legalizada en clínicas, hospitales y consultorios siquiátricos adscritos al Sistema Integral de Salud Pública.

Con esta estrategia fueron amorrados incontables ciudadanos inconvenientes para la causa política, así como díscolos rivales, oponentes, detractores, reales, unos, latentes, muchos, de los respectivos gobernantes de turno.

Sistema de salud que estaba, casi en su totalidad, en las mortíferas garras de los Uribia y los Vinchira, y de sus sátrapas aliados. Por ende, lo estaba la Clínica El Redentor Gregorio, donde mejor se practicaba esa sucia estrategia de escondido exterminio social.

A esa institución, tres semanas después, frente a una propiciada crisis en plena audiencia de imputación de cargos, fue trasladado e internado, para siempre, Mario Venegas Trillos, con diagnóstico de Trastorno Sicótico Mayor (TSM). El alienista que le asignaron manifestó que el paciente tenía ideas y percepciones anormales, las cuales, tras su captura, le hicieron perder el contacto con la realidad.

—El paciente sufre delirios, alucinaciones y falsas creencias... —afirmó y consignó el "afiliado" médico—. Manifiesta haber recibido órdenes directas por parte del exministro Granados, incluso, del propio expresidente Uribia, para cometer el sinnúmero de desafueros y delitos que le imputan contra la administración pública. Esto lo hace aún más peligroso. Hay que tener en cuenta que amenaza y pregona desquite contra diversas autoridades y personalidades nacionales. En especial, contra los doctores Uribia y Granados... Amenazas que el paciente dice escuchar, y lo conmina a expresarlas, según él, mediante «una voz que trasporta el frío viento que roza sus oídos...». Por tal razón, es preciso mantenerlo, no solo medicado, sino hospitalizado...

Estos hechos, aunque acaecidos más de cinco años atrás, permanecían en la remanencia social, gracias a que el expresidente Uribia Morales, siempre soberbio, impotable, deliberante y artero, se mantenía vigente mediante el cancerbero control y autoritario dominio ejercido sobre la administración pública nacional, el erario y las fuerzas productivas y militares del país. Lo hacía de forma directa, o por conducto de sus ladinos aliados y abyecta progenie, tan avaros y mezquinos, y quizá más, que el mismo sempiterno y menudo exmandatario nacional.

Él y su séquito no perdían popularidad, fama e influencia sobre la masa social, gracias a los medios de comunicación, ya un buen número de estos en manos, de propiedad directa o indirecta de su grupo empresarial, o de sus aliados. Y, cuando no, gracias al poder que genera el control de la pauta publicitaria. Además, si estas estrategias no llegaban a funcionar con alguien, para eso estaba el entumecimiento del intelecto que propicia el feroz zumbido de las armas en manos de grupos, al parecer, al margen de la ley.

Teniendo en cuenta aquellos antecedentes, los seis hospitalizados y vindicativos pacientes descartaron al ingeniero Venegas Trillos como posible candidato para "gestionarle" la salida de la clínica y hacer públicas sus amordazadas historias. Todos ellos, muy firmes con la causa, con el agente Salas como asesor político y experto sabueso; el sargento Rodríguez (en uso de buen retiro), estratega militar; y, Rodrigo, calculador, ideólogo y hombre de letras.

Decisión tomada tras varios encriptados debates celebrados con táctica durante los largos descansos diurnos y los breves refrigerios nocturnos antes de la obligada recogida a las nueve de la noche.

Solo quedó como posible candidato para tal industria, el muy callado, introvertido, pero siempre atento y sagaz arquitecto José Salguero Angulo. Él trabajó por más de treinta años en la Secretaría de Planeación de la ciudad capital del país. Allá le correspondió, por varios lustros, y hasta una semana antes de su hospitalización en la Clínica El Redentor Gregorio, tramitar parte clave para el otorgamiento de licencias de construcción y desarrollos urbanos capitalinos.

Como en el caso de Venegas Trillos en la DIN-VIA, y por las mismas razones de aquel: sobrevivencia laboral, aseguramiento salarial y atenuación de riesgos vitales, suyos y de su familia, Salguero Angulo engrasó, ajustó muy bien su perfil y *modus operandi* técnico y administrativo a las exigencias de la maquinaria burocrática. Organización pública postrada al servicio del clientelista y corrompido nivel capitalino municipal, manejado, en gran parte, por los mismos del orden nacional y otras especies de menor linaje, pero de igual o peor calaña que los reputados y sempiternos padres de la patria. Estos, orondos, se pavoneaban, en ese entonces, por los pasillos del Congreso, la Presidencia, las altas cortes y los entes de control, a la siga de cuanta oportunidad de enriquecimiento pasara por la vera de su egregia carrera pública.

Siempre con bajo nivel de figuración, de manera secreta y cauta, y desde su ingreso a la Secretaría de Planeación de la ciudad capital, el arquitecto José Salguero Angulo, hábil y reservado, estuvo comprometido en el otorgamiento "oficial" de permisos y autorizaciones para construcciones de viviendas en zonas inhabitables, sobre rondas de ríos, arroyos, humedales y quebradas, en rellenos, en escombreras... Algunos de esos lugares, además, deleznables, inundables, anegables, inestables, por encima o por debajo de los límites regulados, así como inviables para la instalación y la cobertura de servicios públicos domiciliarios y de saneamiento básico.

Esto último, en particular, para los destinados a soluciones habitacionales de personas con menores (ínfimos) recursos económicos, y a quienes, tras el inexorable desastre, nadie les respondía. Ni siquiera la respectiva constructora privada de quien después se decía que era de urbanizadores piratas, aunque sus representantes y socios figuraban entre los ediles capitalinos, o eran testaferros de poderosos "señores". Mucho menos les iba a responder y resarcir los daños a esos menesterosos afectados la administración capitalina. Las autoridades esgrimían, siempre, que tales predios habían sido urbanizados por políticos inescrupulosos para ganar votos, judicialmente nunca probado.

Tras cada una de esas múltiples obras sociales se lucraron, hasta el hostigo, grupos económicos poderosos. Estos, finalmente, fueron los que colocaron a los gobernantes y funcionarios de la capital, y del país, en esa época y durante varios lustros. Luchar contra ellos, o ponerse en su camino, y eso lo sabía muy bien el arquitecto José Salguero Angulo, era, simplemente, un suicidio, por lo menos laboral. Y, no en pocos casos que él conoció, un letal riesgo contra la integridad física personal del funcionario renuente, y la de su familia.

Ninguno de los por lo menos seis mil setecientos atorrantes y viciados trámites en los que intervino en ejercicio de sus funciones el arquitecto Salguero Angulo le generó complicación. Ni administrativa, ni disciplinaria, ni fiscal, mucho menos penal o política. Aunque, él sí, y a diferencia de Venegas Trillos en la DINVIA, solía lucrarse, en parte, de uno que otro negocillo en el que le ofrecieron, bien para hacer, dejar de hacer, acelerar o retrasar el trámite. Pero, siempre a disposición, ¡nunca a petición suya!

Todas y cada una de las, por lo menos cuatrocientas veintitrés modestas coimas que recibió fueron en efectivo, por interpuesta, ignota y muy segura persona. ¡Y nunca dentro de las instalaciones oficiales! Siempre citó al mensajero, previa y debidamente identificado, por lo general en sitios muy concurridos: un parque o un centro comercial. Lugar en el cual el portador de la bolsa tenía que esperar a ser abordado por una persona de sexo femenino quien la recogía. Persona esta quien exhibía un distintivo y decía una frase; comunicada con anterioridad al mensajero, y diferentes en cada ocasión. Por ende, sus compañeros de trabajo, jefes, amigos y toda su familia, siempre consideraron a José como un funcionario y ciudadano ejemplar, intachable, incorruptible, serio y comprometido con su trabajo.

De aquel mal habido patrimonio de José Salguero nunca nadie supo nada. Ni siquiera cuando tras la crisis lo investigaron administrativa, disciplinaria, fiscal, penal y… siquiátricamente. Excepto María de las Mercedes Cuellar Arévalo, su secreto y fiel amor extramatrimonial. La mujer que por más de veinte años se encargó de recoger todos y cada uno de los pagos que le ofrecieron y otorgaron a su amado. Lo hizo, totalmente incógnita, sin que nadie supiera su nombre, ni siquiera sus facciones físicas, lugar de habitación u oficio. Menos, su relación afectiva con el arquitecto.

Información que los infalibles detectives de la ASN, al mando del agente Salas, tampoco lograron obtener por completo cuando, tras la hospitalización del arquitecto Salguero en la Clínica El Redentor Gregorio, se les dio la orden de averiguarle sus actividades privadas y posibles bienes muebles e inmuebles escondidos, producto del presunto enriquecimiento irregular por gestionar, no solo la licencia de construcción de aquel inmenso proyecto habitacional en zona ambientalmente protegida, sino de un sinnúmero de proyectos que algunos funcionarios de la Secretaría, sin fundamento, comenzaron a rumorar tras el pasajero escándalo que se produjo cuando un concejal de la oposición le hizo el debate al secretario de Planeación de la ciudad capital por haberle otorgado licencia a esa inmensa obra, construida sobre la ronda de un céntrico y protegido humedal.

Desde luego que al ser José Salguero Angulo un funcionario de bajo perfil, ignoto, escondido, refundido entre la balumba de escritorios de la administración pública capitalina, el interés por su caso pronto se esfumó en espirales de patrio olvido. Además, porque la prensa pregonó de él un perfil nada interesante, y para nada comprometedor, como le gustaba encontrar en las noticias a la audiencia nacional: «Se trata de un funcionario honesto, esposo y padre ejemplar, de excelente desempeño laboral y con una hoja de vida sin mancha alguna. Condecorado seis veces y con más de cuarenta felicitaciones a lo largo de su carrera al servicio de la Secretaría de Planeación...».

Perfil que afloró durante las investigaciones que José afrontó con serenidad y diligencia, muy tranquilo, tal vez porque sabía que ningún procedimiento disciplinario, penal o fiscal, prosperaría en su contra. Siempre, tratándose de ese tipo de viciadas acciones, trabajó solo, sin decirle ni compartirle a nadie. Adicionalmente, y como infalible estrategia, jamás aceptó ofrecimientos mayores a los diez mil dólares en cada reservado y hermético negocio en el que le tocó, y quiso, participar, tras estar seguro de salir siempre limpio, ileso, de ello.

Como estrategia adicional de seguridad y autoprotección burocrática jamás compitió con nadie. Menos con jefes ni compañeros en la misma línea de gestión administrativa. Cuando oteaba que podía llegar a interponerse en el camino de alguno de aquellos, o de un negocio en marcha, así lo invitaran, o le ofrecieran, se movía a un lado, dejaba trabajar y omiso caso y olvido total hacía de ello.

Tal vez por ese particular *modus operandi* José nunca tuvo enemigos (declarados) en la Secretaría de Planeación, excepto aquel jefe jerárquico. Y por la misma razón, apalancada con su ahora documentado y público perfil de funcionario diligente y justo, dejó de ser interesante para los connacionales, ávidos de desgracias y malas noticias ajenas. Y lo dejó de ser, tan rápido como judicialmente se traspapeló el expediente de aquel sonado como pasajero caso, mientras que, en lo social, aquella otra aberración administrativa: el condominio Torres del Humedal, cayó en "El frío del olvidó" público.

A nadie ya le importó aquel otro hartazgo. Ni siquiera al díscolo concejal denunciante, cuya segunda esposa, por pura mera casualidad inmobiliaria, prudente tiempo después apareció como copropietaria de un *penthouse* ubicado en ese gran proyecto de desarrollo urbanístico; mientras los capitalinos vieron con absoluto desinterés y contaminada atmósfera cómo esa mole se incrustó, contagió y dominó el paisaje urbano.

Fueron nueve enormes torres, y sus cuatrocientos veinte apartamentos, que al ser erigidas sobre la ronda del, hasta entonces, bonito y protegido Humedal Central de la ciudad capital, lo convirtieron en una cloaca. Predios, reservorios de flora y fauna sabanera, antes considerados ambientalmente estratégicos, vitales, y, por ende: ¡públicos!, ¡de la comunidad!, hasta cuando se otorgó la licencia, y la escritura, a unos constructores entroncados con el grupo empresarial que, pocos años después, en los dos mandatos consecutivos del insigne, ícono nacional, doctor Uribia Morales, estuvo en el ojo del huracán por el descarado incumplimiento de las catorce grandes autopistas nacionales que se les encargó, y se le pagó por más de dos mil veces su precio. Execrable gestión pública e impune crimen contra el erario, pues por ello nadie, tampoco, fue condenado.

Excepto María de la Mercedes Cuellar Arévalo, de aquel incierto y significativo patrimonio que con minucias y arte amasó José Salguero Angulo, finalmente nadie supo nada. Tampoco se volvió a decir, publicar, mencionar o indagar al respecto. Las autoridades creyeron, y dieron por cierta, la hipótesis que, sobre ese tema, informaron los detectives de la ASN, al mando del agente Salas. Esta, en gran parte, coincidía con los reportes médicos de la Clínica El Redentor Gregorio: «Lo poco que recibió el arquitecto, si fue que algún día lo hizo, al parecer lo gastó de manera inmediata y muy disimulada con su familia en buen comer, vestir bien, darse gusto y divertirse de forma sana y prudente… sin ahorrar nada… Tal vez para no dejar evidencia y borrar cualquier traza».

Era verdad. José Salguero Angulo solía darse ciertos gustos, junto con su esposa e hijos. Pero, sin exageración y siempre ajustado a las posibilidades inherentes a sus formales ingresos laborales y crediticios normales, propios de la clase media nacional. Pocos conocían, antes de las investigaciones y averiguaciones que le iniciaron tras la crisis neurótica que lo confinó en El Redentor Gregorio, que esos gastos en público e inversiones personales y familiares los hacía gracias a su inmensa capacidad de ahorro y a la administración minuciosa que su esposa ejercía sobre sus aceptables emolumentos oficiales, provenientes, todos, de su cargo de nómina como profesional universitario, primero, luego especializado y, en los doce últimos años, como jefe de proyecto de la Secretaría de Planeación.

El producto de las coimas que recibió José Salguero Angulo, todo lo invirtió, de forma efectiva y segura, siempre a nombre de María de las Mercedes Cuellar Arévalo. Esto ni siquiera sus ahora compañeros de clínica siquiátrica lo llegaron a saber. José nunca usó un centavo de lo mal habido, de las gratificaciones que recibió, para los gastos y las inversiones inherentes y recurrentes de su hogar. Eso quedó comprobado. Ni siquiera ella, su esposa, ni su núcleo familiar, social y afectivo se enteró, supo, del patrimonio oculto que le administraba con celo y lealtad María de las Mercedes Cuellar Arévalo. Por el contrario, se evidenció, tras las averiguaciones de los fiscales y funcionarios disciplinarios que lo investigaron, que era su esposa quien, de común acuerdo con él, y con la adición de su salario de docente de básica secundaria, se encargaba de la economía doméstica, del presupuesto de la sociedad conyugal, hasta entonces sólida y proyectada. Esta información, en su momento, la supo Salas, a partir de los reportes de sus detectives.

Fue la documentada y sana economía familiar, aunada con sus incólumes antecedentes disciplinarios, lo que motivó su exoneración de toda responsabilidad por parte de las autoridades que lo investigaron por los presuntos delitos de peculado, prevaricato, cohecho, concusión y otras faltas más. Imputaciones que pretendió señalarle su jefe jerárquico desde la clínica, una vez recobró el sentido tras haber sido lanzado por José Salguero desde su oficina ubicada en el tercer piso en la

Secretaría de Planeación, hasta donde el arquitecto subió ante el agreste llamado de su superior.

José, presto fue exonerado en lo pecuniario. Sin embargo, los cargos por lesiones personales, intento de homicidio y ataque a un servidor público, tardaron un poco más para que se los levantaran. Esto último se hizo, año y medio después, cuando comprobaron que la crisis durante la cual lanzó a su jefe jerárquico por la ventana de su oficina fue producto de una provocación injusta y abusiva por parte de su superior.

Altercado que se dio días después del debate al que fue citado el secretario de Planeación en el Concejo por el escándalo de la autorización de construcción del complejo residencial sobre la ronda del Humedal Central. El jefe jerárquico de José le exigió que le participara con, por lo menos, la mitad de lo que habría recibido por gestionar la aberrante licencia aquella.

—De lo contrario —lo amenazó y trató con grosería—, no solo lo voy a hacer remover del cargo, sino que le inicio, ¡de inmediato!, un disciplinario y lo acuso ante la Fiscalía para que lo investiguen penalmente, tanto a usted, como a su esposa, quien es su cómplice... la que le recibe los sobornos fuera de la Secretaría —le insinuó—, pues le conozco su *modus operandi*.

Aquel funcionario y directivo intermedio de la Secretaría de Planeación de la ciudad capital tenía indicios de las andadas del arquitecto José Salguero Angulo. Desde hacía casi un año, cuando llegó a ese puesto, lo tenía en la mira. Sin embargo, José, desde el comienzo, se negó a "trabajar" con él cuando se lo propuso de manera abierta, comprometedora y descarada. Desde ese momento ese personaje no perdía de vista al arquitecto cuando atendía a los usuarios del servicio, en particular cuando estos solicitaban el trámite para licencia de construcción o remodelación de inmuebles. Esto le permitió observar y oír ciertas particularidades. Pero, nada en concreto y siempre de manera incompleta, sin certeza alguna, dado el soslayado hermetismo con el que se solía blindar el arquitecto en esos eventos.

Lo único que había concluido, en una oportunidad cuando escuchó, fragmentariamente, tras la división falsa que separaba el cubículo de José del resto de funcionarios, era que una persona externa, no funcionaria, se encargaría de recibir el "donativo", como se refirió esa vez el particular que le ofreció pagar al arquitecto para que le autorizaran y aceleraran una licencia de demolición y reconstrucción de una casa, cambiando el uso de residencial a institucional. De ahí concluyó aquel corrupto directivo que José Salguero Angulo trabajaba y "comía" solo, por lo que tenía que cogerlo *in fraganti* y obligarlo a compartir, o sacarlo de la Secretaría para colocar en su remplazo a alguien de su entera confianza, manipulación y productividad.

Tras el escándalo de la licencia otorgada para construir sobre el Humedal Central, la cual fue gestionada, casi en su totalidad, por el arquitecto José Salguero, aquel jefe creyó que había encontrado la oportunidad para, o hacerlo parte de su "equipo" y por supuesto apañarse buena parte de "la millonada que se debió embolsar", pensó con el deseo, o sacarlo definitivamente del cargo.

Lo que ignoraba ese jefe jerárquico era que en ese entuerto, en particular, aquel arquitecto se hizo, de forma oportuna y sagaz, a un lado, dándole total albedrío y ancho espacio al mismo poderoso secretario de planeación. Este le había ordenado a José, en privado, que le "facilitara" las cosas al solicitante de tal licencia, una vez la Oficina de Registro protocolizó la falsa tradición del predio. Gestión más que eficiente que adelantó José sin exigir nada a cambio. Dedujo, por el encargo directo que le hizo el propio secretario, que detrás de tal desafuero tenían que estar peces grandes, voraces y de filudos, deletéreos y protegidos dientes.

José Salguero Angulo, en esa otra aberrante artimaña oficial, además de estar pecuniariamente sano, estaba blindado, protegido por la poderosa mano invisible de la alta y "honorable" corrupción estatal. Razón por la cual, las denuncias del jefe jerárquico aquel en contra del arquitecto Salguero Angulo, junto con el expediente que el edil llevó al debate en el Concejo, hábil y presto, se refundieron en la lontananza nacional, tras unas diligencias preliminares de mampara.

María de las Mercedes Cuellar Arévalo se mantuvo firme y fiel en todo sentido con José Salguero Angulo, antes y durante la hospitalización, siempre a prudente distancia, cuidando y acrecentando sus inversiones inmobiliarias apalancadas en su inicio y posterior crecimiento con los pagos que él quiso aceptar durante sus tres décadas de servicio público en la Secretaría de Planeación.

Firmeza y fidelidad que José no encontró en su esposa, ni en sus hijos. Poco tiempo después de su reclusión en la Clínica El Redentor Gregorio, incómodos, comenzaron a replegarse, a dejar de visitar al viejo. Él, además, al parecer, no daba señales de recuperación mental, según los dictámenes emitidos por los siquiatras que lo atendían y que manifestaban que su conducta agresiva iba en aumento, que empeoraba, a pesar del tratamiento.

Para los integrantes de su familia les resultaba imperdonable que su hasta entonces pulcro y buen esposo y padre los hubiese puesto, de un momento a otro, ¡y de qué manera!, en la picota pública con el escándalo y la supuesta aceptación del soborno para otorgar la licencia de construcción sobre la ronda del Humedal Central, ícono ambiental de la ciudad capital. Investigación de la cual, si bien era cierto, salió exonerado en lo penal, les generó, socialmente a ellos, un estigma imborrable, irreparable. Feo y pesado lastre que tendrían que cargar por el resto de sus vidas, de no hacer algo drástico e inmediato, pensaban con vano orgullo social, antes que con la razón, la lealtad y el compromiso afectivo-familiar que en esos casos, supuestamente, debieran primar para quien cae en desventura.

Por supuesto que en la germinación y floración de tal sentimiento y acción en su contra él también colaboró y patrocinó, de manera intencionada. Solía tratarlos con indiferencia cada vez que lo visitaban. Llegó a tener roces y leves altercados, primero con los dos hijos que al comienzo fueron, luego con ella: su esposa.

Inconvenientes que nunca pasaban cuando lo visitaban las voluntarias de una organización humanitaria, sin ánimo de lucro, cuya misión estatutaria era asistir a los enfermos del alma en condición de internos en clínicas y hospitales capitalinos. Institución de buena voluntad para acompañar enfermos, creada, por coincidencia, cuatro meses después de la hospitalización de José Salguero Angulo. Voluntarias entre quienes, con muy bajo perfil dentro de esa organización, semanal y cumplidamente asistía una de las de menor rango: María de las Mercedes Cuellar Arévalo. Ella, al parecer, solo iba a esa clínica y atendía, en exclusiva, a los hospitalizados del Pabellón B, los ubicados en el tercer piso, en particular: al arquitecto Salguero.

Deferencia que, a diferencia de todos los demás integrantes del siquiátrico: pacientes, personal médico, administrativo, asistencial y de seguridad, no pasó desapercibida por el ojo centinela del sargento Rodríguez. Él, aunque lo notó y algo sospechó, a nadie se lo comentó, ni siquiera lo hizo con el propio arquitecto, su amigo, compañero de pabellón y mudo confidente por espacio de casi siete años.

Desde cuando fue llevado con camisa de fuerza hasta El Redentor Gregorio, directamente desde la Secretaría de Planeación en donde fue neutralizado por tres corpulentos enfermeros tras haber lanzado a su jefe jerárquico por la ventana de su oficina y amenazar al que intentara acercársele, dos de sus cuatro hijos jamás lo visitaron, ni quisieron saber de él. Ejemplo que siguieron dos, tres y cuatro años después sus otros dos hijos y, por último, su esposa. Económica y finalmente tranquilos luego de la significativa indemnización y posterior pensión por incapacidad siquiátrica que la administradora de riesgos asumió y comenzó a pagar por él, quien, al parecer, jamás saldría de su hospitalario reclusorio. Por seguridad social, rezaban los informes siquiátricos.

Desde luego que muy pocos se enteraron de que en tales efectivas y prontas gestiones: la indemnización, la pensión y la orden perenne de reclusión hospitalaria del arquitecto José Salguero Angulo, la poderosa mano invisible de la corrupción administrativa capitalina tuvo todo que ver, con el propio secretario de Planeación a la cabeza.

Este fue otro de los consuetudinarios y jugosos contubernios nacionales. En esa ocasión, para, al parecer, judicialmente nunca probado, mantenerle cerrada la boca al testigo estrella en el otorgamiento, más que ilegal, ilegítimo, de una atorrante licencia para construir aquellas monumentales torres residenciales, de alto estrato social y letal impacto ambiental, sobre la ronda de un estratégico humedal de la ciudad capital de Concordia.

Mientras que el lucro económico y el mortífero poder político de unos pocos conciudadanos aventajados creció hasta el hostigo con tal negocio, al menos sesentaicuatro especies de aves que migran, cada año, del norte del continente, perdieron su espejo de agua, su refugio de paso entre agosto y febrero cuando van rumbo al sur, y entre marzo y abril, en su regreso a casa. Lo que, a la postre, a nadie le importó, como a nadie estorbó, desde entonces y por esos meses, la diseminada mortandad de tales pájaros en sus inmediaciones.

Aquellas atorrantes y escondidas verdades afectivas, inherentes al arquitecto Salguero Angulo, así como las peripecias y vericuetos de su fragoso *modus operandi* en la Secretaría de Planeación, estas últimas que le permitieron amasar una pequeña fortuna que invirtió por interpuesta persona en bienes raíces, las escribió, las consignó, él mismo, una vez fue dado de alta y estuvo protegido en el inexpugnable refugio internacional, y paraíso fiscal, que le seleccionó con sumo cuidado María de las Mercedes. Desde allí, los dos, no solo siguieron administrando su empresa inmobiliaria, sino expandiéndola y diversificando su portafolio de negocios a lo largo y ancho del subcontinente.

Una vez libre y seguro, José Salguero narró, parcialmente, su verdad. Lo hizo en aquel sitio que escogió previamente María para evitar que lo alcanzara y ajusticiara la artera mano invisible de la poderosa corrupción oficial de su país. La que ya una vez lo había confinado tras "las rejas" de la clínica siquiátrica. También, para evadir las infectas garras de los ávidos y feroces lobos de la OVT, que ahora lideraban con infrahumana fiereza la jauría, tras la muerte del Iluminado Indio Guarerá. Estos, además, muy ofendidos por las bajas causadas a tres de sus más respetados e importantes lugartenientes e íconos nacionales.

Protección y seguridad que no tuvieron sus coequiperos, sus inermes y compelidos compañeros de fatídica contienda que se quedaron en el siquiátrico. Ellos sí fueron objeto, ahí mismo, de la feroz arremetida del cíclope, semanas después de la atípica y veloz salida del arquitecto de El Redentor Gregorio. Todos fueron neutralizados, de forma directa, unos, indirecta, los otros, de manera técnica, selectiva y refinada, ahí, en el Pabellón B de Siquiatría.

Ninguna de aquellas verdades, que tras su salida del siquiátrico consignó el arquitecto en el manuscrito que luego le entregó al editor, las sabía, de manera completa y pormenorizada, el agente Salas. Tampoco el veterano sargento Rodríguez con quien José Salguero Angulo compartió habitación y comedor por casi seis años. Menos, aún, las conocían, ni conocieron, los otros integrantes de la singular escuadra de valientes y vindicativos soldados. Aquellos enfermos del alma, en gran parte, por causa y gloria del servicio que le prestaron a su patria... quizá. Ninguno de ellos se enteró de la escondida y doble vida del ensimismado arquitecto que hablaba y compartía poco, pero que escuchaba y capitalizaba todo.

José Salguero Angulo escribió su filtrada historia, de su puño y letra, antes de traspasársela al editor extranjero que le indicó Salas, en una de las tres finas agendas que Rodrigo García Ronderos le entregó, junto con un fajo de billetes, el que le llevó Olga, para hacer efectivo el literario objetivo de divulgación universal de sus fragosas vidas.

Con tal literario y divulgador objetivo en mente, con disciplina y mística, durante más de once meses, en los largos descansos de mañana y tarde, así como a la hora del refrigerio nocturno, sus compañeros, uno a uno, le dictaron a Rodrigo García Ronderos sus vivencias y secretos oficiales. Él consignó en aquellos cuadernos, de manera fidedigna y fragmentaria, con el aderezo de su particular y añejo toque de nostalgia social, no solo sus inverosímiles y escondidas historias, sino la suya.

Aquel grupo de compelidos pacientes, allí hospitalizados y amordazados con los medicamentos de la OVT, en particular, con el Aturditonatrol de 0,75 miligramos, estuvieron dispuestos, y colaboraron de forma abierta, para intentar que el mundo conociera la otra verdad, la real, ¡la de ellos!, e instar, de esa manera, desvirtuar, descascarar la patraña que el sistema había colocado en la intervenida mente de sus compatriotas, vía el poder de los encrisnejados canales de comunicación oficial.

Por ello, los alelados "soldados" de aquella causa estuvieron dispuestos a todo. Necesitaban que su historia, la versión cierta de los hechos que los comprometieron de tal forma, fuera revelada, se diera a conocer. Así lo pensaron, y creyeron, que se haría tras conseguir colocar de nuevo en la calle a su emisario, al arquitecto José Salguero Angulo.

Sin embargo, y adicional al rancio toque de nostalgia social que le impregnó Rodrigo a sus historias y verdades, incluida la suya, el sagaz editor, por su cuenta, y no solo para hacerlas más atractivas (y rentables) para el mercado amarillista, ávido de pueril diversión, tragedias, escándalos, dolor y derramada sangre ajena; que era de lo que más se lucraban las arcas de aquella mercantilizada empresa de las letras; de manera magistral las "encamisó", siguiendo las pautas autorizadas, permitidas por el sistema imperante, copiadas e impuestas en gran parte en toda la región. De esa forma, su distribución y comercialización se efectuaría, quizá, sin mayores restricciones, no solo en ese alelado país, sino en el subcontinente y la península, ¡la Madre Patria!

El "recobro de la libertad" del arquitecto Salguero Angulo se logró catorce meses después de haber sido hospitalizado, por segunda vez, Rodrigo García Ronderos. La orden de alta de la clínica se obtuvo mediante una hábil y paciente estrategia, y sus respectivas, elaboradas y tremebundas tácticas que la escuadra de soldados, enfermos del alma, compañeros de infortunios en El Redentor Gregorio, puso en marcha desde esa misma tarde del regreso del "Doctor Rodrigo", con la complicidad de Carolina, la enfermera del tercer piso del Pabellón B de Siquiatría.

Orden de alta obtenida, apresuradamente, aprovechando la crisis que se generó con la tercera víctima de la acibricina al interior del manicomio. Sustancia camuflada en el frasco de gotas nasales que los enfermos del alma conservaban, custodiaban y usaron como el más preciado de sus tesoros y arma letal secreta desde cuando Rodrigo les explicó sus alcances y la aportó para apalancar la vengativa idea del sargento Rodríguez. "Misión militar" que el grupo asumió con devoción propia.

La acibricina era el tósigo que Rodrigo extrajo, en su apartamento y durante las semanas anteriores a su compelida hospitalización, de las inficionadas naranjas tangelo que le suministraron los yerbateros allá, en la galería Estepero, al sur de la gran ciudad. Pese a tanta vicisitud, esos humildes paisanos seguían comprometidos con la quimérica causa del padre del profesor Quiroga.

El plan del sargento Rodríguez era elemental. El mismo que ajustó y concretó con los aportes y la experticia de su ejército de enfermos del alma. Plan, tal vez demasiado simple. Razón por la cual fue tan expedito, efectivo, certero; como neutralizable, tan pronto cosechó sus primeras dulce-amargas bayas. Tan pronto produjo los inesperados, impactantes y tenebrosos logros iniciales.

No solo fue la orden de alta de un amorrado testigo de estado: José Salguero Angulo, quien se esfumó de inmediato del suelo patrio, sino, en conexión con ello, las inexplicables defunciones sistemáticas, sin rastro aparente, en días diferentes y dentro del siquiátrico El Redentor Gregorio, de Ignacio José Mencino y Luis Eduardo Vinchira López. Altos directivos de la OVT, así como la del doctor Sarmiento, el director de esa misma clínica, días más tarde.

Muertes, todas estas, idénticas a la de Rómulo Vinchira Torcuato: el Iluminado Indio Guarerá, acaecida en la atrincherada, infranqueable y sobreprotegida sede de la OVT.

Similar suerte hubieran corrido al menos tres médicos más de allí, al igual que otros cinco directivos de la OVT. Homicidas intenciones detectadas y conjuradas a tiempo por parte de Luz Divina Vinchira López. Ella también estaba incluida, con otras tres personas, en la primera y fatídica lista del sargento Rodríguez y su escuadra de siquiátrico terror. Heredera quien, junto con su esposo Gerardo Obdulio Uribia Jaramillo, y su hermano médico Pompilio Vinchira López, iban a ser las próximas víctimas.

Armados tan solo con sus indeclinables propósitos, la acibricina en gotas que aportó Rodrigo y la flama de su vindicación como bandera, la acuartelada escuadra de aguerridos combatientes decidió que el indicado para salir al mundo a divulgar sus historias era el arquitecto José Salguero Angulo. Desde entonces, comenzaron a trabajar en esos tres frentes de lucha, cada uno con su respectivo adalid.

Optaron, dentro del segundo de los bélicos objetivos, por divulgar sus historias por conducto del arquitecto. José Salguero Angulo sería el encargado de ejecutar su etapa final. Al parecer era, entre todos ellos, el menos comprometido con el actual sistema y sus ávidos detentores. O, por lo menos, era quien tenía los antecedentes más antiguos. En consecuencia, los implicados y patrocinadores de su hospitalización para enmudecer su añeja verdad, en ese momento, ya no eran tan vigentes, ni tan poderosos. Para esas calendas, el arquitecto tampoco era socialmente interesante. Todavía menos, en el campo noticioso y periodístico. Su caso no dejaba de ser más que una notica enjuta, insulsa, manida, que nadie compraría y, por ende, ningún rentístico medio invertiría un cuarto de dólar, ni siquiera un gramo de tinta o un segundo al aire.

En cambio, sí que lo eran y estaban los victimarios de los otros cinco integrantes del grupo. Incluidos los de Patricita Pombo viuda de Guzmán, a quien la sentencia de muerte inminente mediante el aumento de la dosificación del Aturditonatrol fue dada por parte de las nuevas directivas de la OVT, una vez se apañaron por completo de su patrimonio y "neutralizaron" a los otros herederos y socios del emporio panificador.

Sentencia que estaba atascada, inexplicable para los directivos de El Redentor Gregorio, esbirros de los nuevos amos de la OVT. Obstrucción operacional dada, gracias, en gran parte, a la estrategia de retención sublingual ideada por el sargento Rodríguez para prolongar sus existencias, primer objetivo de su plan de guerra.

Estrategia y objetivo que Patricita, tras la llegada de "el Doctor" Rodrigo, aplicó y asumió con ahínco, motivada, más aún, cuando se sintió parte fundamental de aquel grupo que ahora tenía una causa, así fuera perdida de antemano. Ella y todos lo sabían. Pero, y también lo tenían claro: ya no tenían nada más que perder. En cambio, si se dedicaban con juicio a tal causa, al menos la pasarían entretenidos y les ayudaría a sobrellevar tan inmerecida condena política y social. Lo pensaban y creían con firmeza y convencimiento.

Salas, Rodríguez, García y los otros integrantes de la particular "escuadra de combate", como solía llamarlos el sargento, acordaron trabajar en esos tres objetivos específicos. El primero de ellos era prolongar sus existencias con la estrategia fundamental de la retención sublingual del Aturditonatrol de 0.75 mg y demás toxicas grajeas que el tocado grupo médico les suministraban para poderlos mantener mental y físicamente bajo control, mientras, en cada uno de ellos, de forma mefítica y calculada, tendrían que ir "progresando" los inexorables, irreversibles y, al final, letales daños gástricos, hepáticos y neurológicos.

Manipulados efectos secundarios de la potente molécula 3R. Industrializada y comercializada sustancia elaborada por la OVT y sus filiales a partir del componente fundamental: la acibricina, el extracto de la doble decantación de las entroncadas rubirnalia, rubirnaca y rubirnásea. Vernácula y poderosa flora nacional por la cual se enfrentaron a mediados del siglo XX, «El siglo de la ignominia nacional, del despojo patrio», como solía mascullar Rodrigo, allá, en la Serranía los Macadanes, al oriente del país, el, además de truhan, perverso Indio Orinoco, quien ni siquiera era indio, pero sí el padre de Rómulo Vinchira Torcuato: el Iluminado, y Arnoldo, el viejo yerbatero, el padre del profesor Gustavo Quiroga. Fratricida lucha en procura de corromper su explotación y uso con fines de inicuo y criminal lucro, el primero, y de dar a conocer y proveer de manera masiva y económica sus beneficios y alcances medicinales, el segundo.

El plan de guerra ideado por el sargento Rodríguez solo tenía dos objetivos. Plan refinado y ampliado por el agente Salas, Rodrigo, el ingeniero Venegas, el arquitecto Salguero y Patricita, una vez enlistados en tal mesnada. El tercer propósito fue una articulación afectiva. Este último no fue trazado, como tal, por ninguno de ellos. Esa ebúrnea, sepulcral y tan connacional obstinación, esa recóndita, adormitada, silente, represada y revulsiva pasión nativa les fue aflorando a medida que hilaban la filigrana de sus adoloridos rencores, a medida que narraban sus amordazadas historias. A tal punto, que les permitió encontrar y concatenar comunes, inmediatos y directos responsables, no solo de sus tragedias personales, sino de la supina suerte de aquel país subcontinental, pletórico, hasta el desperdicio, de vernáculos recursos naturales, la mayoría.

—Son unos mercaderes de la muerte —comentó una vez el agente Salas al referirse a los primeros quince personajes incluidos en la patibularia lista que en consenso elaboraron.

Fatal listado que tras la ejecución de la tercera víctima, el director del siquiátrico, Luz Divina Vinchira López le encontró en su poder al ingeniero Venegas. La segunda parte del listado, en el que fueron incluidos personajes de alto nivel y valor político, económico, militar, clerical y social, solo reposaba en las mentes del agente Salas, del sargento Rodríguez y de Rodrigo, quienes la edificaron sobre los cimientos de sus dolidas pasiones nacionales; y que, por orden de Luz Divina, decodificaron los lectores de labios a partir de las grabaciones de sus reuniones debajo del magnolio ubicado en el patio de aquel reclusorio mental.

La recóndita efusión, cual inexorable infección social, se les fue incrustando, se les fue hospedando en las agitadas y tocadas almas de aquel grupo de pacientes: los valientes y vindicativos guerreros del sargento Rodríguez. Se les trocó en una insana e imparable necesidad de hacerles pagar a los responsables de sus desdichas, desvaríos y culpas: propias y ajenas. Decidieron empezar su cosecha de tirria con los que estaban a su inmediato y posible alcance: Dos de los directivos de la OVT que solían ir a la clínica con alguna frecuencia a monitorear los avances de sus frondios planes: Luis Fernando Vinchira e Ignacio José Mencino.

Luego, el turno sería para los accesibles médicos del siquiátrico, entre ellos, el mismo doctor Sarmiento, el voluble y sátrapa director, quien, decía el sargento Rodríguez:

—Desvaneció al doctor Abelardo Ramírez, el anterior director, para reemplazarlo.

Para lograr su fatídico objetivo, aquellos enfermos del alma contaban con, además de su arma secreta: la acibricina que puso a su disposición "el Doctor", las estrategias de ataque que idearon el sargento, el agente Salas, en parte el soldado profesional Sepúlveda, y el propio Rodrigo. Todos siguieron las tácticas que este último usó cuando neutralizó a Trillos en la Cervecera Nacional.

Pero, para la certeza del ataque, había que involucrar en forma directa a Carolina, la bonita enfermera del tercer piso del Pabellón B de Siquiatría. Se aprovecharía la simpatía y afectos que con secreta pasión, no solo le profesaba, sino que le prodigaba a Rodrigo. Sobre todo, después de haberlo descubierto aplicando la falsa ingesta de medicamentos, sin delatarlo u obligarlo a tragarlas y, por el contrario, facilitándoselo. Además de haberle aceptado guardar, sin reportar ni denunciar, el fajo de billetes que le llevó Olga, junto con sus pertenencias.

La "neutralización" de las dos primeras víctimas: Luis Fernando Vinchira López e Ignacio José Mencino, fue relativamente fácil. Por supuesto, en tales operativos jugó papel fundamental, tal vez sin saberlo con claridad, la joven y bonita enfermera Carolina Munévar. Ella intuía, quizá, los planes de aquel grupo de alelados ex servidores patrios. No obstante, de forma directa y sobre sus verdaderas intenciones nunca preguntó, ni profundizó, mucho menos se opuso, como tampoco delató. Si era que algo sabía. Fue condescendiente y cumplió los roles que Rodrigo le encomendó. Colaboró de manera subrepticia en todo.

Desde el inicio de su tórrida relación, le insinuó que si lograba salir bien de esa situación en la que, sin él saber la razón, alguien lo involucró, se irían a vivir juntos, a disfrutar de su pensión, de su ahorrado patrimonio, así como de las regalías de algunas obras que iba a publicar muy pronto.

Le dio su palabra. Le dijo que una vez saliera de ahí, ella también dejaría ese trabajo de asistente sanitaria en ese reclusorio mental. Que se irían los dos.

Promesa que la emocionó, que la ilusionó, amén del agrado y placer que comenzó a experimentar, a vivir, cada noche que ella estaba de turno y él se desvelaba a su lado.

Tal vez si Rodrigo hubiera salido ileso de la engañifa que le tendió la vida le habría cumplido a Carolina. Aunque, por siempre, y de lejos, su único y diamantino amor, a pesar de todo, fue Débora Yanir Chandé, de quien, al igual que de Olga, ignoraba su suerte.

Al agente Salas le pareció prudente que Rodrigo no se enterara de sus letales destinos. Verdad social refundida, además, por la incomunicación a la que él, y todos los pacientes del Pabellón B de Siquiatría, fueron sometidos por orden de la cúpula de la OVT, tras los últimos y forzados ingresos allí de Rodrigo y Salas. De ellos se sospechaba, les inculpaban, de alguna manera, la muerte de Rómulo Vinchira Torcuato. Por lo que les restringieron el uso de todo tipo de teléfono y, al máximo, las visitas. Estas últimas, como suele suceder con los enfermos, los presos y los desvalidos, cada vez eran menos. Excepto para José Salguero Angulo, semanalmente atendido por las señoras del voluntariado humanitario para los enfermos del alma; por supuesto, con la infaltable presencia de María de las Mercedes Cuellar.

Rodrigo, quizá, le hubiera cumplido a Carolina, para intentar sanar su alma corroída por el fatal desamor. Más cáustico que la misma acibricina, su letal arma de combate.

Por su parte, los otros integrantes del comando de enfermos del alma ejecutaron con celo y disciplina sus asignadas responsabilidades. De esa forma maduraron el proyecto y le incluyeron:

—Los requerimientos "DOMPII", propios de un Estado Mayor para la guerra —como les comentó y explicó el sargento Rodríguez.

Aprontaron toda la información y pertrechos bélicos inherentes a las necesidades que el plan necesitaba en cuanto a doctrina (ideas y experiencias de combates anteriores y similares), organización, material (logística), personal, infraestructura e inteligencia.

Las dos experiencias anteriores en las que Rodrigo utilizó la acibricina para neutralizar a sus rivales: Arcángel y Trillos, y colateralmente a Rómulo Vinchira Torcuato, sirvieron como doctrina que analizó y perfeccionó el sargento Rodríguez, con el apoyo parcial del soldado profesional Sepúlveda, a partir de lo cual establecieron las pertinentes estrategias y tácticas de ataque.

El agente Salas se encargó de la organización y de "los cuadros" requeridos para el combate y la acción. Le asignó a cada elemento sus respectivas actividades y roles, de acuerdo con sus inherentes capacidades, experticia y gustos. A Venegas Trillos y a Salguero Angulo les encomendó labores de inteligencia técnica e infraestructura. Ellos hicieron el levantamiento de los planos del edificio, de las acometidas eléctricas, de los ductos, de los sistemas de comunicaciones, de la ubicación de las cámaras de vigilancia y seguridad, de las rutinas de los guardias y del personal administrativo, y de todo tipo de flancos débiles que fueron capitalizados durante las dos iniciales y ganadas batallas de aquel desigual como inusual combate.

Patricita se ofreció y realizó dos fundamentales misiones. Verificó y documentó las rutinas y las debilidades humanas, en particular de los incluidos en la patibularia e inicial lista. Fue así como, no solo logró penetrar al personal de la cocina, aprovechando sus conocimientos, experiencias y secretas recetas de panificación, pastelería y repostería, sino que se enteró de los gustos en cuanto a bebidas, bocadillos y colaciones que solían ingerir los sentenciados. En particular, los de Luis Fernando Vinchira López e Ignacio José Mencino, en sus quincenales visitas, así como los del doctor Sarmiento y las de los otros médicos de la clínica.

Rodrigo, adicional a su papel de Romeo para tener de aliada a Carolina, la joven y bonita enfermera, le correspondió hacer uso, en su debido y preciso momento, de la herramienta bélica: la dosificación de la acibricina, además de relatar y documentar sus historias para entregárselas a Salguero Angulo quien, a su vez, era el medio para hacérselas llegar al editor internacional.

Cuando consideraron que estaban listos para su primera batalla, hicieron uso de su protegido y secreto armamento. Atacaron el primer flanco: a los rutinarios visitantes directivos de la OVT. Lo planearon con detalle. Lo ejecutaron un miércoles, durante el refrigerio vespertino con panderos que siempre les servían a los ilustres personajes, y que Ignacio José acompañaba con una aromática especial que solían prepararle con arándanos frescos, jengibre y hojas de moringa. Luis Fernando los pasaba con un extracto de frutas y verduras, al que le daban sabor, también, con arándanos, jengibre y, adicionalmente, un diente de ajo. Todo ello, decían, para mejorar la vasodilatación cerebral, el tracto digestivo y otra serie de beneficios para la salud.

Tales productos, tales preparados y, por supuesto, las materias primas, por más que Patricita instó llegar a ellos, estuvieron siempre lejos de su alcance, más que protegidos. Nunca le permitieron acercarse a la alacena, tampoco durante el proceso de preparación y disposición. Por lo tanto, el grupo en pleno optó por la interceptación de las bebidas para inocularles la acibricina durante el recorrido que tenía que hacer la mesera que las llevara desde la cocina hasta el despacho del director, lugar en el que siempre tomaban el refrigerio, según la información de inteligencia suministrada por Patricita.

El sitio estudiado y escogido para la interceptación de la bandeja fue en un recodo del camino por el cual la mesera, de forma obligada, tenía que pasar, antes de llegar a su destino. Según la información de inteligencia aportada por Salguero y Venegas, allí no había cámaras ni guardas de seguridad. Era, por su supuesta intrascendencia y breve distancia, un punto ciego para la vigilancia y la seguridad de la clínica. Además, ahí quedaba un depósito emergente de útiles de aseo de exclusivo uso de las enfermeras de turno para cuando se les acababa la dotación formal y en ese momento no estuviera abierto el almacén central. Como solía pasar, en particular los domingos y feriados, y una que otra agitada noche.

Con el charol en sus manos y en el que llevaba colaciones, las dos bebidas especiales y una aromática tradicional para el director, aquella tarde de miércoles, la mesera, tras cruzar el tácticamente escogido recodo del pasillo y llegar al depósito, observó que Carolina, de espalda a la puerta, bregaba con dos pesadas pacas de papel higiénico. La enfermera, al notar la presencia de la mesera, volteó su cara hacia ella y le solicitó que la apoyara un instante para colocar el papel en un estante medianero de la bodega. Solicitud que la amable mujer atendió de inmediato, dejando por unos segundos el charol sobre un escritorio ubicado a propósito en la entrada del recinto.

En ese instante, mientras la mesera y Carolina dieron la vuelta para levantar el papel, silencioso como una sombra se asomó Rodrigo con el gotero en la mano y dispensó, en cada vaso, excepto en el de la aromática tradicional, una dosis de acibricina. Vertiginosa y sigilosa acción que ni siquiera Carolina misma observó u oyó, pese a estar pendiente de lo que iba a pasar. Para su protección, y por ende la del operativo, Rodrigo tan solo le dijo que distrajera, a esa hora, en ese sitio, con tal pretexto y por unos segundos, a la persona que pasara con la bandeja que llevaba el refrigerio para los doctores de la OVT que estaban de visita en la oficina del director. Carolina así lo hizo. Ella, en efecto, no vio ni sintió nada. La operación ofensiva, "la entrega de armas", como denominó el sargento Rodríguez a tal acción, demoró menos de un segundo. Carolina llegó a pensar que no pasó nada. Que nadie, excepto ellas dos, estuvieron ahí.

Esa misma noche ella le preguntó a Rodrigo sobre ese particular. Recibió una amorosa y estratégica respuesta elusiva. Carolina solo asociaría aquel hecho de distracción en el que ella y la mesera fueron protagonistas, con los extraños fallecimientos acaecidos en extramuros hospitalarios, veinticuatro y sesentaisiete horas después, respectivamente, de los dos ilustres visitantes de aquella tarde de miércoles: Ignacio José Mencino y Luis Fernando Vinchira López.

Ningún integrante de la clínica, ni de la OVT, ni siquiera las autoridades y medios de comunicación, asociaron estos hechos con sus verdaderos autores materiales e intelectuales. Excepto, días después, cuando Pompilio Vinchira López le comunicó con prudente reserva a su hermana Luz Divina, ahora presidenta de la OVT, que había encontrado, encapsuladas, trazas de acibricina en los dos cuerpos, en el de Luis Fernando y en el de Ignacio José. Idéntica en composición y cantidad a la utilizada para ocasionarle la muerte a su padre Rómulo, seis meses atrás.

De nuevo la sospecha sobre Salas y Rodrigo, y las tangelo, asomó con criminal vértigo a los compungidos y por siempre corrompidos espíritus de los Vinchira López sobrevivientes. En especial, en el de la tremebunda Luz Divina, inmarcesiblemente ofendida, y por partida doble, frente a estas otras dos muertes: la de su amado y venerado hermano mayor, su protector, y la de Ignacio José Mencino, su por siempre amor del alma. Su recóndito amante y padre biológico de su hijo, Álvaro María Uribia Vinchira, presidente de la República en dos ocasiones, como su abuelo nominal, de los atolondrados concordenses, cuatro décadas después de aquellos luctuosos hechos.

Diez, veinte… treinta minutos después de la ingesta de las inficionadas colaciones por parte de Ignacio José y Luis Fernando, estos permanecían asintomáticos, con más vigor que antes, parecía. Los efectos por el consumo de la deletérea acibricina, no se manifestaban como se esperaba, según lo dicho por Rodrigo a sus compañeros de lucha. Así lo transmitía el soldado profesional Sepúlveda cada cinco minutos, vía señales gestuales y selváticos sonidos guturales al cercano centro de operaciones de la guerrera escuadra de enfermos del alma ubicada en el patio central. Les informaba desde su sitio de observación, el salón de juegos del Pabellón

B. Posición que le permitía, a través de un ventanal, ver todo lo que pasaba en la oficina del director.

La demora en la obtención de rápidos y certeros resultados hizo que el nerviosismo intentara apoderarse de algunos de los integrantes del Estado Mayor de enfermos del alma, reunido en el patio central del siquiátrico bajo un florido magnolio que le daba sombra al escaño de cemento donde solían descansar los internos. Lugar escogido por el alto mando del operativo para ese tipo de reuniones, dado el ruido proveniente, tanto de la calle como del mismo hospital, lo que dificultaba la posible grabación nítida de sus comprometedoras conversaciones. También habían comprobado que la cámara del circuito cerrado de televisión más cercana estaba a una distancia y en un ángulo que no permitían la fácil y efectiva lectura de sus labios. Estratégico sitio desde el cual se observaba la ventana trasera del salón de juegos del Pabellón B, por la cual se asomaba el soldado profesional para mantenerlos informados de lo que estaba aconteciendo al otro lado, en la oficina de la dirección de la clínica.

Tal frenética y momentánea situación inicialmente no afectó al sargento Rodríguez. Tampoco al veterano agente Salas. Fueron ellos quienes lideraron el apaciguamiento estratégico del motín cuando el ingeniero Venegas, el arquitecto Salguero, el soldado profesional Sepúlveda y Patricita le comenzaron a cuestionar a Rodrigo por la eficacia de la sustancia.

—Tal vez porque la sustancia esa está pasada —dijo Venegas—. Por ello, esta primera operación contra los flancos del identificado rival ha sido un rotundo fracaso.

Le llegaron a comentar que lo de las neutralizaciones de Arcángel y Trillos era una invención suya para presumir y tratar de convencerlos de tan absurda como perdida lucha. Apoyado por el sargento Rodríguez y el agente Salas, Rodrigo les solicitó a sus compañeros que tuvieran paciencia y fe en la causa. Que él no necesitaba engañar a nadie. Que estaba, además de agradecido con ellos por sus invaluables aportes, muy convencido de lo que estaban haciendo. Que él sabía que la acibricina, que no prescribía así estuviera al aire libre, era infalible.

En ese momento recordó algo que su profesor Quiroga le había explicado, casi cuarenta años atrás, en relación con una fórmula de "encapsulamiento" orgánico que usaba el Indio Orinoco, el papá de Rómulo Vinchira Torcuato, para prolongar y disimular la muerte de sus pacientes víctimas, sin que lo relacionaran de manera directa con sus bebedizos. Fórmula que, precisamente, tenía algunos de los ingredientes de las infusiones que tomaron Luis Fernando e Ignacio José, según el paquete de información de inteligencia recolectado en la cocina por Patricita.

Era el mismo encapsulamiento que usaba Rómulo Vinchira Torcuato, y con los mismos miserables fines de su padre, quien le heredó la fórmula y la técnica para hacerlos, y este, a su vez, a su hijo químico farmaceuta, Luis Fernando. Enjundia basada en algunos productos naturales y de consumo popular en el país y otras partes del subcontinente. Entre otros: ajo, jengibre y, en las últimas décadas, estudiado y aplicado farmacológicamente en los laboratorios de la OVT:

cúrcuma, moringa, arándanos, caléndula y otras sustancias con similares propiedades.

Y no solo en cuanto a su prodigioso y potencial beneficio para la humanidad, sino para combinarlo con la molécula 3R, en su demencial y nefasta versión, lograda tras la doble decantación de la rubirnalia, la rubirnaca y la rubirnásea. Base para la elaboración de epidemias, sobre todo en versiones gripales, relativa y supuestamente controladas por ellos, inoculadas vía inverosímiles canales de propagación, como insectos, ratones, aves, cerdos, acueductos, medicamentos, empaquetados y hasta en conservantes y materias primas de comidas de consumo masivo.

Pestes que solían cobrar un significativo y alarmante número de víctimas, incluso letales, por lo general en personas inermes, de muy bajo poder adquisitivo y ubicados en zonas marginadas y deprimidas. Tras lo cual, directivos y mercaderes de la OVT, de manera directa o por medio de sus filiales, salían a ofertar el paliativo, maravilloso, ¡y oneroso! medicamento. De esa felona forma sus arcas se hinchaban cada vez más, y más, y más... hasta el hostigo. Siempre con el auspicio y el beneplácito gubernamental, por conducto de sus tocados y controlados funcionarios.

Rodrigo recordó, de forma vaga, que el jengibre, le había dicho el profesor Quiroga, tiene la propiedad de encapsular en los órganos vitales, de manera temporal, los efectos de la acibricina, tornando, incluso, más alertas y falsamente enérgicos, fuertes, a los que los consumen de manera combinada y dosificada.

—Todavía más, cuando la acibricina se mezcla con una ración extra de ajo —evocó Rodrigo y les compartió la inverosímil historia a sus compañeros de liza.

Les insistió con vehemencia que el profesor también le había explicado que la inexorable y fatal reacción llegaba, más virulenta, horas y hasta días después de la ingesta y el encapsulamiento, auto eliminándose, desapareciendo casi por completo del cuerpo de la víctima. Que, por tal razón, tendrían que esperar, tal vez unos dos o tres días para ver los resultados y la efectividad del operativo.

Con el último reporte del soldado Sepúlveda desde su sitio de observación estratégica:

—El enemigo se ve más fuerte que nunca.

Todos, incluso Salas y Rodríguez, se mostraron respetuosamente apáticos y decepcionados. Su voluntad de lucha estaba diezmada. Rodrigo, ante tal actitud, instó ser certero, convincente, con sus explicaciones de encapsulamiento orgánico temporal de la acibricina. Argumentos estos que, aunque ninguno de sus compañeros de lucha entendió, o escuchó, o quiso creer, no le dijeron nada. Cabizbajos se retiraron del teatro de operaciones.

Abandonaron temporalmente la guerra. O al menos en cuanto a ese tercer vengador objetivo. Acción de retirada asumida, también, por el sargento Rodríguez y el agente Salas. Ellos, tras una semana de receso bélico, convocaron la escuadra para evaluar la fallida operación, analizar las lecciones aprendidas de esa primera batalla y continuar con los dos objetivos formales de su plan inicial de guerra: la conservación de sus vidas mediante el perfeccionamiento de la estrategia de retención sublingual de las tóxicas grajeas, y la documentación de sus historias para darlas a conocer al mundo.

Para este último propósito, todos continuaron con sus relatos. Le fueron contando a Rodrigo sus vidas. Él siguió consignándolas en sus finas agendas de cuero, imprimiéndoles su particular toque de nostalgia y romanticismo social subcontinental. También prosiguió la estrategia para obtener la orden de alta de José Salguero Angulo, el arquitecto. Gestión que iba muy avanzada gracias a los trámites soslayados de Carolina. Él, una vez libre, en su jurado compromiso de guerrero de la causa, iba a contactar al editor. De esa forma se buscaba garantizar la publicación, distribución y comercialización de la obra, así como su divulgación.

Objetivo este último apalancado con la pequeña fortuna que le llevó Olga a Rodrigo al sanatorio y que Carolina guardó celosa y fielmente hasta cuando él mismo se la pidió para entregársela al arquitecto, tan pronto el director, horas antes de su caótica y repentina muerte, firmó la orden de salida. Esta fue sagazmente traspapelada en el arrume de documentos que se le acumuló por atender la balumba de situaciones que se desencadenaron tras las muertes de Luis Fernando Vinchira López e Ignacio José Mencino, y, una semana después, ante los arteros y secretos requerimientos de la enfurecida Luz Divina. Aún más energúmena tras la noticia que le compartió su hermano Pompilio en relación con las casi indetectables, imperceptibles, trazas de acibricina encontradas de manera encapsulada en los despojos de sus dos irremplazables hombres. Más importantes, filial y amorosamente, incluso, que su hijo Álvaro María y, por supuesto, que su esposo.

Por mero y capcioso capricho del destino la decisión del sargento Rodríguez y su escuadra de combatientes enfermos del alma de reanudar el tercero y no programado vengador objetivo, siendo el doctor Sarmiento, por lo asequible, el siguiente en la fatídica lista, se dio al unísono con la orden, delirante, revanchista y perversa, impartida por la nueva presidenta de la OVT, Luz Divina Vinchira López

—Tienen que escudriñarles a Rodrigo y a Salas, de ser necesario: ¡hasta el alma! —bufó cuando lo ordenó.

Los siquiatras de la clínica tendrían que develar qué tanto, por qué razón y cómo es que aquellos estaban involucrados en las muertes de Luis Fernando e Ignacio José.

Sin saberlo, sin tener certeza plena de ello, solo por intuición, ella así lo sentía. Creía en la directa y solapada responsabilidad de aquella dupla. Quizá por los frescos acontecimientos inherentes a la infausta muerte de su padre, y al soslayado grado de participación, nunca comprobado, de Rodrigo y Salas en tal asunto.

De forma paralela, independiente, pero circunstancial, mientras la artera orden le era impartida por teléfono al doctor Sarmiento, Carolina les compartía a Rodrigo, al agente Salas y al soldado Sepúlveda la noticia publicada esa tarde en relación con las muertes de dos altos directivos de la OVT, acaecida entre el jueves en la noche y el sábado en la madrugada de la anterior semana.

—Esos dos hombres murieron en "extrañas circunstancias", y en sus respectivas casas, dijeron por noticias. Al parecer, consecuencia de fulminantes ataques cardiacos.

Los tres hombres quedaron atónitos. Les fue imposible articular palabra.

—Esos dos muertos son, precisa y casualmente, los dos directivos de la OVT que estuvieron tomando el té con nuestro dilecto director el miércoles pasado —cerró la comunicación la bonita y joven enfermera con ese cómplice y mordaz comentario, antes de retirarse, coqueta, de la sala de descanso ubicada en el segundo piso, al lado del comedor del Pabellón B en donde el veterano agente, en compañía del soldado profesional Sepúlveda le compartía a Rodrigo pormenores de su historia para que los consignara en su fina agenda de cuero negro.

Información que por su alto valor estratégico, obligó a que esa misma tarde el Estado Mayor de aquel insospechado ejército de enfermos del alma volviera a reunirse para planear la ejecución de su segunda batalla, aprovechando que la noticia les había subido a todos la moral y el espíritu combativo, venido a menos con el supuesto fracaso de su primera incursión bélica.

La primera acción, de dos, que la escuadra de combate decidió esa misma noche a la hora del refrigerio nocturno fue acelerar la salida del arquitecto José Salguero Angulo con el material literario que hasta entonces había consignado Rodrigo en sus agendas. Urgía avanzar por ese flanco, ya que, también por información particionada de Carolina, comentada antes de la cena de ese día, el director estaba planeando, al parecer por orden de la nueva e intransigente presidenta de la OVT, ahora dueña mayoritaria de la clínica, algunos cambios, aislamientos y reubicaciones de algunos pacientes, así como reformulaciones farmacológicas extraordinarias. Y, lo más grave era que en tales movimientos e inesperados cambios estarían incluidos, al parecer, el agente Salas, el sargento Rodríguez y el mismo Rodrigo, según lo que alcanzó a enterarse Carolina de boca de la jefe de pabellón, quien citó a todo el personal asistencial de su área para una reunión a las nueve de la mañana del siguiente día, durante la cual les comunicaría las instrucciones precisas ordenadas por el doctor Sarmiento.

La segunda acción, la segunda decisión, distinta al propósito literario de divulgar sus historias, tomada por aquellos desesperados, forzados, desechados y amordazados héroes de la patria fue hacer una segunda e inmediata "entrega de armas". Esta vez el objetivo era el director, el mismísimo doctor Sarmiento.

Operación que tendría que ejecutarse tan pronto Carolina lograra hacerle firmar, al siguiente día, "entre papeles", la orden de salida del arquitecto José Salguero Angulo. Compañero de armas y taimado combatiente a quien esa misma noche Rodrigo le entregó los manuscritos y el fajo de billetes, y el agente Salas una nota de su puño y letra dirigida al empresario internacional para que se encargara de la edición que concluyera con la divulgación mundial de sus amordazadas verdades.

Esa misma noche, durante el refrigerio nocturno, antes de la "recogida", aquellos forzados pacientes y desesperados guerreros también acordaron la maniobra y los cuadros que se encargarían de la neutralización con la gota de acibricina que le adicionarían a la aromática matutina del director de la Clínica El Redentor Gregorio: el doctor Andrés María Sarmiento.

Todo se organizó con la información que durante casi tres meses, ellos, fieles y disciplinados soldados, levantaron, obtuvieron, procesaron y decantaron para la causa. Que, además, les había servido, de manera más que efectiva, para reclamar y ondear el triunfo de la primera y gran batalla.

De no haberlo planeado esa noche, desde luego, esta vez con la dilecta, efectiva, abierta, comprometida y expuesta ayuda de Carolina, ese segundo trofeo de guerra hubiera estado esquivo, lejos de su alcance. Tampoco hubieran logrado que antes de las once y media de la mañana del siguiente día el arquitecto Salguero Angulo alcanzara la calle con los manuscritos y la fortuna que, en efecto, dos meses después, junto con las agendas en las que corrigió y ajustó lo inherente a su caso, le hizo llegar al editor internacional por conducto de María de las Mercedes Cuellar, su fiel amada y socia en la vertiginosa expansión de sus negocios inmobiliarios a partir de entonces.

No lo hubieran logrado, al menos con facilidad relativa, pese a que la aromática que ingirió el doctor Andrés María Sarmiento a las diez de la mañana, casi cuarenticinco minutos después de haber firmado la orden de salida de Salguero Angulo, fue interceptada e inficionada con la gota de acibricina que le dispensó

Rodrigo, en el mismo sitio y con similar rapidez y estratagema a las de la anterior acción. Bebedizo que hizo sus efectos siete minutos después de haber sido ingerida, causando el programado, colosal y ahincado revuelo en la clínica, lo que coadyuvó, sirvió de mampara, para la aligerada salida de Salguero Angulo.

Tal vez no lo hubieran logrado. Las órdenes que impartió el director el día anterior comenzaron a ser cumplidas de forma milimétrica y drástica desde esa mañana. Y, menos aún, habrían neutralizado a su segundo blanco después de que Luz Divina asumió el control total, artero y personal de la clínica a eso de la una y media de la tarde, hora y media después de haber sido informada de la súbita y extraña muerte del director, estando este, a simple vista, incluso, según su historia médica, en perfectas condiciones de salud. Como también lo estaban, en su momento, su padre Rómulo, su hermano Luis Fernando, así como el amor de su vida: Ignacio José Mencino.

Desde ese momento Luz Divina Vinchira López asumió, no solo la dirección de la clínica, para donde trasladó de manera temporal su despacho, sino el control de la ejecución de las órdenes dadas por ella el día anterior al propio doctor Sarmiento, transmitidas a su vez por él a sus subalternos.

Lo intuía como mujer herida que ahí, entre aquellas paredes, estaba agazapado el asesino de sus seres más queridos. Y lo iba a atrapar... le iba a hacer pagar muy caro por ello.

Desde luego que el primer y evidente sospechoso era Rodrigo García Ronderos. Él, con toda seguridad, cavilaba Luz Divina, no estaría trabajando solo.

Tendría que estarlo haciendo con el concurso de un cómplice experto. El más indicado para ello tendría que ser el veterano agente Salas, a quien tampoco, al parecer, por alguna inexplicable como sospechosa razón, le había hecho el efecto esperado la sobredosis del Aturditonatrol de 0,75 miligramos.

Por tal aparente sospecha: *Con ellos voy a empezar... voy destripar a ese par. Los voy a desangrar gota a gota,* pensó con inmarcesible dolor y rabia.

En ese febril momento recordó las estrategias que su hermano, y el mismo Ignacio José, le habían enseñado, si era que quería exhibirle al pueblo, en particular a sus "gobernados", buena presa de caza para que se atuvieran y le temieran a su certera puntería. Filosofía que le heredó a su hijo Álvaro María Uribia Vinchira, cuatro décadas después presidente del país, cuando este la aplicó con grandes y mezquinos réditos.

Luz Divina aprendió de ellos, de sus maestros, que así en la OVT y en sus filiales empresas se tuviera la aparente ventaja que da el supremo como volátil poder, el deslizadizo sometimiento y la vidriosa dominación sobre sus mandados congéneres, tenía que hacer acopio de prudencia antes que de triunfalismo, y de seguridad antes que de valentía, alegría o rabia. Sobre todo, cuando estuviera movida por el gaseoso y explosivo desquite, diminutiva y fatídica facultad exclusiva del *Homo Sapiens.*

Recordó con reflexión:

—Si de venganzas se trata, es mejor saborearlas sorbo a sorbo, si es que se quiere prolongar su disfrute. Hay que evitar atragantarse con insignificantes y pasajeras victorias. Estas, a la postre, se avinagran y atosigan, no solo el cuerpo, sino el alma —frase que solía escucharle a su padre cuando enfrentaba situaciones álgidas, fragosas, similares a la que en ese momento le estaba carcomiendo su aparente compostura, henchida de fiereza y ávida de causar dolor en cuerpos ajenos.

Sosegarse le permitió pensar claro y decidir que era mejor dejar avanzar el plan inicial. Que este siguiera su curso, aún sin resultados tangibles. Dar nuevas órdenes, al estar estas de inconfesa ira contagiadas, podrían cosechar ponzoñosas bayas, antes que nectáreas pomarrosas.

Ese día, a la hora del almuerzo, Patricita Pombo de Guzmán no ocupó su silla en la mesa dos del comedor del Pabellón B de aquel siquiátrico. Nunca más lo volvió a hacer. Fue la primera baja que tuvo la escuadra de guerra comandada por el sargento Rodríguez.

—Y, lo más injusto y denigrante para ella, y para nosotros, sus compañeros —comentó el agente Salas—, fue que su neutralización se dio fuera de combate, fuera de acción, sin estar en contacto con el enemigo durante alguna de las dos victoriosas batallas de esta absurda, como todas, guerra humana.

Patricita resistió, de alguna sospechosa e inexplicable razón, tanto para el doctor Sarmiento como para los rapaces integrantes de la cúpula de la OVT, la brutal sobredosis de Aturditonatrol de 0,75 miligramos que le venían suministrando desde el momento del hartazgo patrimonial del cual ella y sus sátrapas hijos y nietos fueron víctimas. Ingesta que la debió haber sacado de circulación, "técnica y médicamente justificado", una semana después de iniciada la reformulación.

Lo que desconocían aquellos gañanes de cuello almidonado, era que el sargento Rodríguez había perfeccionado su estrategia de guerra relacionada con la retención sublingual de pastillas, y que Patricita, tras el retorno de Rodrigo, animada por la "causa", la puso en práctica, prolongando su existencia, incómoda y riesgosa para los avaros y patibularios directivos de la OVT.

Luz Divina, tan pronto asumió la presidencia de aquel blanqueado grupo criminal, legalizado y enquistado en la más alta esfera del poder social, económico, político e institucional del país, aceleró el proceso con la viuda y ordenó su "aislamiento postrero" en las celdas del Pabellón D. Con tal ardid, querían asegurar la ingesta de la triplicada dosis y el presto y efectivo desenlace.

Delictivo procedimiento, judicialmente nunca probado y médicamente validado por el Grupo de Expertos Legistas Oficiales de la Nación (GELON), encargados del levantamiento de su cadáver, con el cual lograron su fúnebre objetivo cincuentaisiete horas después.

Los sobrevivientes, los aún no neutralizados soldados de la escuadra de combate, no alcanzaron a ejecutar el truncado plan de rescate de su cofrade, orquestado por el sargento Rodríguez.

Eran las 11:43 de la mañana cuando, informados por parte del soldado profesional Sepúlveda sobre la confirmación de las dos victorias consecutivas logradas ese mismo día, la salida del arquitecto Salguero y la neutralización del director, el sargento Rodríguez consideró prudente dispersar su Estado Mayor. Había sesionado durante aquel combate bajo el florido magnolio del patio principal de la clínica. Hasta ese momento Patricita estaba con ellos y se le notaba el fulgor de la ganada batalla en sus ojos verde atardecer de mayo. Después de eso no la volvieron a ver. Ella se despidió del grupo para disponerse a componer su vestido e ir luego al comedor, al cual nunca llegó.

Una vez almorzaron, el sargento Rodríguez convocó a los restantes integrantes del equipo, los que quedaban: Salas, Rodrigo, el ingeniero Venegas y el soldado Sepúlveda, para una reunión de urgencia de la cual tendría que salir la estrategia y las tácticas para la ubicación y el rescate de Patricita.

—La deben tener confinada, muy seguramente, en alguna de las celdas de aislamiento del Pabellón D —les anticipó acertadamente, conocedor del modo de operación que se usaba en ese siquiátrico—. En ese lugar queda la antesala de la muerte... el sitio de confinación cuando llega la "sentencia" para algún amordazado paciente que deja de ser útil para sus amos, o resulta incómodo para algún pez grande... o para el mismo Gobierno. Como pasó con Jesús Leonardo Fonnegra —les recordó el sargento.

Lo que ignoraba el sargento Rodríguez, y todos ellos, era que similar, infame y triste orden de aislamiento y sobredosificación estaba dada, de forma inminente, para dos de sus más valiosos y aportantes combatientes: Rodrigo García Ronderos y el agente Salas. Carolina tampoco les alcanzó a comunicar. Ella se enteró de esas decisiones seis minutos antes de la ejecución de la primera.

Estos dos combatientes fueron interceptados minutos antes de alcanzar a llegar al escaño bajo el florido magnolio, sitio de la cita, a las "catorce mil horas".

Salas fue abordado saliendo de la rotonda del primer piso del Pabellón B por dos fortachos enfermeros que lo condujeron directamente a la celda de aislamiento número nueve del Pabellón D. Rodrigo corrió con análoga "suerte" dos minutos después, al bajar la acaracolada escalera, junto a la silla isabelina de la rotonda, por otra pareja de enfermeros. Estos lo condujeron de inmediato a la sala de aislamiento cinco, seguidos de cerca por Carolina, intentando no dejarse ver de aquellos, más no así por las cámaras de monitoreo que captaron todos sus movimientos.

Carolina, tan pronto se enteró de que el siguiente en ser "aislado" era Rodrigo, quiso alertarlo. Abandonó por un momento el turno vespertino de servicio asistencial en el tercer piso del Pabellón B y fue y lo buscó. Cuando lo ubicó y lo iba a alcanzar para alertarlo, su amado fue interceptado por los corpulentos enfermeros y conducido de inmediato a las celdas de "aislamiento" del Pabellón D. Entonces, decidió retornar a su puesto de trabajo, esperar y pensar para establecer una estrategia. Tal vez con la ayuda del sargento Rodríguez, el soldado profesional Sepúlveda y el ingeniero Venegas sería mejor. Había que rescatarlo y sacarlo de inmediato de la clínica. Ella sabía qué era lo que les esperaba a los tres pacientes que acaban de "aislar" por orden de la Víbora, como se le conocía a Luz Divina Vinchira López.

El agente Salas y Rodrigo fueron llevados, por separado, a unos habitáculos con ventanas indirectas para difractar la luz y hacerlas más lóbregas, intimidantes y desesperanzadoras. Recintos sin ductos de ventilación para hacer denso el aire y dificultar la respiración. Con tal táctica medieval buscaban confundir a los pacientes, hacerles perder la noción del tiempo y compelerlos a hablar sin mayor resistencia. Incluso, a hacerles creer como ciertas, y suyas, inducidas, ajenas e inverosímiles historias.

Una vez en sus estrechas, oscuras y húmedas celdas, les colocaron camisones de fuerza con una abertura especial en el brazo izquierdo, por la cual se les procedió a canalizar y a suministrar las primeras dosis de la disolución RX3Z21: ¡el suero de la verdad!, según la orden de Luz Divina. Sustancia inhibidora de la voluntad elaborada en los laboratorios de la OVT a partir de algunas plantas; en particular, la popularmente conocida como "borrachero". Emulsión con la cual aquella herida mujer pretendía arrancarles de sus almas, de forma rápida y fácil, la información que quería saber, o escuchar, respecto de las tres muertes consecutivas acaecidas en su Clínica El Redentor Gregorio, por coincidencia, después de la llegada de aquellos dos díscolos pacientes.

El sargento Rodríguez, el soldado Sepúlveda y el ingeniero Venegas eran los únicos integrantes del grupo aún no "aislados", pero sí exhortados con vehemencia por la "nueva" Carolina, ahora dispuesta a jugarse sin ambages su suerte en aquella ominosa ruleta. Orquestaron, muy rápido, un plan para rescatar y liberar de inmediato a sus tres compañeros de lucha capturados. Este tenía tres aristas de acción. La primera de estas consistía, antes que nada, en la trasfiguración subrepticia y estratégica de la ingesta de los letales mejunjes que les dosificaron para su sentenciada y anticipada neutralización. Con esta primera acción la disminuida escuadra de guerreros intentaría que los tres capturados ingirieran la menor cantidad posible de dosis programadas. Pretenderían evitarles su rápido deterioro físico y mental, y conservarles lo que les quedaba de sus ya atacadas y diezmadas facultades, mientras se intentaba su rescate y liberación.

Aunque la prioridad la tenía el más valioso de los tres flancos, es decir, Rodrigo, el cambalache en la medicación se les intentaría hacer efectivo, de ser posible, a los tres, y al mismo tiempo. Desde luego quien "comandaría" esta primera operación tenía que ser Carolina. Ella se auto encargó para instar hacer el cambio y suministro de las dosis.

Al inicio tuvo éxito con Rodrigo y con Salas. Más no así con Patricita. Sus dosis nunca quedaron a su alcance, como sí tuvo las de aquellos, por lo que las substituyó con sustancias inocuas para sus cuerpos y almas.

Los otros dos cursos de acción: rescate y liberación, en su orden, tenían establecido, sin término de discusión ni reconsideración alguna, un orden de prioridad afectiva, y no solo en el plano amoroso, inherente a la enfermera, sino de amistad, respeto y admiración en cuanto a los otros tres soldados de la causa. Habían considerado, también, el tema operativo y las posibilidades de vivir mayor tiempo (edad). Por lo que el primero a ser rescatado y colocado en la calle tendría que ser Rodrigo, luego Salas, por último Patricita.

La gestión de Carolina no solo se limitó al cambiazo de los contenidos de las letales e inhibidoras dosis del suero de la verdad durante la primera semana. En ese lapso falleció Patricita, víctima de la triplicada dosis de Aturditonatrol. También le correspondió a Carolina estimular con su contacto a los prisioneros y aleccionarlos en relación con la conducta y las manifestaciones físicas y gestuales que tenían que aparentar como consecuencia de la supuesta ingesta de las letales dosis, cada vez que la Víbora, o cualquier médico, siquiatra o asistencial, emisarios suyos, fueran a entrevistarlos o a atenderlos.

Siguiendo las instrucciones tácticas del sargento Rodríguez, se recuperó y se puso a buen recaudo su arsenal de guerra: El gotero con el saldo de acibricina, en poder de Rodrigo. Una vez en sus manos, Carolina lo dividió en tres porciones y recipientes diferentes. Ella se quedó con uno. El otro se lo entregó al ideólogo de la estrategia, el sargento Rodríguez, y el tercero al ingeniero Venegas.

Carolina tuvo tal posibilidad y amplio campo de acción, pues se granjeó, de manera magistral, la confianza de Luz Divina para la asistencia especial que requerían los "peligrosos pacientes que tuvieron que aislar en las celdas del Pabellón D para la protección de la comunidad", como se hizo correr el rumor en toda la clínica respecto a estos.

Pese al esperado y controlado feliz desenlace de Patricita, en el caso de Rodrigo y de Salas, y tras cinco días de estar siendo, supuestamente, dosificados con la disolución RX3Z21, y doblado el suministro de Aturditonatrol, estos no daban trazas reales de física, y menos, mental capitulación. Aunque, en aspecto... parecía que lo estaban, más no en los resultados informativos requeridos por Luz Divina. Esto último, pese a los comprobados y eficaces resultados de la disolución en muchos otros casos.

Ninguno de los dos compelidos pacientes había suministrado información pertinente, clara ni confiable, tendiente a descifrar las muertes de las tres víctimas de la acibricina, inficionada, Luz Divina lo presentía desde sus entrañas, de alguna forma dentro de la clínica por parte de uno de ellos... ¡Rodrigo!, o de una manguala entre él y el vengativo y veterano agente Salas... y, posiblemente, entre más enemigos de la casa OVT, que ni ella se imaginaba su existencia, alcances y persistencia.

Esta postrera conjetura la hizo comenzar a sospechar de todos los que la rodeaban, estimulándola a hurgar más a fondo y directo en el caso. Sospecha, tesón y paranoia que fructificaron amargas bayas.

Luz Divina, desde cuando instaló su despacho en la clínica, había revisado gran parte de la información inherente a los dos pacientes objeto de sus sospechas, incluidas sus historias clínicas, medicaciones, dietas y, parcialmente, las grabaciones de sus movimientos durante los turnos de descanso y los refrigerios nocturnos, sin haber encontrado nada "interesante", ni por fuera, al parecer, del protocolo rutinario de un enajenado interno en un siquiátrico.

Excepto, reflexionó y concluyó en ese instante, que, por lo general se reunían con los mismos seis o siete pacientes, en los mismos sitios, donde solían entretenerse con, al parecer, aburridas e insulsas discusiones y conversaciones. Por tal conjetura, cada vez que llegaba a esa parte de la grabación, o a las del comedor, ella le ordenaba al operador que acelerara la videograbadora para tratar de cubrir más material "significativo" en cada oportunidad.

Hasta ese momento Luz Divina le había dado poca importancia a ese detalle de las rutinarias reuniones de Rodrigo y el agente Salas con al menos otros cinco o seis pacientes... uno de ellos, ¡precisamente!, cayó en cuenta en ese instante de introspección, era el que obtuvo la sospechosa e irregular salida, minutos después de la muerte del doctor Sarmiento.

Entonces, comenzó a concatenar, a tratar de armar la filigrana, hasta concluir, con controlada angustia, que sí, que aquel era el mismo paciente con código de restricción triple rojo, triple azul, triple amarillo. Es decir, de los que jamás, ¡por ninguna razón!, se les debía permitir salir con vida de allí, según lo establecían los ultrasecretos protocolos del Gobierno y la unidad nacional. Triple restricción solo se asignaba a los desadaptados del sistema, quienes alguna vez fueron fieles aliados y útiles para el mismo, lo que les granjeaba indulgencia para sus vidas. Pero que, por cualquier circunstancia del destino, se convirtieron en un gran riesgo, o en un gran problema, dada la información que poseían y la capacidad de, en cualquier momento, romperle al Estado, y a su rancia democracia, su armonía, así como la imagen de la mundialmente pregonada estabilidad y transparencia política, económica, social y moral de su pacífico pueblo y gobernantes.

Ese paciente: el arquitecto Salguero Angulo, era, precisamente, uno de los que, durante casi tres meses, se había reunido con el ahora considerado y pregonado como peligroso agente Salas, así como con Rodrigo y otros. Además, se mordió los labios objeto de la indignación que le recorría sus entresijos, el arquitecto aquel, desde su acelerada salida de la clínica, desapareció y ningún organismo lograba encontrarlo. Ni siquiera la súper agencia controlada por la OVT: la Guardia Civil, ni la especializada y experimentada ASN en la que trabajó por más de cinco décadas el agente Salas. Tampoco, por la ultra tecnificada y poderosa NAPE. Al parecer, se lo había tragado la tierra. Lo único que concluyeron todas las agencias que investigaban su caso era que al salir de la Clínica El Redentor Gregorio llevaba información de al menos seis internos, seguramente muy comprometedora para el Estado y sus "allegados", escrita a mano en unas finas agendas de cuero, así como información sensible en una micro grabadora marca Sony.

Se fustigó y censuró su falta de perspicacia, su latencia larga.

—¡Cómo no hice antes esta conexión!

Furibunda, le ordenó al jefe de seguridad que le filtrara y organizara todas las grabaciones de los tres últimos meses en las que aparecieran Rodrigo, el agente Salas, el ingeniero Venegas Trillos y los otros cuatro o cinco pacientes con los que solían reunirse bajo el magnolio del patio. Además, que le filtrara los audios, si los había, y si no, que pusiera a un intérprete de señas, especializado en lectura de labios, para que transcribiera esas conversaciones.

Necesitaba saber de qué hablaron, durante casi tres meses, sin que nadie los detectara o sospechara de ellos.

—¡Estos dos enemigos —se refería a Rodrigo y a Salas— de la casa OVT se aliaron en su sitio de reclusión para atentar contra nosotros! ¡Cómo es que Luis Fernando… y mi Nacho (Ignacio José) los dejaron en la misma jaula… y no me percaté de ello, ni los de la GCC me lo advirtieron! —vociferó aún con mayor rabia.

Un alto oficial de la GCC, encubierto en la empresa de vigilancia, era el jefe de seguridad de la clínica. Él y un equipo de experimentados agentes que hizo llevar del comando central de la Guardia comenzaron a trabajar para cumplir los urgentes requerimientos de la bella, poderosa y temida presidenta de la OVT.

Luz Divina solicitó copia de todas las grabaciones efectuadas ese miércoles en la tarde, última vez que su hermano Luis Fernando y su amado Ignacio José estuvieron en la clínica. Obtuvo las cintas que mostraban desde el ingreso que los dos hicieron por el parqueadero de directivos, su entrada al edificio, la llegada y estadía en la oficina del director, hasta su salida dos horas después. Quería escudriñar en esos videos cada segundo, el paso a paso efectuado por los dos hombres que, con su inaudita partida, transformaron su vida, le robaron su paz, tranquilidad, amor... y, tal vez, hasta la poca compostura que le quedaba.

Aunque ya los había visto y escuchado tres veces, tal vez sin mayor detenimiento en los pequeños detalles, en esa cuarta oportunidad escudriñó la minucia. Los aspectos pueriles que, al parecer, no guardaban relación alguna con el objeto central de su pesquisa. En especial, durante la reunión que sostuvieron con el director en su oficina. Se detuvo a observar y a oír intrascendencias. La colocación de los objetos sobre el escritorio, la ubicación de cada uno de ellos, los movimientos de los tres hombres, el timbre de los teléfonos, del intercomunicador, de los celulares, el ruido de las ramas contra el ventanal, las sombras proyectadas por la caída del sol, la llegada de la mesera con el refrigerio. Fue cuando observó con detenimiento las tazas, los panderos, las servilletas...

—¿Cómo no lo vi antes? —gritó, asustando al técnico que controlaba la videograbadora.

Se refería a, no solo el piscolabis que la mesera les llevaba en la charola, sino a la figura de un hombre quien, desde el Pabellón B, parecía estar observando, monitoreando, a través de los dos enfrentados ventanales: el de la oficina del director, y el del otro recinto, separados el uno del otro tal vez por cuatro metros de distancia.

Luz Divina hizo congelar la imagen. La cámara había captado el preciso instante del ingreso de la mesera a la oficina y, a trasluz, se insinuaba, en la otra locación, la silueta de un hombre que se interesaba en lo que acontecía adentro.

Luz Divina había encontrado la soga de la puerca perdida, ¡y aún hedía a porqueriza!

Aunque aquella grabación no permitía identificar al observador, por más acercamiento que hizo el operador, sí se pudo establecer la coincidencia de la llegada de la mesera con el charol y la aparición de aquel: *En la escena del crimen*, pensó Luz Divina.

Al revisar las grabaciones desde una hora antes, es decir, desde el inicio de la reunión, hasta cinco minutos previos al ingreso de la empleada con el refrigerio, no se encontró evidencia de la presencia del observador. Lo cual fue palpable desde ese momento hasta el final de la reunión. Como lo había imaginado, Luz Divina comprobó la existencia de una clara relación entre el refrigerio, seguramente inficionado con la acibricina, y la silueta observadora:

—Estaban verificando y controlando la operación… hay más de uno involucrado… ahí fue donde los envenenaron —concluyó con una mueca macabra de satisfacción inocua en su divina faz.

Con tan importante hallazgo, Luz Divina dispuso de inmediato que le facilitaran las grabaciones efectuadas en la cocina en donde se preparó, ese miércoles en la tarde, el refrigerio, así como las de los pasillos por los que se desplazó la mesera. También, las de la última media hora en el edificio y sus accesos a las instalaciones que quedaban, precisamente, frente a la ventana de la oficina de la dirección. Iba a examinar tales cintas, milímetro a milímetro, más ahora que sentía que les respiraba sobre la nuca a los perpetradores de la desestabilización de su vida.

Una vez obtuvo el nuevo material, lo primero que hizo fue verificar quién era el observador, el hombre que monitoreaba el paso a paso de la reunión en la oficina de la dirección, precisamente desde cinco minutos antes del ingreso de la mesera con el refrigerio, hasta el final de la misma. Le fue fácil establecer de quien se trataba.

El soldado profesional Julio Albeiro Sepúlveda había interferido, minutos antes de su ingreso al salón de juegos del Pabellón B, la señal de una cámara y desviado la de la otra. No obstante, esa tarde el único que ingresó y salió de ese salón fue él. Así quedó registrado en las cámaras remotas del pasillo de acceso a tal recinto. Por lo que, de inmediato, Luz Divina ordenó su aislamiento en otra celda del Pabellón D, la aplicación del suero de la verdad y un severo e invasivo interrogatorio.

Aplicación del suero de la verdad que Luz Divina le encargó, directamente, a la enfermera que atendió a Patricita, y no a Carolina. Ella se enteró demasiado tarde del aislamiento y la dosificación para el cuarto integrante de la escuadra de combate del sargento Rodríguez. Por lo que le fue imposible evitar que la disolución RX3Z21 cumpliera sus frondios propósitos sobre la voluntad del soldado.

Así doblegado, habló lo que sabía. Obvio, sin comprometer a Carolina, pues de su participación en todo ello, él poco y nada se había interesado, ni conocía. Solo hacía parte de la escuadra de combate en calidad de soldado, para cumplir órdenes. El sargento Rodríguez, por seguridad, nunca lo involucró a fondo en el planeamiento de la operación.

Julio Alberto Sepúlveda fue siempre un fiel y obediente soldado profesional. Estaba formado y preparado para hacerle inteligencia y neutralizar en combate al enemigo. No fue entrenado para pensar. Mucho menos para decidir u opinar sobre las órdenes de sus superiores. Fue entrenado solo para obedecer, incluso, si por ello tuviera que pasar (pagar) más de cinco años en un siquiátrico, diagnosticado como paranoico de guerra. Hasta esa tarde cuando, por orden de Luz Divina, la enfermera le aplicó otra media dosis del RX3Z21 para que dijera algo que él no sabía, pero que Luz Divina no le creía.

Sobredosis que su colmatado corazón no resistió, por lo cual estalló. Desde luego que los eficaces médicos del GELON consignaron en el acta de defunción que falleció por deficiencias hepáticas congénitas, ¡propio de la edad!, tras lo cual fue velado con honores durante tres días en el Cantón de los Héroes, y enterrado en el camposanto destinado para el sinfín de mártires de la patria.

De aquel interrogatorio Luz Divina tuvo la casi completa lista del equipo de guerra del sargento Rodríguez, la indiciada confirmación de la participación de todos ellos en aquellas tres muertes, su forma de operación, el arsenal de ataque letal que usaban, y su custodio, más no la manera y el momento como fueron inficionadas con acibricina las tres bebidas. Información esta que tampoco era conocida por el soldado Sepúlveda. Igualmente, le hizo confesar, le arrancó de su alma, parte de la operación y, en particular, la forma en que lograron que el arquitecto Salguero Angulo quedara libre, más no lo inherente a la obtención de la firma de la orden de salida. Eso tampoco lo supo el fiel soldado Sepúlveda.

Por supuesto que Luz Divina también se enteró de la misión literaria del arquitecto, más no del nombre y ubicación del editor. Esta otra información tampoco la conocía el soldado. Lo que sí le comentó Sepúlveda a Luz Divina, objeto del envenenamiento de su voluntad, fue la estrategia de la retención sublingual de grajeas con la que le prolongaron la vida a Patricita y a todos ellos.

Quizá porque aún no se lo imaginaba, ya que creía tenerlos bajo su férreo control, Luz Divina durante el interrogatorio no se preguntó, ni mucho menos le indagó al soldado, la razón por la cual Salas y Rodrigo, a diferencia de él, estando bajo los mismos efectos de la disolución RX3Z21, no insinuaron ni hablaron nada al respecto, como sí lo hacía Sepúlveda.

Luz Divina le dio más importancia al resplandor que a la fuente. Se "enfrascó" solo en querer saber la forma como inocularon la acibricina en el refrigerio, la manera como obtuvieron la firma del doctor Sarmiento para la orden de salida del arquitecto, así como en el nombre y en la ubicación del supuesto editor al que le entregarían los manuscritos y grabaciones con sus reveladoras historias. Es decir, los efectos, y no los motivos.

Temas, todos estos, que por su jerarquía y rol dentro de la escuadra de combate del sargento Rodríguez no eran de la competencia del soldado Sepúlveda, mucho menos de su conocimiento.

Al no tener mayor información, Luz Divina presto se exasperó. Creía que el soldado se estaba burlando de ella, además de ocultarle datos, pese al inexorable efecto de la RX3Z21. Entonces, le ordenó a la enfermera la aplicación de la otra media dosis, muy a pesar de las recomendaciones y alertas emitidas por la laboralmente sometida sanitaria aquella, ignoradas de plano por la Víbora.

Los reportes del jefe de seguridad de la clínica, en cuanto a descifrar las conversaciones y discusiones que sostuvo durante los últimos tres meses aquel grupo de enfermos del alma, por la presión y la premura de la exigencia, poco aportaron a lo que ya había averiguado Luz Divina con el letal interrogatorio al que sometió al soldado profesional Sepúlveda. Excepto, que al parecer el que comandaba todas las acciones, ¡el jefe!, era el sargento Rodríguez, asesorado política, militar y estratégicamente por Salas, secundado por Rodrigo (el escribiente de sus historias), la viuda Patricita, el arquitecto Salguero y el ingeniero Venegas. Todos ellos apoyados en cuanto a logística y operaciones por el fiel y efectivo soldado profesional Sepúlveda.

El jefe de seguridad de la clínica y sus hombres tampoco detectaron, inicialmente, la implicación o comprometimiento de Carolina con aquel grupo. Mucho menos, el tórrido y subrepticio idilio que sostenía con "el Doctor". Además, concluía el apresuradamente elaborado informe del jefe de seguridad, instando calmarla y darle tranquilidad a la energúmena presidenta, que el objetivo principal de aquellos internos, al parecer, tan solo era darse soslayado apoyo para intentar sobrellevar una vida algo entretenida y aventurera entre aquellas paredes, reviviendo los roles que cada uno de ellos desempeñó durante su época de actividad pública y laboral.

—Nada serio, comprometedor, ni imposible de controlar —concluyó el jefe de seguridad.

Pero, Luz Divina aún tenía preguntas sin responder. Inquietudes que la martirizaban. Ella haría todo lo que estuviera a su alcance para obtener las respuestas que satisficieran, no solo su oceánica voracidad, sino la angustia existencial que la oprimía desde la muerte de su eterno amor: Ignacio José.

Con el lacónico y mediocre, así lo consideró y se lo dijo al jefe de seguridad, informe que este le entregó, junto con las respectivas filtradas grabaciones de video y audio, se encerró en la oficina del extinto director. Recinto que ella había ocupado desde su llegada, convirtiéndolo en el centro de mando y control de sus atrabiliarias pesquisas y operaciones contraofensivas.

Con los efectivos resultados del primer curso de acción, la transfiguración de las dosis; al menos en cuanto a Rodrigo y al agente Salas, más no así con Patricita, quien falleció al no haber sido posible que Carolina la asistiera y le evitara la tóxica ingesta del Aturditonatrol; la aún más disminuida escuadra del sargento Rodríguez avanzaba certera, encubierta, gallarda y con la moral muy en alto hacia el rescate y la inminente liberación de Rodrigo García Ronderos.

Pese al cerco evidente que sobre ellos colocaba, cada vez más alambrado y aguijoneador, la desequilibrada mujer: Luz Divina, por conducto de la reforzada y encabritada seguridad de la clínica y el paulatino cambio del personal siquiátrico y asistencial de su entera confianza y manejo.

La bella Víbora buscaba, de esa austera manera, eliminar cualquier conato de fuga de información y descontrol en la gestión de aquel aberrante siquiátrico. Medidas que haría prevalecer, incluso, hasta después de dar con los directos responsables y causantes de su intestinal quebranto. Lo tenía más que presupuestado.

Así, en efecto, lo hizo tras la rápida neutralización del quimérico comando de enfermos del alma.

El plan del reducto de escuadra, concebido en el fragor del combate, partía de dos estrategias elementales, simples, sintetizadas en la reiterada frase de su comandante, el sargento Rodríguez:

—Si lo aflojaste, déjalo fluir corriente abajo, que la gravedad y la pendiente hacen su trabajo.

Se refería a que una vez puesto en marcha el operativo, con tal objetivo, no había retorno. Triunfaban o fracasaban. Era cuestión de vivir o morir. Confiaban en lo primero. La confianza era, para ellos, en ese momento, su más poderosa e invencible arma de guerra, así la militar doctrina numérica estableciera que en una relación de fuerzas 10:2, siendo tan superior el contrincante en efectivos y en otros medios, lo recomendable era mostrar bandera blanca, botar la lanza, pedir clemencia... ¡Rendirse!

El sargento Rodríguez ya había estado en situaciones de combate así de adversas. Incluso, en peores circunstancias que esta, sobre todo antes de la neutralización del Bravo Tití. De todas y de cada una de aquellas, gracias a estas dos estrategias, salió bien librado. Excepto de la última, cuando toda su gente cayó bajo "fuego amigo", sin tener posibilidad alguna de reacción para salvarles la vida. Solo pudo, milagrosamente, salvarse él.

Operación de guerra que lo condujo tras las paredes de El Redentor Gregorio, dado que sus comandantes estaban más que convencidos, y así lo esperaban y requerían, que él tampoco sobreviviera. Al aparecer vivo de entre sus asesinados subalternos, y frente a las cámaras y a varios represes de organismos nacionales e internacionales, les tocó acudir a la estrategia Mencino: «La verdad del loco, aunque pele el coco, le vale al mundo poco».

El sargento Rodríguez, Carolina y el ingeniero Venegas, tenaz reducto de la inicial escuadra ofensiva, se enfrascaron, entonces, en la suicida acción comando de rescate, con los números de la guerra en contra, pero con la inmarcesible ventaja de la moral combativa.

Esa noche, después de la recogida a las 21 horas, según el plan de batalla definido, el ingeniero Venegas saldría por la ventana interna de su habitación. Tenía que evitar ser detectado por las cámaras. Luego, caminar pegado a la cornisa del tercer piso hasta alcanzar el muro divisorio entre el patio y la edificación principal, por el cual se descolgaría hasta el cuarto maestro de electrificación, usaría el duplicado de la llave que le facilitó Carolina, entraría, desconectaría el interruptor principal, dañaría los circuitos de alimentación subsidiarios, evitando que la planta de emergencia se conectara. Causaría un gran incendio con la pimpina de combustible de soporte que siempre debía mantenerse para, en caso de no operar o dañarse el circuito principal y la planta eléctrica de emergencia, proceder a prender la motriz, que daba energía al sistema de control e iluminación estratégica del edificio.

Mientras tanto, aprovechando la confusión y la oscuridad, el sargento Rodríguez saldría de su cuarto usando el uniforme de guardia de seguridad provisto por Carolina y se dirigiría hasta el cuarto piso, en el Pabellón D. Una vez en ese lugar, y con la copia de la llave de la celda en la cual mantenían a Rodrigo, copia igualmente facilitada por Carolina, junto con tres más que requería a lo largo del tramo programado para la evasión, lo rescataría y conduciría hasta el parqueadero. Allá, en su carro, la enfermera lo estaría esperando para salir por la puerta que también le abriría el sargento, aguerrido y leal comandante militar que se quedaría en la clínica para rescatar en una próxima escaramuza, junto con el ingeniero Venegas, al agente Salas.

Tenían milimétricamente programado el plan en cuanto a tiempos, distancias, guardias, puertas, llaves. Desde el inicio del apagón, momento en el que el sargento Rodríguez ya tendría que estar vestido como un guardia, hasta su raudo regreso a su habitación, quitada de uniforme, puesta de pijama y acostada, tendrían que transcurrir, máximo, siete minutos y cuarentaicinco segundos. El tiempo justo antes de la llegada de los bomberos, la policía y el refuerzo de la compañía de seguridad con plantas portátiles de energía.

Muy contrariada por el reporte del jefe de seguridad, todavía más por las conclusiones y recomendaciones con las que aquel le insinuaba, de manera indirecta y discreta, que sus órdenes y pesquisas estaban cerca a la paranoia, así lo interpretó ella, se encerró, sola, en la oficina, con la video grabadora y todo el material de grabaciones que le procesaron y entregaron según sus explícitas órdenes.

—Pero ¿qué me hace falta? —se cuestionó—. ¿En qué no me he fijado?

En ese momento recordó a Ignacio José, quien, por el ventanal, hizo etérea presencia y usó el poder de su palabra. Sí, a ella le pareció verlo y oírle esas frases que algún día, en la concupiscente intimidad, él le dijo cuando estaban en una encrucijada familiar. Frases que le sirvieron, no solo en esa oportunidad para tomar las decisiones adecuadas, propias en cuanto a sus malevos intereses, sino en muchas otras ocasiones de similar calaña.

—¡Fíjate más en los detalles insignificantes! ¡En las pequeñas causas! ¡En la consuetudinaria cadena de errores! En esas cosas escondidas que suceden ante tus propios ojos, pero que te niegas a ver o a prestarles atención. Recuerda que el peor de los enemigos es como el cáncer: permanece pegado a ti por mucho tiempo, y solo lo vienes a descubrir cuando te ha invadido, cuando ya casi no hay nada que hacer para remediar la situación.

Anonadada ante la suspirada visión, percibida y oída con el deseo, antes que con la razón, le dijo suplicante:

—Siempre eterno amor… si quieres que tenga algo de paz, inmortal cariño mío, ¡muéstrame ya el camino para encontrar a tu asesino!

En ese momento retumbó en su mente, pero ella creyó, o quiso creer, que quien le hablaba era el imaginado holograma que crepitaba en el ventanal:

—Por el camino… por el camino.

Tras lo cual, la remembranza emocional desapareció, dándole paso a una inusitada y febril fuerza de voluntad y trabajo que se apoderaron de Luz Divina.

—Por el camino… por el camino —lo repitió, esta vez en voz alta.

De inmediato se dirigió al video reproductor, lo prendió y colocó la cinta de grabación indexada con la fecha de aquel miércoles en la tarde, inherente al recorrido que hizo la mesera con el charol en el que llevó el refrigerio. Su intención era seguir el "camino" que la empleada tomó esa vez desde la cocina hasta la oficina del director.

Aunque ese video ya lo habían visto, varias veces, el jefe de seguridad, el equipo de agentes expertos de la GCC y la propia Luz Divina, esta vez, y haciéndole caso a la remembrada voz de Ignacio José Mencino, en particular, en lo inherente a:

—…detalles insignificantes. Pequeñas causas, cadena de errores —y a lo de—: …los enemigos son como el cáncer. —Se dispuso a observarlo en cámara lenta.

Solo fue hasta la tercera repasada cuando lo percibió. En principio solo le pareció que la mesera, quien en un recodo del camino desaparecía y volvía a aparecer al otro lado, tal vez un minuto después, llevaba la bandeja con los vasos en sentido contrario. Luego lo confirmó. Antes del recodo los vasos iban a su izquierda, después aparecían a su derecha, ¡invertidos! El rojo, que inicialmente estaba por delante del amarillo, después apareció detrás de aquel.

—Sí, ¡no hay duda! —concluyó—. ¡La maldita mesera, no solo se detuvo en ese punto ciego, sino que giró la charola! O la colocó en alguna parte, para algo, y luego la cogió invertida. Y quién sabe qué otras cosas más hizo... o hicieron. ¡Ahí te envenenaron, Ignacio, y tú lo sabías! —masculló con rabia.

De inmediato ordenó por el intercomunicador que le llevaran a la joven mesera. Orden que no se le pudo cumplir en ese momento. Ese día la empleada tenía turno de descanso, por lo que, otra vez exaltada, dispuso que una patrulla de la GCC fuera hasta su casa, la recogiera y la trajera lo más pronto posible. Luego, respiró profundo y, tras alcanzar algo de calma, se dirigió hacia el punto muerto, al recodo del camino, con cronómetro en mano. Fue y registró, no solo el tiempo entre el inicio y el final del recodo ciego para las cámaras, sino el sitio en particular, constatando la existencia del almacén auxiliar.

De regreso a la oficina verificó el tiempo que, en la grabación, se había demorado la mesera. Ahí encontró el segundo indicio: casi cincuentaiocho

segundos de diferencia. Hacer ese recorrido, sin dete-
nerse, solo llevaba siete segundos. La mesera utilizó se-
sentaicinco, más de un minuto. Ante ese hallazgo, revisó, también, el flujo de personas que antes, durante y
después de aquel lapso de detención de la mesera, cruzaron por ahí, en uno u otro sentido. Observación y detalle que ninguno, ni ella, antes consideraron pertinente, importante, ya que ese paso era obligado para
gran parte del personal asistencial, de seguridad, incluso para internos.

Encontró que la grabación que tenía de ese sitio
había sido filtrada, por orden suya, en cuanto al tránsito
de la dependiente, por lo que tan solo tenía, en ese momento y de ese sitio, menos de dos minutos de grabación. Lapso durante el cual pasaron, en ambos sentidos,
dos internos, una enfermera y un guardia de seguridad… Uno de los internos era, precisamente, ¡Rodrigo!
Pero él, al igual que los otros que aparecían en ese seg-
mento, se demoró en cruzar un tiempo similar al que
cronometró Luz Divina: casi nueve segundos, lo mismo
que el guardia y la enfermera.

Cuando Carolina supo que Luz Divina, además de haber ordenado traer desde su casa, en el día de su descanso, a la mesera que atendió el refrigerio de aquel miércoles, que había ido hasta el recodo en el cual quedaba el almacén auxiliar, en el que se emponzoñaron, en dos ocasiones distintas, las bebidas de las tres víctimas, dedujo que tenían problemas, que estaban al descubierto y, tal vez, que la operación de rescate y evasión de Rodrigo, preparada para esa noche, no se alcanzaría a ejecutar.

Presta fue y buscó al sargento Rodríguez para ponerlo al corriente.

La situación no podía ser peor.

Unos treinta minutos antes, le dijo el sargento a Carolina, los de la GCC, haciéndose pasar por enfermeros, intentaron "aislar" al ingeniero, por lo que, descubierto, optó por ingerir la totalidad del contenido del gotero en el que se guardaba la tercera parte del saldo de la acibricina. Dosis que le causó de inmediato la muerte, sin alcanzar a destruir por completo la lista inicial con los quince nombres que los aguerridos combatientes, enfermos del alma, tenían pensado neutralizar en su "Cruzada Moralizadora Nacional", como ellos titularon su infructuosa guerra.

Por tal razón, era necesario, le dijo el sargento a Carolina, siendo ellos los únicos "activos" para la operación de rescate y liberación del comandante Rodrigo, hacer replanteamientos tácticos para seguir con la cruzada. Sí, que era un deber moral y una promesa de honor continuar con la brega, pero:

—Ajustándonos a las exigencias de este encarnizado e irregular combate...

De un momento a otro el sargento Rodríguez comenzó a delirar con inusual estridencia.

—¡Alto al fuego! Nos disparan a discreción... ¡Operador: avise a la base! ¡No... silencio de radios! ¡Emboscada! ¡Fuego amigo a las mil doscientas horas! ¡Retirada! Repliegue rápido... No, mejor... atrinchérense en la manigua mientras nos reconocen. ¡Que nos vean el brazalete! ¡Somos propias tropas! ¡Armas amigas!

Siguió gritando otras tantas incoherencias inherentes, cual si estuviera en pleno combate, en sorpresivo contacto. Delirio del cual ya no salió, o no quiso salir.

Así lo entendió y se lo respetó Carolina, quien, para instar protegerlo de un código siquiátrico naranja, o peor aún: de uno rojo, activó el azul, tras recibirle sigilosa y subrepticiamente el gotero que contenía el otro saldo de la acibricina, su letal arsenal.

De inmediato se hicieron presentes dos fornidos enfermeros. Estos encamisaron y condujeron al sargento Rodríguez al Pabellón C, acorde al código azul, y no al D, establecido para el naranja y el rojo. En ese pabellón intermedio, calculó la enfermera, le controlarían la crisis en condiciones más dignas, o menos indignas, tal vez, de los que aislaban, de los que conminaban en las celdas del Pabellón D. Como le sucedió a

Patricita, a Salas y a Rodrigo. Además, en esa sala, quizá, podría verlo y hablarle, sin tanto protocolo de seguridad. Incluso, hasta para intentar un rescate conjunto. Aunque era algo, a lo mejor, improbable por ahora, pensó Carolina.

En contra de toda lógica y tácticas bélicas, con los números en contra, Carolina se dispuso a continuar con la operación. Sabía, era consciente de que ahora estaba y actuaría sin el respaldo de aquel quimérico equipo de combate: la escuadra de guerra del sargento Rodríguez. Lo haría con tan solo el ahínco del secreto amor que por Rodrigo se le había despertado e incentivado frente al peligro y a la incertidumbre de sus suertes, así como con la fuerza del tierno mensaje que el mismo sargento le dejó con su mirada ida antes de su propiciado y estratégico aislamiento. Fraternal gesto que ella interpretó en el sentido de que él, su comandante, estaba seguro y creía en su capacidad y tenacidad para continuar y ejecutar con éxito lo que faltaba para el rescate y liberación de Rodrigo. Mientras que él, en tanto conservara la vida, intentaría un posterior plan de escape, junto con el agente Salas.

Motivada de esa forma, y segura (empecinada) de lograr rescatar a Rodrigo y escapar con él, decidió acercársele, peligrosamente, a Luz Divina Vinchira, a ¡la Víbora! Se puso al alcance, a merced, inexorable, de aquellos… sus curvados, delgados y finamente puntiagudos colmillos, pletóricos de asocial veneno.

Carolina sabía que ahora, más que nunca, tan cerca del fin, no debía despegársele a Luz Divina Vinchira López. Sabía que la Víbora andaba en faena de caza, y que el objetivo de su salvaje entretención y fatal sentencia, producto de la insana venganza que ardía en su alma corroída por el odio, eran ella y sus compañeros de batalla. Los que aún no habían caído ante su brutal arremetida, pero que ya los tenía aislados y a su entera y enferma merced.

Decidida, fue en su búsqueda con el pretexto de ponerla al tanto de la crisis que acababa de presentar el paciente Rodríguez, y de las medidas que en inherencia con el respectivo código siquiátrico azul fueron tomadas. Estratagema que inicialmente dio resultados por el interés que despertó en Luz Divina, la "suerte" del sargento. A quien ella le hubiera ordenado, no el azul, sino el código rojo, como le insinuó, desafecta, a la enfermera. Igual interés mostró ante los inesperados como creados detalles y comportamientos que con calculada y sofista intención Carolina le comentó haberle visto, en los últimos días, a otros internos.

Carolina lo hizo de esa forma, anticipándose estratégicamente, no solo a la inminente entrevista que Luz Divina le haría a la mesera del charol tan pronto la trajeran, sino a la reanudación de inspección y verificación de las cintas de seguridad. Estas dos acciones con el mismo obvio objetivo, pensó Carolina: develar la persona que distrajo a la mesera en el recodo, precisamente en aquellas dos ocasiones. Es decir, antes de que la astuta y fría Luz Divina confirmara que ella, Carolina, era la pieza que faltaba en el intrincado rompecabezas.

Inferencia que hizo la enfermera al observar, taimadamente, las cintas que estaban, etiquetadas con las fechas y horas de aquellos días de "neutralizaciones", unas sobre el escritorio y, otra más, pausada, en la videograbadora. Esta mostraba el momento exacto cuando la empleada del charol contentivo del refrigerio hizo su ingreso al recodo ciego del paso entre la cocina y la oficina del director. Rinconera estratégicamente seleccionada por el Estado Mayor de la escuadra de combate del sargento Rodríguez para inficionar los piscolabis que minutos después fueron consumidos por las planeadas víctimas de turno en cada ocasión.

Carolina dedujo que Luz Divina aún estaba libre de cualquier aprensión en su contra, dada su mirada neutral, sin odio, que se cruzó con la suya al encontrarse. Entonces, se decidió por anticipársele con aparente desprevención y ponerla al tanto de su "casual participación indirecta" en los hechos que culminaron con las neutralizaciones de Luis Fernando, Ignacio José y el doctor Sarmiento. Sabía que esto la pondría en inminente y riesgosa sospecha. Creyó que era mejor hacerlo así para poder actuar con mayor libertad y tiempo. Tarde o temprano los indicios, la confesión de la mesera y el detenido análisis de las cámaras revelarían su inocultable y clave participación en tal situación.

Era mejor maniobrar la anticipada defensa a partir de la aún no sospechada, y menos demostrada culpabilidad, que intentar salir del atolladero y tratar de actuar con claridad y versatilidad bajo el asfixiante lastre de la evidencia. El objetivo de tal táctica no era su inimputabilidad. Tenía que distraer, entretener y ganar tiempo para la inminente operación de rescate y evasión de Rodrigo, programada para esa noche, tras la "recogida".

Cuando Carolina le comunicó a Luz Divina, con magistral disimulo y desprevención, que esa mesera, la que precisa y casualmente aparecía en la imagen congelada que proyectaba en ese momento la videograbadora, era una excelente persona y ejemplar empleada, muy acomedida y servicial, la pregunta fue obvia, pero la respuesta fue más que puntual y certera.

—¿Por qué lo dice? —inquirió Luz Divina con evidente sorpresa.

Sin darle importancia alguna al evidente y subido grado de emoción que recorrió la cara de su interlocutora y que le dibujó una mueca matizada por la incertidumbre y el intentado controlado enojo, Carolina le aseveró:

—Mire, doctora Vinchira, cada vez que le he pedido algún favor a esa buena mujer, siempre me ha colaborado sonriente y sin reparo alguno. Lo hizo, incluso, en las dos recientes veces cuando, afanada como estaba, al cruzar por frente al almacén auxiliar, cargada con la pesada bandeja de tintos y aromáticas, le solicité su ayuda; y de inmediato dejó por unos segundos su carga sobre el escritorio y me apoyó. ¡Eso habla de lo buena persona que es!

Antes de permitirle reponerse tras la primera "carga de profundidad" que impactó la capacidad de reacción y reflexión de Luz Divina, Carolina, incisiva, inflexible y veloz, le hizo una segunda certera "entrega de armas", esta vez, con su hilada nueva entelequia.

—Doctora, en las últimas semanas le he visto hacer... y he alcanzado a escuchar, de manera fragmentaria —enfatizó Carolina—, a un paciente de apellido Penagos, junto con otros solapados enfermos... —ninguno de los que incluyó en la lista que le facilitó verbalmente, por supuesto, eran parte de la escuadra del sargento Rodríguez—, temas comprometedores, en relación con, entiendo, un pronto y sangriento plan de fuga masivo de internos, mediante la utilización de cargas explosivas, al parecer, ya en el interior de la clínica.

Le dejó entrever que en tal situación estarían involucrados, no solo pagados integrantes de la empresa de seguridad y varios asistenciales a quienes habrían sobornado, sino personas importantes, muy bien ubicadas en la vida pública nacional; en especial, del sector farmacéutico internacional y médico asistencial nacional.

Carolina hizo uso de algunas de las informaciones que Rodrigo le había compartido en la intimidad.

Temas, sobre todo los dos últimos que le tocó, más que sensibles y estratégicos para la OVT. Relativa y recientemente asociados con la muerte de su padre Rómulo Vinchira, y con las confesiones que le hizo Arcángel Medina a su hermano Luis Fernando en las mazmorras del Cantón de Puente Arana.

Carolina insistió y fue enfática en que, desafortunadamente, nada de lo que le estaba comentando, ella estaba segura, ni tenía evidencias para aseverar que eso fuera así, puesto que cada vez que intentaba acercárseles cuando se reunían y hablaban, de inmediato

cambiaban de tema o, lo más extraño, complejo y riesgoso de todo esto, era que algunos vigilantes y coordi-
nadores de la empresa de seguridad, y al menos tres
empleados asistenciales de la clínica, siempre que eso
sucedía, buscaban, de cualquier forma, distraerla y hacerla retirar del lugar. Razón por la cual aún no había
hecho reporte alguno. Que ella decidió callar para que
cuando tuviera algo de certeza informárselo directamente a ella, a la doctora Luz Divina, para no crear falsas alarmas ni pasar por obsesiva.

Usando los fragmentos de información que Rodrigo le compartió en la intimidad, en especial lo inherente a la muerte de El Iluminado y el caso de Arcángel
que le comentó con detalle el agente Salas, con habilidad y riesgo calculado, la enfermera buscaba, y logró
parcialmente, dirigir, así fuera por escasas horas, la
atención y los esfuerzos de Luz Divina hacia otro
rumbo, hacia otro flanco distinto a la senda por la cual,
si la seguía transitando, como lo venía haciendo hasta
ese momento, muy seguramente impediría el rescate y
la evasión que para esa noche ella, en solitario, cual
amoroso e invencible comando, intentaría llevar a
efecto con Rodrigo García Ronderos. El hombre con el
que, según su promesa, se iría a vivir lejos de aquel des-
equilibrante y contagioso ambiente de vergüenza social.

Tan inverosímil historia, contada de esa sorpre-
siva, inesperada y convincente forma por Carolina,
hizo que Luz Divina distrajera en ella un par de horas.
Tiempo que utilizó para comenzar a encaminar las nuevas pesquisas tendientes a neutralizar la posible evasión masiva de los socialmente "protegidos"

siquiátricos, así como a descubrir y ejecutar a todos y a cada uno de los agazapados y felones empleados involucrados en ello.

Le tocaba hacerlo en solitario, decidió Luz Divina. Con las revelaciones de la espontánea enfermera, en el sentido de estar rodeada de personal comprometido en un posible contubernio, le afloró, aún más, el incrustado disturbio delirante y silente de no confiar en nadie, de sentirse observada, responsable, juzgada, perseguida, culpable. Producto, quizá, de la manchada herencia social que desde su abuelo el Indio Orinoco, le acuchillaba el alma. Aquello que en su época de estudiante sus compañeros y "amigos" le fueron enrostrando, al principio a título de burla. Luego, muy en serio, incluso en público. De lo cual, pese a todo y gracias al poder económico, social y político que fue arañando junto con su padre y hermanos, siempre salió airosa e ilesa. O, eso era lo que ella pensaba y creía con el deseo, además de instarlo ocultar con el tosco y alevoso ímpetu de su actuación asocial. Disfunción que, desafortunadamente, le transfirió mediante sus genes a su hijo Álvaro María Uribia Vinchira, hijo biológico de Ignacio José Mencino. Despótico, atrabiliario y nefasto presidente de Concordia, unas pocas décadas después.

Sobre las 5:45, y tras su magistral y efectiva actuación, Carolina salió de la oficina de Luz Divina rumbo al comedor para el control de la cena de los pacientes bajo su responsabilidad. Cuando todos los internos cenaron y se retiraron a su descanso, retornó al Pabellón B, al tercer piso, a su sitio de trabajo. Allí asumió su puesto durante el turno nocturno, no sin antes pasar por la celda en la cual permanecía Rodrigo para confirmarle, mediante un susurro, que estuviera listo esa noche, a la hora acordada, para su rescate y evasión, aunque con el plan algo modificado.

Al salir de la celda de aislamiento, Carolina irradiaba seguridad. Así quedó registrada en el panel central de cámaras. Por orden del jefe de seguridad, ella era objeto de un seguimiento estrecho desde hacía pocos días, dado el cambio que tuvo de actitud. Ahora se le veía más sonriente, más feliz que antes. Hasta se le escuchó tararear algunas canciones románticas. Lo que antes: ¡nunca!

Carolina confiaba en que esa noche lograría su objetivo: rescatar a Rodrigo y evadirse con él de aquel apestoso sitio. Aunque era consciente de que ahora lo tenía que hacer sola. Sin el concurso del ingeniero Venegas, tampoco el del sargento Rodríguez. Tenía que modificar, de manera radical, aquel sofisticado, calculado y estudiado plan. No contaría con el abrupto corte de energía, ni con el incendio y la algarabía, mucho menos con las celestinas sombras. No había quién neutralizara las cámaras de monitoreo y vigilancia. También sabía que le haría inmensa falta el apoyo humano para la rápida y oportuna apertura de las puertas del garaje.

Pese a ello, no le quiso decir a Rodrigo que el plan inicial que le había comentado esa mañana sufriría una variante, además, muy arriesgada, pero que implicaba una operación... *Quizá tan elemental como efectiva*, pensó al recordar que meses atrás, cuando fue reentrenada, junto con otros asistenciales para afrontar posibles emergencias provocadas por incendios, explosiones, sismos o riesgos similares y así poner a salvo a los internos durante un posible evento real, ella notó, y nunca informó, una falla en la seguridad. Una potencial salida que, si algún curioso y detallista paciente descubría, podría, si quisiera, fácilmente alcanzar la calle sin ser detectado de inmediato.

Si ella lo intentaba, si utilizaba ese posible camino, solo tendría que llegar con su rescatado al costado norte del primer piso, tratando de no dejarse ver, o por lo menos, no llamar la atención del guarda que controlaba las cámaras. Que en aquella primera planta, recordó, enfocaban, en particular, los puntos estratégicos como el ingreso de urgencias a través de la pesada y eléctrica puerta de grueso cristal, la salida hacia el patio interno y la acaracolada y amplia escalera principal que daba acceso al segundo piso.

En cambio, el monitoreo con el sistema de control remoto era muy deficiente por el lado de la angosta, incómoda y poco transitada escalera lateral que facilita el paso de emergencia y suministro de medicamentos entre la entrada interna de la farmacia, en el primero, y el poco y casi nunca usado salón de lectura, en el segundo.

En el primer piso de esa ala, ese control se hacía de manera tangencial por una de las cámaras cuyo énfasis de cobertura estaba enfocado en la nave central de la rotonda. En el segundo piso, esquina norte, tal área estaba totalmente desprotegida. No se monitoreaba. Carolina lo verificó esa vez, además de habérselo escuchado en alguna oportunidad al ingeniero Venegas quien, junto con el arquitecto José Salguero Angulo, hizo inteligencia cuando se planearon las neutralizaciones de Luis Fernando, Ignacio José y el doctor Sarmiento.

La farmacia tenía dos frentes de atención de usuarios y suministro de medicamentos. Durante el día se despachaba por una ventana que daba al antejardín del edificio, contiguo a la acera exterior, adecuado para esa improvisada labor. Por ahí se entregaban las dosificaciones ordenadas tanto por consulta externa como para los pacientes que obtenían salida y requerían medicación.

La ventana, al terminar la jornada, se cerraba desde adentro y era asegurada con dos pasadores, cada uno con un candado de mediana seguridad, muy económicos, y al parecer fáciles de abrir. Las llaves eran siempre dejadas en una gaveta del escritorio del farmaceuta. La puerta de la farmacia, con acceso a un rincón de la rotonda del primer piso, igualmente con un sistema de seguridad muy modesto, estaba dividida por la mitad.

Durante el día, la parte superior de la puerta hacía las veces de ventana dispensadora para la entrega de los medicamentos que las asistentes solicitaban por orden médica (fórmula), o para surtir los botiquines de cada piso. En la noche se cerraba la ventana, la puerta y las rejas de las gavetas-depósitos, y se dejaba una reserva estratégica principal inventariada y disponible de medicamentos de alta rotación. La llave de la puerta se le entregaba a la enfermera jefe de turno, para que hiciera los suministros que llegara a necesitar algún paciente, de no haberlos en los botiquines de cada pabellón.

Así las cosas, concibió Carolina, el meollo del asunto era, entonces, tras la "recogida" y apagada de luces, llegar hasta la celda de aislamiento en donde estaba Rodrigo. Disfrazarlo de asistencial y de inmediato desplazarse junto con él, con cautela, desde el cuarto hasta el segundo piso, evitando al máximo ser vistos por las tres cámaras ubicadas a lo largo de ese obligado recorrido, aprovechando la escasa iluminación y los puntos ciegos detectados también por el ingeniero Venegas y el arquitecto Salguero.

Ella esperaba llegar con su liberado hasta la sala de lectura en donde comienza la escalera auxiliar que los llevaría hasta la puerta de la farmacia en el piso inferior y, una vez allí, con una ganzúa maestra que le había facilitado previamente el sargento Rodríguez, franquear la chapa de la puerta, entrar al recinto, conseguir las llaves de la ventana y salir, quedar libres.

¡Sí! Ese era el nuevo plan, el de ella, el de Carolina, el que puso en ejecución esa misma noche.

Tras la "recogida" a las nueve de la noche y la posterior apagada de luces en pasillos y áreas comunes por parte de la seguridad de la clínica desde el panel maestro de luminarias, cámaras y pantallas, Carolina se desplazó hasta el cuarto piso. Llegó a la celda de aislamiento en donde ya la esperaba Rodrigo. De inmediato se colocó el uniforme de auxiliar de enfermero que le llevaba su rescatadora.

Tras darse un sonoro y muy afectivo beso, ella le dio el gotero con el saldo de la acibricina que esa tarde le alcanzó a entregar el sargento Rodríguez, antes de su aislamiento. El suyo lo mantenía bien resguardado en su armario. De allá solo salió, una semana después, cuando el sargento Rodríguez logró ubicarlo y rescatarlo.

Rodrigo recibió y mimetizó la letal arma en uno de los bolsillos del uniforme. De inmediato emprendieron sigiloso desplazamiento, tal y como ella lo concibió esa tarde, hasta cuando llegaron a la escalera auxiliar, anexa a la sala de lectura...

Ahí fueron interceptados por la propia Luz Divina, quien los estaba esperando. La Víbora exhibía una sonrisa enferma y malévolamente triunfal, como se le alcanzaba a percibir en la penumbra. Iba acompañada y respaldada por el jefe de seguridad de la clínica y tres de sus vigilantes de mayor confianza, también, como él, agentes de la GCC encubiertos en la empresa de seguridad privada institucional.

A las 7:44 de la noche, como señalaba el reloj ubicado en la pared norte de la oficina de la dirección del siquiátrico en donde aún estaba Luz Divina, el jefe de seguridad de la clínica fue a hablar con ella. Tuvo que golpear reiteradas veces, ya que la Víbora trabajaba con diligencia y soberbia en la contraofensiva que emprendería para detener y eliminar el supuesto contubernio que algunos felones empleados de la clínica estaban fraguando contra la OVT, según la comprometedora e inesperada información que esa tarde le suministró Carolina, haciendo gala de magistral convicción.

El jefe de seguridad decidió acudir y reiterar para que su jefa le abriera la puerta y le escuchara la trascendental noticia que le tenía. Luz Divina, tras oír al atardecer a Carolina, se había encerrado tan pronto esta salió. Ni siquiera quiso recibir a la mesera que hizo traer, en su día de descanso, desde su casa en los arrabales de la ciudad.

Ante la insistencia del jefe de seguridad, hasta ahora comprobado leal servidor de la casa; quince minutos después, Luz Divina abrió y lo dejó entrar. Este, le hizo un relato de hechos e indicios que la GCC, mediante sofisticada y avanzada inteligencia técnica, había comprobado y descubierto.

Eran varios asuntos, todos, al cual más, delicados y de cuidado. El primero de estos temas era que el sargento Rodríguez y un grupo de internos, entre ellos el agente Salas, la viuda Patricita, "el Doctor" (Rodrigo), el ingeniero Venegas y el arquitecto Salguero; este último fugitivo y desaparecido con información secreta y comprometedora de carácter nacional; se habían organizado desde hacía más de once meses como una escuadra de combate militar para atacar a los directivos de la OVT y de la Clínica el Redentor Gregorio, así como a otros blancos políticos y económicos del país, como figuraba en el listado que le encontraron al ingeniero Venegas antes de su suicidio, al ser descubierto.

Adicionó con énfasis el jefe de seguridad que el móvil de aquellos internos era la venganza. Que todos ellos consideraban culpables de sus infortunadas vidas a los incluidos en el listado. Información inicial esta que, de manera parcial, Luz Divina conocía. Excepto que llevaran tanto tiempo y que actuaran como un grupo entrenado y disciplinado.

—Y, por un móvil tan intrascendente —masculló la exasperada mujer, desaprobando con su mirada, haber sido interrumpida.

Más aún cuando la primera parte del segundo dato que el equipo de inteligencia técnica de la GCC, y que le comentó en seguida el jefe de seguridad, fue lo que la propia Carolina le dijo esa tarde: Que en aquellas dos ocasiones que se presentaron, al parecer, los envenenamientos de los refrigerios que cobraron la vida de Luis Fernando, Ignacio José y el director de la clínica, fue ella, la enfermera Carolina Munévar Sastoque, quien detuvo de manera momentánea a la mesera en el recodo, en donde, todo indicaba, fueron envenenadas las bebidas.

—Pero, esa información también la conocía yo, ¡carajo! —lo interrumpió Luz Divina, al borde de perder la paciencia.

—¡Sí, señora!, pero... ¡hay más! —replicó airoso el jefe de seguridad—. La siguiente información nos la corroboró y amplió la mesera, hace unos minutos. Nos dijo que, en las dos ocasiones, cuando ella pasó por allá, la enfermera se encontraba, casualmente, en el depósito auxiliar; y también, que en esas dos oportunidades, Carolina le pidió que dejara la bandeja en el escritorio y le colaborara con alguna ayuda intrascendente. Para lo cual, en las dos ocasiones, ella tuvo que dar la espalda al charol por unos segundos. Además, doctora, siempre detrás de la mesera, en esas dos oportunidades, aparece el interno Rodrigo García Ronderos haciendo el mismo recorrido, demorándose unos sospechosos segundos adicionales para atravesar el recodo. Como si se hubiera detenido por un momento... Y, no solo eso: en la segunda oportunidad, cuando neutralizaron al doctor Sarmiento, al reaparecer Rodrigo al otro lado, antes de la mesera, se alcanza a observar que guarda en su bolsillo un frasco, como un gotero, casi idéntico al que utilizó para suicidarse el ingeniero Venegas. Este último, según me acaban confirmar desde el laboratorio, contenía acibricina.

La segunda parte de esta segunda información logró cautivar, de inmediato, la atención de Luz Divina. Sobre todo cuando aquel leal guardián le reveló, sin ambages, no solo lo inherente a la comprobada, directa y más que comprometida participación, y desde el principio, de Carolina en la escuadra de combate del sargento Rodríguez, sino cuando le demostró que esa enfermera era la principal auspiciadora de la técnica de retención sublingual, así como la de los cambios de las dosis de los pacientes aislados. Tácticas mediante las cuales los efectos "farmacéuticos" esperados en los pacientes no habían sido efectivos.

El jefe de seguridad dejó el plato fuerte para el final. Le dijo a Luz Divina que tenían detectado un plan de evasión para esa misma noche. Inicialmente fraguado por el sargento Rodríguez, el ingeniero Venegas y Carolina para intentar sacar de la clínica a Rodrigo. Plan que, pese a la muerte del ingeniero y al aislamiento del sargento, acaecidos durante ese mismo día, al parecer la enfermera insistiría en llevar a efecto, de alguna inesperada y recursiva manera.

—Tal vez basada en su conocimiento de los procedimientos, infraestructura, personal y protocolos médicos, administrativos y de seguridad de la clínica. Además, porque desde hacía algún tiempo, ella y Rodrigo mantienen, doctora, una subrepticia y tórrida relación afectiva.

Luz Divina quedó con la boca abierta.

—Y, todo lo tengo registrado en cámaras, doctora, por si lo quiere verificar —le manifestó—. Por estas mismas razones —continuó y le enfatizó el jefe de seguridad a Luz Divina— ordené cerco estrecho y continuo de vigilancia, tanto al interior como por fuera de la clínica, para esa desleal y peligrosa empleada.

Esgrimió, a título de asesoría, que había que impedir, a como diera lugar, que un segundo integrante de los organizados y peligrosos pacientes, como lo era Rodrigo García Ronderos, alias "el Doctor", quedara "sin control". Por fuera, en la sociedad, donde ya tenía un compinche: el arquitecto Salguero Angulo. Con quien, muy seguramente, reanudarían los atentados que, según logró descifrar el lector de labios de sus secretas conversaciones en el patio, bajo el magnolio, tenían preparados contra la clase política, dirigente y prestante del país...

—Entre ellos, doctora, íconos nacionales como su respetado hermano, el doctor Pompilio, su joven hijo Álvaro María, el expresidente Uribia Morales y, muchos más —concluyó su reporte el jefe de seguridad de la clínica.

Revelaciones que hicieron que Luz Divina comprendiera que lo que Carolina intentó hacer esa tarde con las confesiones y las invenciones que le comunicó fue ganar tiempo, distraerla y ocuparla en otros flancos. Comprendió que lo que la empleada necesitaba era que ella, Luz Divina, descuidara lo fundamental, que disminuyera su presión sobre los identificados sospechosos de las dolorosas muertes, de imposible perdón y olvido. De esa manera podría llevar a cabo, sin mayores o nuevas interferencias, el rescate y la liberación de su amado, con quien, muy seguramente, se iría a vivir.

—Tal vez ilusionada por alguna romántica promesa —rumió con recalcitrante odio, más intestinal al recordar que aquel hombre era el verdadero e inédito autor de las novelas y narraciones que ella había publicado como suyas, con gran éxito literario, por recomendación de su idolatrado y perdido Ignacio José Mencino, el sempiterno hombre de su vida.

Sí, lo pensó Luz Divina, si Rodrigo llegara a salirse del "control estatal" al que estaba sometido de por vida, pondría en evidencia su plagio. Le derrumbaría su estrellato literario. Además, ya no lo tendría a su merced para, como lo había planeado, hacerlo seguir escribiendo, produciendo obras que ella le mostraría al mundo como suyas, según el consejo que le dio su amado Ignacio José antes de morir. Recomendación que ella estaba dispuesta, empecinada, a ejecutar. El halago y la fama literaria que le proporcionaron las primeras obras que le publicó su editor, engolosinó su ego. Humana sensación que una vez experimentada, vivida, ya no se quiere dejar de sentir. Con mayor e inicua razón, cuando es el fruto del artero fraude, del asqueroso plagio, de un despojado esfuerzo ajeno.

En ese momento Luz Divina, al imaginar tener claro el motivo por el cual la joven y bonita enfermera estaba dispuesta a jugársela el todo por el todo; es decir, y como lo pensó con insania: *Por el esquivo y efímero amor de un hombre;* creyó encontrar un oasis paliativo para intentar calmar el ardor de la sed de venganza que devoraba sus vísceras y tornaba aún más infecundo su resquebrajado espíritu. Aunque ella sabía que, incluso, atrapándolos, impidiéndoles su felicidad, torturándolos, haciéndolos sufrir física, mental y afectivamente, y, al final, cobrándoles con sus miserables vidas después de hacerlos trabajar para cosechar sus éxitos, ella no encontraría sosiego alguno.

Tampoco le ayudaría a desyerbar el camino, pletórico de abrojos, de sus afectos, de sus pasiones... De ese enconado odio social que, insomne en sus genes por línea paterna, conducía todos sus actos a la siga del agigantamiento, cada vez mayor e infranqueable, de la pobreza de los más pobres, del ensanchamiento de la desigualdad, la inequidad, la discriminación, como se lo heredó su padre, el Iluminado. Rescoldo social y político que su suegro, el expresidente Uribia Morales, no le dejaba enfriar. Por el contrario, se lo incentivaba, no solo a ella, también a su supuesto nieto, quien le daría continuidad a su frondio y viscoso legado político, cuatro décadas después.

Hurgada su heredada y ahincada maldad con aquellos recientes odios, Luz Divina organizó el plan.

—Hay que sorprenderlos en plena huida, pero sin dejar volar a los tortolitos —le ordenó al jefe de seguridad, explicándole los pormenores de la acción.

Este tenía como punta de inicio lo ya ordenado por aquel guardia, en el sentido de un monitoreo estrecho, pero ahora con una sustancial variante:

—Yo misma voy a dirigir el operativo. Sí, voy a estar presente, toda la noche, de ser necesario.

De inmediato se dirigieron a la sala maestra de control de cámaras.

Desde ahí, en efecto, tras la apagada de las luces a las nueve de la noche, observaron salir a Carolina de su zona de trabajo. La enfermera se dirigió sin titubeo alguno al Pabellón D. Al llegar a la celda de Rodrigo, abrió el candado y entró. Minutos después salió con él, rumbo al segundo piso, costado norte, en búsqueda de la escalera auxiliar que llegaba directamente al frente de la farmacia en el primer nivel.

En ese momento el jefe de seguridad entendió por cuál flanco pensaban evadirse. Y, así se lo comunicó a Luz Divina, sugiriéndole el bloqueo en ese sitio que no contaba con monitoreo remoto directo, y antes de que llegaran al primer piso, donde les podrían coger ventaja. Luz Divina ordenó el desplazamiento para la interceptación de los fugitivos, antes de que alcanzaran la escalera.

Bajo el gélido abrigo de la penumbra y el reflejo indirecto de algunas luces de la calle que se filtraban por los ventanales de aquel recinto, la pareja de aventurados fugitivos, al llegar al recodo del segundo piso que lleva del pasillo central a la sala de lectura e inicio del descenso de la escalera auxiliar, se encontró frente a frente, a escasos metros de distancia, con cuatro intimidantes figuras humanas que, de forma amenazadora, les bloquearon el paso.

Por instinto, Rodrigo sacó de su bolsillo el frasco que le había entregado Carolina tan pronto se colocó el uniforme con el que pretendía pasar desapercibido a los ojos de la seguridad del edificio. La acibricina era su única arma a esgrimir en la confrontación inminente e inexorable que intuyó se daría tras haber sido descubiertos, dándose cuenta de que los números de la guerra (2:1), como diría el sargento Rodríguez, otra vez, les eran desfavorables para una contienda cuerpo a cuerpo. Todavía más, cuando las siluetas de los tres que parecían ser hombres se anunciaban intimidantes, fortachos y corpulentos. Rodrigo observó otras sombras que, con sigilo, se les acercaron por la espalda, cerrándoles cualquier posibilidad de retroceso.

En ese momento, desde el panel central de control, por orden que dio por radiocomunicación avanzada el jefe de seguridad, las luces del recinto en el que se encontraban fueron prendidas, un instante después de que Rodrigo alcanzara a destapar el gotero que llevaba camuflado en su mano derecha.

La minada como decidida escuadra de combate estaba frente a su envanecido enemigo, que también había copado la retaguardia.

Luz Divina continuaba con aquella sádica mirada, ahincada por la ventaja numérica que sobre sus disminuidos contrincantes tenía. La superioridad del bárbaro engolosina su discernimiento, por lo que, al querer prolongar el disfrute del momento, el brindis se acibara y lo que se liba es sufrimiento.

—¿Puedo saber, de no ser mucha molestia, hacia dónde se encaminan con tanta prisa y febril sigilo? —inquirió Luz Divina burlonamente, disfrutando sin placer del momento, mientras sus ojos de asesina belleza instaban penetrar, cual emponzoñado puñal, los fríos, tranquilos e impávidos de Rodrigo y Carolina—. Si está a mi alcance, les puedo colaborar para que lleguen sin tropiezos, más rápido y seguros a su nuevo destino... quizá a su nidito de amor.

Luz Divina quería, necesitaba, pensó con morbosa pasión, hacer de esta ocasión un momento propicio para, aprovechando el imaginado terror que, al ser descubiertos, les embargaría a los amantes en fuga, causantes de las muertes de los seres que más había amado, intentar mitigar, compensar, desplazar ese indescriptible, insoportable, perenne, intenso e inexorable padecer que todo le causaba, hasta respirar. Esa molestia inefable que aguijoneaba internamente su cuerpo y alma. Y, tal vez, también lo esperaba Luz Divina, oírlos cantar sus súplicas, sus peticiones de perdón, sus arrepentimientos. Tras lo cual, lo imaginó con enfermo deseo, les concedería indulgencias, les perdonaría sus vidas, les garantizaría la continuidad de su romance dentro de las cuatro paredes del siquiátrico, siempre y cuando Rodrigo siguiera escribiendo… ¡para ella!

Al verlos inconmovibles, tomados de la mano, compartiéndose en silencio sus mutuas y añejas declaraciones de amor, muy seguros, sin darle importancia a las circunstancias adversas por las que atravesaban, incluso, ante la posible inminente muerte y, sin siquiera, al parecer, oírla, la Víbora entró en simulada confusión interna, controlada con gran esfuerzo para que tal debilidad no aflorara por ninguna de las ventanas de su alma compungida.

—¡Les hice una pregunta! —reiteró Luz Divina, haciendo ademán de avanzar.

—Vamos camino a la libertad, en busca de la felicidad. Facultad y satisfacción que un ser como usted nunca conocerá, ni experimentar jamás podrá, así las inste buscar, a cualquier precio quiera comprar o, en su defecto, como siempre, las pretenda hurtar —Rodrigo respondió con voz tenue pero firme al vislumbrar la intención de aquella mujer de acercárseles e impedir la inexorable ejecución que en su mente ya estaba en curso.

—Concluyamos esto con inteligencia… y sin violencia —manifestó Luz Divina con falso carácter, con el cual pretendía recobrar su autoridad venida a menos con la respuesta serena que dio Rodrigo—. Por lo que les solicito colaboren…

Luz Divina no alcanzó a terminar la frase cuando Rodrigo se llevó el frasco a su boca, libó todo su contenido, dejándolo caer. Luego, como en cámara lenta, elevó sus manos con sutileza hasta la cabeza de Carolina para acariciarle su lacio cabello y, mirándola fijamente, con transparente sentimiento, le comunicó con sus ojos pardos que la amaba, a pesar del poco tiempo que llevaban.

Mudo, prístino pero contundente mensaje que ella escuchó con su alma, y que le respondió de inmediato con el más sublime, sincero y eterno de los besos. Rojo carmesí y terrenal escena que ninguno de los espectadores quiso, o pudo, evitar.

Ni siquiera Luz Divina, enternecida ante aquella, por ese entonces, ya casi extinta manifestación humana, cuyo acto final fue el lento y abrazado desmadejamiento de sus gráciles cuerpos que, cual ramo de flores sin follaje ni empaque, montaraz, se diseminó sin vida por el jaspeado mármol del segundo piso del Pabellón B de Siquiatría, en aquel albergue oficial de compelidos enfermos del alma.